Johannes V. Jensen
Neue Himmerlandsgeschichten

Johannes V. Jensen

NEUE HIMMERLANDS-GESCHICHTEN

Aus dem Dänischen von Ulrich Sonnenberg

Mit einem Nachwort von
Heinrich Detering

GUGGOLZ

DER PFERDEHÄNDLER

Es ließ sich gar nicht vermeiden, dass den Leuten vom Bakhof hin und wieder ein Streich gespielt wurde, wenn sich die Gelegenheit dazu ergab. Noch immer erinnerte man sich an den Silvesterabend, an dem die Burschen aus Graabølle die Fenster des Hofs mit Papier verklebt und die Bakhofbauern zweieinhalb Tage in dem Glauben geschlafen hatten, es sei noch immer Nacht; es war eine Geschichte, die zu gut war, als dass sie hätte vergessen werden können. Aber auch später hatten die Bewohner des Bakhofs manche Unbill zu ertragen, zum Beispiel als Kresten, der älteste Sohn, ein Pferd kaufen wollte und sich dabei nach Strich und Faden blamierte. Damals hatte er den Hof bereits übernommen.

Der alte Bakhofbauer hatte zur gebotenen Zeit sein Altenteil angetreten und der Jugend den Hof überlassen, Kresten trug nun die Verantwortung. Er war nicht mehr ganz jung, dieser Kresten, beinahe dreißig, aber schon immer war er für seine Umtriebigkeit bekannt. Und als er den Hof übernahm, überkam ihn ein regelrechtes Fieber, er wollte alles richtig machen und sich genauso verhalten wie andere junge Hofbesitzer. Nur gelang ihm leider durchaus nicht alles, ja, ihm passierte so manches Missgeschick, und er erlitt eine Reihe von Rückschlägen. Allerdings handelte es sich nur um Kleinigkeiten – zumindest hoffte er es. An die wirklich großen Dinge wagte er sich

5

ohnehin nicht heran. Kresten war noch nicht verheiratet, denn das war für ihn die größte aller Fragen. Was auch immer er unternahm, er sah alles als eine Prüfung an, die darüber entschied, ob er jemals der reizvollen und gefährlichen Aufgabe gewachsen sein würde, eine Frau zu finden.

Kresten war ein Zweifler. Das war er schon immer gewesen, und das Leben hatte ihn in seinem Recht zu zweifeln bestärkt. Wie in der bitteren, tränenreichen Zeit beim Militär in Aalborg, als er wegen Schamhaftigkeit für untauglich erklärt worden war … sein Leben lang würde er sich darüber grämen, es hatte seinem Glauben an sich selbst einen harten Schlag versetzt. Und es hatte weitere derartige Vorfälle gegeben. Kresten war so stark, dass er einen Ochsen hätte tragen können, doch fehlte es ihm an Selbstvertrauen. Und das wusste er genau.

Daher nutzte er jede Gelegenheit, sich selbst zu beweisen, und seine unablässige Geschäftigkeit hatte weniger damit zu tun, durch irgendeine Tat Aufsehen zu erregen, vielmehr wollte er den anderen ebenbürtig sein und sich die gewöhnlichsten Fertigkeiten des alltäglichen Lebens aneignen. Erst wenn ihm etwas gelänge, womit er selbst zufrieden wäre – es müsste nicht einmal etwas Besonderes sein –, hielte er sich für reif genug, um um die Hand einer Frau anzuhalten.

Nachdem Kresten den Hof übernommen hatte, bemühte er sich als Erstes um ein sicheres Auftreten beim Handeln. Das war sehr wichtig, doch es fiel ihm schwer. Aber andere Leute waren schließlich auch gute Händler, also musste es sich lernen lassen.

Daher begann Kresten, ohne großes Aufsehen zu erregen, über die Märkte und anderen Orte zu schlendern, wo Menschen und Tiere zusammenkamen. Es galt, sich einen gewissen Ruf als Pferdehändler zu verschaffen. In der ersten Zeit kaufte und verkaufte er nicht, sondern stand nur daneben, wenn andere handelten, um zuzuhören und alles Wesentliche zu erfahren. Kresten war zu schüchtern, um Fragen zu stellen und von denen zu lernen, die klüger waren als er; er wagte nicht, seine Unsicherheit zu verraten, gleichzeitig spürte er aber auch, dass es ihn nicht befriedigen würde, etwas zu können, das er durch Fragen erlernt hatte. Sein Ehrgeiz bestand darin, wie alle anderen Burschen in seinem Alter seine eigenen, gleichsam angeborenen, natürlichen Fähigkeiten zu zeigen. Und das war keineswegs ein so geringes Ziel, wie viele glauben mögen.

Was anderen Bauern gemessenen Schrittes zuteilwurde, musste Kresten gleichsam im Sprung erreichen. Es war gewissermaßen eine Verzweiflungstat, als er es schließlich wagte, auf dem Markt von Hvalpsund ein Pferd zu kaufen. Es war ein recht gutes Geschäft, nur ahnte niemand, was es ihn gekostet hatte, so zu tun, als wäre alles völlig normal. Aber gekauft hatte er das Pferd.

Es war ein gut vier Jahre altes Tier, ein Exemplar von der Art, die das Auge erfreut, dem Besitzer zur Ehre gereicht und gleichzeitig in der Lage ist zu arbeiten. Es war von ganz anderer Qualität als die Mähren, die normalerweise auf dem Bakhof in die Krippen sabberten. Kresten wollte mit der Zeit gehen. In gewisser Weise hatte er Glück gehabt, den Handel trotz seiner eigenen Kleingläubigkeit abgeschlossen zu haben. Er war so vorsichtig gewesen, das Pferd einem Mann abzukaufen, der nicht aus der Gegend stammte und daher auch nicht auf die Idee kam, Krestens Äußerungen über Pferde im Allgemeinen anzuzweifeln. Und es war gut gegangen. Eigentlich kannte Kresten sich bestens aus, aber, wie gesagt, er war es nicht gewohnt, sich darauf zu verlassen, dass es tatsächlich *richtig* war. Es kam ihm wie ein Traum vor, dass es ihm gelungen war, den Mann mit kühler Kennermine gefragt zu haben, was das Pferd kosten solle, dass er, die Pfeife tief im Mundwinkel, lässig und aufmerksam dagestanden hatte, wie jemand, der sich von nichts auf der Welt täuschen lässt, während der Besitzer das Pferd vor seinen Augen auf und ab traben ließ. Eigenhändig hatte er das ungeheuer viele Geld gezahlt und wie ein geachteter Hofbesitzer und erfahrener Pferdehändler den Kauf begossen. Wäre irgendjemand aus seinem Bekanntenkreis dazugekommen, wäre es völlig unmöglich gewesen.

Aber nun war es tatsächlich geschehen, es war die glückselige Wahrheit, dass er hier am Straßenrand nach Hause ging und eines der schönsten Pferde des ganzen Marktes am Zügel hinter sich herzog! Mit einem Glücksgefühl in der Brust sah er sich alle Augenblicke nach dem braven Tier um. Es erschien ihm noch ein wenig fremd, aber das war so überraschend nicht, schließlich hatte er es gerade erst gekauft und kannte es noch nicht. Er musste sich keine Sorgen machen. Kresten wusste, dass man ihn mit dem Pferd nicht betrogen hatte, es wies keinen der Mängel auf, die er kannte, es war gesund, ein durch und durch gutes Pferd. Im Geiste sah er ein ähnliches Tier vor sich, das er noch kaufen wollte, er sah die beiden Pferde glänzend und edel Seite an Seite vor einem funkelnagelneuen gefederten Wagen, der in der Tat ebenfalls nicht ungekauft bleiben sollte. Doch das alles würde nach und nach geschehen, ohne größeres Aufsehen zu erregen. Die Leute im Dorf sollten es nicht merken, es sollte sich einfach so ergeben, zufällig, als wäre der neue Bakhofbauer schon immer, ja, eigentlich von Geburt an, mit der Zeit gegangen, als verhielte er sich genauso wie alle anderen Leute in Graabølle und Umgebung.

Abgesehen von der Furcht, nicht so wie die meisten anderen Menschen zu sein, hatte Kresten vor nichts mehr Angst, als bei einer Veränderung seines Verhaltens oder Änderungen auf dem Hof ertappt zu werden. Vermutlich hatte diese Furcht ein und dieselbe Ursache, nämlich die Angst, wie er sich verhalten sollte, wenn die Menschen ihn beobachteten. Denn dabei ging es ja gewissermaßen um sein Leben. Schließlich gab es keine andere Welt für Kresten als den engen Kreis, in dem er nun einmal lebte.

Aber im Augenblick war er glücklich. Der Anfang war gemacht. Hier lief er mit dem neuen Pferd, *das* war geschafft, und während Kresten weiterging, hatte er nur eine einzige Sorge: Er wollte so gleichgültig wie möglich erscheinen, sollte ihm einer seiner Nachbarn begegnen. Auf dem Heimweg fuhren mehrere Fuhrwerke mit Bekannten vorbei, die ebenfalls auf dem Markt gewesen waren, und allen zeigte Kresten sein ausdrucksloses Gesicht, aus dem sich wahrlich nur schwer etwas ablesen ließ. In seinem Kopf kreiste indes der Gedanke, ob sie nun auch tatsächlich das vortreffliche Pferd *gesehen* und bewundert hatten, das er hinter sich herzog. Viele, die vorbeifuhren, sahen und bewunderten sein Pferd, allerdings ohne wirklich zu stutzen oder Kresten darauf anzusprechen, und genau das war ja das Schöne daran. Hätten sie eine Bemerkung gemacht, ihm etwas zugerufen, gelacht oder sich überhaupt für ihn interessiert, wäre alles verdorben gewesen. Wenn man weiß, dass Bauern sich nicht ohne Grund so verhalten, muss man sich nicht wundern, auf so erstaunlich wortkarge und mimosenhafte Bauern mit sieben Vorhängeschlössern vor dem Mund zu treffen. Wenn kein anderer auf sie Acht gibt, passen sie gegenseitig auf sich auf.

Für Kresten war es ein stolzer Tag. Auf dem Heimweg hatte er das Gefühl, mit dem Pferd auf der Landstraße an feindlichen Lagern vorbeizuschleichen, stets in der größten Gefahr, entdeckt zu werden. Aber schon bald würde er in Sicherheit sein, in der Ferne sah er bereits den Kirchturm von Graabølle und links davon den Bakhof ...

Da holte ihn Anders Mikkelsen in seiner stattlichen Kutsche ein, vor die er die Knapstrupper gespannt hatte, und er bremste – Anders Mikkelsen, der berühmteste Pferdehändler und Scherzbold der Gegend, ließ die Knapstrupper halten und rief ihm zu:

»Hast du ein Pferd gekauft, Kresten?«

Kresten war höflich stehen geblieben, antwortete aber nicht, seine Gesichtszüge waren erstarrt. Keinesfalls sollte irgendjemand ihm etwas ansehen können.

»Das Pferd kenne ich gut«, rief Anders Mikkelsen und hickste unbekümmert. Er hatte auf dem Markt ein paar Tässchen Tee genossen. In beiden Augen glimmte ein kleiner roter Funke, und in den Mundwinkeln saßen bestimmt tausend Späße. »Ich hab das Pferd schon mal gesehen.«

Und Anders erwähnte den Mann, von dem Kresten das Pferd gekauft hatte. Es war offensichtlich, Anders kannte den Mann, es war kein leeres Gerede.

»Ein schönes Pferd, das man sich gern ansieht«, fügte er hinzu und ließ die Peitschenschnur in der Luft gemächlich vor- und zurückschwingen. Dann zog er an den Zügeln, und als die Knapstrupper sich in Bewegung setzten, beugte er sich vom Kutschbock und rief:

»Aber ich sage dir, es hat Feldspat!«

Da stand Kresten nun. Er sah Anders Mikkelsen nach, der wie ein Sieger auf der Landstraße weiterfuhr. Verflucht! Feldspat! Was um alles in der Welt war das für eine Krankheit? Kresten hatte nie davon gehört. Also hatte das Pferd doch keine gesunden Beine, und das ganze Spiel war verloren! Nicht nur, dass die Leute darüber reden würden, Anders Mikkelsen hatte ja nichts davon, wenn er den Mund hielt; noch schlimmer war, dass Kresten sich nun selbst wieder seiner eigenen elenden Begrenztheit bewusst wurde. Er war einfach zu schwer von Begriff, er hatte kein Selbstwertgefühl. Der Tag hatte seinen Glanz verloren. Er drehte sich nicht mehr nach dem Pferd um, es hatte keinen Sinn mehr, das Ganze war hoffnungslos.

In den ersten Tagen nach seiner Heimkehr mit dem neuen Pferd ging Kresten heimlich in den Stall und hob ein Bein nach dem anderen am Haarbüschel des Fesselgelenks, untersuchte und befühlte es und strich mit den Fingern über den Huf, aber es war ihm nicht möglich, auch nur den geringsten Fehler an Hufen und Beinen zu entdecken. Das Pferd war in seinen Augen gesund, und es war schlichtweg entmutigend, dass er den Fehler nicht finden konnte. Kresten schüttelte über sich selbst den Kopf und starrte einsam und verzweifelt vor sich hin. Es *war* traurig.

Nicht einmal die Meinung seines Vaters über das Pferd konnte Kresten zufriedenstellen, obwohl der alte Bakhofbauer sich zu seiner Zeit gut auf Pferde verstanden hatte. Der Alte hielt das Pferd für einen guten Kauf. Nicht dass es ihm gefiel, denn er hatte sein Leben lang einen Hang zu kleinen, verdrießlichen Mähren mit Haaren über den Ohren und Hufen wie Spucknäpfe gehabt. Aber *dieses* Missbehagen sprach er nicht aus, schließlich saß er auf dem Altenteil und wollte die Schnäpse nicht missen, die sein Sohn ihm bisweilen über den Tisch schob. Was den Wert des Pferdes betraf, stimmte er dem Kauf zu. Leider ließ Kresten, der zunehmend schwermütiger wurde, sich davon nicht trösten.

Schließlich traf er eine Entscheidung. Heimlich brach er zu einem vier Meilen entfernten Markt in einem vollkommen fremden Kirchspiel auf und verkaufte das Pferd dort. Er verlor dabei nicht gerade wenig, zumal er beim Verkauf einen Fehler nach dem anderen machte. Schließlich konnte er nicht für das Pferd garantieren, aber verkauft werden sollte es. Kresten kam ohne das Pferd nach Hause, nun war die Situation immerhin wie vor dem ersten Handel. Nicht sonderlich gut für sein Selbstwertgefühl, aber zumindest etwas eindeutiger. Nun konnte man von vorn beginnen. Jetzt war man doch erheblich klüger.

Einige Tage später traf Kresten Anders Mikkelsen und ein paar andere Pferdehändler am Wirtshaus und schloss sich sofort der Gesellschaft an – mehr als unbefangen in seinem Auftreten und so gut wie völlig betrunken. Und nachdem der Bakhofbauer auf sich aufmerksam gemacht hat, blinzelt er Anders Mikkelsen mit einem spitzbübischen Grinsen zu und vertraut ihm an:

»Ich habe das Pferd verkaufen können …«

Kresten benutzte nicht seine gewohnte Umgangssprache, sondern versuchte, wie jemand aus der Stadt zu klingen, er sprach jede Silbe peinlich genau aus, weil es sich seiner Ansicht nach unter Pferdehändlern so gehörte. Als Anders Mikkelsen dies hörte, stutzte er und schwieg verständnislos, was meinte der Mann vom Bakhof?

»Doch, ich habe es einem Kerl aus der Gegend von Holstebro aufgeschwatzt«, fuhr Kresten fort und versuchte noch immer, wie ein Städter zu sprechen. »Ja, das habe ich wirklich getan. Er hat es bekommen, mitsamt Feldspat und allem ...«

Kresten schlug sich auf die Schenkel und lachte, bis seine Stimme sich in den höchsten Fistelregistern überschlug. Schließlich saßen hier Pferdehändler beieinander und wollten sich amüsieren. Und *dieser* Witz war einfach zu gut, den musste er noch einmal erzählen:

»Ich habe es mitsamt Feldspat und allem anderen verkauft ... hol mich der Teufel ...«

Kresten brüllt vor Lachen und kann vor Heiterkeit kaum aus den Augen schauen. Aber nanu, die anderen lachen überhaupt nicht mit ... sie stehen um ihn herum und sehen ihn kühl an, und Anders Mikkelsen ...

»Sag mal, hast du nich selbst Feldspat?«, unterbricht ihn Anders hart und auf gut Jütländisch. Er ist heute nüchtern und ärgert sich über Kresten, er traut seinen Ohren kaum.

»Du hast doch nich etwa das gute Pferd verkauft?«

Kresten sackt plötzlich zusammen, als hätte er einen Schlag in die Magengrube bekommen, seine Augen werden ganz klein.

»Du hast diesen Unfug doch nicht etwa geglaubt?«, erkundigte sich Anders Mikkelsen lächelnd, allerdings wurde es ein schiefes Lächeln, denn der arme Kerl tat ihm leid. »Glaubt sofort, was ich ihm weismache!«

Und Anders Mikkelsen schüttelte leise den Kopf, als würde er einen Kranken bemitleiden. Und Kresten *litt* tatsächlich, er gab ein röchelndes Geräusch von sich, brachte aber kein Wort heraus.

»Du Dummkopf«, sagte Anders und schüttelte erneut mitleidig den Kopf. »Geht her und verkauft das kräftige und gesunde Pferd! Ja, ich habe gesagt, es hätte Feldspat, aber das war doch ein Scherz, ich war besoffen. Feldspat, daraus sind die Feldsteine gemacht, das musst du doch wissen? Hast du wirklich geglaubt, mit dem Pferd sei irgendetwas nicht in Ordnung ... ts, ts, ts ...«

Anders Mikkelsen wandte sich betrübt von ihm ab. Und die Gruppe der Pferdehändler, die um ihn herumstand, öffnete und schloss sich hinter ihm wie ein Organismus, der einen Fremdkörper ausstößt.

Seit dieser Großtat nannte man Kresten natürlich nur noch den »Pferdehändler«, obwohl er ein Mann vom Bakhof war und blieb.

KLEIN-SELGEN

Eines frühen Morgens kam An' Kjestin von der Post vom Regen durchnässt in die Küche zu Anders Nielsens Frau und stieß ihre verfrorene Nase wie ein großer kranker Vogel vor ... dies war schon einmal passiert, und Anders Nielsens Frau goss, ohne viele Worte zu verlieren, warme Milch in eine Schale mit Grütze und stellte die Schale vor An' Kjestin auf den Tisch.

Nur ließ An' Kjestin von der Post sich an diesem Tag nicht trösten; sie fing bereitwillig an zu essen, brach dann aber sofort wieder in Tränen aus:

»Heute Morgen habe ich Klein-Selgen gesehen.«

»Wirklich?« Anders Nielsens Frau senkte ihre Stimme ein wenig.

»Ja. Er stand vor meinem Bett ...«

An' Kjestin hob mit ihrem langen dünnen Unterarm, der einem Brennholzscheit ähnelte, den Löffel hoch und riss die rotgeweinten Augen weit auf:

»*Er* war es ... und er sollte doch in Melbjærg bei Kren Torp in Diensten sein. Der Herr sei mir gnädig!«

Anders Nielsens Frau nahm ruhig die Kaffeemühle vom Herd, setzte sie sich an die Hüfte und fing an zu mahlen, hier war größerer Trost nötig.

»War es wirklich Selgen? Bist du sicher?«

»Er sah ganz genauso aus«, beharrte An' Kjestin und löffelte untröstlich weiter. »Und soweit ich es beurteilen kann, war er es selbst. Ich habe ihn genauso deutlich gesehen, wie ich dich jetzt sehe, Lone.«

Anders Nielsens Frau erschauderte unter An' Kjestins Blick.

»Ich bin aufgewacht und hatte das Gefühl, sehr traurig zu sein, es war vor dem Morgengrauen, aber es war hell genug, um etwas zu erkennen, und da stand eine kleine Gestalt vor meinem Bett, es war Selgen. Ich konnte seine Zähne erkennen.«

»War er bleich?«, wollte Lone wissen.

»Nein. Er stand im Dunkeln. Und er hat nichts gesagt. Er lächelte ... ich ahnte, was er wollte ... Gott tröste mich und sei mir gnädig ... er ist tot. Er ist hungrig gestorben ...«

An' Kjestin legte den Löffel beiseite, die großgewachsene Frau, die Ähnlichkeit mit einem Pfosten hatte, sackte zusammen ... Lone ging zu ihr, um sie zu stützen.

»Wieso glaubst du das?«, fragte Lone, der nun ebenfalls die Tränen in den Augen standen.

An' Kjestin von der Post richtete sich langsam auf. Sie rieb einen Finger fest unter der Nase und setzte ihr Reiben mit dem Inneren der Handfläche und dem Unterarm fort, bis sie beinahe den Ellenbogen erreichte, dann zog sie die Nase hoch, blinzelte mit den inzwischen trockenen Augen und erklärte:

»Na ja, so habe ich es empfunden. Er war so fröhlich. Er stand da und lachte, genau wie im Herbst, als es auf der Heide so viele Preiselbeeren gab und er mir erklärte, das sei doch gut, jetzt müsse ich ihm nicht so viel zu essen kaufen. Er könnte morgens, mittags und abends Preiselbeeren und Schwarzbeeren essen, sagte er, es schien ihm etwas ganz Besonderes zu sein. Er stopfte die Hände in

16

die Taschen, lächelte und war so glücklich. So habe ich ihn heute Morgen gesehen, ich sah die breiten Vorderzähne, die er in letzter Zeit bekommen hat. Er stand da, als wollte er mir erzählen, jetzt hätte er genug, jetzt bekäme er, was er wollte. Und damit verschwand er.«

»Wirklich?«, stieß Lone wie unter Schmerzen aus.

»Ja«, sagte An' Kjestin. »Er ist in Gottes Obhut. Aber jetzt muss ich die Post austragen.«

An' Kjestin begann ihre vier Meilen lange Tour an diesem Tag nicht anders als an allen anderen Tagen des Jahres, gebückt, mit langen, energischen Schritten und einem s-förmigen Hals wie bei einem Reiher. Von der Briefsammelstelle ging sie mit ihrer Tasche, auf deren Lederklappen mit Schuhmachergarn der Name des Postortes gestickt war und die ein paar Briefe mit großen schiefen Anschriften und einige wenige Ausgaben von *Ugens Nyheder* enthielt, in die westliche Gegend. Es regnete, klatschnass lief sie los und kam mit triefendem Rock heim, die mit Eisen beschlagenen Holzschuhe vollgesogen mit herbstlicher Nässe. Und dann brach sie in der beginnenden Dunkelheit nach Melbjærg auf, anderthalb Meilen über die Heide.

Am nächsten Morgen fand sie sich wieder bei Lone ein, zitternd vor Kälte, erloschen, beinahe stumm. Sie aß, was Lone ihr vorsetzte, doch erst nach langem Fragen erfuhr Lone, was sich zugetragen hatte. Klein-Selgen hatte Kren Torps Hof vor zwei Tagen verlassen.

Es war also wahr, was An' Kjestin *gesehen* hatte. Der Junge war verschwunden.

Wie lange ist das nun schon her. Das Haus, in dem An' Kjestin von der Post gewohnt hat, wurde dem Erdboden gleichgemacht. Die Stelle, an der es stand, wurde umgepflügt, und nur diejenigen, die sie kannten, erinnern sich, dass hier einmal jemand gewohnt hat. Das Haus war klein, so kleine Häuser werden heutzutage gar nicht mehr gebaut, nur ein Wohnzimmer mit einer Tür und einem winzigen Fenster, Lehmwände und ein Dach aus Heidekraut. Wie ein kleiner dunkler Hügel, wie ein einsamer Vorposten stand es draußen auf der Grenze zwischen Heide und Moor. Es gab keinen Baum in der Nähe, und es gehörte nicht einmal ein bisschen Land zu dem Haus. Selgen hatte nichts besessen, er war Tagelöhner gewesen, und doch war es ihm gelungen, die Hütte zu bauen, damit er und An' Kjestin unter einem gemeinsamen Dach leben konnten. So begann man damals. Dann musste gespart werden, das heißt, es galt so lange Torf für andere zu stechen, Stroh zu dreschen und Steine zu schleppen, bis schließlich ein wenig Geld übrig war, um ein Stück gerodete Heide zu kaufen. Und während andere ausruhten, dauerte es seine Zeit, das Land umzupflügen und mit den Mühen eines Jahres zu fruchtbarem Boden zu machen. Unendlich weit in der Ferne winkte das Ziel: auf dem eigenen Grund und Boden eine Kuh und ein paar Schafe zu halten. So wurde man in früheren Zeiten Bauer, und so hätte Selgens Schicksal ausgesehen, wäre er nicht gestorben, bevor er richtig begonnen hatte. An' Kjestin und der kleine Junge, der nach seinem Vater benannt war, blieben allein in dem leeren Haus zurück. Und als der Mann fort war, riss sie sich zusammen und erledigte die Arbeit auf dem Hof selbst, ohne Hoffnung auf Erfolg und nur, weil sie und Klein-Selgen nicht hungern sollten. Sie übernahm die Aufgabe der Landbriefträgerin, das hielt sie wenigstens auf den Beinen, wenn man so will. Sie hatte durchaus Freundinnen, die Frauen auf den umliegenden

Höfen halfen An' Kjestin von der Post, denn sie wussten, wie man ihr helfen konnte. Sie gaben ihr etwas zu essen, wenn sie mit ihrer Tasche zur Tür hereinkam. Sie bat nie um etwas, vertilgte aber gewaltige Mengen, wenn sie eingeladen wurde; zu Hause in ihrer Hütte gönnte sie sich nichts, damit Klein-Selgen nichts entbehren musste.

In den harten Wintertagen, als ein drei Tage wütender Schneesturm Straßen und Wege hatte unsichtbar werden lassen, gab es immer jemanden, der sich an An' Kjestin von der Post erinnerte und sich mit einem Brot durch Sturm und Schneetreiben bis zu ihrer Hütte durchkämpfte. Mehr als einmal fand man Mutter und Sohn wie im Winterschlaf im Bett, mit erloschenem Kamin und ohne die geringste Spur von irgendetwas Essbaren im Haus.

Im Sommer kamen sie am besten zurecht, der Magen braucht nicht so viel, wenn es warm ist. Der Herbst aber war ihre große Zeit, dann erntete An' Kjestin Kartoffeln für die Bauern, und Klein-Selgen versorgte sich fast ausschließlich auf der Heide, sobald sie reif waren erst mit Schwarzbeeren, dann mit Preiselbeeren. Ach ja, dann war er so glücklich, weil er es der Mutter ersparte, für Essen zu sorgen …

Schließlich war An' Kjestin der Ansicht, er sei alt genug, um in Dienste zu gehen. Und nun war er verschwunden. Auf dem Hof wussten sie nur zu berichten, dass Klein-Selgen vor zwei Tagen seiner Wege gezogen war. Nicht dass sich irgendjemand beklagte, er war ein guter Junge, und sie waren gut zu ihm gewesen, aber sie hatten die ganze Zeit über gemerkt, dass der Kleine bitterlich an Heimweh litt. Er war nicht wie die anderen Hütejungen, die in den ersten Tagen den Kopf hängen lassen und dann mit anpacken; Klein-Selgen hatte sich nicht eingewöhnen können, als hätte er Angst vor dem Hof gehabt. Und dann hatte ihn der Mut verlassen. Wenn sie aßen, legte er den Löffel beiseite und war untröstlich; und je besser das Essen war und je mehr es davon gab, sah es beinahe so aus, als würde es ihn umso mehr erschrecken. Eines Morgens lag er nicht in seinem Bett, aber sie hatten angenommen, dass er wohl heim zu seiner Mutter gegangen sei, denn danach hatte sich der Junge doch so gesehnt.

An' Kjestin von der Post stieß die Nase wie einen Schnabel vor und schnappte nach Luft, als sie diese Erklärung hörte. Sie verstand durchaus, warum Klein-Selgen sich in dem Reichtum des Hofes nicht hatte zurechtfinden können und warum ihm das Essen nicht hatte schmecken wollen – es lag daran, Gott sei's geklagt, dass er an seine Mutter und ihr abgewetztes Brotmesser daheim in der Heidekrauthütte mit dem einen Fenster dachte.

Man fand ihn draußen auf der Heide, meilenweit entfernt, an einem Ort, über dem sie Vögel in der Luft kreisen sahen, dort lag er halb versunken in einer Pfütze. Er lag auf dem Rücken im struppigen Gras und war fast nicht zu erkennen, und doch sah es aus, als würde er lächeln. Eine grüne Fliege saß auf den breiten, noch nicht ganz ausgewachsenen Vorderzähnen.

An' Kjestin von der Post ist vor vielen Jahren gestorben. Von dem kleinen einsamen Aussiedlerhaus an der Grenze zwischen Heide und Moor ist nicht die geringste Spur geblieben. Die Armen sterben aus. So kann man auch mit der Armut fertig werden. Aber die Genügsamkeit und die Dankbarkeit gegenüber der Hand, die Gottes Gaben verteilt, das trockene Brot, geraten mit ihnen in Vergessenheit.

BO'L

Es ist schon lange her und hört sich eigentlich nicht nach einer Geschichte an, die des Erzählens wert ist, aber damals war alles vorhanden, woraus die schönsten Geschichten entstehen.

Schilf-Sørens Bo'l (so sprachen sie Bodils Namen im Himmerland aus) sollte heiraten. Sie war erst neunzehn Jahre alt und hatte ihren künftigen Ehemann noch nie gesehen. Denn Schilf-Søren hatte in Amerika eine Kusine mit einem erwachsenen Sohn, ihn sollte Bo'l heiraten. Die Hochzeit war aus der Entfernung arrangiert worden, und außer Bo'l war die ganze Familie daran beteiligt gewesen, dennoch war sie von Herzen glücklich. Er hieß Chas Anderson und war dem Foto nach zu urteilen ein ausgesprochen attraktiver Mann. Vor dem fremden Namen musste niemand Angst haben, denn eigentlich hieß er Karl und war hier in Bo'ls Heimat geboren, obwohl es schon so lange her war, dass sie sich nicht mehr an ihn erinnern konnte. Er besaß einen Hof mit mehreren hundert Morgen Land in Nebraska, USA, ebenso viel Land, wie hierzulande zu einem Herrenhof gehört. Nun hatte sich die Familie auf beiden Seiten des Atlantiks darum bemüht, dem Hof eine Frau zu beschaffen, und die Glückliche war Bo'l. In ihren Mußestunden betrachtete sie das große glänzende Kabinettporträt mit dem fremden Namen und den Medaillen darunter, das einen vornehmen

Herrn mit gescheitelten Haaren von der Seite zeigte, der einen Ausgehanzug mit weißem Kragen trug. Ein wenig glich er Onkel Jørgen, mit dem er ja auch verwandt war, und das war durchaus beruhigend; dennoch handelte es sich um eine wildfremde Person von vornehmem Stand, die von weit her kam, doch genau dieser Umstand war ja so interessant und großartig. – Oh, Hauptsache er war nicht ein so feiner Mann, dass man von *Liebe* und so etwas reden musste, um von ihm geschätzt zu werden … Oh, lieber Gott, um Himmels willen!

Bei derartigen Gedanken bekam Bo'l Schweißausbrüche, dann musste sie sofort irgendetwas tun; vor Verlegenheit hüpfte sie auf der Stelle oder schlug auf etwas ganz Beliebiges ein, sie lachte oder stieß ein Brüllen aus, denn sie war ja so jung, dass nur Unfug dabei herauskam, wenn sie sich fürchtete oder schämte. Sie fiel »Perle« um den Hals und stürzte sich mit ihrem ganzen Gewicht auf den altersschwachen kleinen Hund, der beinahe erdrückt wurde und sich in ein wütendes wildes Tier verwandeln musste, um sich zu befreien. Bo'l pflückte Blumen, wozu sie eigentlich schon zu alt war, sang ausgelassen im Kuhstall und spielte der Kuh so alberne Streiche, dass das alte Haustier in seiner Box verärgert den Kopf herumwarf. Wie damals, als sie noch ein kleines Mädchen war, formte Bo'l aus Brot- und Wurstscheiben heimlich »Ritter«, verstreute die Krümel und ließ die Fliegen und Mücken darauf aufmerksam werden. Dann wiederum trat sie wie eine verheiratete Frau mit einem straff über das Haar gezogenen Kopftuch, schlurfenden Holzschuhen und hausmütterlichen Anwandlungen auf – kurzum, Bo'l war verliebt.

Bo'l war das einzige weibliche Wesen in Schilf-Sørens Haus. Ihre Mutter war gestorben, und die Geschwister dienten auf fremden Höfen. Viel zu tun gab es in der kleinen, einsam gelegenen Büdnerei nicht, man konnte nur die Kuh und den Vater umsorgen, der tagein, tagaus seine Matten und Binsenschuhe flocht. Bo'l hatte reichlich Zeit, an ihre Hochzeit zu denken. In vier Monaten, noch vier Monate – die kurz und gleichzeitig aber auch lang waren –, wenn es doch nur schon so weit wäre, wie sollte sie es bloß so lange aushalten … lieber Himmel!

Zwei Dinge ängstigten Bo'l indes und ließen ihr Blut jedes Mal schneller fließen, wenn sie an ihre Hochzeit dachte. Zum einen wusste sie einfach nicht, was sie tun musste, um auf ihren Bräutigam, den Amerikaner, ansprechend und anziehend zu wirken. Wenn sie daran dachte, hatte Bo'l das Gefühl, so armselig und wertlos, so vollkommen frei von allen Vorzügen zu sein, dass ihr, was immer sie in den Händen hielt, herunterfiel und sie nur in winzigen Atemzügen Luft holte – so fühlte sich in ihrer Einsamkeit die eigene Bedeutungslosigkeit an. Oder sie brach ganz einfach in schallendes Gelächter über sich selbst aus, ha, ha – schließlich bot man den Leuten ja auch eine Speckseite an, eine sprachlose Göre, mit der man Löcher in den Kirchboden hätte schlagen können! Bo'l schnaubte geradezu bei dem Gedanken und atmete lang und tief ein, ganze Tonnen von Luft atmete sie ein und aus, während sie verletzt und erregt an ihre eigene Unwürdigkeit dachte. Tatsächlich war Bo'l zu ihrem heillosen Kummer ein kräftiges und wohlbeleibtes Mädchen, eine neunzehnjährige Fenja, der kein Mühlstein auf der Erde oder im Meer zu schwer war. Sie war eine Riesin mit dem Herzen einer Stute, schwergliedrig und mit einem Rücken wie ein Kran. In tiefster Scham wusste sie, dass sie mit den Füßen in einem Zwanzigliterscheffel stehen und eine Tonne Roggen auf den Schultern tragen konnte. Es gelang ihr fast, die Kuh hochzuheben – in aller Heimlichkeit hatte sie es einmal versucht, gleichsam um ihrem eigenen Unglück in die Augen zu schauen. Es musste ja niemand erfahren, aber vor sich selbst konnte sie es nicht verbergen, zumal es doch geradezu unanständig war, so stark zu sein. Aber nicht genug damit, dass sie diese furchtbare Kraft hatte, sie war auch regelrecht feist, ja, liebe Kinder, sie quoll geradezu über, und zwar jenseits des Erlaubten; es ließ sich nicht verbergen, und daher wäre sie vor Scham auch am liebsten gestorben. Wie konnte irgendein Mann sie nur mögen, wie sollte sie ihrem Bräutigam in die Augen sehen, da sie doch überzeugt war, von Kopf bis Fuß ein einziges Missverständnis zu sein?

Dies war eine der ernsthaften Sorgen Bo'ls. Der andere Kummer schien unbedeutender zu sein, aber er beschäftigte sie beinahe ebenso sehr. Es war wie eine fixe Idee. Bo'l quälte eine nagende Angst, dass sie sich am Hochzeitstag nicht richtig benehmen und am Altar nicht weinen würde, wie man es von einer Braut erwartete. Oh, sie würde bestimmt nicht weinen *können*! Sie wusste es, und doch war es nicht zu ertragen, wenn sie sich selbst diese Schande bereitete. Bo'l kamen auch sonst nicht so schnell die Tränen, aber wenn es darauf ankam, vergoss sie nicht einen Tropfen, das wusste sie aus Erfahrung. Was würden die Leute sagen? Und was musste Chas Anderson denken, wenn ihre Vorahnung richtig war und sie die Trauung trockenen Auges hinter sich brachte? Bo'l standen die Tränen in den Augen, wenn sie an das Furchtbare dachte; wenn es jedoch so weit war und der Tag kam, würde ihr dieser Gedanke auch nicht weiterhelfen. In diesen Monaten war sie die Nervosität in Person, und häufig sah Schilf-Søren kopfschüttelnd von seiner Arbeit auf und machte sich Gedanken über die Tochter, die so vollkommen selbstvergessen zu sein schien und abwechselnd rot und blass wurde.

Währenddessen vergingen die vier Monate. Zwei Tage vor der Hochzeit traf Chas Anderson ein. Er war einäugig. Dieser Makel hatte die Fotografie allerdings nicht verunstaltet, da er auf dem Foto die leere Augenhöhle abgewandt hatte. Weder glich er einem Bauern noch einem vornehmen Herrn, er war weder alt noch jung, er lachte nicht, war aber auch in keiner Weise betrübt. Er hatte Geld, war geizig und sprach weder Dänisch noch Englisch. Häufig öffnete er den Mund, aber nicht, um zu lächeln; man sollte sehen, dass er Gold in den Zähnen hatte, als hätte er jahrelang nichts anderes gegessen. Er kam mit dem Zug und trug einen fürstlichen Pelz mit dem Fell nach außen, sodass er aussah wie ein auf den Hinterbeinen laufender Bär. Da es April und schon recht warm war, unternahmen die Leute den vorsichtigen Versuch, über ihn zu lachen, um die aufsehenerregende Romanze, die sich unten im Schilfhaus anbahnte, zu einem raschen Ende zu bringen. Dieser Versuch jedoch misslang. Chas Anderson hatte dafür gesorgt, dass ihm ein Gerücht vorauseilte, und dieses Gerücht verbreitete sich schnell. Am Tag vor seiner Ankunft erhielt ein Mann im Sprengel eine Postkarte von ihm, auf der er sich kühl nach dem Preis von Moholm erkundigte … möglicherweise hätte er Interesse, es zu kaufen. Moholm – zweihunderttausend Kronen – tretet beiseite, liebe Leute! Es gab wenig zu lachen über Chas Andersons Besuch in der Gegend.

Er blieb nur knapp eine Woche, taute aber nicht auf. Die Leute aus dem Sprengel, die ihn als Jungen gekannt hatten, versuchten, sich ihm zu nähern, ja, sie buckelten geradezu vor ihm, geblendet von dem Licht, das von der Vermutung über seinen Reichtum ausging. Vorsichtig nannten sie ihn bei seinem alten Namen Karl, auf den er gehört hatte, als er noch bei Regen als Hirtenjunge im Moor umherzog. Chas Anderson hatte mit ihnen nichts zu bereden und wandte ihnen das leere Auge zu. Er besuchte niemanden außer seiner armen Verwandtschaft, zumindest ihre Standesvorurteile sollten sich dieses Mal nicht bestätigen …

Später, als Chas Anderson und *Missis* Anderson abgereist waren, sickerte durch, warum der heimgekehrte Amerikaner sich den Bewohnern des Sprengels gegenüber so kühl benommen hatte. Man hatte bei seinem Eintreffen tatsächlich ein Ehrentor vergessen! Ja, das war wirklich ein Fauxpas. Und es war recht bitter für den Sprengel – denn Chas Anderson hinterließ das Gerücht, dass die Armenkasse mit einer beträchtlichen Summe bedacht worden wäre, wenn …

Verflixt noch mal! Hätte man das gewusst. Offenbar war es nicht gelungen, ihn zu besänftigen, daher hatte auch niemand sein Geld gesehen. Vermutlich hatte Chas Anderson alles in allem keine fünf Kronen in der Woche ausgegeben, die er in der Gegend verbracht hatte. Man hatte ihm die Ehrenbezeugungen verweigert. Vermutlich würde er nie wiederkommen.

Damit behielten die Leute recht.

Aber Bo'l? Wie war sie mit ihrem Amerikaner zurechtgekommen, von dem Moment seiner Ankunft bis zu dem Tag, an dem sie sich unter seinem kalten Auge ein letztes Mal zu dem Schilfhaus am Rande des Moores umsah, bevor sie die Reise über das wilde Meer wagte? Sie hatte es einigermaßen glimpflich überstanden. Wie sie geahnt hatte, hatte Chas Andersen zu ihrem großen Entsetzen tatsächlich begonnen, von *Liebe* zu sprechen, und zwar mit einem ziemlich affektierten amerikanischen Akzent. Sie hatte das Gefühl, als würden Sturzseen aus unseliger Verlegenheit über sie hereinbrechen, glücklicherweise war ihre Zunge jedoch wie gelähmt, sodass sie es nicht noch schlimmer machen konnte, indem sie selbst versuchte, auf diese vornehme Art und Weise zu sprechen. Sie hoffte zu Gott, dass es ihr auch in Zukunft gelingen würde zu schweigen. Solange sie einfach schwieg, würde Chas Anderson möglicherweise nie ihren bedauerlichen Mangel an edlen Gefühlen bemerken.

Was Bo'ls unpassende Kraft betraf, so hatte sie ebenfalls Glück gehabt und sie verbergen können. Und solange Chas Anderson sie nicht erwischte, würde *sie* ihre Kraft auch für sich behalten.

Auch mit den Tränen vor dem Altar erging es Bo'l nicht halb so schlimm, wie sie es befürchtet hatte. Sie hatte bitterlich geweint, als sie als Braut vor dem Altar stand.

SCHLEIFSTEIN-AJES

Das Dorf, in dem Ajes lebte, war zum Teil umgeben von den alten Schweinedeichen aus dem Mittelalter, als der Boden noch von allen Dorfbewohnern gemeinsam bestellt wurde. Die Bauern konnten sich noch gut an den Frondienst erinnern, den sie damals auf dem nahe gelegenen Herrenhof zu leisten hatten. Doch nun war es ein lebendiges Dorf, das es zu Wohlstand gebracht hatte. Auf den gediegenen Höfen hatte die Aufklärung Einzug gehalten. Es gab ärmere Leute, aber keinem mangelte es an irgendetwas. Der Gemeinderat konnte sich rühmen, dass niemand auf Kosten der Gemeinde versorgt werden musste, lediglich eine Familie wurde mit Armenhilfe unterstützt. Schleifstein-Ajes' Familie.

Er wohnte mit seiner Frau und einer Unmenge annähernd gleich großer Kinder in einer erbärmlichen Hütte, die von der Gemeinde zum Armenhaus erklärt worden war; es war eine alte Einliegerbehausung ohne dazugehörendes Land, die langsam verfiel. Ihre ehemaligen Bewohner waren verstorben. Die Hütte bestand aus einfachen Fachwerkwänden und war so alt, dass die Wohnstube keine Decke hatte, man hatte also das Dach buchstäblich direkt über dem Kopf. Aber über eine Wohnung, die man umsonst bewohnt, soll man nichts Schlechtes sagen. Für das tägliche Brot sorgte Schleifstein-Ajes selbst. Er war Scherenschleifer, reparierte und lötete für die Leute und war auch sonst recht geschickt.

Nun darf man Ajes keinesfalls für einen verwahrlosten Strolch halten, er war kein Obdachloser, der sich mit seiner Scherenschleifer-Karre als Vorwand für unlautere Geschäfte auf der Landstraße herumtrieb. Schleifstein-Ajes blieb in seinem Sprengel, in dem er geboren worden war und in dem er das Versorgungsrecht genoss; er war ein Bauer, obwohl zu der Hütte nicht einmal ein Garten gehörte. Ajes sprach die Sprache des Dorfes und trug wie die anderen Bauern Holzschuhe und Lederärmel. Dass er nicht angefangen hatte, Land zu bestellen, lag an seiner Kleinwüchsigkeit, die Leute trauten ihm die Kraft für gewöhnliche Tagelöhnerarbeiten nicht zu – und er hatte sie auch wirklich nicht. Als Kind hatte er Klein-Ajes geheißen, und so wurde er auch noch als Erwachsener genannt, bis man ihn so oft mit seinem Schleifstein gesehen hatte, dass er fortan Schleifstein-Ajes gerufen wurde.

Wenn es daheim nicht etwas mit Lötkolben, Drillbohrer oder Kitt zu tun gab, zog Ajes mit seiner Schleifausrüstung in der Gegend umher. Er transportierte seine Schleifwerkzeuge in einer Schubkarre, aber es handelte sich keineswegs um eine dieser mit dem Fuß angetriebenen Holzdrechslerscheiben, mit denen das ausländische Pack schliff. Ajas erschien mit einem ordentlichen Schleifstein, einem Wassertrog und einer Kurbel, die einer seiner Söhne drehen durfte. Ajes' Schleifstein war von der geschwinden Sorte, die Funken sprühen ließ und weithin zu hören war – eine wohlbekannte Vorrichtung, der die Menschen vertrauensvoll ihre Stechmesser und anderen Schneidewerkzeuge überließen. Ajes war gefragt, wenn er umherzog, und immer kam er nach Hause mit einer Schubkarre voller Blechzeug und angeschlagener Töpfe, die repariert werden mussten. Die Familie kam einigermaßen zurecht, zumindest im Sommer.

Das Schleifen betrieb Ajes als ein Mysterium, und hatte er ein feineres Werkzeug zu schärfen, so wurde es von Anfang an geradezu feierlich behandelt. Zunächst bearbeitete er das Messer grob mit dem Schleifstein, dann bekam es den Feinschliff, der mit einem weicheren Stein und Spucke von Hand ausgeführt wurde. Schließlich wurde das Messer poliert, oh, die letzte Verhätschelung der Klinge, die Ajes mit einem Ölstein vornahm, einem mit dem geheimnisvollen Inhalt eines Apothekerfläschchens getränkten Kleinod, das er am Körper trug. Dann schnitt das Messer auch ein Haar gegen den Wind und war beinahe zu gut für den Gebrauch. Wenn Ajes sich dieser Kunst hingab, die den größten Teil des Tages dauern konnte, schwieg er hartnäckig, als dürfte nur der Himmel sein Zeuge sein; nicht einmal der Gutsherr konnte Ajes eine Silbe entlocken, solange die wichtige Arbeit dauerte. Ach, was verstanden sie schon von der feineren Schleiferei! Natürlich machte sich die Arbeit nicht so bezahlt wie das einfache grobe Schleifen eines Schlachtermessers, wenn Wasser und Feuer sich am Stahl vermischten, aber dazu war jeder Trottel in der Lage. Die Kunstschleiferei jedoch gönnte Ajes sich zu seinem eigenen, privaten Vergnügen.

Nur wenige ahnten, über welche Gaben der kleine Mann verfügte, denn niemand kannte Ajes wirklich. Ihn störte es nicht. Nur seine Frau wusste es. Sie war eine Zwergin. Sie und die Kinder wussten um die Größe des Mannes. Und obwohl Ajes und Lene beide nur halb ausgewachsen waren, vermehrten sie sich mit erstaunlichem Erfolg und waren auf dem guten Weg zu einem Dutzend Kinder – eine Reihe unmerklich variierender Versionen

der Eltern, die allesamt mit einem ererbten Hunger ge-
segnet waren, der sich mit Brot kaum stillen ließ. Und
alle waren sich mit der Mutter einig in ihrem kritiklosen
Respekt und Gehorsam gegenüber Ajes. Hier hatte er sein
Publikum, das er ernährte und das sein eigentlich vollkommen unbegreifliches Selbstbewusstsein nährte. Wen
Gott klein werden lässt, den lässt er sich vermehren.

Als Entschädigung für mangelnde Macht und Größe
hatte die Natur Schleifstein-Ajes das gewaltigste Selbstvertrauen im Sprengel gegeben. Er war zu klein geraten,
entwickelte aber Darmwinde wie ein Riese. Die Familie,
der gegenüber er sich als der große Erzeuger fühlte, verehrte ihn als Mittelpunkt und Ziel der Schöpfung. Es
herrschte keine Not im Armenhaus, im Gegenteil, es lag
in einem Nebel aus glücklicher Überheblichkeit und ge-
genseitiger entzückter Vergötterung.

Der eigentliche Umfang von Ajes' Bedeutung wurde nie
vermessen, denn seine ärmlichen Verhältnisse verwehrten
ihm eine höhere Bestimmung. Doch im alltäglichen Leben lag die Familie auf dem Bauch vor diesem Genie, das
sich bereits zu erkennen gab, wenn er sich herabließ, eine
undichte Kaffeekanne zu löten. Die Großtat erforderte
eine tempelhafte Stille in der Stube. Die Kinder blieben
mit dem Finger im Mund stehen, wenn Ajes den sterne-
sprühenden Lötkolben von der offenen Feuerstelle nahm
und ihn wie ein Vogel seinen Schnabel in das Scheidewasser auf einer Blechplatte tauchte. Nicht ein Wort durfte
fallen, während das Zinn lief und der Meister mit einem
beinahe wilden Blick den Lötkolben auf die Kaffeekanne
richtete. Lene ging während der Arbeiten auf und ab, mit
beschwichtigenden Gesten und einem gerührten Seiten-
blick auf den Allmächtigen. War Ajes gnädig, ließ er ganz

nebenbei und eher für sich eine Bemerkung über seine Arbeit fallen. Der Monolog des Kenners, denn sie verstanden ihn ja doch nicht; Lene nahm es jedoch als Signal, die Andacht zu stören und in laute, fröhliche Rufe der Bewunderung auszubrechen: Oh, lieber Gott, Ajes, dass du das alles in deinem Kopf behältst!

Lenes Wesen war einem Kakadu ähnlich, mit seinem feurigen Schrei, sie gestattete sich eine unablässige törichte Lebenslust. Bei tiefschürfenderen Äußerungen aus dem Innenleben ihres Mannes indes schwieg sie mit feuchten Augen, gänzlich verloren in ihrer Unterwürfigkeit, wenn Ajes beispielsweise von einem Stück Zeitung aufsah und zerstreut seine Gedanken über die Regierung und das Reich verkündete. Ajes interessierte sich sehr für Politik und war mehrere Stunden in seiner eigenen Welt, wenn eine alte Zeitung in seinen Besitz kam. Hier konnte Lene ihm überhaupt nicht folgen und begnügte sich damit, die Lippen zu bewegen, als würde sie etwas sagen. Vor Demut und Stolz auf ihren Mann bekam sie dann häufig einen geradezu somnambulen Ausdruck in die Augen. Wenn ihm derart gehuldigt wurde, musste Ajes lange und heftig blinzeln. Kurze Zeit später konnte sich aber auch ein Schatten über seine Züge legen, dann kniff er die Lippen fest zusammen, sodass seine Frau sich in tiefer Ehrfurcht seiner Gemütsverfassung fügte. Die heimliche höhere Berufung ging dann wie ein Engel durch die Stube.

Niemals kroch die Familie mehr im Staub vor Ajes' Schöpfermacht als an den großen Tagen, an denen er Glas für billige Wandbilder oder Fenster zuschnitt. Wie ein feindlicher Überfall musste Lene zwischen den Kindern wüten, um ihm Ruhe zu verschaffen, sie knebelte den Säugling mit einem Schnuller, schlug eines der Kinder zu Boden und verwies ein anderes sogar aus der Stube. Nur Flüstern und Gehen auf den Zehenspitzen war gestattet, wenn Ajes den *Demanten* hervorholte und damit zauberte. Der Schaft bestand aus Buchsbaumholz mit einem eingelegten »Auge« aus Perlmutt, ein unschätzbares Stück. Ajes hielt ihn senkrecht zwischen Zeigefinger und Mittelfinger, dann nahm er um sich herum nichts mehr wahr. Der Moment war heilig. Zunächst fuhr Ajes mit der Fingerspitze an einem Lineal entlang über das Glas, damit der Demant nicht durch Staub beschädigt wurde, danach schnitt er, leise, bis das Glas nachgab und unter dem harten Stift knirschte. Behutsam brach er die Platte ab und studierte den grünen, schnurgeraden Bruch, nickte allwissend und legte das Glas für einen weiteren Schnitt zurecht; der Geist, der ihn überkam, ließ ihn leise schnaufen. Geschah das Unglück, dass eines der Kinder versehentlich einen kaum hörbaren Ton von sich gab, unterbrach Ajes die Arbeit mit einem gequälten und verletzten Blick auf Lene, setzte sich und schlug die Hände vor die Stirn. Er litt so lange, bis Lene ihn nach der üblichen Bestrafung der gesamten Nachkommenschaft und unter vielem Beklagen und Schmeicheln wieder sanft stimmte.

Der heimische Gottesdienst verlieh Ajes eine in sich gekehrte Würde, wenn er unter Fremden war; er bewegte sich dann mit einer unbeschreiblichen Betonung seiner Haltung und einem schicksalsschwangeren Gesichtsausdruck, als würde der Lauf der Welt von seinen Eingeweiden abhängen. Es quatschte in seinen abgelaufenen Holzschuhen, wenn er über die Erde schritt, und die Falten des schlottrigen, geflickten Hosenbodens wackelten gewichtig mal zu der einen, mal zu der anderen Seite, wie ein taktfest wiederholter, dunkler Orakelspruch. Ajes drückt viel von seinem Wesen mit dem Hinterteil aus.

Ansonsten war er ein wortkarger Mann. Nur die Politik, seine eigentliche Herzensangelegenheit, konnte ihn bisweilen so erhitzen, dass ihm einzelne Warnungen, Grundsätze und dunkle Reden über die Lippen kamen und man sich vorstellen konnte, was in der bescheidenen Hülle steckte. Der Apotheker der Gegend ließ in Ajes' Nähe einmal eine Bemerkung fallen, in der er die Hoffnung auf irgendetwas ausdrückte, das nichts mit Politik zu tun hatte. »Das geschieht gewiss nicht in diesem Kabinett«, entgegnete Ajes plötzlich. Irgendetwas hatte das Fass zum Überlaufen gebracht. Erstaunt wollte der Apotheker mehr hören, doch Ajes war bereits gegangen. Die Holzschuhe quatschten und die Falten des Hosenbodens wackelten wie eine Fügung von der einen zur anderen Seite. An diesem Tag meinte Lene aufgrund von Ajes' feierlicher Miene und gewisser bedeutungsvoller Worte, die er sich abnötigen ließ, zu wissen, dass ihr Mann nun endlich begonnen hatte, den Großen und Mächtigen den Stuhl vor die Tür zu stellen. Ängstlich und glücklich zugleich spürte sie, dass die Zeit nah war.

Und es *waren* bewegte Zeiten. Die Bauern hatten damals gerade begonnen, sich als Opposition gegen die Regierung zu vereinen. Unabhängig davon gab es Widerstand gegen das Militärwesen, und um die Proteste voranzutreiben, hatten einige sogar eine halbes Dutzend Büchsen aus England bestellt, während andere sich mit der heimischen Bewaffnung begnügten. Dieser Teil unserer politischen Geschichte ist bekannt, und auch, welches Ende es nahm. In dem Kirchspiel, um das es hier geht, wurde die Revolte von zwei Gensdarmen ohne Blutvergießen beendet.

Ajes' Seele blühte bei dem Aufstand und der allgemein

aufgeheizten politischen Stimmung auf. Während viele und bedeutendere Leute ihren Unmut durch Worte ausdrückten, trug Ajes seinen Teil durch Taten bei. Er schliff sämtliche Stechmesser im Sprengel! Er lötete einen alten Säbel, dessen Griff auseinanderklaffte, und er klebte all die Krüge und Teetassen wieder zusammen, die auf stürmischen Wahlversammlungen zu Bruch gingen. Er arbeitete in diesen Tagen wie im Fieber. Lene fürchtete um seinen Verstand. Aber er hielt durch.

Dann kam die Wahl. Es war ein Ereignis, weil der Landkreis zum ersten Mal einen radikalen Folketing-Abgeordneten bekam, allerdings war die Spannung von vornherein eher gering gewesen, da sich außer diesem Kandidaten niemand sonst zur Wahl gestellt hatte. Die Bevölkerung der Gegend war offensichtlich so kriegerisch gesonnen, dass die Verteidiger der provisorischen Gesetze der Regierung gar nicht erst den Versuch unternommen hatten, einen Gegenkandidaten aufzustellen. Der Kandidat der Radikalen hatte die Wahl mit seiner Kandidatur gewonnen. Dieser Wahlkreis fiel auch später durch Einstimmigkeit bei allen politischen Entscheidungen. In der Kür des Kandidaten bestand für Ajes der bedeutungsvollste Moment. Auch er hatte gewählt, doch gleichsam zufällig, der Schleifstein hatte wie ein Rückzugsort hinter ihm gestanden. Denn Ajes wusste genau, dass er kein Stimmrecht hatte. Dass er umsonst in einem Gebäude der Gemeinde wohnen durfte, betrachtete er als eine Art vornehmer Anerkennung seiner Verdienste, ein nationales Geschenk, das allerdings nicht das Wahlrecht umfasste. Bei einer schriftlichen Abstimmung hätte Ajes als Märtyrer einer inhumanen Gesetzgebung nach Hause gehen müssen. So weit war es jedoch nicht gekommen.

Die Wahl war eine angenehme Formalität, bei der der Wahlleiter die Versammlung aufforderte, für den einzigen Kandidaten den Arm zu heben. Alle Arme reckten sich in die Höhe. Unter lautlosem Schweigen blickte der Wahlleiter über diesen Wald von Armen. Er entdeckte einen einzigen Anwesenden am Rande der Versammlung, der seinen Arm nicht gehoben hatte. Der Wahlleiter zögerte … in diesem Moment reckte der Mann, es handelte sich um Schleifstein-Ajes, seinen kleinen Arm schwer und entschieden in die Luft. Einen Augenblick später erklärte der Wahlleiter den Folketingsmann für gewählt, und Hurrarufe ließen die Luft erzittern. Während des Beifallssturms rollte Ajes mit seinem Schleifstein davon. Die meisten hatten ihn überhaupt nicht bemerkt, nur ein paar Hofbesitzer hatten sich kurz umgedreht und den Mann mit dem Schleifstein mit einer Mischung aus Heiterkeit und Mitleid betrachtet.

Als Ajes zu Lene und den Kindern nach Hause kam, erkundigte er sich, ob es Kaffee gäbe. Lene wagte nicht, ihn auszufragen, aber ein Leuchten ging über ihr Gesicht. Ja, es gab Kaffee. Und sie würde alles für ihn tun, denn sie spürte, dass er glücklich war; sie fing an, laute Vogelschreie auszustoßen. Feier und Radau in der Hütte! Schließlich konnte Ajes nicht mehr an sich halten, er drückte sich mit dem Hintern auf die Bank und stieß Rauchwolken aus:

»Ich hab ihn durchgebracht!«

»Wirklich?«, rief Lene und sank vor dankbarer Ergriffenheit in die Knie. »Ist das wahr?«

Ajes blinzelt ein paar Mal weise durch den Rauch und nickt unmerklich, dann klappt er den Pfeifendeckel auf und wieder zu, blickt vor sich hin und nickt noch einmal.

Lene sinkt auf einen Stuhl: »Gott segne dich, Ajes!«

»Ja«, erklärt Ajes dann – sozusagen andeutungsweise –, »alles war möglich, aber ich wollte, dass er gewählt wurde. Der Wahlleiter hat sich tatsächlich nach mir umgesehen ... ich hab dann den Ausschlag gegeben ... und sie haben für mich Hurra geschrien ...«

An dieser Stelle sog Ajes die Brust voller Luft und beendete seinen Bericht in einem beherrschten, singenden Ton und einem Satz, der auch in einem Buch hätte stehen können:

»Ich war das Zünglein an der Waage ...«

Lene schrie aus vollem Hals, triumphierend wie ein Papagei.

Aber als sie kurz darauf sah, wie ein dumpfer Ausdruck sich auf den Zügen ihres Mannes ausbreitete – der Schatten, die große Selbstaufopferung –, nahm sie ihren Mut zusammen und flüsterte verklärt:

»Sie hätten *dich* wählen sollen ...«

Darauf erwiderte Ajes nichts, sondern saß nur lange mit beinahe geschlossenen, bebenden Augenlidern da, unter denen das Weiße der Augen schimmerte. Die unergründliche Maske der Weisheit und des Verzichts.

»*Du* hättest es sein sollen, Ajes«, wiederholte Lene und stieß einen tiefen Seufzer aus.

Und vielleicht hatte sie recht.

HERR JESPER

In Jütland erinnerte man sich noch lange an den starken Pastor von Ulbjerg und seine gewaltige Stimme. Man erzählte sich die üblichen Geschichten von den schier übermenschlichen Kräften des Pastors, die auch anderen zugeschrieben wurden: War etwas Schweres anzuheben, legte er wie zufällig einen Arm darunter und ersetzte so ein paar Männer; ein Pferdegespann hatte er samt Kutsche aus dem Morast gezogen, und einmal schlug er eine Axt so tief in den Hackklotz, dass kein Sterblicher seither imstande war, sie wieder herauszubekommen.

Allerdings waren auch Geschichten über den Pastor von Ulbjerg im Umlauf, die nicht über jeden starken Mann Gottes erzählt werden: So soll er seine Frau einmal im Jähzorn den Kirchturm hinaufgetragen und sie in alle vier Himmelsrichtungen aus den Schalllöchern herausgehalten und geschüttelt haben, als ob er irgendetwas Irdisches an ihr habe abschütteln wollen. Dieser Geschichte wurde nie wirklich Glauben geschenkt, denn es gab lediglich einen zufälligen Zeugen, und doch wurde sie erzählt und konnte eigentlich kaum erfunden sein.

Im Übrigen hatte man nichts darüber gehört, ob Herr Jesper mit seiner Kraft je Schaden angerichtet hatte. Als ein Mann der Kirche hielt er schließlich überhaupt nichts davon, sie zu zeigen. Über seine Predigten wurde weit und breit gesprochen, und als Redner war er nicht allein in der

Kirche zu hören, sondern noch eine Viertelmeile davon entfernt, eine so unvergleichliche Stimme hatte er.

An einem warmen Frühjahrsmorgen mit blendendem Sonnenschein und dem hektischen Summen der früh erwachten Fliegen ging Herr Jesper um vier Uhr in der Früh in seinem Studierzimmer auf und ab und lernte einen Psalm Davids auswendig. Wenn der Pastor studierte, klang es, als würden Salven von Musketenschüsse abgefeuert, denn die schweren Schnallenschuhe mit den zolldicken Sohlen lösten sich bei jedem Schritt nur mit einem lauten Knarren vom Fußboden. In dem Geräusch drückten sich das ansehnliche Körpergewicht wie die gemessene Ruhe des Mannes aus, mit der er hinter der verschlossenen Tür seine Autorität und Gottesfurcht pflegte. Wenn er in seiner Kammer von einer Wand zur anderen schritt und dabei in der Bibel las und sich selbst abhörte, dröhnte seine mächtige, monotone Stimme über den ganzen Hof. Selbst wenn er allein war, eignete sich Herr Jesper Gottes Wort ausschließlich mit einer deutlich vernehmbaren Stentorstimme an. Denn so wie das *Wort* nun einmal in den Schriften aufgezeichnet war und er es mit Gehorsam und Kraft in den Mund nahm, bestimmte es seinen Lebensinhalt und seine gesamte Welt. Der Sinn blieb dem Pastor von Ulbjerg freilich meist ein Mysterium, und in der Hoffnung, dies verbergen zu können, unterwarf er sich daher mit umso größerer Hingabe dem Wort selbst.

Herr Jesper stammte ursprünglich aus einer Bauernfamilie und war unter großen Opfern an die Bücher herangeführt worden, da seine ungewöhnlich kräftige Stimme bereits in seiner Jugend aufgefallen war. Seither hatte er viel erdulden müssen, Jahre von beinahe hoffnungsloser

Mühsal, denn das Lernen fiel ihm außerordentlich schwer. Und noch als älterer Mann fand er in seinem Pastorenamt keinen anderen Zugang zum Wort als durch Auswendiglernen, durch hartnäckige Wiederholung des Gelesenen, bis es ihm auf der Zunge lag und sich sauber und ohne zu stottern vortragen ließ. Auf diesem Verhältnis zwischen dem Wort Gottes und seiner gewaltigen, dröhnend durchdringenden Stimme, ob er nun sang, die Messe las oder predigte, beruhte seine Verkündigung, die er jedoch mit tiefem und echtem Ernst erfüllte.

Dieses Gefühl der Treue und des Eifers für sein Amt ließ Herrn Jesper schon in den Morgenstunden vollständig bekleidet zwischen seinen Büchern auf und ab gehen, mit einer großen Wollperücke auf dem Kopf, Kniehosen, dem langen schwarzen Talar und den beiden steifen Beffchen unter dem Kinn, obwohl die Hitze bereits schwer in der niedrigen Stube hing. Es war Samstag, und Herr Jesper las seine Predigt für den Sonntag, eine Arbeit, die im Wesentlichen daraus bestand, große Teile der heiligen Bücher auswendig zu lernen, damit er sie am nächsten Tag, ohne überlegen oder eine Pause einlegen zu müssen, von der Kanzel aufsagen konnte. Es war wahrlich eine Arbeit, und Herrn Jesper fiel sie nicht leicht.

Von vier Uhr morgens bis mittags um zwölf dröhnten der schwer federnde Schritt und seine unermüdliche Stimme aus dem Studierzimmer. Dann kam er von der geistigen Anstrengung verschwitzt und mit leerem Blick heraus, um sich eine Mittagspause zu gönnen. Als er aber sah, wie seine Ehefrau den Tisch deckte und still den Löffel an seinen Platz legte, ging ein Leuchten über das Gesicht des Pastors.

»Meine Birgitte«, sagte er wohlgemut und redete mit ihr über die Hitze an diesem Tag.

Und Birgitte, die trotz der sommerlichen Hitze ebenfalls von einer Menge an Kleidern züchtig verhüllt war, ging auf und ab, ohne ein einziges Mal den Kopf zu heben, scheu wie eine Dienstmagd, obwohl sie doch die Herrin auf dem Hof war.

Der Pastor betrachtete ihre noch immer kindliche Gestalt mit besonderer Freude, aber er blickte sie nur an, wenn sie den Tisch verließ und ihm den Rücken zukehrte. Jeden Tag ging es ihm zu Herzen, wenn er sah, wie dieses gute Kind sich alle Mühe gab, ihre Jugend in strengste Gemessenheit und Würde zu verwandeln. Ach, Frau Birgitte war nicht einmal achtzehn Jahre alt und hatte sich mit ihrem dunklen Kleid aus Beiderwand und einem Tuch bis an den Mund ein für alle Mal als ehrbare Pastorengattin vermummt. Er hatte seine heimliche Freude an ihrem künstlich gealterten Anblick, obwohl sie doch noch so jung und unreif war.

Er selbst war nicht mehr jung. Als Herr Jesper nach vielen Jahren der Entsagung und dem einsamen Stand als Hauslehrer endlich ein Pfarramt erhielt, war er beinahe fünfzig Jahre alt, und nun, am Nachmittag des Lebens, hatte die Vorsehung ihm Birgitte geschenkt. Andere Mächte hatten nachgeholfen: Birgitte war die Tochter des Pastors im Nachbarsprengel, der sehr viele Kinder hatte, die er gern versorgt sehen wollte – so hatte sich das Glück für beide Partner gefügt. Und was Birgitte betraf, konnte sie sich ein größeres Glück vorstellen, als die Frau eines Pastors zu werden, noch bevor sie achtzehn Jahre alt war? Meine Birgitte! Das Leben hielt viele Überraschungen bereit. Als Herr Jesper sie das erste Mal gesehen hatte, war sie eine hochaufgeschossene Göre in Holzschuhen gewesen, ständig blaugefroren und mit zerzaustem Haar, weil sie mit den Jungen ins Moor lief und über den Bach sprang. Im Freien war sie ausgesprochen lebhaft, sobald sie aber im Zimmer bleiben musste, war sie teilnahmslos und verstimmt – ein Mädchen, um das man sich kümmern musste. Und doch war sie tüchtig und fleißig, und wie es aussah, würde sie eine gute Hausfrau werden.

Schön im eigentlichen Sinne war Birgitte nicht, ihr Gesicht war ein wenig schief, und ihre kleinen Augen schien sie nicht richtig aufschlagen zu können. Sie hatte etwas Ungezähmtes an sich, worunter sie selbst litt; es fiel ihr schwer, sich an Gesellschaft zu gewöhnen, sie war allzu verlegen und bisweilen fing sie über irgendetwas an zu kichern und weinte hinterher, weil sie sich nicht hatte beherrschen können. Sie brauchte nur Ruhe und Zeit, um ein Mensch zu werden. Herr Jesper verspürte eine stille Freude, sie als Gemahlin zu haben und wachsen zu sehen – er hatte gewissermaßen eine Blütenknospe im Haus, die Zukunft.

Das Mittagessen, gepökelte Wurst und Kohlrabi, schmeckte dem Pastor ausgezeichnet. Nach dem Essen sprach er laut und deutlich ein Gebet, während Birgitte mit gefalteten roten Kinderhänden am anderen Ende des Tischs stand, wie immer mit gesenktem Kopf. Eine rötliche Strähne hatte sich unter ihrer Haube verirrt, der Pastor schob sie mit einem Finger zurück, freundlich und ganz nebenbei, und sie ließ den Kopf noch tiefer sinken.

Nach dem Mittagessen trat Herr Jesper hinaus auf die Treppe und fütterte seine Hühner. Es bereitete ihm Vergnügen, an der Tür zu stehen, in seinem sanftesten Diskant »putt, putt« zu rufen und zuzusehen, wie die Hühner von allen Seiten des Hofes angerannt kamen.

Der Knecht suchte ihn auf und erhielt seine Anweisungen. Herr Jesper bestellte seinen Grund und Boden selbst, natürlich nicht persönlich, obwohl er häufig mit sehnsuchtsvollen Blicken die Arbeit des Knechts auf dem Feld verfolgte. Aber ein Pastor kann schließlich nicht hinter dem Pflug gehen oder zentnerschwere Säcke schleppen.

Dann blickte der Pastor zum Himmel hinauf und blinzelte in die Sonne. Es war Zeit für den Mittagsschlaf, bevor er sich wieder seinem Pensum widmete.

In diesem Moment rumpelte es draußen auf der Straße, und eine schmale Kutsche bog in einer Staubwolke durchs Hoftor. Herr Jesper erkannte die Person in dem hängenden Kutschbock sofort, es war sein Schwiegervater, der Pastor von Sønderbølle. Erfreut trat Herr Jesper aus der Tür, um ihn zu begrüßen.

Der Alte war an einem Samstag unterwegs, unvorstellbar für Herrn Jesper, aber selbstverständlich musste man ihn willkommen heißen. Er wollte nicht absteigen, wurde dazu aber genötigt, dann saß er eine halbe Stunde bei einer Tonpfeife und einem Krug Bier gemütlich in der Stube und unterhielt sich freundlich mit seinem Schwiegersohn.

Eigentlich wollte er sich lediglich erkundigen, ob sein Amtsbruder ihm einige Informationen über den schändlichen nächtlichen Dieb geben konnte, der nun bereits seit mehreren Monaten die Gegend unsicher machte und in die Speisekammern der Leute einbrach. Nun sollte diesem Unwesen endlich ein Ende bereitet werden, und der Pastor aus Sønderbølle fühlte sich umso mehr dazu berufen, die Angelegenheit in die Hand zu nehmen, da der Dieb kürzlich der Speisekammer des Pfarrhauses einen nächtlichen Besuch abgestattet und sie nahezu geleert hatte. Daher wollte er nun Beweismaterial sammeln, um den Kerl zu ergreifen, wer immer es auch sein mochte. Aus diesem

Grund fuhr der Pastor umher und hörte sich die Aussagen der Menschen an, bei denen der Dieb eingebrochen war.

Herr Jesper hatte viel über diese Untaten gehört, konnte seinerseits aber nichts zur Aufklärung beitragen, daher unterhielten sie sich über andere Dinge, über die Pastoren gerne reden, wenn sie aufeinandertreffen und womit sie viel Zeit verbringen können: das Reich Gottes, Getreidesteuern, Opfergaben und den Zehnten.

Der Schwiegervater hatte es indes eilig und wollte weiter. Birgitte hatte mit gesenktem Blick die Stube betreten und ihrem Vater einen neuen Krug Bier hingestellt. Nun stand sie so merkwürdig da, ja, sie krümmte sich gleichsam unter seinem Blick und lief rasch wieder hinaus. Kaum hatte sie die Tür geschlossen, zwinkerte der Alte eifrig, wandte sich mit einem verschmitzten Nicken an seinen Schwiegersohn und beglückwünschte ihn zu dem, was ja ganz offensichtlich war: Birgitte war auf dem besten Weg, sein Haus zu segnen …

Hier hielt der Alte inne, etwas überrascht über die Art und Weise, wie der Schwiegersohn seine Glückwünsche aufnahm. Denn Herr Jesper riss zunächst geradezu entsetzt die Augen auf, sodass sie ihm beinahe aus den Höhlen traten, dann bekam er einen blutroten Kopf und geriet auf seinem Stuhl ins Schwanken, als wollte er zu Boden sinken. Der Alte kannte seinen Schwiegersohn als einen in gewisser Hinsicht sehr schamhaften Mann, eine Eigenschaft, die bei starken Menschen nicht ungewöhnlich ist, und hielt dies für den Grund seines Verhaltens. Er schmunzelte daher noch liebenswürdiger wie ein alter Kenner und wollte den bei dem Gedanken an sein Vaterglück erregten Schwiegersohn beruhigen, indem er ihm lange auf die Schulter klopfte.

Aber Herr Jesper erhob sich aus seinem Stuhl und schüttelte ihn ab; er war jetzt blass geworden, sein Mund zuckte an einer Seite, als hätte er ihn nicht mehr unter Kontrolle. Der Alte lachte laut auf, dies war wirklich allerliebst. Da richtete sich Herr Jesper mit einem Mal auf, riss sich mit einer gewaltigen Anstrengung zusammen, und mit sehr hellen Augen, die er direkt auf den Schwiegervater richtete, platzte es aus ihm heraus – der Psalm, den er am Vormittag auswendig gelernt hatte:

Bringet dar dem Herrn, ihr Himmlischen,
bringet dar dem Herrn Ehre und Stärke!
Bringet dar dem Herrn die Ehre seines Namens,
betet an den Herrn in heiligem Schmuck!
Die Stimme des Herrn erschallt über den Wassern,
der Gott der Ehre donnert,
der Herr, über großen Wassern.
Die Stimme des Herrn ergeht mit Macht,
die Stimme des Herrn ergeht herrlich.
Die Stimme des Herrn zerbricht die Zedern,
der Herr zerbricht die Zedern des Libanon.
Er lässt hüpfen wie ein Kalb den Libanon,
den Sirjon wie einen jungen Wildstier.

Der Alte winkte ab. Gut, gut. Ein hübscher Psalm, aber unter uns Auguren … außerdem verstand er nicht, warum Herr Jesper in diesem Moment den 29. Psalm zitierte. Das wusste Herr Jesper auch nicht, aber es ergab sich sozusagen von selbst, weil er ihn gerade erst gelernt hatte. Er hob die Stimme, bis sie in der Stube dröhnte wie die Posaunen des Jüngsten Gerichts:

Die Stimme des Herrn sprüht Feuerflammen;
die Stimme des Herrn lässt die Wüste erbeben,
der Herr lässt erbeben die Wüste Kadesch.
Die Stimme des Herrn lässt Eichen wirbeln
und reißt Wälder kahl.
In seinem Tempel ruft alles: ›Ehre!‹

Nun senkte der Alte den Kopf. Schließlich war dies das Wort. Herr Jesper schnaubte gewaltig, er keuchte unter dem mentalen Einfluss, als er den Psalm zu Ende sprach:

Der Herr hat seinen Thron über der Flut,
der Herr bleibt ein König in Ewigkeit.
Der Herr wird seinem Volk Kraft geben,
der Herr wird sein Volk segnen mit Frieden.

»Amen«, sagte der Alte und ließ das Kinn auf die Brust sinken, ohne den Ausbruch des Schwiegersohns recht zu verstehen, allerdings bedrängte er ihn auch nicht weiter. Kurz darauf brach er auf.

Herr Jesper ging in seine Kammer und überdachte einige Minuten sein Unglück. Ja, es war die Wahrheit, nun sah er es auch. Birgitte war in gesegneten Umständen. Aber das Kind war nicht von ihm.

Seit sie ihm in die Hand gegeben war, hatte er im Stillen auf ihre Jugend Rücksicht genommen; solange sie so zart war, hatte er ihr nicht die ganze Last des Daseins auf einmal aufbürden wollen. Das wusste er, etwas anderes war ihm aber kaum bewusst und verletzte ihn nun in seinen blindesten Instinkten: Er hatte ihr in aller Stille auch Aufschub gewährt, weil er gehofft hatte, *sie* würde sich ihm von sich aus zuwenden. Solange sie nicht in der

Lage war, ihm direkt ins Gesicht zu sehen, solange sie vor Schreck zitterte wie ein gefangener Vogel in der hohlen Hand, konnte der Pastor von Ulbjerg Birgitte nicht als die ihm durch das Gesetz und die Propheten anvertraute Ehefrau ansehen. Es war nun einmal eine ihm eigene Besonderheit, eine rein private Eigenheit, die er sich kaum selbst eingestand, nach der er aber lebte.

Er war so glücklich damit gewesen. Er, der selbst so gefeit war gegen die Versuchungen des Fleisches, hatte sich gefreut und war dankbar gewesen, über die Macht zu verfügen, weniger hart als das Dasein zu sein. Und er war sich so sicher wie seiner Seligkeit gewesen, dass *sie* zu ihm kommen würde, sie würde von allein kommen, wenn er ihr nur genügend Zeit gab. Und nun ... wie ... wer ... Tod und Höllenpein ... wie war es dazu gekommen?

Aus dem Studierzimmer donnerte des Pastors Stimme wie beim Jüngsten Gericht:

»*Birgitte!*«

Da er sie rief, schlich sie durch die Zimmer zu ihm hinauf, und als sie durch die Tür kroch und ihn sah, nun nicht mehr in Talar und Perücke, denn er konnte die Hitze nicht mehr ertragen, sondern mit Ärmelschonern, korpulent und mit dem wie einem Knecht kurzgeschorenen Kopf, der bis an den Deckenbalken ragte, erblickte sie ihr Urteil in seinen Augen. Sie fiel nieder: Bei der bloßen Erwartung des Unwetters sank sie zu Boden. Und als er kam, knarr, knarr, knarr – ohne einen Laut von sich zu geben, drehte sie sich auf den Rücken, lag ganz still da und sah zu ihm auf. Zum ersten Mal begegnete sie seinem Blick, sie sah ihn an wie das Wild, das den Gnadenstoß erwartet, ein dunkler, ferner Blick, jedoch ohne jede Furcht.

Eine Weile stand er über ihr. Und hätte sie sich auch nur gerührt oder protestiert, hätte er sie in Stücke gerissen. Doch sie lag ganz still da und hatte sich der Hand des Todes überlassen. Stöhnend wandte er sich von ihr ab und stieß ein Fenster zum Garten auf. »Oh«, stöhnte er laut auf.

Eine Woge aus Honigduft traf sein Gesicht. Zwischen den in der Blüte stehenden Apfelbäumen, die wie in einem funkensprühenden Feuernebel in der Mittagssonne schwebten, erklang heiß und trächtig ein und dieselbe hohe Note, es waren die Bienen. Ja, die Bienen. Sie waren so eifrig, so emsig. Die Luft war voll von ihnen; in ganzen singenden Wolken, in denen Tausende erregter Bienen summten und wirbelten, standen sie vor dem Licht. Aber was war das: Zog die Wolke nicht in eine bestimmte Richtung, verdichtete sie sich nicht um einen Kern, der irgendwo außerhalb seines Blickfeldes lag? Herr Jesper beugte sich weiter vor, und ganz richtig:

»Birgitte, der Bienenschwarm teilt sich«, sagte er und wandte sich vom Fenster ab. Seine Stimme war leiser geworden, die Worte klangen gleichmütig, beinahe sanft. Doch seiner Stirn war der Gram anzusehen.

Also zogen die Leute vom Pfarrhof, und wer in der Mittagszeit sonst noch auf den Beinen war, los, um den Bienenschwarm einzufangen – Herr Jesper mit einem Bienenkorb und einem Laken an der Spitze. Birgitte sprang dem Schwarm durch den grünen Roggen nach und klingelte dabei unablässig mit einem Messingmörser, als ginge es um ihr Leben. Sie hüpfte im Roggen, dass ihr die Röcke von den Mädchenbeinen aufflogen. Ach, würden die Bienen doch immer so schwärmen, Birgitte! Doch die Jagd fand ein Ende. Die Bienen sammelten sich draußen auf dem Feld in einem Baum, und der Pastor konnte eine Leiter anlegen und den Korb über den Schwarm stülpen, ohne allzu sehr gestochen zu werden. Dann ging man wieder nach Hause.

Endlich hoffte man auf Ruhe für den Mittagsschlaf. Als alle sich hingelegt hatten, brachte Herr Jesper seine Frau hinauf zur Kirche und unterzog sie einem Verhör. Er war gefasst, als er sie ausfragte, und sie antwortete wie ein Schulmädchen, das vor seinem Lehrer steht, sie leugnete nichts. Es war noch schlimmer, als er es sich vorgestellt hatte.

Der Pastor erfuhr, dass der Einbrecher, der die Gegend seit langem unsicher gemacht hatte, sich auf seinem eigenen Dachboden versteckt hielt. Dort hatte er sich die ganze Zeit aufgehalten, und ihm verdankte Birgitte ihren Zustand! Es war einer von Birgittes Kameraden, mit denen sie als Kind im Moor gespielt hatte. Er hatte sich zu einem unbändigen Taugenichts entwickelt, den man zu den Soldaten hatte schicken müssen. Doch er war von seinem Regiment desertiert und auf direktem Weg in seine Heimat zu Birgitte gelaufen, die ihn die ganze Zeit über auf dem Dachboden versteckt hatte. Und nun hatte man sie also entdeckt.

Als der Pastor den Umfang seiner Schande erkannte und sie zum ersten Mal in ihrer Gesamtheit überblickte, kochte dem stattlichen Mann das Blut vor Zorn, doch er behielt einen kühlen Kopf. Und so kam es, dass er in kalter Leidenschaft seine Frau sämtliche Treppen des Turms hinauftrug und sie in alle vier Himmelsrichtungen aus den Schalllöchern hinaushielt – und jedes Mal überkam ihn die Versuchung, sie fallen zu lassen, doch jedes Mal beließ er es dabei, sie über der Tiefe zu schütteln. Und sie schrie oder jammerte während ihrer Bestrafung nicht ein einziges Mal, denn sie wusste um ihre Schuld. Vermutlich war dies ihre Rettung.

Aber er brachte sie doch dazu, sich eine Blöße zu geben, allerdings auf eine Weise, die ihm in der Seele wehtat. Als sie von ihrem Ausflug wieder nach Hause kamen, sah sich der Pastor im Flur um, und als er einen Strick gefunden hatte, sah er Birgitte mit festem Blick an, um zu sehen, welche Wirkung dies auf sie haben würde. Vermutlich war ihr erster Gedanke, dass er sich erhängen wollte, und es entsetzte ihn, dass sich in ihren jungen, abgestumpften Zügen keine Miene regte. Ihre Augen blickten ihn weiter ausdruckslos an. Doch als er sich der Bodenleiter zuwandte und sie mit einem Mal verstand, dass er den Burschen fesseln wollte, der sich auf dem Dachboden verbarg, da brachte ein Schrei von Birgitte ihn dazu, sich umzudrehen. Es war das erste Lebenszeichen, das sie von sich gab, ein kurzes angsterfülltes Geräusch wie von zerspringendem Glas. Sie stand da und verfolgte ihn mit den Augen, sie wusste, was er vorhatte. Und sie, die um ihrer selbst willen keinen Laut von sich gegeben und nicht die geringste Anteilnahme für ihren Ehemann gezeigt hatte, zitterte nun von Kopf bis Fuß bei dem Gedanken an *ihn* dort oben und was *ihm* wohl bevorstand.

Der Pastor zögerte. Es schmerzte. Doch er wollte das Leiden abschütteln und stieg die Leiter hinauf, aber da schrie sie ihm in tiefster Angst »*Nein! Nein!*« hinterher, sodass er sich einfach umdrehen und sie ansehen musste.

Vornübergebeugt stand sie mit weit aufgerissenem Mund da, ein Bild panischer Angst, und als sie sah, dass er schwankte, ging sie händeringend auf ihn zu, flehte ihn mit feuchten Lippen an und suchte mit ihren kleinen tiefliegenden, heißen Augen die Barmherzigkeit seiner Seele. Niemals hatte er eine Frau so voller wilder Hingabe gesehen, und es verbrannte ihn wie glühendes Eisen, dass diese Hingabe einem anderen galt.

Nun war er gebrochen. Er sah ein, dass jeder Schlag, den er ihm dort oben versetzen würde, *sie* traf; jede Schlinge des Stricks, den er um dessen Handgelenke legte, würde bei ihr blutige Striemen hinterlassen, und noch war sie ihm trotz allem zu lieb, als dass er sie hätte zugrunde richten können. Schließlich trug die Hauptschuld doch ein anderer.

Der Pastor hängte den Strick wieder auf und ging mit der Hand an der Stirn einige Male auf und ab, schwer dröhnten die Schritte auf dem Boden. Als Birgitte spürte, dass die Gefahr vorüber war, brach sie in Tränen aus, krümmte sich zusammen und erleichterte ihr Herz mit einigen erstickten, tiefen Kehllauten, die an das Knurren eines Schafs erinnerten, wenn es mit einem Strumpfband ums Maul gezurrt daliegt und abgestochen wird. Für Birgitte bedeutete dieses Weinen indes eine Rückkehr ins Leben.

Den Pastor jedoch rührte es nicht. Er wandte ihr den Rücken zu und ging in seine Kammer. Birgitte schlich auf den Dachboden.

Herr Jesper war ein einsamer Mann, so einsam, wie man es nur sein kann, als er in seine Kammer kam und die Tür hinter sich geschlossen hatte, wie es geschrieben steht. Er wanderte eine Zeitlang geistesabwesend auf und ab, blickte auf die Rücken seiner Bücher und rang die leeren Hände. Er stand am Fenster und blickte hinaus in den Garten, wo die Bienen zur Ruhe gekommen waren und die Apfelblüte im Sonnenschein schwamm.

Etwas sang gegen die Fensterscheibe an, es war ein winzig kleiner, leiser Ton. Eine Mücke tanzte mit hauchdünnen Beinen gegen das Glas, auf und ab, immer wieder, sie stieß gegen ein Hindernis, das sie nicht sah, das aber ihren Flug ins Freie verhinderte. Warum sollte der allerkleinste von Gottes Vögeln nicht auch hinaus in den Sonnenschein? Der Pastor öffnete das Fenster, und die Mücke schwärmte mit ihren herabhängenden Beinen wie ein Fussel schräg hinaus in die Luft, ihre Flügel erstrahlten vergoldet und verschwanden in den Flammen der Sonne.

Ach, die Welt konnte sich nicht verstecken, sie war ein Meer aus Blumen, Sonne und unendlichem Himmel! Lag die ganze Welt unter einem heiligen Sommerglorienschein oder hatte ein großer einfältiger Mann nur die Süße des Lebens entdeckt, sodass er nichts anderes mehr sehen konnte als Erbarmen, obwohl die Wirklichkeit möglicherweise nur Bitterkeit und Tod zu bieten hatte? Ach was, der Tag war schön!

Als die Menschen auf dem Pfarrhof aus ihrem Mittagsschlaf erwachten, hörten sie die Stimme des Hausherrn aus dem Studierzimmer, gleichmäßig psalmodierend, vielleicht sogar noch kraftvoller als am Vormittag. Herr Jesper lernte einen Psalm Davids auswendig:

Aus der Tiefe rufe ich, HERR, zu dir.
Herr, höre meine Stimme!
Lass deine Ohren merken
auf die Stimme meines Flehens!
Wenn du, HERR, Sünden anrechnen willst –
Herr, wer wird bestehen?
Denn bei dir ist die Vergebung,
dass man dich fürchte.

Ich harre des HERRN,
meine Seele harret,
und ich hoffe auf sein Wort.
Meine Seele wartet auf den HERRN
mehr als die Wächter auf den Morgen,
mehr als die Wächter auf den Morgen
hofft Israel auf den HERRN!
Denn bei dem HERRN ist die Gnade
und viel Erlösung bei ihm.
Und er wird Israel erlösen
aus allen seinen Sünden.

Von diesem Tag an hörte man in der Gegend nichts
mehr von dem Einbrecher; er war verschwunden, und
die Speisekammern der Dorfbewohner hatten Ruhe vor
ihm. Herr Jesper predigte am Sonntag mit einer Kraft und
Hingabe, wie die Gemeinde sie nie zuvor gehört hatte,
vor allem die beiden Psalme Davids bekamen in seinem
Mund den Klang der Macht des Herrn. Die Menschen in
den Kirchenbänken zogen die Köpfe ein unter dem Gebrüll seiner Verkündung. Dieser Mann musste wirklich
nicht ins Buch schauen, er kannte seinen Text genau. Und
was er verkündete, kam von Herzen.

In späteren Jahren hatte Birgitte sich offenbar doch
noch aus freien Stücken dem Pastor zugewandt, wenn
man einem alten Gemälde Glauben schenken darf, das
in der Kirche von Ulbjerg hängt und den ehrwürdigen
Herrn Jesper mit seiner Ehefrau und ihren elf Kindern
zeigt, die sie in einer gottesfürchtigen Ehe bekommen
hatten. Alle sind etwa gleich groß und wären im Alter
kaum zu unterscheiden gewesen, hätte man die ganze
Kinderschar nicht der Größe nach in zwei Reihen auf-

gestellt, ein Kind stets einen halben Kopf kleiner als das vorherige, bis hinab zum Säugling, der wie eine Puppe bis zur Brust eingewickelt in der unteren Ecke des Bildes schwebt. Lauter ehrbare und hübsche Kinder.

Jeder Einzelne der ordentlich aufgestellten Familie wendet sein Gesicht dem Betrachter zu und blickt mit beiden Augen aus dem Gemälde, mit Ausnahme des Ältesten, einem Jungen mit auffallend großem Adamsapfel, der im Profil gemalt ist.

DER EMIGRANT

Bei einer Himmerlandsgeschichte, die ich bisher nie erzählt habe, wurde der Schauplatz nach Amerika verlegt. Es ist die Geschichte vom Auswanderer mit seinem oft so armseligen Gepäck, eine Geschichte vom Aufbruch aus einer alten Kultur, die ihn nicht länger ernähren kann, und eine Geschichte des Neusiedlerlebens dort drüben, das ihn härter, bisweilen auch vermögender, aber auch leerer werden lässt, obgleich er dies vor sich selbst zu verbergen versucht. Der Abstand vom Bauern zum »Farmer« ist größer, als dass er in einem Menschenleben überwunden werden könnte; was auch immer bei einer Auswanderung verloren oder gewonnen wird, sie fordert eine Generation als Opfer.

Wie viele sind freiwillig und mit verbundenen Augen über den Atlantik ihrer Auslöschung als Mensch entgegengegangen, um sich als Dänen zu verlieren und mit anzusehen, wie ihre Kinder – wenn es gut geht und sie Amerikaner werden – in einer anderen Klasse verschwinden. Niemals wächst der Auswanderer über sich selbst hinaus, für ihn gibt es kein *Zurück*, er wird es jedoch nie begreifen. Dieser heldenmütige und in jeder Hinsicht redliche, aber der seelischen Verdammnis geweihte Himmerländer hätte seine Geschichte verdient.

Ich selbst habe es probiert, wenn auch nur als Amateur, ich habe mich nach bestem Wissen bemüht, meine Begriffswelt von Graabølle nach Chicago zu erweitern; dass ich den »Auswanderer« dennoch mehr oder weniger fallen ließ, liegt meiner Ansicht nach daran, dass es in seinem Fall keine wirkliche, wahre Geschichte gibt. Rein äußerlich ist sein Schicksal ziemlich einförmig und nur sehr selten so abenteuerlich, wie man es eigentlich erwartet. Allerdings sind die inneren, wichtigeren Ereignisse im Grunde nur im umgekehrten Sinne wesentlich, es ist die Geschichte über das, was nicht *war*, woraus nichts *wurde*, es ist die Geschichte der Vorläufigkeit und des Übergangs, lauter Fixpunkte, an denen Kunst, die sich plastisch abheben will, schöpferisch nicht ansetzen kann, so unbarmherzig es sich auch anhören mag. Mir fehlte die *Figur*, und der Grund dafür ist, dass sie kein Leben hat; dies ist mir bewusst.

Andererseits hatte ich die Gelegenheit, viele Auswandererschicksale im Kleinen zu verfolgen, das gebrochene Spiel dieses Typs bei dem einen oder anderen der Leute zu beobachten, denen ich in Amerika begegnet bin oder die ich aus ihrer Heimat im alten Land kenne. Das Himmerland hat einen hohen Prozentsatz seiner Bevölkerung über den Atlantik geschickt.

Ich komme nur noch selten in den kleinen, abgelegenen Weiler, in dem ich seinerzeit mit den Kindern der kleinen Bauernhöfe und abseits gelegenen Katen zur Volksschule ging; viele dieser Knirpse mussten in Holzschuhen, mit einem Stück Brot und dem in ein Tuch gebundenen Katechismus in der Hand eine gute Meile zur Schule laufen. Aber jedes Mal, wenn mich mein Weg in die himmerländische Heimat zurückführt, höre ich Neues von dem einen oder anderen kleinen Kameraden aus Schultagen, und ziemlich regelmäßig wird erzählt, dass er oder sie,

Laust oder Ane Sofie, aus Amerika zurückgekommen sind – es sei denn, das Neueste ist, dass sie erneut dorthin gereist sind.

Es ist lange her. All die Erinnerungen, die mit der Schar von Schulkindern verbunden sind, mit denen ich Butterbrote und Kirchenlieder geteilt und von deren Schicksalen ich später bruchstückhaft aus der Ferne erfahren habe – die meisten von ihnen leben in Amerika –, formen sich für mich zu einem sonderbaren Baum. Seine Wurzeln sind die Kindheit mit ihren Gestalten, beständig und unvergänglich wie Homers liebgewonnene Helden, und seine Krone ist die Auswanderung – Chicago, die vergangene Zeit, ein seltenes Wiedersehen mit jemandem, der fort war und nun alt geworden ist, eine Verästelung von Schicksalen, die sich nicht überblicken lassen, die aber bereits beginnen, das bekannte Gesamtbild zu formen: Es ist eine Generation, die wie alle anderen Generationen auf ihrem Weg von der Wiege bis zum Grabe ist, es ist *unsere* Generation, die Generation der Kinder aus der Schule von Graabølle.

Dennoch glaube ich, dass wir ein besonderes Schicksal teilen. Bestimmte Umstände deuten darauf hin, dass wir genau an der Grenze einer Zeit des Aufbruchs geboren wurden, in den Jahren nach 1864, als es bei den Bauern in jeder Hinsicht zu Veränderungen kam. Sie wurden Parteigänger der Venstre, und ihre Kinder gingen nach Amerika. Die jahrhundertealte charakteristische Bauernkultur wich der Genossenschaftsbewegung und vielen anderen neuen Dingen, die zur Auflösung der alten Kultur führten; nur ein Hauch des Verschwundenen hält noch an der Verbindung zur Vergangenheit fest. Dazu gehören meine Schilderungen des bäuerlichen Lebens.

Ich selbst musste natürlich auch aufbrechen und *mein* Amerika erleben, und ich bildete mir ein, meinem Schicksal zu entkommen, indem ich mich fürstlich von allen anderen unterschied, wie es sich *ver sacrum* gehört; nur hörte ich später, dass all die anderen – Laust und Poul, Bertel und Anton – Amerika ebenfalls erlebt hatten und wieder nach Hause gekommen waren, und zwar, ähnlich wie ich, ein oder zwei Mal.

Jeder von uns hat die Erfahrung seiner eigenen, individuellen Auswanderung und Heimkehr, aber es *war* die gleiche Strömung. O ja, wir alle wollten uns vollkommen anders verhalten als alle anderen Menschen – das Ergebnis zeigt indes, dass wir genau darin allen anderen gleichen.

Nun, da sich eine gewisse Ruhe über unsere Unbeständigkeit gelegt hat, verspürt man den Drang nach einem Resümee über all das, was dieses Amerika uns innerlich und äußerlich gegeben hat.

Zunächst muss ich an Laust denken, den ich gesehen habe, als ich das letzte Mal zu Hause war, und dessen Schicksal sich durchaus wechselhaft gestaltet hat. Laust kam von einem kleinen Hof, dessen Kinder unsere engsten Spielkameraden waren. Drei Söhne und zwei Töchter des Hofs wanderten nach Amerika aus, und das ist nur ein Beispiel von vielen. Es gibt Höfe in Jütland, auf denen nur noch die Alten leben, die in ihren zittrigen Fingern Briefe aus Minnesota und vornehme Kabinettfotografien ihrer Kinder halten, mit Scheiteln, weißen Kleidern und dem Nachwuchs auf dem Schoß; es sind kleine neue Köpfe mit den Gesichtszügen der Familie, aber in ihren Augen ist eine neue, offene Welt zu sehen. Und dann reden die Alten über die dort drüben …!

Laust war einer der Jüngsten auf dem Hof. Ich glaube,

der wilde Mogens brach als Erster auf, er ließ erst Mads, dann die beiden Mädchen und schließlich auch Laust nachkommen. Mogens habe ich als tollkühnen, unbändigen Jungen in Erinnerung, frech und in jeder Hinsicht frühreif. Ein Schelm, mit dem ich einer blökenden Versammlung von »Heiligen« eine ausgehöhlte weiße Rübe mit einer brennenden Kerze und glühenden Augen durch die Tür geschmissen habe. Von den richtigen Bauern wurden diese Leute damals ziemlich verachtet. Bei dieser Tat half uns Mogens Bruder Mads, der schielte und so fett war, dass ihm alles aus den Händen glitt. Es gelang mir nie, Mads im Ringen zu besiegen, denn man konnte ihn nicht festhalten, und außerdem musste ich immer lachen, wenn ich versuchte, diesen Burschen zu Fall zu bringen, der feist wie eine Made war. Dann schwanden mir die Kräfte, und Mads gewann. Er schielte dermaßen, dass er ein Buch bis zu seinem Nebenmann schräg zur Seite halten musste, damit er es überhaupt sehen konnte. Allerdings hatte die Natur ihn auch nicht für Bücher auserkoren, deshalb ist er jetzt auch Farmer irgendwo da drüben in einem der mittleren Staaten. Dort hat er sich niedergelassen und hängt offenbar an seinem neuen Land. Jedenfalls hört man bei ihm nichts über irgendwelche Veränderungen. Er ist somit aus der Geschichte verschwunden.

Mit Mogens hingegen ist das Schicksal noch längst nicht fertig. Ich weiß von diesem schlagfertigen Burschen, dass er im Laufe von zwanzig tapferen und wechselvollen Jahre in *allen* Teilen Amerikas *alles* gewesen ist, vom Kellner – er hat überwiegend als Kellner gearbeitet – bis zum Freiwilligen im Kuba-Krieg, Klondike nicht zu vergessen. Er war ein schlanker Bursche, mager wegen seines ewigen Unfugs, das genaue Gegenteil seines Bruders, und ich kann mir nicht vorstellen, dass er in Amerika Speck auf die Rippen bekommen hat. Aber was er jetzt alles *weiß*!

Bei Laust setzte das Schicksal indes ein Semikolon, und seine kleine Alltagstragödie mit ihren Stimmungsschwankungen zwischen Euphorie und Niedergeschlagenheit, Fremde und Heimat sind mein Thema. Laust war noch ein kleiner Junge, blond und mit nackten, staubigen Füßen, als er aus meiner Erinnerung verschwand, doch bereits damals hatte er ein Gespür für Musik, später wurde er auch Dorfmusikant. In Randers lernte er Geige und Horn zu spielen und mischte sich unter die anderen Spielmänner, die bei den Festen in der Gegend musizierten – gleichzeitig ging er seiner Arbeit als Bauer nach. Dann schrieben ihm seine Brüder, und er brach wie all die anderen nach Westen auf. Viele Jahre habe ich ihn nicht gesehen, aber ich hörte, dass die fünf Geschwister dort drüben zusammenhielten und mit einigen anderen jungen Leuten aus Graabølle, ebenfalls Schulkameraden von mir, in Chicago und der Umgebung der Stadt eine kleine dänische Kolonie gegründet hätten: In den USA habe ich Leute getroffen, die sie kannten, aber nie sie selbst. Es erging ihnen, wie es Dänen in Amerika eben ergeht: Sie blieben auf ihrem Grund und Boden und brachten es auch nicht zu mehr als in Dänemark. Eines der Mädchen heiratete einen Mann aus unserem Dorf, meinen alten Kameraden Poul, mit dem ich mich immer geprügelt habe. Sie eröffneten ein kleines Lokal in Chicago, der erste Versuch, den rein bäuerlichen Verhältnissen zu entkommen.

Allerdings glaube ich, dass die ganze Gruppe an der Emigrantenkrankheit litt; mal reisten sie nach Hause, dann wieder zurück, und nach allem, was ich höre, ist die Situation unverändert. Es sei ihnen verziehen, denn ich kenne den Schmerz; zu Hause sitzen die Alten, und deshalb fühlt man sich sogar an Orten, die man nicht verlassen mag, nie wirklich heimisch. Die unvergesslichen Züge gewisser alter Bauern konnten auch mich über das Meer nach Hause locken, obwohl ich nicht mit ihnen blutsverwandt bin. Daher bin ich auch nicht überrascht, wenn ich bei meinen Besuchen zu Hause höre, dass sie mal hier und dann wieder dort sind. Und ich denke, wir Kinder aus der Schule von Graabølle werden es auch nicht weiter als bis zu diesem Hin und Her bringen.

Als ich vor ein paar Jahren auf einem kurzen Besuch daheim vorbeischaute, traf ich Laust. Ich hatte bereits von seinem Unfall in Amerika gehört. Bei einer Felssprengung hatte er sich nicht rechtzeitig in Sicherheit gebracht, seine rechte Hand war zerschmettert, auf dem einen Auge war er völlig, auf dem anderen beinahe blind. Amerika wird ihn jetzt wohl *festhalten*, war mir durch den Kopf gegangen, als ich es hörte, aber Laust hatte also doch noch so viel sehen können, dass er nach Hause fand.

Im Dorf fand ein »Ball der reiferen Herzen« statt, dort begegnete ich Laust, der zu den alten Tänzen aufspielte. Ich erkannte ihn nicht wieder. Nichts war von dem kleinen barhäuptigen Hirtenjungen meiner Kindheit geblieben, er glich einem dieser undefinierbaren Amerikaner, die man *Overall*-Typen nennen könnte, weder arm noch reich, weder oben noch unten. Durch die Invalidität verblasste seine von der Arbeit geprägte Erscheinung, und durch die dicke, lichtbrechende Brille, die seine Augen verbarg, schien sein Gesicht gleichsam maskiert zu sein. Die rechte Hand war verstümmelt, konnte aber noch den Bogen führen. Das Merkwürdigste jedoch war, dass alles Bäuerliche aus seinem Gesicht verschwunden war, ohne dass sich ein wirklich neuer Charakterzug ergeben hätte. Das Gesicht hatte dieses eigentümlich vertrocknete und kautschukartige Aussehen, das den Yankee kennzeichnet, es trug den Stempel des Binnenlandklimas. Wir unterhielten uns eine Weile, als hätten wir uns nie aus den Augen verloren, aber auch er erkannte mich nicht wieder. Und doch waren wir es, er und ich. Sein Wesen, alles an seiner Person hatte dieses unbeschreiblich Transatlantische, das zu seiner zweiten Natur geworden war, und doch hatte er sich nicht verändert. Bisweilen rutschte ihm ein auf Dänisch ausgesprochenes *well* aus dem Mund, sonst sprach er zum Glück nicht diese fade Sprachsuppe aus Dänisch mit englischen Brocken, mit der Dänisch-Amerikaner für gewöhnlich ihre Fantasie zum Narren halten; er hatte keine Illusionen. Dann erzählte er mir in zwei Worten seine Geschichte. Ja, es gehe ihm ausgezeichnet in Amerika – aber er sehne sich stets nach Hause …

Und Laust hob die Fiedel in Richtung der lichtbrechenden Prismen, die seine Augen verbargen, und stimmte den »Viereck« an – mein Gott, dieser alte verhexte Rundtanz, diese primitive Raserei, bei der unsere Kindheit wie Elmsfeuer in den Haaren knisterte! Lausts Mutter, die alte Bauersfrau, tanzte ihn standhaft wie eine Eiche, mit fliegenden Röcken und jugendlichem Funkeln. Und ich forderte Karen Marie auf, eine Freundin aus Schultagen – nun eine abgehärtete Frau, die sieben Geburten hinter sich hat –, und führte sie zum wilden Kehraus des »Vierecks«. Hui! Wer einmal gelernt hat, eine Freundin zu dieser alten galoppierenden Melodie herumzuschwenken, wird ohne diesen Tanz seine Kindheit niemals wiederfinden; und der Blick, den eine ergraute Bauersfrau ihrem Tänzer zuwirft, mit dem sie einmal zur Schule ging, ist das verlorene Land.

Laust spielte all die richtigen alten Töne, das Tanzvergnügen ging mit Todesverachtung weiter, und tatsächlich waren es die Alten, die sich an diesem Abend auf dem Tanzboden vergnügten. An so manchem kühnen Blick ließ sich ablesen, dass es seinerzeit absolut unglaubliche Zufälle – gepaart mit heftigen Trieben – gewesen waren, die über die Herkunft der künftigen Generation entschieden hatten!

Und während die Ausgelassenheit – in entzücktem Wiedererinnern – sich auf der Tanzfläche austobte, saß Laust da, legte das Ohr an seine Fiedel und verlor sich mit einem blinden Gesicht und ohne jede Sentimentalität in den heimatlichen Melodien; er war einfach nur zu Hause. Die alten herzlichen Bauernwalzer, mit denen unsere Vorfahren sich während ihrer jahrhundertelangen Armut getröstet hatten, spielte seine Fiedel mit der Energie eines Kenners, in überlegenem, sicherem Takt, er *war* endlich dort, wo er hingehörte.

Von Laust habe ich zuletzt gehört, dass er wieder nach Chicago zurückgekehrt ist. Ja, so gut wie blind und mit nur einer Hand ist er über den Atlantik zurückgegangen, tastet sich jetzt vermutlich durch das Boardinghouse seiner Schwester an der Milwaukee Avenue und macht sich so nützlich, wie es einem Versehrten eben möglich ist.

Der alte Schlachtgesang der Todgeweihten:

I crossed Mississippi,
I shall cross Missouri …

GRAABØLLE

Auf der Landkarte des Himmerlands wird man diesen Ort vergeblich suchen. Er ist mythisch, aber die Stadt gibt es tatsächlich.

Der älteste Teil liegt in der Nähe der Kirche an einem kleinen Weiher, es sind einige wenige Höfe mit uraltem, umzäuntem Land und Spuren von anderen, inzwischen verschwundenen Gebäuden, alten Einfriedungen und Hagebuttenbüschen. Es ist die ursprüngliche *Ansiedlung*, in der einzelne Äcker noch von der urgermanischen Gemeinwirtschaft des Altertums geprägt sind. Um diesen Kern herum liegen vereinzelte Aussiedlerhöfe. Nach allen Seiten erstrecken sich Heide und Moor, westwärts blickt man bis zum Limfjord und nach Osten bis in die Gegend von Hobro und dem Rold Skov.

Die Wege, die in das alte Graabølle führten, sind draußen auf der Heide noch immer zu erkennen; sie kriechen ins Heidekraut hinein und wieder hinaus, eine Spur neben der anderen, so wie der Fronbauer sie mit seinem schmalen Wagen zog, wenn er neben der alten Spur eine neue anlegte, weil der alte Weg so ausgefahren war, dass die Teerkanne unter der Hinterachse aufschlug. Bisweilen liegen zwei Dutzend Spuren nebeneinander, aufwärts und abwärts, hinein und wieder hinaus aus der wilden Heide, in der es weder Straßengräben noch befestigte Straßen gab. Auf eine so eigenartige Weise erzählen die alten Fronwege von dieser jahrhundertealten armseligen Prozession, von Menschen, die langsam und geduldig durch ihr Dasein fuhren und den Sprengel nie verließen.

Die acht- oder neunhundert Jahre alte Kirche, eine der typisch jütländischen Dorfkirchen aus buntscheckigen Granitquadern, mit Waffenhaus und weißgekalktem Turm, passt als Monument sehr gut zu dem alten Fronweg und erzählt jeden Abend, wenn zum Sonnenuntergang geläutet wird, mit ihrer kleinen grünspanüberzogenen, klingenden Glocke vom schwermütigen Pilgergang unter dem Joch.

Und dann führt der Kongevejen, der Königsweg, wie eine weiße Brücke breit und schnurgerade durch die Heide, eine Chaussee mit Sand- und Schotterhaufen und gusseisernen Meilensteinen, die mitten in dieser öden Heide tröstend verkünden, dass es acht Meilen bis Aalborg sind.

Vor gut zwei Menschenaltern wurde die Landstraße angelegt, und mit ihr kamen die Kreisverwaltung und alles, was zum Wesen eines Landkreises gehört: eine Apotheke, ein Arzt, eine Hebamme und so weiter. Graabølle wurde zur Kreisstadt, und der Schwerpunkt verlagerte sich von nun an auf die Landstraße.

Die Chaussee wurde zu einer vielbefahrenen Straße, zum heimlichen Ärger vieler Bewohner des alten Dorfes am Weiher hinter der Kirche, wo zum Beispiel der Bakhofbauer wohnte, der sich nie an die schändliche Geschäftigkeit der Leute gewöhnte. Ja, der Kongevejen hat in den alten Zeiten viel Verkehr und Größe gesehen; Bauern, die nach Hvalpsund zum Markt fuhren und nachts auf dem Heimweg ein bisschen um die Wette fahren mussten, sodass die Chaussee unter ihren Wagen dröhnte und der

Schotter zwischen die Speichen der Räder spritzte. Hier wurden die Brautleute mit der Klarinette in der vordersten Kutsche zur Hochzeit gebracht, und hier kamen Handelsreisende mit ihren messingbeschlagenen Musterkoffern vorbei – das war die Welt, mit der Graabølle in Berührung kam. Bisweilen tauchte auch der Straßenmeister aus Nibe auf, ein Mann mit scharfen Augen, dann waren gewisse junge Burschen ausgesprochen beunruhigt, die sich an der großen Straßenwalze zu schaffen gemacht oder auf andere Weise die Vorschriften missachtet hatten und nun fürchteten, »einbestellt« zu werden.

Weit draußen auf der Heide karrte der Straßenmeister mit der königlichen Kokarde an der Mütze Schotter in Radspuren, in denen sich Pfützen gebildet hatten; er pflegte die geliebte Straße, als wäre sie ein Wohnzimmerfußboden, während sein kleines Pferd in der Nähe im Straßengraben graste und Loki Hafer über die von Besenginster bewachsenen Hünengräber der Heide streute.

Wanderer mit einem Stock in der Hand tauchten auf, und ihr Gesichtsausdruck verriet eindeutig, dass sie sich hier wildfremd vorkamen. Die ersten Fahrräder wurden gesehen, zwei dieser hohen Maschinen, die durch die Stadt schwebten und rätselhaft schnell hinter den Heidehügeln verschwanden, die ersten Anzeichen eines neuen Tempos und einer neuen Zeit.

Es nahte die Eisenbahn. Für den Rest der Welt bedeutete die Hobro-Løgstør-Bahn nur eine weitere lokale Eisenbahnstrecke in Jütland, im Himmerland führte sie indes zu einem Kampf auf Leben und Tod. Denn noch bevor die Bahn gebaut wurde und unter den Sprengeln ein heißer Streit um die Stationen entbrannte, beschäftigte die Bahn die Gemüter dermaßen, dass man in ihr sogar ein *böses*

Omen sah. Ein Mann erzählte, er habe einen Geisterzug mit Lokomotive, Waggons und allem, was dazugehört, über sein Feld fahren sehen. Vollkommen lautlos und unwirklich sei es gewesen, und als die Lokomotive *ihn überfuhr*, habe er nichts anderes wahrgenommen als einen sonderbar klammen Dunst. Selbstverständlich sollten die Gleise später an genau dieser Stelle verlaufen. So merkwürdig kann es zugehen, wenn Mittelalter und moderne Zeit aufeinandertreffen. Dann nimmt eine Lokomotive in einem prophetischen Geist den Platz eines unheilverkündenden Leichenzugs ein und tritt vollkommen wider ihre Natur als Gespenst auf.

Doch als die Bahnstrecke dann endlich eingeweiht wurde, fanden die Menschen sich schon bald mit dem neuen Beförderungsmittel zurecht. Ich kenne einige, die sich bei der verwegenen Fahrt zunächst ausgesprochen unwohl fühlten. Der kleine Zug fährt nur so schnell, dass ein Hund an der Leine nebenher laufen könnte, doch die Person, die mir ihre erste Fahrt schilderte und an deren Erregung ich mich noch deutlich erinnere, empörte sich, es sei doch vollkommen verrückt, in welchem Tempo die Menschen fahren! »Sie fliegen über Eisen und Stein«, rief er aus, entrüstet, aber nicht ohne durch die wilde Fahrt lyrisch gestimmt zu sein – »und fahren in die Kurven, dass man in die Ecke des Sitzes und gegen andere Leute geschleudert und gestoßen wird – dass die Wagen nicht umkippen und der Zug so etwas aushält! Bremsen sie, wenn es bergab geht? – Oh nein, zum Teufel, sie wirbeln hinunter zum Fluss, alles verschwindet in einem einzigen Nebel, dann über die Brücke, die inständig kreischt! Ich dachte, mein letztes Stündlein hätte geschlagen. Ich finde, es ist einfach ungeheuerlich.«

Inzwischen denkt niemand mehr an sein letztes Stündlein. Die Bahn ist zu etwas Alltäglichem geworden. Nur die Menschen wissen nicht, dass sie sich dadurch verändert haben.

Im Abstand von einigen Meilen entdeckt man in dem offenen, sich weit erstreckenden Land immer wieder auffällig rote Häuser mit einem Signalmast und einem Wasserturm oder einem Windrad; die Flecken sehen in der Landschaft aus wie beginnender Ausschlag. Es sind die *Stationsorte* mit den Bahnhöfen. Welche Auswirkungen sie hatten, lässt sich so rasch nicht aufzählen. Eine Kultur, ein ganzer ethnologischer Typus ist in weniger als einem Menschenalter wie ein Traum verschwunden, eine Sprache gehört der Vergangenheit an, ohne dass die Stationsorte bisher irgendeinen Ersatz geliefert hätten. Das kommt vermutlich noch. Wer aber die Alten und ihre ganze erfrischende Art gekannt hat, dem ist diese Zeit des Übergangs unangenehm. Manch nobler alter Bauer, der damals eben ein Bauer war, wirkt mit seinen neuen Gewohnheiten und der von den Stationsorten übernommenen, unsauberen Ausdrucksweise nun wie ein Habenichts. Eine kommende Generation wird ihre eigene Form finden, doch *diesen Bauern* gibt es dann nicht mehr.

Graabølle lag nicht direkt an der Bahnlinie, zumindest nicht sofort, sondern blieb an der Chaussee, mit einer täglichen Kutschenverbindung zum nächsten, eine Meile entfernten Stationsort. Dessen rote Häuser waren ansteckend. In Graabølle wurde am Kongevejen ein Haus nach dem anderen aus Backstein und besonderen Dachziegeln gebaut, eine ganze lange »Straße«, die mit Ladenschildern und Geschäften eine Pracht entfaltet, dass es beinahe die Augen nadelt.

Es sieht aus, als hätte die Landstraße innegehalten, als wäre sie im Ort heimisch geworden. In meiner Kindheit kam sie aus dem Norden und zog an dem Hügel mit der Windmühle vorbei – ohne sich länger bei der Apotheke oder den paar anderen Gebäuden aufzuhalten –, und lief dann mit ihren Streuguthaufen, Sand auf der einen, Schotter auf der anderen Seite, weiter nach Süden, hinaus in die schwarze Heide. Dort überquerte sie die Anhöhe und verschwand an einem bestimmten Hünengrab, dem Grenzstein von Graabølle und der Welt meiner Kindheit.

Oben auf dem Hügel stand eine Generalstabsmarkierung, ein zerbrechlicher Dreifuß aus Latten, die sich kreuzten und oben ein kleineres umgekehrtes Dreieck bildeten. Diese Figur dort draußen am Horizont – mit dem großen Himmel darüber, aus dem die Sonne wie ein Fächer aus den Wolken brach und Säulen auf die Erde stellte – wird in meiner Erinnerung immer als ein Zeichen für das Tor zur Welt stehen, als ein in sich ruhendes Sinnbild der Ferne.

Wir werden das Gefühl für *Entfernungen* verlieren, wir leben in einer Zeit, in der wir selbst fürchterlich versessen darauf sind, dieses Gefühl hinter uns zu lassen – später werden wir es dann als einen unersetzlichen Verlust empfinden. Denn wir verlieren damit das eigentliche ursprüngliche Gefühl. Die Alten hatten es noch, ebenso wie wilde Völker und Kinder, die noch in einem Ur- oder Naturzustand leben. Die Stimmung, von der ich beim Anblick der Höhenmarkierung dort draußen auf der Heide erfasst wurde, kommt vermutlich der Fetischverehrung der Wilden recht nah, und in diesem Fall wünsche ich mir keine schönere Religion. Seither habe ich die weite Welt niemals mit einem tieferen Gefühl wahrgenommen oder jemals wiedergefunden, was ich als Kind in diesem Zeichen sah, das hoch aufgerichtet und weit draußen am südlichen Himmel stand, obwohl ich auf der Jagd danach die ganze Erde umrundet habe.

Die Landstraße, die seinerzeit als eine meilenweite, magere Allee ohne Unterbrechung von Aalborg bis Hvalpsund verlief und ihre Richtung im Winter, wenn das ganze Land unter einer Schneedecke lag, durch Strohwische markierte, die in die zugewehten Straßengräben gesteckt wurden, hat nun innegehalten und breitet sich in Graabølle als Straße aus. In zwei Reihen stehen jetzt viele neue rote Häuser an beiden Seiten der Straße, lauter hochmoderne Häuser, die eifrig bemüht sind, einander zu gleichen. Vordergiebel, Zinktürmchen und Treppensteine aus Zement, öde und ohne Stil, eben alles *Stationsort*. Doch im Vergleich zu den alten einsamen Aussiedlerhöfen, aus deren Fenster man lediglich auf den Hofplatz blickte und die mit düsteren Gucklöchern in den Giebeln zu dem eine halbe Meile entfernten Nachbarn hinüberstarrten, sehen diese Häuser mit all ihrem Fensterglas zur Straße durchaus gesellig aus. Hier kann man ohne Laterne von Tür zu Tür gehen, so lassen sich die langen Winternächte ertragen. Die ersten Schritte sind getan, um die Dunkelheit, die große trennende Macht, zu überwinden.

Und die Nächte in Jütland waren wirklich sehr schwarz! Öffnete man an einem Winterabend die Haustür, hing die Dunkelheit wie ein rabenschwarzer Stoff direkt vor den Augen, es war vollkommen finster, man befand sich auf dem Grund einer Tiefe, in einer anderen Welt, in der man sich nur dem Gefühl nach orientieren konnte. Stieß man in dieser rabenschwarzen Finsternis auf einen anderen Menschen und hörte die Schritte von Holzschuhen, die vorsichtig einen Fuß vor den anderen setzten, wusste man, dass es sich um einen Menschen handelte; aber wenn dann beide erschrocken stehen blieben, horchten und es ganz still wurde, wuchs in der Dunkelheit die Angst zwischen ihnen, bis von einer Seite das erlösende *guten Abend* erklang. Ungemein beruhigend klang solch ein Gruß von jemandem, den man nicht sah und der selbst mit weitaufgerissenen, blinden Augen von der Dunkelheit umfasst wurde, es war wie ein kleines Lied: Guten Abend! Eine einsam bittende Stimme, die nur sagen wollte: Ich bin's – wer bist du? Und wenn man sich dann gegenseitig zu erkennen gegeben hatte, hörten die vorsichtigen Schritte sich wie etwas Dankbares und Gutes an, die sich in der Dunkelheit entfernten und wie ein beruhigendes Seufzen in der Erde verschwanden. Dunkelheit und Angst sind ein und dasselbe. Sie enthalten alles Unmögliche. Sie widerstreben unserem Blut. Ich erinnere mich, wie ich zum ersten Mal mein eigenes Herz entdeckte, als ich eines Abends bei vollkommener Finsternis im Freien war und ängstlich stehen blieb, um zu lauschen. Mit Entsetzen spürte ich etwas heftig Klopfendes und Hämmerndes, wie aus einem unterirdischen Gefängnis und doch ganz nah – es dröhnte in beiden Ohren. Es beruhigte mich ein wenig, aber nicht völlig, als mir klar wurde, was es war: Das Herz fürchtet sich als Erstes. Offenbar hat es in der Dunkelheit einen großen Feind.

Alles, was schwer auf ihm lastet und in der Vergangenheit begründet ist, die gesamte Nachtseite der bäuerlichen Natur, ist durch die Dunkelheit zu erklären, die mehr als die Hälfte des bäuerlichen Lebens bestimmt hat.

Graabølle hat jetzt elektrisches Licht. Es ist eine natürliche Abrundung all dieser Fortschrittsbestrebungen. Alles begann mit der Genossenschaftsmolkerei. Sie steht mit ihrem hoch zum Himmel ragenden Dampfschornstein in der Mitte der Straße. Auch viele andere neue Gebäude prägen die Physiognomie des Städtchens: eine Fabrik mit Windturbine, das Kreiskrankenhaus, das Wasserwerk. Das Wasserwerk verfügt über ein altes Hünengrab oben auf dem Mühlberg, das man ausgehöhlt und zu einem Wasserbassin umgebaut hat – möglicherweise ein Zufall, allerdings sieht es eher nach Absicht aus. Eine Referenz an die Tradition der heidnischen Urzeit und zugegebenermaßen eine korrekte Inspiration, denn was die Vorväter einst begannen, ist hier pietätvoll weitergeführt worden. Nun stehen die Frauen in der Küche und zapfen Wasser aus einem Hahn, statt bei jedem Wetter Wasser aus dem Brunnen kurbeln zu müssen. Vielleicht war dies die eigentliche Absicht des Häuptlings, als er das Hünengrab errichten ließ. Vermutlich ist die Idee auf die Grundtvigsche Freundesgemeinde der Gegend zurückzuführen.

Sie hat ihr Versammlungshaus in Graabølle. Und nicht weit davon steht das Missionshaus, die Walstatt der Heiligen – Tempel zweier komplett unterschiedlicher Lebensanschauungen, aber offenbar von ein und demselben Maurer erbaut. Außerdem gibt es noch die Sparkasse. Und überall erstrahlt elektrisches Licht.

In den kleinen Häusern, in denen man früher bei Talglicht Wolle kämmte und lange Bänder aus Stroh flocht, brennt nun die Glühlampe über der Handarbeit der Frau und der Tageszeitung und dem landwirtschaftlichen Wochenblatt des Mannes. Zur Futterzeit wird im Kuhstall das elektrische Licht eingeschaltet, die Birne hängt in den Spinnweben unter den Deckenbrettern, wo früher die Laterne blakte. Hin und wieder gewähren die Strommasten einen Abstecher von der Hauptleitung zu einem abgelegenen Gehöft, auf dem der Bauer seine Häckselmaschine mit einem Dynamo betreibt. Ein beinahe unmerkliches Pulsieren ist in dem neuen Licht zu spüren, das in den Stuben brennt, es ist der Takt der Kolbenschläge des großen Petroleummotors, der das Ganze antreibt. Was ist das für ein Herz, das ohne Unterlass gegen die Dunkelheit kämpft? Jetzt ist es vorbei mit den finsteren, nie richtig erleuchteten Ecken in der Stube und der Dunkelheit unter dem Tisch, aus der man die Beine hervorziehen musste. Nur noch eine hässliche Erinnerung ist der ekelerregende Gestank in der Dunkelheit, wenn das Licht gelöscht wurde und der Docht noch weiterschwelte, während man aus Furcht vor Gespenstern zitternd die Bettdecke über den Kopf zog.

Und auch die Heide wurde urbar gemacht. Als es um die Anlage eines Wasserwerks in dem Hünengrab ging, stimmte der herrschende Geist in Graabølle mit unseren heiligsten Erinnerungen überein, allerdings muss man wohl sagen, dass dieser Geist im Fall der Heide einen Fehler begangen hat. Die Umwandlung der Heide in Ackerland ist ein barbarischer Vandalismus, bei dem große poetische, obendrein uralte und insofern unersetzliche Werte, zugunsten einer vollkommen geistlosen Produktion von Brotgetreide vernichtet wurden. Obwohl man einräumen könnte, der Geschmack von Brot sei ebenfalls sehr alt, kann die Urbarmachung von klassischen und durch erstrangige Melancholie sich auszeichnenden Heidegebieten eigentlich nur unter dem Aspekt verteidigt werden, dass es einfach *getan wurde*. So viel über den Terrorismus, mit dem die Wirklichkeit hier wie andernorts ihr Ziel erreicht. Urbar gemacht wurde die Heide jedenfalls.

Allerdings ließen sich ergreifende Geschichten über den Heroismus erzählen, mit dem es einfache Leute getan haben, die sich im Laufe von dreißig Jahren ein Heim aufbauten – zunächst mit nichts anderem als ihren beiden starken Fäusten. Es war eine lange, eine bitterlange Geduldsprobe, die nur mit dem Kampf des Urmenschen um die allerersten Lebensbedingungen zu vergleichen ist – ein Dach über dem Kopf, Haustiere und ein paar Äcker, um sie zu ernähren. Diese Menschen sind Veteranen, wie man sie heute nicht mehr findet. Heutzutage wird Musterwirtschaft betrieben und seine Herrlichkeit, der Kleinbauer, mit Prämien ausgezeichnet, da seine Stimme zur Aufrechterhaltung einer Klasse von Majoritätsbewahrern notwendig ist, denen das Schicksal des einfachen Mannes in Wahrheit vollkommen gleichgültig ist – eine Prämie, zehn Kronen, für unseren Freund, den Urmenschen draußen auf der Heide, der nach vierzigjährigem Kampf mit Spaten und Schaufel die Finger an seiner Hand nicht mehr richtig ausstrecken kann! Als hätte er sich des Beifalls wegen geschunden! Der Konkurrenz halber? Nein, er ist der letzte *freie* Mann, der letzte, der noch gewillt war, eine lebenslange Fron auf sich zu nehmen, nur um sein eigener Herr zu werden. In ihm steckt ein Adel, das Verlangen nach Selbstständigkeit, die Fähigkeit, sich einsam und unbeachtet seine Welt selbst zu schaffen. Zieht ihn nicht aus der Tasche, um ihn mit einer Prämie auszuzeichnen. Er könnte in Tränen ausbrechen. Die Fähigkeit zur Selbsthilfe könnte ihn verlassen. Gebt das Almosen und das vom Folketingmitglied und einem Landwirtschaftschemiker unterschriebene Diplom lieber einem dieser modernen, staatlich unterstützten Kleinbauern, dessen Hund eine Scheibe Brot ohne Aufschnitt keines Blickes würdigt, oder einem dieser bedürftigen Landarbeiter, der seine Hacke, seine Schaufel oder seinen Spaten niederlegt, wenn er nicht täglich mindestens einen Viertelliter Schnaps bekommt.

Meine schönsten Kindheitserinnerungen sind mit der Heide verbunden und verschwinden für immer mit ihr, doch ich sehe einen Ersatz in der Entwicklung des Lebens, das stattdessen gekommen ist und dessen Wachsen ich verfolgt habe. Wenn wir als Kinder mit kleinen Spankörben loszogen, um Beeren zu sammeln, begann die Heide gleich hinter dem Dorf am Kreuzweg, wo ein Wegweiser in stiller Monomanie zur einen Seite in totale Ödnis und zur anderen in blanke Leere wies. Hatte man den Straßengraben überquert und kam hinter den ersten Hügeln ins Heidekraut, erblickte man möglicherweise den Rauch eines Schornsteins, und beim genaueren Hinschauen entdeckte man, dass er aus dem Haus des Heidemannes kam. Doch das ist eine eigene kleine Geschichte.

Wo früher nur Heidekraut wuchs, gibt es heute ganz neue Höfe und eine Menge verstreut liegender Häuschen. Die eigentliche Heide lässt sich auf einige Gebiete westlich und südlich eingrenzen, und auf die Hügel mit ihren vielen schönen Hünengräbern, die den Horizont des Himmerlands krönen. Sie sind zu steil für den Pflug, doch auch sie sollen bepflanzt werden. Im Sommer steht das Korn auf dem Land, so weit das Auge reicht, und mitten in diesem meilenweiten Überfluss liegt Graabølle wie eine Insel, zu der die Chaussee auf beiden Seiten wie eine Brücke führt. Wir haben es hier nicht mit einer überwältigenden Fülle zu tun wie auf den dänischen Inseln, aber es sind doch recht gute Roggen-, Hafer- und Gerstenfelder. Irgendetwas anderes findet sich nicht; wohin man auch schaut, gibt es nur Äcker, keine Bäume, keine Hecken. In der Ferne zeichnet sich der Horizont wie ein Rasiermesser gegen den Himmel ab. Weit, weit nach allen Seiten. Von seiner Physiognomie her müsste dieses Land wohl als Steppe bezeichnet werden. Und doch hat es uralte Traditionen, hier gibt es mehr, als man unmittelbar sieht.

Im Übrigen spielen die Entfernungen inzwischen keine Rolle mehr, da alle Bauern Fahrräder haben. Sonntags kann man Hunderte Fahrräder sehen, die an die Vorhalle und rund um die Kirche gelehnt sind, während hinter den dicken Mauern Kirchenlieder ertönen wie bei einem lebendigen Begräbnis – ein eigenartiger Gegensatz, das Fahrrad und die Ewigkeit. Über die Landstraßen, die früher kein Ende nehmen wollten – vier Meilen bis Løgstør, acht Meilen bis Aalborg, fünf, sechs Meilen bis Viborg –, fliegt man nun auf seinem Fahrrad dahin und es ist egal, wie weit man bis zum Abend noch kommen will. Im Übrigen gibt es ja auch noch den Zug. Über der Anhöhe am östlichen Horizont, auf der man einst den Göttern opferte und in Kriegszeiten Warnfeuer abbrannte, ist jeden Tag zu bestimmten Zeiten ein ferner pulsierender Rauch zu sehen, der nach Norden oder Süden zieht. Es ist der Zug, die Hobro-Løgstør-Bahn, die das Himmerland durchquert. Von einer der Stationen soll die Bahn über Graabølle nach Hvalpsund geführt werden – wenn diese Zeilen gelesen werden, wird die Strecke fertiggestellt und in Betrieb sein.

Welchen Kampf hat es gekostet, welche Abgründe an Intrigen, Leidenschaften, Starrsinn und bäuerlicher Bosheit sind ans Licht gekommen, welche genialen Manöver waren im Kleinen notwendig, um so weit zu kommen. Die Einwohner von Graabølle sind sehr auf ihren Ruf bedacht und berauscht von dem neuen Geist der Gemeinschaft und des Miteinanders. Ursprünglich war das Stationsgebäude als eine der üblichen kleineren Stationen auf dem Land geplant, doch die Bevölkerung von Graabølle wollte einen richtigen Bahnhof mit einem *Turm* und einer *Uhr* am Turm, wie in einer größeren Stadt. Wie bitte? Der Bahnhof *bekam* seinen Turm und seine Uhr, und alles wurde aus eigener Tasche bezahlt, mit barem Geld, obwohl niemand einen persönlichen Nutzen daraus zog. Bürgergeist!

Was *kauft* heute nicht alles der Bauer, der sich früher nur unter Schmerzen von einem Taler trennen konnte, als würde er sich eines vitalen inneren Organs berauben – Maschinen, Luxus, alles, bis hin zum letzten Stempel der Halbbildung: Das Klavier hält nach und nach auf den Höfen Einzug und wird von den Frauen in einen leeren Gegenstand verwandelt, was es nun ja wirklich nicht ist. Am einsamen Horizont steht ein schlankes Radprofil neben dem anderen auf den verstreut liegenden Höfen, es sind Windmotoren, die im ewigen jütländischen Wind rasseln und im Himmerland auf kaum einem Scheunendach fehlen. Sie sparen Arbeitskraft und zahlen sich aus, sie sind nützlich. Ich kenne keine andere Gegend in Dänemark, in der die Bevölkerung so resolut und in so großem Umfang Windräder gekauft hat wie in dem armen und bis vor kurzem noch so rückständigen Himmerland. Verwegenes Volk! Zumal diese Innovationen weitgehend dieselben Männer eingeführt haben, die schon immer hier gelebt haben, keine neue Generation. Alles ist sehr ruhig vonstattengegangen, ohne große Sprünge, wie eine Entwicklung, die der Natur der Menschen entspricht.

All dies ist auf die Genossenschaftsmolkerei zurückzuführen. Ich erinnere mich noch genau an einen Tag vor gut fünfundzwanzig Jahren, als ich eine Fuhre Mauersteine bemerkte, die südlich des Ortes direkt am Straßengraben auf einem freien Feld gestapelt lagen. Ein Mann, der damals einen Hof gepachtet hatte und heute von seinem Geld in Graabølle lebt, kam gerade vorbei, und ich fragte ihn nach den Steinen. Es regnete, es war ein normaler Werktag, und der Mann, der Torf geladen hatte, schien nicht besonders guter Laune zu sein, aber bei meiner Frage lächelte er und sein Gesicht hellte sich regelrecht auf: »Hier wird doch die Genossenschaftsmolkerei gebaut!«

Und dort steht sie nun, bereits überzogen von der Patina des Alters und des täglichen Betriebs. Seither hat es dort wirklich tagtäglich gesaust, geplätschert und gebrummt, die Zentrifugen haben ihre hochkochenden Noten gesungen, und Butterfässer wurden auf den Weg gebracht, um in England immer wieder sichere Höchstpreise zu erzielen. Vor jedem Hof und überall, wo Nebenstraßen zu einer Hofstatt oder einem Aussiedlerhof abzweigen, stehen Milchkannen, Wegzeichen auf dem Weg des Bauern zu Wohlstand. In meiner Kindheit brachten die Bauern ihre überschüssige Butter in einem Tuch zum Kaufmann, dort wurde die Butter gewogen und in ein Fass geworfen, in dem bereits Stücke in allen Größen, Farben und ganz unterschiedlichen Produktionszeiten lagen. Und war das Fass voll, wurde es nach Løgstør gebracht – Gott weiß, wo es endete.

Diese Butter roch buchstäblich nach der unmenschlichen Plackerei, mit der Frauen und Mädchen sie hergestellt hatten. Wer je gesehen hat, wie Frauen mit triefenden Haarsträhnen, einem verzweifelten Blick und mehr oder weniger lahmen Armen vom ewigen Auf und Ab des schwappenden Kolbens gebuttert haben, weiß, was sie früher an qualvoller und geisttötender Fron am Butterfass ertragen mussten. Das ist jetzt vorbei, die mit Dampf betriebene Buttermaschine erledigt an einem Vormittag die Arbeit von tausend Frauen. Sie war eine Befreiung. Wie viel Zeit die Frauen seither gewonnen haben!

Ich erinnere mich noch an den Moment, als der Maschinist, der die Dampfmaschine in der Molkerei installierte, zum ersten Mal das Schwungrad über den toten Punkt zog – plötzlich lief sie, und das massive Rad, das zuvor wie etwas Totes die Speichen gespreizt hatte, sah nun aus wie ein Glorienschein, eine kleine Sonne. Seither hat es sich unablässig gedreht und Menschen in vielen Heimen nicht allein zu Wohlstand, sondern auch zu Freizeit verholfen. Bevor es die Gemeinschaftsmolkerei gab, saßen die Bauern wie Gefangene auf ihren Höfen, nun verdienen sie bares Geld mit ihrer Arbeit, und von den Alten sind viele nach Graabølle an die »Straße« gezogen und vertrödeln ihre letzten Jahre mit Diskussionen über die Eisenbahn und andere städtische Zerstreuungen, während ihre Kinder die Höfe betreiben und die Molkerei mit Milch beliefern. Das System des Altenteils wird immer weniger benötigt, denn nun hängt ein Mann an seinem Vermögen und nicht wie früher an seinem Land. Die neue Form der Landwirtschaft sorgt für freies Kapital. Landwirtschaft ist zu einer Industrie geworden. Ja, ist dieser neue kohlehaltige, stechende Geruch, der mit der Dampfmolkerei in die Gegend gekommen ist, dieser vage Geruch nach gekochtem Wasser und Öl, nicht ein Sinnbild der Stadt, des *Rads*! Und hier muss ich nicht ganz ohne Grund an Amerika denken.

Der besseren finanziellen Situation folgte der Wunsch nach einem verhältnismäßig aufwändigeren Leben, es entwickelten sich neue Gewerbe und Dienstleistungen.

Graabølle ist beinahe ein Ort des Handwerks und des Handels geworden, in dem verschiedene Manufakturen, Schuhmacher, eine Fahrradwerkstatt, ja sogar ein Friseur genügend zu tun haben. Die Umgebung wird jetzt als »Einzugsgebiet« bezeichnet. Graabølle ist in jeder Hinsicht zu einem Stationsort wie alle anderen geworden, die uns bekannt sind.

Diejenigen aber, die Amerikas kleine, hastig errichtete Stationsstädte kennen – draußen im Westen, auf der Prärie – und das moderne Graabølle gesehen haben, werden meiner Meinung sein, dass ein Vergleich nicht nur möglich, sondern geradezu schlagend ist. Das eigentliche Erscheinungsbild und die Lebensart sind so wesensverschieden wie die Sprache, doch der Geschmack, der die vorläufig einzige und viel zu neue »Straße« prägt, das rastlose Tempo, der sanguinische Ausdruck der Emanzipierten, die ihre Emanzipation noch vor sich hertragen, der komplette Mangel an angeborener Haltung ist trotz der großen Distanz auf beiden Seiten des Atlantiks ziemlich identisch. Dabei darf allerdings nicht unerwähnt bleiben, dass es in den Stationsorten Westamerikas von skandinavischen Aussiedlern nur so wimmelt und Graabølle einen ähnlich hohen Prozentteil an heimgekehrten Dänisch-Amerikanern hat. Die Ähnlichkeit ist ein Beweis der allgemeinen Nivellierung der Völker, die durch die umfassenden Erleichterungen des Reiseverkehrs in unseren Tagen befördert wird; es ist in gewisser Weise eine Erosion, die damit enden wird, dass sämtliche Völker sich vermischen und eine neue zweckmäßige Durchschnittskultur geschaffen wird.

Doch auch an der Kehrseite fehlt es nicht, und wenn es ums Himmerland geht, ist sie offensichtlich. Die klassische Bauernkultur, die von den Geschichten über die einfältigen Bauern von Molbo bis Bjørnson reicht, und zu der die Milchdiät ebenso gehört wie die charmante Unwissenheit, ist mit dem völligen Niedergang dieser Tradition zu einer Nachahmung des dürftigsten Provinzialismus geworden, der die Wohnungen der Bauern in Scheußlichkeiten verwandelt und sie selbst zu Karikaturen hat werden lassen – am schlimmsten aber ist, dass ihre Gesundheit geschwächt wurde. Durch den Kaffee und die dadurch hervorgerufene Übersäuerung des Magens fielen die Zähne aus, und nun grinsen die Bauernmädchen beinahe ausnahmslos wie Figuren aus dem Panoptikum mit einem ganzen Satz falscher Zähne. Sie tragen einen »Hut« auf ihren nach Art eines Trauerkranzes straff geflochtenen Haaren, Regenschirm und die übrige Damenmaskerade, alles frisch aus dem Laden.

Das Mädchen aus früheren Tagen verrichtete die Arbeit eines Knechts und verbarg seine heißen Ohren unter einem Kopftuch. Sie duftete nach Milch und lachte mit einem Mund voller kurzer, dicht beieinander stehender Zähne, wie man sie eher von Wilden kennt; dieses Mädchen trug ein Unterkleid mit langen Ärmeln und nur einen Beiderwandrock um die üppigen Knie und war in der Erntezeit so ausgelassen, als wäre die harte Arbeit im Freien ihr siebter Himmel – ja, in den dunkelsten, weniger klavierinfizierten Gegenden Schwedens und Norwegens ist sie noch zu finden. In Dänemark wurde sie durch das *Polenmädchen* ersetzt, das in der Fremde bei Feldarbeit und den guten Kartoffeln glücklich und dankbar zu Kräften kommt. Die Bauerndame sitzt derweil zu Hause im Wohnzimmer und bearbeitet mit einem Finger die Tasten und hat dabei selbst eine kleine Klaviatur falscher Zähne im Gesicht.

Es wäre unvernünftig, sich die liebenswürdige Unwissenheit der Alten zurückzuwünschen. Unsere schönsten Träume und Geschichten haben darin ihre Wurzeln, und sie verbarg eine tiefe, menschenfreundliche Philosophie. Doch für das Training des Kopfes, das heute zum Leben erforderlich ist, reicht sie nicht aus. Allerdings bekamen wir stattdessen bisher nur ein ungenügendes Surrogat, das weder praktisch noch bedeutsam ist. Die Früchte der Hochschule, die ganz der Natur verpflichtet sein sollten, sind zur Unnatur geworden, es gibt zu viel Überheblichkeit und ein gewaltiges schamloses Blöken in Gruppen und öffentlichen Versammlungen – all dies ist ausgesprochen bildungsfern. Dafür kommt der Hochschule aber zweifellos das Verdienst zu, die politische Maschinerie geschaffen zu haben, auf die sich die Majorität der bäuerlich-demokratischen Bewegung im Augenblick verlassen kann. Die Landwirtschaftsschule ist vermutlich ein solider und zuverlässiger Erziehungsfaktor.

Es fehlt indes an menschlichem Geschmack, an Ausgeglichenheit und Lebenstüchtigkeit in einem nobleren Sinn als dem, der in materiellem Fortschritt, pseudogeistigen Interessen und persönlichem Verfall aufgeht. Geschmack lässt sich nicht lehren, man muss ihn sich selbst aneignen, er ist das Resultat dessen, was man erkennt, *nichts* Erlerntes. Aber wer kann sich selbst erkennen, ohne sich mit anderen zu vergleichen? Ein erweiterter Horizont und Aufklärung ist für die Landbevölkerung der Weg, um wieder Bauern zu werden. Lassen wir einige »Seminaristen« werden und andere nach Amerika gehen; irgendwann werden ihnen doch die Augen aufgehen, und sie werden den Geschmack der Alten am Einfachen und der Arbeit wiedergewinnen.

Es wäre fatal, wenn die Schwäche der Bauern solche Ausmaße annähme, dass sie empfänglich würden für die aus den Städten bekannte schmutzige Agitation, nach der jeder, der es zu Eigentum gebracht hat, ein Schurke ist – im Gegensatz zum Arbeiter, dem *alles* erlaubt ist und von dem überhaupt nichts verlangt wird, nicht einmal Arbeit. Die Mission des Landes ist aber gerade, diesen unersättlichen Unzufriedenen, die mit der einen Hand zum Streik aufrufen und in der anderen einen Kasten Bier halten, Grenzen zu setzen und durch die alte produktive Freiwilligkeit das ganze »moderne« diebische System der Lüge zu überführen. *Das* ist der nordische Geist, Grundtvigs Instinkt, Jakob Knudsens Motiv, und hier hat die Hochschule auch ihre Aufgabe.

Ich kann den Überblick über den großen Aufschwung in Himmerland mit all seinen grellen Licht- und Schattenseiten nicht beenden, ohne an eine Persönlichkeit zu erinnern, die durch ihre Entschlusskraft und ihre Autorität eine führende Rolle in der modernen Geschichte der Region einnimmt. Ursprünglich kam er aus der alten reichen Bauernkultur und hatte sich eine gehörige Portion von dem kraftvollen, obgleich auch verschwommenen Idealismus der Grundtvigschen Schule angeeignet. Instinktiv war er jedoch eher ein Politiker, dem das Ökonomische am Herzen lag. Mit anderen Worten, ein Bauer mit sozialem Einfühlungsvermögen. Er gehörte wie so viele andere von der ursprünglichen Venstre, die den Bauernstand in Dänemark stark werden ließen, zu den Gefolgsleuten von Chresten Berg.

Er wurde zum Vater der Genossenschaftsmolkerei von Graabølle und Umgebung. Er sagte, sie sollten die Molkerei bauen, also wurde sie gebaut. Das Vertrauen zu diesem

Mann, der sich immer als Sohn des Sprengels verstand, parallel dazu aber über intensive Kontakte zu den führenden Kräften im Land verfügte, war unbegrenzt. Er war der gewählte Reichstagsabgeordnete des Kreises, allerdings einer von denen, die in Kopenhagen nicht den Mund aufmachten, sondern es bei Abstimmungen beließen und mit Berg stimmten.

Es wallen so viele Erinnerungen an die hitzige Zeit auf, als die Venstre-Bewegung sich in Himmerland durchsetzte, an das »Büchsenjahr« 1885, als wir uns in der Volksschule in Parteien aufteilten und in den Pausen prügelten, an die erregten Versammlungen der Erwachsenen, auf denen eine Stimmung herrschte, wie man sie eigentlich nur aus der Zeit der alten Sagas kannte, die aber durchaus auch komische Elemente hatte. Diese bewegten Zeiten gehören indes der Geschichte an. Festzuhalten ist, dass die wenigen berühmten Büchsenschüsse – von Seiten der Gendarmen –, die in diesem großen Jahr fielen, in Himmerlands Grenzen abgefeuert wurden. Nun ist der politische Rausch von damals abgeklungen, und es lohnt nicht, sich mit dem Kater zu beschäftigen.

Geblieben sind wirtschaftlich so erfolgreiche Resultate wie die Himmerlandsbahn. Ihr Bau ist wesentlich dem Reichstagsabgeordneten und vergötterten Führer der Gegend zu verdanken. Und nun kommt das Merkwürdige. Er, der Begründer dieser ganzen neuen Zeit in seiner Heimat, ausgerechnet *er* wurde an einer der Bahnstationen von einem Zug überfahren und getötet! *Das böse Omen!*

Nicht wahr, es hätte mir ähnlich gesehen, diesen Zufall zum Motiv einer Himmerlandsgeschichte aus der Übergangszeit zu machen, deren Höhepunkt in einem Nemesis-Symbol bestanden hätte: Die Eisenbahn, die die

Bauern wollten, obwohl sie sogar davor gewarnt worden waren, rächte sich, indem sie *den Bauern* tötete.

Die Geschichte hätte ein Quäntchen Wahrheit enthalten. Der Bauer gehört der Vergangenheit an, und die Eisenbahn trägt die Schuld daran. Doch ich bin nicht mehr in der Lage, einen Stoff so willkürlich zu formen, dem ich so nahestehe. Der Mann, der überfahren wurde und den ich kannte und schätzte, starb durch einen Unfall, der keinesfalls zu Zweifeln an der Berechtigung seiner Initiative führen darf. Er hatte recht, und die Eisenbahn hat recht. Der blinde Zufall darf keine Gesetzeskraft erlangen. Im schlimmsten Fall ist es vermutlich auch nicht so schwer, unter seinen Rädern zu sterben, wenn man einen Beitrag leisten kann, den Wagen der Entwicklung voranzutreiben.

Mit Blick auf die Chaussee steht nun an der Kirche von Graabølle ein Denkmal, und der fremde Radfahrer, der daran vorbeihastet, kann die in einen Findling gemeißelten Züge eines Bauern betrachten – ein vierschrötiger Typ, der für diese Gegend noch immer charakteristisch ist. Er war ein Wegbereiter, wie es ihn in jeder Region des Landes gibt, doch seine größte Ehre war es, ein Bauer unter Bauern gewesen zu sein, der zu Wachstum verhalf und dabei mitwuchs.

Die Entwicklung verläuft zwangsläufig und vollzieht sich von selbst, weil sie es *muss*. Aber es gibt immer einen einzelnen Mann, der die Führung übernimmt, etwas beginnt und dem kleinen Kreis, der ihm aufgrund seiner Eigenschaften vertraut, ein Vorbild ist. Später sieht es häufig so aus, als hätten ihn die Geschichte und die Zeit getragen. In Wahrheit handelt es sich vermutlich um eine Wechselwirkung, die beiden Seiten hilft. Das wäre das Schönste.

DER HEIDEBAUER

Weit draußen, wo die Heide den gesamten Horizont ausfüllt und zu ihrer eigenen abgeschlossenen, dunklen Welt wird, lag das Haus des Aussiedlers, ein kleines, sonderbar wildes Haus, das den Kindern von Graabølle als Landmarke zwischen den unwegsamen Heidekrauthügeln diente.

So weit man sehen kann, erstreckt sich heute bestelltes Land vom Straßengraben der Landstraße bis tief in die Heide hinein. Die Felder von Graabølle haben sich weit über ihre alten Grenzen nach Süden hin ausgedehnt, allerdings sind nicht sie bis an die Heide herangelangt, sondern der Aussiedler hat seine Äcker an die Felder des Städtchens grenzen lassen und sich somit eine Art Zugang zur Zivilisation verschafft.

Er fährt mit einem Gespann von zwei Pferden durchs Dorf, und nur das schärfste Kennerauge vermag zu sehen, dass er nicht immer ein ganz normaler, durchschnittlicher Bauer gewesen ist. Glaubt mir, er begreift seine *Beförderung* in mehr als nur einem Sinn! Denn was er besitzt, hat er sich von Grund auf erarbeitet, es gehört *ihm*. In den vielen, vielen Jahren, die er mit dem Heidekraut gerungen hat, hat er sich nicht sehen lassen, doch nun fährt er mit seiner Kutsche in die Stadt. Neben ihm sitzt seine Frau ehrbar und unscheinbar in einer schwarzen Pelerine auf dem Kutschbock, und nur der Strickstrumpf, den ihre fleißigen Finger nicht entbehren können, erinnert an die langen Jahre der

Arbeit. Sie wäre nicht sie selbst, wenn sie nicht unablässig stricken würde, obwohl sie mit ihrem Gatten im Sonntagsstaat und der vornehmen Kutsche unterwegs ist.

Ich bin glücklich, wenn ich an damals zurückdenke, als ich als Kind ins würzig frische Heidekraut, auf Mooskissen und zwischen wilden Beeren kroch und zusammen mit dem ewigen kleinen Lied der Goldammer, die auf einem Besenginsterbusch in der Nähe saß, dem Sommerwind entgegenlief. Und eine ebenso große Freude erfüllt mich jedes Mal, wenn ich den Heidemann die Straße von Graabølle in seinem eigenen Wagen hinunterfahren sehe, der von zwei Pferden gezogen wird, die nun endlich ihm gehören. Vor dreißig Jahren hat er begonnen, die Heide zu bearbeiten und zu sparen. Ich erinnere mich noch an die Zeit, als er nur ein Pferd besaß und es zur Erheiterung und zum Mitleid aller zusammen mit einer Kuh vor den Pflug spannte! Nun beleidigt er die Natur seiner Tiere nicht mehr, er hat die unbarmherzige Notwendigkeit überwunden und ist selbst zu einem Menschen geworden.

Die kleine Heidekrauthütte draußen auf der Heide, die so viele strenge Winter die Familie und ihre Haustiere schützte, ist abgerissen, jede Spur davon wurde sorgfältig eingeebnet und Roggen darüber gesät, es gibt sie nicht mehr. Der Heidebauer wohnt nun draußen am Kongevejen auf seinem eigenen Grund und Boden, ehrlich und redlich hat er sich bis zur Hauptverkehrsstraße hochgearbeitet, sein neues Haus besteht beinahe nur aus Fenstern, sodass man von der Straße aus die Tischplatte und die vielen vornehmen Dinge sehen kann, die seine Frau auf die Kommode gestellt hat. Man darf hineinschauen. Und der Heidebauer blickt aus den Fenstern hinaus auf all die Menschen, die auf der Straße vorbeiziehen.

Die Kinder des Heidebauern, panisch scheue Wesen, die sich im Heidekraut auf den Kopf stellten und steif wie Opossums wurden, wenn man versuchte, sich ihnen zu nähern, wurden später richtige Bauernburschen, mit einer Taschenuhr in der Westentasche, Pfeife und allem, was dazugehört.

Aus dem Nichts wurden Menschen, daher freue ich mich über die lichten Roggenfelder, wo früher die Heide meiner Kindheit lag; ich erinnere mich, wie der Heidekrautboden zum ersten Mal in gewundenen, unregelmäßig verlaufenden Furchen gepflügt wurde und seine stahlgraue, struppige Unterseite präsentierte, bis er nach Jahren der Behandlung mit Lupinen, Spark, Buchweizen und allem, was sich an Mergel und Dünger zusammenkratzen ließ, schließlich dem Korn Nahrung lieferte.

Um diese Veränderung des Bodens zu bewirken, um wie in einem stillen Dialog mit sich selbst und den Naturkräften Jahr für Jahr den Fortschritt zu sehen, sind Anstrengungen nötig, deren Ergebnisse erst sehr viel später sichtbar werden – und selbst dann ist man noch immer abhängig von Regen, Sonnenschein und dem, was wachsen will. Sich auf diesen Pakt und dessen Tempo einzulassen, daraus bestand das tägliche Leben des Heidebauern, und die Zeit wurde ihm nicht lang, während er auf die Ausbeute wartete.

Wenn es aber so weit war, dann war die Erntearbeit sein Glück. Noch immer sehe ich ihn vor mir, wenn der Roggen gemäht werden musste, dieses armselig magere und merkwürdig albinobleiche Korn, das der Heidebauer immer anbaute – er selbst stand breitbeinig mit Sense, Ärmelschonern, gekreuzten Hosenträgern und einem kolossalen Flicken auf dem Rücken an der Spitze. Und es war keine geringe Person, die hier auftrat. Wenn er mit der Sense schnitt, pfiff es so übermütig im Sonnenschein, dass man es bis tief in die Heide hörte. Mit einem Kopftuch, das ihr bis zu den Augen reichte, sammelte die Frau hinter ihm das Korn und band es zu Garben, noch immer mädchenhaft in ihren Bewegungen, dann stellten die Kinder die Garben paarweise in kurzen Reihen auf, und mit der Lust der Kinder am Höhlenbauen stellten sie drei zusammen, sodass sich ein Dach bildete, unter dem man in seliger Sicherheit sitzen konnte, während man die runden, duftenden Roggenkörner aus einer Ähre in die hohle Hand pulte und verzehrte. Die Urmahlzeit, die erste Freude des Ackerbauern über die Frucht und die Vorräte für den Winter.

Die Kinder des Heidebauern erfanden süße primitive Spiele. Obwohl sie sich wie das Elfenvolk immer unsichtbar machten, stieß man weit draußen auf der Heide auf ihre kleinen Gehöfte, zierliche »Bauernhöfe«, die sie nach einem festen Grundplan auf der Erde gebaut hatten; mit Vieh, das aus ausgesuchten Steinchen bestand, in Boxen, die von paradiesischen »Gärten« umgeben wurden. Sie hatten Blumenköpfe, Seggen und Wollgras in den Sand gesteckt, ein seltsamer Urwald im Verhältnis zum Hof und dem Zaun aus Stöckchen, der mit einer getreuen Kopie eines Tores en miniature verschlossen wurde. Diese allerliebsten Zwergenarbeiten passten so erstaunlich gut in die üppige kleine Welt der Heidevegetation, dass man sich auf den Bauch legen musste, um alles genau zu betrachten. Dann war auch dies ein Märchen. Und während die Kinder von Höfen träumten, verkörperte der Heidebauer, im Übrigen mit dieser ständigen Distanz zur restlichen Welt, das absolute Gefühl von Heimat, das dem Leben Länge und Dauer verleiht.

Während der Heidebauer sich auf diese Weise um seine eigenen Angelegenheiten kümmerte und älter wurde, hatte er diverse Besuche. In den sechziger Jahren kam irgendwann eine Person mit einer Wachstasche voller Traktate zu ihm, ein Mann mit einem schmierigen Blick, der sich nicht als Mormone zu erkennen gab, sondern dem kleinen Heidebauern vorgaukelte, er könnte so viele fruchtbare Äcker sein Eigen nennen, wie er nur wollte, einfach so, wenn er nur übers Meer reisen würde – gar nicht zu reden von Gottes Wohlbehagen und dem Recht, so viele Frauen zu haben, wie es ihm gefiel. Der Mormone überzeugte eine Reihe von Bewohnern der Gegend, mit ihm zu gehen. Es war der Beginn der Auswanderung nach Amerika, den Heidebauern konnte er jedoch nicht überreden. Zugunsten einer ungewissen Wirklichkeit dort draußen in der Fremde wollte er sich nicht von seinem Traum hier auf der Heide trennen. Er verschwendete nicht einen Gedanken daran, er dachte nicht einmal darüber nach, ihm war nur unangenehm, dass der Mann ihn mit seiner Beredsamkeit von der Arbeit abhielt.

Danach hatte er viele Jahre seine Ruhe. Dann kam eine neue Person mit einschmeichelnden Halsbewegungen und lebhaften Augen in die Gegend und hinterließ nicht nur das fröhliche Christentum, sondern auch den Bauernstand selbstzufriedener und geschlossener, als er es zuvor gewesen war. *Er* war allerdings nicht beim Heidebauern gewesen, da er die Gegend nach der Landkarte der Bezirksverwaltung abging, und darauf war das Haus des Heidebauern einfach nicht verzeichnet!

Später, als die Innere Mission in der Gegend richtig Fuß gefasst hatte, suchte ein Höllenprediger in einer freien Stunde tatsächlich auch den Heidebauern auf. Sieh an, sieh an, kein kleiner Betrieb – die Gebäude baufällig, aber ansprechende Äcker und brachliegendes Land in Reserve, hübsche Schafe –, hier müsste doch wohl auch ein kleiner Schilling für Jesus übrig sein, wenn man ein wenig nachhalf. Ich weiß nicht, wie der Heidebauer ihn wieder loswurde, er hat großen Respekt vor Gelehrsamkeit und den höheren Ständen, allerdings neigt er auch zur Gewalt, und wenn man ihn reizt, schnappt er sich gern irgendetwas Längliches, einen Schaufelstiel, ein Waagscheit, und *geht damit los* – und dann ist die Stimmung der Gebetsversammlung natürlich verdorben. Gewiss war dies nichts für ihn, denn er war kein Frömmler, außerdem war er noch nicht damit fertig, das Land zu bestellen.

Nun hat er es geschafft, nun hat er seinen Traum Wirklichkeit werden lassen, er ist sein eigener Herr und wohnt an der Straße. Und ich denke mir, dass er schon bald Besuch bekommen wird von einem Radfahrer mit Hosenklammern, einer Aktentasche, die zum Fahrrad passt, und einem Schnauzbart mit alter Beize aus Zigarrenrauch und Bier, stechenden Augen und einem Aarhuser Akzent. Er wird dem Heidebauern auf eine ziemlich drohende Art und Weise seine Dienste anbieten und verlangen, sich die Zeitung des Heidebauern ansehen zu dürfen. Und er wird sie fortwerfen, verbunden mit der dringenden Aufforderung, eine andere Zeitung zu abonnieren, die der Bauer ganz einfach beziehen *müsse*. Im Laufe seiner Rede wird er erwähnen, wie ja wohl jeder wisse, hätte der Heidebauer nicht wirklich ein Recht auf sein Land, es sei mindestens ebenso *seins*, und vorläufig müsse er eine Aufnahmegebühr sowie künftig ein Kontingent an die Organisation von ihm erbitten. Ob der Heidebauer nicht wisse, dass er ein Proletarier sei … und denk dran, die Arbeit zu einem

Zeitpunkt niederzulegen, an dem es schmerzt, zum Beispiel unmittelbar vor der Ernte ... wenn er nicht im Fall einer Weigerung als Kapitalist gebrandmarkt, boykottiert und bestreikt werden wolle ...

Nun ist der Heidebauer nicht mehr der Jüngste, sodass es ungewiss ist, inwieweit er noch zu Handgreiflichkeiten übergeht, aber ich hoffe doch, dass er ein Brett mit der Aufschrift »Zutritt für Unbefugte verboten« an einen Knüppel nagelt und es an der Grenze seines Feldes aufstellt.

HIMMERLANDS BESCHREIBUNG

Himmerland ist der östliche Teil von Jütland, der im Norden und Westen vom Limfjord, im Süden vom Mariagerfjord und im Osten vom Kattegat begrenzt wird; es wird eingerahmt von den Städten Aalborg, Nibe, Løgstør, Viborg und Hobro, acht bis zehn Meilen im Quadrat. Es ist ein Plateau auf einer durchgängigen Höhe von ein paar hundert Fuß, nackt und ziemlich flach, nur im Osten und Westen erstecken sich mehrere Höhenzüge. Ungefähr am höchsten Punkt in der Mitte liegt der Rold Skov, von dort fließen verschiedene Flüsse nach allen Seiten. Die Strecke Aalborg–Hobro der großen ostjütländischen Eisenbahn verläuft durch den Wald und teilt das Land in ein Ost-Himmerland, das ich nicht sonderlich gut kenne, und ein West-Himmerland, in dem die Gegend liegt, aus der ich stamme und die mir am besten vertraut ist. Es ist der Teil, der zwischen der Bahnstrecke Hobro–Løgstør und dem Limfjord gegenüber von Salling liegt und sich bis Viborg erstreckt.

Es ist ein waldloses, vollkommen offenes Land, über das der Wind wie über einen Dachfirst bläst. Um einen ähnlichen Wind zu finden wie den, der hier wie ein unsichtbarer Balken in der Luft mit gleichbleibender Kraft Tage und Wochen wehen kann, muss man vermutlich an Orte wie die tibetische Hochebene reisen; ich jedenfalls war nie an irgendeinem Ort der Welt, an dem es heftiger, anhaltender und zu allen Zeiten des Jahres wehte als hier.

Als ich das letzte Mal zu Hause war, wollte ich mit dem Fahrrad den Zug an einer Station mit dem treffenden Namen Vindblæs erreichen, und da ritt ich wahrlich mit meinem alten Freund, dem jütländischen Wind, um die Wette; einmal mehr sollte es sich erweisen, wer von uns beiden der Beharrlichere war. Die Sonne schien vom Himmel herab, und alles sah ganz still und ruhig aus, denn das Land hat ja nichts, woran man den Wind erkennen könnte – es gibt keine Windmühlen, die im Abstand von mehreren Meilen wild ihre Arme herumwirbeln –, und doch, es stürmte ohne Unterlass, eine stetige, steife Brise aus klarem Himmel, die unbeugsam wie ein Pfosten Stunde um Stunde aus Nordosten kam – wie ein liebgewonnener Gegner, den man mit dem Rad bedrängen musste, wenn man den Zug erreichen sollte und wollte. Der Wind blies mir tief in den Rachen, er packte mich und baute sich wie eine Mauer auf, als ich mit dem Fahrrad gegen ihn anrennen wollte; ich stand beinahe still und stemmte mich mit der Stirn gegen den verdammten Wind, der mir in den Ohren toste und mir unverschämterweise seine großen bohrenden Pranken auf den Leib presste. Steigerte ich das Tempo, erhöhte er den Widerstand, er *hielt* mich ganz einfach fest, mir blieb nichts anderes übrig, als auf der Straße mit einer gleichmäßigen, hartnäckigen Geschwindigkeit zu fahren, die er nicht verhindern konnte, obwohl er mir natürlich die ganze Zeit weiter direkt ins Gesicht blies. Den Hügel hinauf, der steil genug war, um mir ein wenig Schutz zu liefern, ging es wunderbar, Hügel sind einfach gut; doch als mir der Wind bergab ungehindert entgegenschlug, hängte er sich wie Blei an die Glieder, und auf ebener Strecke kam ich kaum von der Stelle, wie sehr ich mich auch vornüber beugte und an den Pedalen abmühte.

Ich *kam* nach Vindblæs, ich erreichte den Zug, war aber so gut wie am Ende meiner Kräfte, vor sinnloser, stupider Wut quollen mir die Augen geradezu aus dem Kopf. Das erste Glas Sprudelwasser im Wirtshaus blieb in den Zähnen hängen, es verschwand einfach, das zweite verdampfte unterwegs im Hals, erst das dritte erreichte endlich den Magen. Als Infanterist hatte ich nicht schlimmer geschwitzt, in den Tropen war ich nicht erhitzter gewesen, nachdem ich auf der Insel Singapur bei Backofenhitze zehn Meilen mit dem Fahrrad gefahren war. Doch als ich von dem ganzen Gegenwind benommen im Abteil saß, mit schmerzenden Augenbrauen wie nach einem Hammerschlag und wütend, weil man versucht hatte, meiner Person Gewalt anzutun, da winkte ich mit der Hand meinem guten Freund dem Wind, der mit dem grünen Roggen spielte und ihn flach auf das Feld drückte: Habe ich den Zug etwa nicht erreicht, du starrsinniger Bursche? Verbiete mir nur noch einmal die Straße! Bestimmt werde ich wiederkommen und erneut mit dir kämpfen.

So weht es dort drüben *immer*. Doch zur Tages- und Nachtgleiche oder im Winter kann der Wind zu einem Sturm auffrischen, der beinahe das Wasser aus den Pfützen und Weihern treibt. Dann ist der Hausherr gezwungen, bei diesem Wetter hinauszukriechen und den Torf auf dem Dachrücken des Hauses zu kontrollieren. Denn reißt der Sturm erst einmal ein Loch in das Strohdach, ist das ganze Gebäude in Gefahr. Kisten und Fässer und andere lose herumliegende Dinge werden vom Sturm häufig in einen anderen Amtsbezirk gewirbelt. Ich erinnere mich, dass wir als Kinder an der Hausecke Tonnensäcke in den Sturm hielten, die sich aufblähten und steif wie Kissenbezüge wurden. Es lag auf der Hand, den Sack voller Wind zuzubinden, allerdings wollte dieses Experiment nicht recht gelingen.

In diesem offenen Land, in dem der Wind hausiert, gibt es nicht viele Haltepunkte für das Auge, den Horizont unterbrechen weder ein einzelner Baum noch eine Hecke, und vor den Höfen mit ihren dürren, zugigen Gärten sieht man nur ausgedehnte, nackte Äcker und Felder. Hier gibt es kaum Herrenhöfe und nur wenige geschlossene Dörfer; so weit das Auge reicht, sind über den größten Teil des Landes kleinere Gehöfte und Hofstätten verstreut.

Verhältnismäßig spät hat die Bebauung mit Aussiedlerhöfen begonnen, die den Charakter der Landschaft und der Menschen prägten. Es waren Kleinbauern, genügsame, aufrechte Menschen mit eigenem Grund und Boden. Landeinwärts wird die Bebauung nach Osten hin dichter, und immer spärlicher, je weiter man nach Westen zum Fjord kommt. Hier auf dem Flugsand gab es in früheren Zeiten meilenweit nichts anderes als Heidekraut – ein leerer Tanzboden für den Wind, den Sand und den Schnee. Nun ist ein Teil der Quadratmeilen bepflanzt.

Doch auch hier draußen an den flachen Ausbuchtungen des Fjords, von denen man bis Livø und Fur sehen kann, lebt hier und da ein Himmerländer der ganz genügsamen Art, der »das Wasser braucht« und den man durchaus Fischer nennen könnte, obwohl er sich in seinem Wesen nicht von den übrigen Einwohnern im Landesinneren unterscheidet. An der gesamten Küste von Løgstør bis Hvalpsund und im Übrigen auch rund um den Limfjord leben Strandbauern, und ich erinnere mich an diejenigen, die ich kannte, mit einer besonderen Freude, da sie mir mit ihrer schönen, altmodischen Schlichtheit und ihrem lichten, vertrauensvollen Gemüt das ursprünglichste Wesen der bäuerlichen Natur vermittelt haben. Wahrscheinlich stammen die Bewohner des Landesinneren von ihnen ab. Ähnlich einfache Menschen habe ich seither nur in den Bergtälern Norwegens kennengelernt.

Vermutlich ist es eine Urbevölkerung. Was hätte sie in den Jahrhunderten auch verändern sollen, während sie an langen Sommertagen in den flachen, die Sonne widerspiegelnden Ausbuchtungen mit Kescher und Reusen fischten oder in Booten mit geflickten Segeln die Austernbänke im Wasser abkratzten? Sie lebten ohne den Zwang eines Herrn, weitgehend vergessen und viel zu arm, um irgendjemandem von Nutzen zu sein.

Hier am Ufer des Limfjords fand man bei Ertebølle den berühmten großen Haufen Kökkenmödding aus der ältesten Steinzeit Skandinaviens; und ich wüsste nicht, warum man nicht annehmen sollte, dass die heutigen Küstenbewohner in direkter Linie Nachfahren derer sind, die damals, furchtbar lang ist es her, hier ihre Siedlung hatten und das Wasser mit noch armseligeren Werkzeugen nutzten.

Der Himmerlandfischer ist noch immer ein Urmensch, da er den Wert der Dinge nach seinen unmittelbaren Bedürfnissen bemisst; hat er mehr gefangen, als er essen kann, fühlt er sich bereits als reicher Mann. Und was soll ein einfacher Mann auch anderes tun als zu leben? Braucht er Dinge, die er nicht durch das Wasser bekommt, ist ein rascher Tauschhandel nötig und der Fisch wird zu Geld. Wollte man sein Leben aber an seinem Einkommen messen, würde aus einem freien Mann ein Armenhäusler. Er denkt nicht in Geld, wenn er nach einer langen, eiskalten

Nacht auf dem Fjord mit seinem Fang zurückkehrt, seine Fantasie ist durch die fetten Schollen gesättigt, die frisch vom Fjordgrund im gefluteten Staukasten seines Boots landen. Umgekehrt kennt man ja auch Beispiele von Menschen, die sich eigentlich jeden Luxus leisten können, tagelang bis zum Bauch im Wasser stehen, um eine einzige Forelle herauszuziehen, die dann mit Angelschein, Reisekosten und allen anderen Ausgaben möglicherweise hundert Kronen kostet.

Niemand ist so sorgenfrei wie ein Limfjord-Fischer. Wenn er mit seinen Fischerkollegen in dem kleinen Wirtshaus des Ortes sitzt und Fisch gegen eine Runde Tee mit Rum getauscht hat, strahlt er wie ein großer Junge; und allmählich, wenn immer mehr von diesen kleinen Tassen auf dem Tisch stehen, lässt er seiner guten Laune freien Lauf, indem er ein paar vollkommen belanglose Geschichten zum Besten gibt, die ihre wunderbare Färbung durch Prahlerei einerseits und naive Herzlichkeit andererseits beziehen. Dabei pafft er feucht an seiner Pfeife und schlägt bisweilen auf den Tisch oder greift sich an den Kopf, zutiefst erschüttert von den lächerlichen Mysterien des Daseins im Allgemeinen. Dann droht er der ganzen Welt und will von Jerusalem keinen Stein auf dem anderen lassen, bis ihn die Freigiebigkeit überkommt und er sich wie ein König gebärdet, der alles verschenken will, ja, man *soll* das alles haben! Darf er sich wohl die Frage erlauben, ob man etwa glaubt, er sei betrunken?

Darauf singt er eine kleine Weise, wobei er hinreißend den Kopf bewegt, und beschließt sie mit einem inbrünstigen, geheimnisvollen und heiteren Gelächter, als wisse nur er über die glücklichsten Dinge auf der Welt Bescheid.

Gibt es etwas, womit man handeln will? Wollen wir Karten spielen … zu nass auf dem Tisch, *was sag-st du da!* –, nun spricht er bedeutende Worte und reißt dabei die Augen kolossal weit auf, das rote Haar und der Bart sträuben sich an seinem Kopf, ein großes Drama geht über ihn hinweg, er schwitzt stark, die blauen Augen sehen aus, als würden sie gekocht – und dann lacht er wieder vor sich hin, er hat den Menschen verziehen, und da die Pause sich so gut dazu eignet, greift er nach seiner Tasse. Sie ist leer.

Stine! Er buhlt um die Bedienung. Liebe kleine Freundin … aber was muss er hören, er bekommt nichts mehr, man will nicht noch mehr Fische! Nun ändert sich sein Verhalten von Grund auf, er reagiert einsilbig, regelrecht finster, und nachdem er die Handfläche in die Luft gehoben hat, als wollte er sich von schlechter Gesellschaft befreien, greift er in die Tasche nach seinem Geldbeutel. Schweigend und mit majestätischer Langsamkeit löst er das Band, wobei die verschwommenen Augen herausfordernd in die Runde blicken, er wird diesem erbärmlichen Wirtshaus zeigen, dass er Bares hat. Erst gräbt er eine Ein-Øre-Münze aus, deren Prägung er auf beiden Seiten studiert. Offenbar spürt der Riese nicht richtig, was er zwischen seinen enorm großen, hornigen Fingern hält. Als er gesehen hat, worum es sich handelt, lässt er die Münze leise wieder verschwinden. Erneut gräbt er und zieht nach langem Fummeln aus der Ecke des Geldbeutels eine Zwei-Øre-Münze hervor, die nach ausgiebiger Untersuchung auf die Tischkante gelegt wird, sie könnte eine Summe abrunden, wenn sich jetzt auch noch Silbergeld fände. Aber plötzlich seufzt er, schließlich hat er die ganze Zeit gewusst, dass er nicht mehr als diese drei Øre im Geldbeutel hat. Einen Moment sieht er vollkommen gebrochen aus, doch bei dem glücklichen Gedanken, der ihm gerade durch den Kopf gegangen ist, leuchtet er urplötzlich auf.

»Stine, hier ist der Beutel, der ganze Geldbeutel, nimm alles! Du brauchst nicht zu zählen!«

Es ist ein kleiner Leinenbeutel mit einer Schnur, alt und schmierig von Fischschleim, und Stine nimmt ihn nicht ernst, obwohl er sich in den höchsten Tönen über den Seltenheitswert dieses Geldbeutels auslässt. Unglaublich viel Geld hat *dieser Beutel* schon gesehen. Zeitweise hat er über hundert Kronen enthalten! Vergeblich. Da ist er beleidigt und offenbart seine wahre Natur, die ja gewohnt ist, einfach zu befehlen; er donnert: »*Stine …*«, wird aber im selben Atemzug wieder weich und fällt vom Brüllen zurück in die behutsamste Tonlage. Letztendlich bringt er es doch nicht übers Herz, irgendeiner Schöpfung zu schaden oder sie zu erschrecken: »… sei nun brav und bring mir fünfzehn Tropfen!«

Sie bekommen noch eine Runde, und die Branntweinflasche wird über den Tassen ausgegossen, zunächst noch anständig, dann aber mit einem heftigen Gluckern, sodass der Schnaps überschwappt und auf die Untertassen läuft. Nun wird mächtig geprostet, und man stimmt ein Lied an, eine gute, alte Weise von Mord, Untergang, Liebe und Tod.

So lodert der Limfjord-Fischer auf, außer sich vor Entzücken und düster wie ein Gewitterschauer; er blüht auf in tausend Stimmungen, als würden diese paar Schlucke des heißen Schnapses eine Welt seelischer Möglichkeiten eröffnen, die einen machtlosen kleinen Fischer für eine Weile zum Auserkorenen der Natur werden lassen. Er ist unwissend, er entwickelt sich nicht, aber er hat unschuldige Nerven; und der Rausch lässt alles aufblitzen, was es seit Generationen in seiner Familie gegeben hat, aber auch alles, was irgendwann aus seinem Blut entstehen *könnte*: Gewalt, Musik, primitive Güte, Genie, Hoffnungsvolles, Radau, vor allem aber eine Urgewalt aus Freude, Sonne und Verliebtheit der Seele. Noch kennt er keinen anderen Weg, um sein gefesseltes Wesen zu befreien als das brutale Besäufnis, darum liebt er es wie alle Wilden. Aber er ist kein Trinker, am nächsten Tag sitzt er zuverlässig in seinem Boot und achtet auf sein Netz; ein wenig finster, denn das gestrige Feuer ist erloschen.

Dieses Temperament bildet den Urgrund des Himmerländers, egal ob er Fischer oder Bauer ist; es zeigt sich nicht nur, wenn im Fischerlager gefeiert wird, sondern ebenso auf den Märkten und Bauernfesten im Land. Es sind die tief verborgenen Gaben der Natur, die sich darin zu erkennen geben. Nicht wahr, im Märchen ist es schließlich der Bauer, dieser sorglose Bursche, mit dem niemand rechnet, der es *schafft*, wenn er auf die Probe gestellt wird, und zwar ganz allein und ohne Hilfe. Uffe, der dumme Hans und so weiter. Man stelle ihn nicht auf eine Stufe mit Jeppe, es hat nichts damit zu tun, dass er nicht weiß, wie er mit seiner Situation umgehen soll. In den wenigen seligen Stunden, in denen der Bauer oder Fischer auf dem Höhepunkt seines Besäufnisses König ist, verteilt er großzügig seine gesamte Schatzkammer und ist der ganzen Welt gegenüber gnädig. Am Tag darauf heißt er wieder Mads und ist Limfjord-Fischer, und nun muss er aufs Boot, um zu fischen.

So ist er, jedenfalls *war* er so bis vor kurzem. Inzwischen fährt die Eisenbahn das Fischerdorf an! Wie es für Mads endet, weiß man nicht; ich habe Angst um ihn.

Aber wie auch immer es mit ihm ausgeht, und sollte eine herrliche Vergangenheit, eine Kultur, das ganze

»Himmerland« mit ihm aussterben, so hat er doch einen Sohn, der zur See fährt. Wenn er selten genug von einer langen Reise nach Hause zurückkehrt, setzt der Vater ihn mit einer gewissen Entschiedenheit ans Ruder und geht selbst vor den Mast, um sich um die Fock zu kümmern. Und der Sohn, der sich geehrt fühlt, obwohl er genügend in der Welt herumgekommen ist, um das Komische an der Situation zu erkennen, setzt ein so schönes, blendendes Lächeln auf und bekommt feuchte Augen, während er den Blick über den flachen, abgeschlossenen Fjord schweifen lässt und sich vorsichtig auf dem kleinen, armseligen Boot umsieht, an dessen Lappen und Pumpen er sich aus seiner Kindheit erinnert. Die Ruderpinne liegt wie ein Streichholz in seiner Faust, die das vibrierende Rad eines Segelschiffs auf dem großen Meer gewohnt ist.

Der Junge hat die *Welt* längst verinnerlicht, sage *ich* mir, er war als Marinesoldat in Kopenhagen und kann durch seine Törns über die Weltmeere »Inglisch«. Schon bald wird er aus eigener Anstrengung Steuermann sein. So hat der alte Mads doch noch einen Spross hervorgebracht, und die Möglichkeiten, die er selbst verpasst hat, können sich zu voller Blüte entfalten, wenn sich das gesunde Blut in seinen Adern weitervererbt hat. Dann ist der Weg offen für den *Seekapitän*, und später kann man von ihm Kinder erwarten, die eine gute Erziehung genießen und vielleicht den Handelsweg einschlagen. Große Vermögen, ein *Handelshaus*, Karriere, alles verliert sich in einer Zukunft weit außerhalb der Grenzen des Limfjords, wenn Mads irgendwann einmal tot und sein fröhliches Besäufnis vergessen ist, in dem alles wie in einer Fata Morgana aufschien.

Es hat sich gelohnt, dem langsamen, sehr abwechslungsreichen, aber an ganz bestimmte Gesetze gebundenen

Weg zu folgen, den der Bauer vom Urzustand bis in die *Stadt* zurücklegt. Der Knecht beginnt als Pferdehändler, Wollkrämer oder Holzschuhschnitzer, oder er bleibt beim Militär und wird Unteroffizier. Der einfache Soldat sieht sich in der Kreisstadt um und wird mit einem erweiterten Horizont und einem guten Soldbuch Schaffner oder Funktionär; auf diese Weise ziehen Tausende aus dem Bauernland in die Stadt. Achte einmal darauf, wie viele Kopenhagener Straßenbahnschaffner und Eisenbahner mit jütländischem Akzent sprechen.

Früher ließen Bauern sich nur in der Stadt nieder, wenn sie Seminare oder, noch besser, die theologische Fakultät der Universität, die Pastorenschule, besuchten, nun sind es insbesondere die kleinen festen Berufe in den Städten, die sie anziehen. In den großen Städten hängt viel von bescheidenen und unbedingt zuverlässigen Männern ab, von Straßenbahnfahrern, Weichenstellern, Lokomotivführern. Ich könnte von einigen Evolutionsprozessen erzählen, die ich verfolgt habe, bei denen ein altes Bauerngeschlecht auf diese Weise verpflanzt wurde und in der Stadt Wurzeln geschlagen hat. Dort sollen die Kinder aufwachsen und auf eine ehrenwerte und bedeutsame Art und Weise zur Bevölkerung beitragen, wie jemand wie ich es erwartet.

Die Entwicklung vom einfachen Bauern zum Stadtmenschen dauert normalerweise drei Generationen, selten geht es schneller. Viel Schaden wurde angerichtet, als man die Menschen entweder als Bauern oder Kultivierte einstufte, die nur einen Schritt voneinander entfernt sind. Sehen wir uns die dänische Politik an. Häufig bleibt die Entwicklung in einem Sumpf aus Provinzialismus stecken.

In der Literatur über die einfachen Leute wird sehr viel gelogen, wenn weder das Bäuerische geläutert noch der

Kultur neuer Stoff zugeführt wird. Denn die Stadt braucht den alten Hausrat des Bauern oder seinen Dialekt nicht, sondern die Vorgeschichte in seinem Blut. Bauer und Schriftsteller lassen sich nicht vermischen; der Bauer bleibt bei seiner Scholle, und der Künstler muss bereits in einer anderen Generation die Holzschuhe abgestreift haben.

Der Kern der Literatur über den Bauern ist sein tiefer Sinn fürs Überleben, das Interesse an »alten Zeiten« und seine hochentwickelte Erzählkunst, bis der Dialekt verkam. Aus diesem Sinn für »Geschichte«, der die Alten zurückbringt und uns selbst mehr Leben schenkt, ist das jütländische und im weiteren Sinne das gesamte nordische Geistesleben entstanden. Hier findet sich der Ausgangspunkt meines schriftstellerischen Werks.

*

Vor den Fischerhäusern am Westufer des Limfjords liegen einige wenige einsame Strandhöfe, auf denen Korn angebaut wird, über das man im Landesinneren vor Heiterkeit johlt und auch im lehmigen Salling lästert; aber den Bauern dort draußen im Sand hält es am Leben. Man braucht lange Finger, um bei seinem Roggen den Abstand zwischen den Halmen zu messen, und auf den Ähren setzt sich eine Mischung aus Salz und Sand ab, die mit dem Seenebel vom Fjord kommt, und doch ernährt das Korn ihn und die Seinen. Diese Menschen leben abgesondert, sie bewahren noch viel von der alten Zeit. Begegnet man ihnen dort draußen auf den zugewucherten, schwermütigen Wegen, bleiben sie gern stehen, um sich zu unterhalten. Nur selten sieht man hier Menschen, und einem Fremden zu begegnen, ist ungewohnt. Ihre Augen sind voll von dieser ungeheuer herzlichen Neugierde, die beinahe etwas von Verliebtheit hat, und sie erklären den Weg mit größter Bereitwilligkeit und Gründlichkeit, nur um den Moment *möglichst* lange auszukosten.

Als ich das letzte Mal dort vorbeischaute, kam einer von ihnen mit einem vor den Mund gezogenen Halstuch und einer Mütze mit Ohrenklappen auf mich zu, der offenbar ins Landesinnere wollte. An seinen Stock hatte er ein Uhrpendel gebunden, damit es nicht verbog; es hatte den Anschein, als wäre der gute Mann mit seiner Zeit auf dem Weg in die Stadt, um sie dort reparieren zu lassen. Hier draußen haben sie ihre eigene Zeit.

Obwohl das Himmerland heute so nackt und offen für den Wind ist, gibt es doch keinen Zweifel, dass es irgendwann in grauer Vorzeit wie der Großteil von Jütland mit Wald bedeckt war. An einer einzigen Stelle gibt es ein kleineres zusammenhängendes Gebiet mit Büschen, den Skatskov, und hier und da findet sich am Fjord ein kleiner verkrüppelter Baum, der auf Fingerhöhe ins Land kriecht. Wie unter einem Strohdach bei Westwind findet die von der übrigen Flora der Gegend so verschiedene Vegetation von Maiglöckchen, Gemeinem Sauerklee und Geißblatt unter den verkrüppelten Stämmen Schutz. Es sind die Reste des alten jütländischen Waldes, von dem im Altertum auch der größte Teil des Himmerlands bedeckt war.

Noch immer finden sich Wurzeln und ganze Baumstämme in den Torfmooren. Nicht selten taucht ein verkohlter Stumpf auf, dessen Spuren deutlich zeigen, dass er gefällt wurde, indem man glühende Steine rund um den Baum gelegt hat. Tief unten in den Wurzeln sieht man die Löcher, in die sich die heißen Steine eingebrannt haben. Wie lange mag es wohl her sein, und was waren das für Menschen?

Die kleinen Gebüschreste mit ihrem vom Alter und den jahrhundertelangen Stürmen gebrochenen, aber noch zählebigen Wachstum haben in meiner Kindheit einen tiefen Eindruck in mir hinterlassen – wie ein Schlüssel zu einer glücklicheren, verlorenen Welt. Seither habe ich in Seelands klassischen Wäldern wie dem Dyrehaven die Träume wiedergefunden, die die ärmlichen jütländischen Waldreste in mir geweckt haben – doch es dauerte im Übrigen lange, bis ich es wirklich *sehen* konnte, ich musste erst einmal rund um die Welt reisen.

Auf einem Holm im Sumpf wuchsen ein paar armselige Zitterpappeln, über die ich bestimmt mehr als einmal geschrieben und die ich als die bedeutendsten Gewächse verherrlicht habe. Sie zitterten aber auch ganz wunderbar und liebevoll mit ihren Blättern im Wind und sprachen so seltsam; später habe ich dann gelesen, dass sie als die allerletzten uralten Wurzelsprossen von einer vergangenen Zeit in Dänemark flüstern, als Elche und Biber das sumpfige, nach der Eiszeit noch nasse Land durchstreiften. Ein Wissen, das für mich keine Zeitverschwendung war. Doch erst in Schweden habe ich mir ganz und gegenwärtig die junge stimmungsvolle Waldnatur angeeignet, Pappel und Birke, die Moränenflora, von der die Zitterpappel im Himmerland so sehnsuchtsvoll erzählte. Ich möchte mich bei ihr bedanken.

Im Übrigen gehört zu meinen intimsten Kindheitseindrücken die Heide. Auf beiden Seiten wurde unsere Welt von Heidekraut begrenzt, der halbe Horizont rundete sich gegen den Himmel mit langen, strengen, von Heidekraut überzogenen Hügelketten, die oben mit den schön gewölbten Linien der ernsten Hünengräber abschlossen.

Die Heide im Himmerland, die nun schon bald urbar

gemacht werden wird, hängt mit der großen Heidefläche in Mitteljütland zusammen, die sich südlich vom Hjarbæk-Fjord bis ins Himmerland zieht und früher große Teile davon bedeckte. Es ist nicht die harte, sogenannte Alhede, die erst südwestlich von Viborg beginnt, sondern recht guter Boden, bei dem sich an den meisten Stellen die Kultivierung lohnt. Möglicherweise wurde hier früher schon einmal Ackerland bestellt, das dann aus irgendeinem Grund – Pest, Krieg oder Auswanderung – wieder zu Heide wurde; die Rede ist hier von Ackerfurchen und durch Pflüge aufgeworfene Erde im Heidekraut. An vielen Stellen beweisen die Heidemoore, dass es dort, wo nun Heidekraut wächst, einmal Wald gab, vielleicht sogar in dem gesamten Gebiet. Wo ist dieser Wald geblieben?

Die Heide ist voller Grabstätten aus der Vorzeit, es muss hier einmal dicht bebaut gewesen sein, wo sind die Bewohner samt ihrem Wald geblieben? Haben sie die Bäume für Schiffe gefällt, und hat sich ihr Staub mit der von so vielen Völkerverschmelzungen gedüngten Erde der Mittelmeerländer vermischt? Frag die Felszeichnungen. Geh zu den Grabbeigaben der Hünengräber und suche nach Antworten. Geben sie keine Auskunft, dann frag den Wind und die gewaltigen Wolken, die alpenartige Formationen über dem Himmerland bilden und schon immer darüber hinwegzogen, solange ein menschliches Auge von ihrem luftigen Flug angezogen wurde.

Nur wenige Teile des Landes sind so reich an Erinnerungen aus der Vorzeit und an Spuren von Behausungen unserer Vorfahren wie das Himmerland. Wenn es auch keine anderen Sehenswürdigkeiten gibt, so ist doch die große Zahl an Hünengräbern auffällig. Der größte Teil stammt aus der Bronzezeit, vor allem die Gräber im Landesinneren und in der Heide. Außerdem gibt es viele alte Grabstätten mit steinernen Kammern aus der Steinzeit; die meisten sind am Fjord zu finden, sie wurden jedoch alle geplündert, und jeder einzelne Findling, der früher die Landschaft schmückte, sitzt nun in der festen Grundmauer eines Hofes. Man begreift die Abgestumpftheit der Menschen gegenüber den Gräbern der Alten nicht, diesen ehrwürdigen Monumenten – vielleicht ist es aber auch so, dass die bekannte Vorliebe der Jütländer für schwere, steinerne Mauern sich in gewisser Hinsicht als Gespür für die Dauerhaftigkeit vererbt hat, das zu der Zeit herrschte, als die Gräber angelegt wurden. Allerdings ist dies nur eine unzureichende Entschuldigung für ihre Zerstörung.

Dass die Bedeutung dieser »Thingstätten« so vollkommen in Vergessenheit geraten konnte – zumal in einem Zeitraum, der einigermaßen überschaubar ist –, ohne die geringste Spur einer lebendigen Überlieferung innerhalb eines Volkes zu hinterlassen, das in direkter Linie von der Bevölkerung des Steinzeitalters abstammt, ist ein Rätsel, das sich nur mit dem Christentum und der damit verbundenen kompletten Umwertung aller Begriffe erklären lässt.

Auch nicht für viel Geld bringt man einen Bauern unserer Tage dazu, Pferdefleisch zu essen, er *kann* es nicht, obwohl er nicht einmal weiß, dass dies in der Übergangsphase von der vorhistorischen Zeit zum Mittelalter üblich war. Seine Sippe hat sich ein für alle Mal vom heidnischen Opfergeschmack abgewandt, es ist ihm ins Blut übergegangen. So mächtig ist die allgemeine Vorstellung. Auf ähnlichen Widerwillen stießen die Grabstätten der Alten wie überhaupt alle alten Bräuche, lange standen die Hünengräber unberührt da, beschützt vom Aberglauben und der Furcht vor dem »Bergmann«, bis man schließlich aufgeklärt genug war, die Grabstätten zu stören – mit so viel Profit, wie die Steine wert waren. Es waren vermutlich nur ein paar Generationen, die in den vergangenen Jahrhunderten ohne jeden Skrupel ihr zerstörerisches Werk verrichteten, dann wurden die Gräber unter Denkmalschutz gestellt, sodass glücklicherweise ein Teil gerettet werden konnte.

Noch älter als die Ganggräber sind die Kökkenmöddinge, von denen sich viele am Ufer des Limfjords und an den Rändern der inzwischen ausgetrockneten Nebenarme finden lassen. Stellt man sich auf einen Aussichtspunkt, zum Beispiel an der Landstraße zwischen Aalestrup und Gelsted, sieht man, wie die Besiedlung stattgefunden hat, mit Einschnitten, die eine ständig höhere Kultur beweisen – und gleichzeitig erkennt man, wie langsam diese Kultur vorgedrungen ist. Die Menschen kamen in ausgehöhlten Eichen über den Limfjord und standen auf einer Entwicklungsstufe, die ungefähr den Feuerländern entspricht; und mit ihrem allmählichen Vordringen ins Land haben sie nach und nach die Entwicklungsstufen nachvollzogen, die wir aus der Archäologie und der Geschichte kennen. Die Kolonisation der Heide ist als die letzte Phase anzusehen, sie fällt bereits in unsere Zeit. Die entlang des Flusses liegenden Orte im Tal, in denen sich Kirchen befinden, sind Belege der ersten Siedlungsplätze, für die günstige Stellen am Rande des Waldes ausgesucht wurden. Nicht selten findet sich ein Kökkenmödding auf dem Kirchenhügel, und es ist durchaus wahrscheinlich, dass die heidnischen Siedlungsplätze dort gelegen haben, wo heute die Kirche steht. Das Tal wird auf beiden Seiten von langen Heideanhöhen mit meilenweiten Reihen von Hünengräbern eingerahmt, deren Ausrichtung von West nach Ost die alten Verkehrswege markieren.

Hier gab es in den alten Zeiten ein reges Leben. In meiner Kindheit gehörte der Fund von Altertümern zur Tagesordnung, ich selbst habe viele Dinge gefunden. Eichenboote wurden aus den Torfgräben gezogen, mit Rudern, die so gut erhalten waren, dass man sie noch als Schaufelstiele nutzen konnte. Der Kessel von Gundestrup stammt hier aus der Gegend. Das Feuersteinsiegel mit dem gut erhaltenen Holzschaft, das im altnordischen Museum in Kopenhagen liegt und zu den besten Stücken der Sammlung gehört, stammt ebenfalls aus dem Himmerland.

Was war das bloß für ein Volk, das diese Spuren hinterlassen hat, und in welcher Beziehung steht es zu den Menschen unserer Tage?

Im Namen des Amtsbezirks verbirgt sich eine Andeutung. Himmerland heißt ja so viel wie Kimbernland, und ich weiß nicht, warum man nicht annehmen soll, dass die Vorfahren des historischen Volks, das gemeinsam mit den Teutonen nach Süden auswanderte, in den vielen stattlichen Hünengräbern Himmerlands ruhen und die heutigen Bewohner ihre direkten Nachkommen sind?

Jedenfalls war nichts anderes möglich, als dass all diese stummen Zeugnisse und der Hauch der Geschichte, der über der sonst so öden Gegend lag, starken Einfluss auf eine hungrige Einbildungskraft und auf früh vermittelte Sehnsuchtsvorstellungen von einem verschwundenen Wald und einem verschwundenen Volk hatten. Außerdem glaube ich an das Gedächtnis der Sippe, an einen ererbten, vermutlich ganz organischen Drang zur Wiederholung familiärer Erfahrungen, um in die Zeiten einzudringen und gleichsam die Schatten all der Eindrücke zu erleben, die von entscheidendem Einfluss für unsere Ahnen waren. Mir ist aufgefallen, dass alle Kinder ein Spiel spielen, und ich erinnere mich aus meiner eigenen Kindheit noch gut daran. Bei dem Spiel kommt es darauf an, von einem Stein zum nächsten zu hüpfen und dabei einen bestimmten Rhythmus einzuhalten. In der Stadt kann man die Kinder beobachten, sie sind immer allein und spielen wie im Traum, dass sie nur an bestimmte Stellen auf den Boden treten dürfen; hüpfen sie falsch, dann mit dem deutlichen Gefühl, verloren zu sein. Dies kann nichts anderes sein als eine Erinnerung an den Rhythmus der Glieder aus der Zeit, in der die Vorfahren des Menschen noch auf den Bäumen lebten. Wenn wir aber im Körper Spuren aus einer Vergangenheit tragen, die so lange zurückliegt, beinahe noch hinter der Naturgeschichte, ist es nicht verwunderlich, dass die vergangenen, verhältnismäßig nahen Jahrtausende im Blut der Sippe noch immer lebendig sind und ein Wiedererleben fordern. Die archäologischen und historischen Wissenschaften beruhen schließlich auf diesem Instinkt, sie sind das Resultat einer großen Gemeinschaftsarbeit, bei der sich jeder einzelne – angespornt durch Erinnerungen über Generationen hinweg – von den Blutsbanden angezogen fühlte und zur Vervollständigung seines Lebensgefühls diese uralten Erinnerungen rekonstruieren musste.

Statt in die Zeit einzutauchen, um mit den Dingen in Berührung zu kommen, die unsere Vorfahren berührt haben, kann man sich auch an die Orte begeben, an denen sich verschwundene Lebensbedingungen erhalten haben und noch immer aktuell und lebendig gefunden werden können: Die generationenalte Erinnerung ist auch verbunden mit Fernweh und Wanderlust. Kann man nicht in die Tiefe gelangen, muss man sich in der Breite bewegen.

Ich habe aus beiden Quellen geschöpft, ich habe geträumt und bin gereist. Lernunwillig bin ich nicht gewesen. Es gibt nicht viele Bruchstücke der Welt, die ich nicht auf den Kopf gestellt und in meinem Mosaik ausprobiert hätte; manches musste ich wie fremdartige Gliedmaßen wieder entfernen, und doch habe ich auch Tafeln errichtet, die bleiben.

Nun weiß ich bald nicht mehr, was tatsächlich real ist, das unmittelbare Entzücken meiner Kindheit über die Wildnis der Heide oder die später von den elementarsten Schulkenntnissen genährten Orgien über die Wälder des Kohlezeitalters mit dem Wolfsfuß als Schlüssel. Die Eindrücke der arktischen Vegetation auf den hohen Gebirgsplateaus oberhalb der Baumgrenze in Norwegen oder meine sicherlich mehr als mystischen Fabeln über die Zwergflora der Heide als eine verkrüppelte pflanzenartige Überlieferung aus den tertiären Wäldern Nordeuropas, von denen ich mir durch meine Reise in die Tropen einen aktuellen Eindruck verschaffen wollte. Richtig ist jedoch, dass ich seinerzeit mit einem mächtigen Verlangen der Seele erwachte; ich wollte die Begriffe Zeit und Raum füllen und begann frühzeitig, mir all die kleinen Dinge zu beschaffen, die ich aus dem Himmerland kannte, wobei ich die Grenzen ihrer Gemeinsamkeiten verschob und unter einem *einzigen* Gesichtspunkt vereinte.

Diese Sehnsucht trieb mich nicht allein hinaus in die Welt, sondern auch zu ungefähr allem Wissenswerten, und mit einer unersättlichen, von all dem Erlernten aufgeblähten Seele bin ich zurückgekehrt. Jetzt weiß ich, dass es einen *Trieb* an sich gibt, die Liebe zu meinem Land und meinem Stamm. Von hier bin ich ausgezogen, und hier, wo ich stehe, habe ich endlich den verschwundenen Wald und das verlorene Volk wiedergefunden. Mein ganzes Leben ist eine Beschreibung des Himmerlands – aber

Vorsicht, es ist mir gelungen, meinen Fuß auf Stellen zu setzen, die zeitlich und räumlich vom Himmerland weit entfernt sind, und ich fühle mich dort sogar heimisch!

In diesem Zusammenhang würde ich gern – als Material zu meiner Biografie, die durchaus in eine Beschreibung des Himmerlands hineinpassen könnte – exklusiv auf meine gesammelte gedruckte Produktion verweisen, allerdings möchte ich darauf aufmerksam machen, dass sie an keiner Stelle autobiografisch ist. Hingegen enthält sie, außer einigen zufälligen äußeren Merkmalen eines Durchschnittsdaseins, ein durch rastlose Lehr- und Wanderjahre erarbeitetes Bestreben nach Identifikation. Es ist das Resultat der Aneignung, der Anpassung und der Entfaltung eigener Grundlagen, die ohne größere Berücksichtigung von Wohnort, Beruf oder Erfolg mein Leben sind. Nur sehr wenig von dem, was geschieht, ist wahr, nicht einmal alles, was wirklich ist. Nur im Willen ist man wahr, und was ich über mich schreiben lasse, ist mein Wille. Sollte die Kritik es mit ihrer üblichen Vorliebe für Klatsch dennoch vorziehen, sich mit einem ungeordneten und daher gerade deshalb unkünstlerischen oder einem bürgerlichen und vollkommen uninteressanten Privatleben zu beschäftigen, statt mit den für einen Geistesarbeiter geltenden und bis zu einem gewissen Grad universell gültigen Intentionen, dann gesegnete Mahlzeit.

Meine ästhetischen Arbeiten umfassen folgende Gruppen:

Gedichte.

Eine Serie mit einer Leitidee: »Der Gletscher«. »Des Königs Fall«. »Madame D'Ora«. »Das Rad«. »Das Schiff« (noch nicht erschienen).

Himmerlandsgeschichten I–III.

Exotische Erzählungen: »Singapurgeschichten« und »Kleiner Ahasverus«.

Mythen und Freiluftschilderungen: »Die Welt ist tief«. »Mythen und Jagden«. »Neue Mythen«. »Mythen, neue Sammlung«. Weitere sollen erscheinen.

Von den Reisebeschreibungen und den kritischen Versuchen, die ich fortsetzen möchte, habe ich veröffentlicht: »Die neue Welt«.

Wenn ich es mir erlauben darf, meinen Neigungen zu folgen, dann sind die moderne Soziologie und Anthropologie die Aufgabenbereiche, zu denen ich mich am meisten hingezogen fühle.

*

Alles unterliegt dem Wandel, auch das Heimatgefühl. Wir verändern uns, und die Zeit, die uns gegeben ist, bleibt nicht stehen. Wenn ich heute in das Land meiner Kindheit zurückkehre, erkenne ich es kaum wieder. Die *Entfernungen* existieren nicht mehr, doch auch das eigentliche Terrain ist wie verwandelt, es scheint sämtliche Ecken und lokalen Profile verloren zu haben, an die ich mich erinnere. Natürlich kann nur ich nicht mehr sehen, wofür ein Kind den Blick hatte. Unser Leben war damals voller Vogeleier, wir teilten Geheimnisse mit der Bekassine und ihrem Nest, zogen einmal in der Woche die Steuern bei den Hummeln ein oder sogen den Honig durch einen Strohhalm aus ihren wenigen großen Waben; als Erwachsener habe ich noch nie ein Vogelnest finden können. Gar nicht zu reden von den »bodenlosen« Torfgräben und anderen Mysterien, die man heute mit einer Messlatte angeht – diese Tiefen sind aus der Welt verschwunden. Doch auch das Land an sich hat viele Veränderungen erlebt, die alle auf die Entwässerung zurückzuführen sind. Drainage-Systeme, Kultivierung und die Regulierung der Wasserläufe hat die Moore ausgetrocknet und der Vegetation zu einem ärmeren, weniger wilden Charakter verholfen. Dadurch verschwindet das Wild. Die Sumpfeule ist verschwunden, es gibt keine Bekassinen und Doppelschnepfen mehr, die mit ihren Flugvolten und gellenden Flügelvibrationen die hellen Abende füllten, keine Strandläuferschwärme mehr im Herbst, keinen Goldregenpfeifer in der Dunkelheit auf der Heide.

Es wurde hart vorgegangen gegen Jütlands Fauna, Jütland ist ohne sie nicht mehr Jütland, aber so soll es sein. Der Fisch stirbt in den ausgebaggerten Flüssen, und der Otter mit ihm. Statt die eine oder andere Axt aus Feuerstein im Moor oder auf dem Feld zu finden, stößt man nun auf salzartige Klumpen, mit denen man eigentlich nichts zu tun haben will; es ist Kali, womit der Boden gedüngt und stimuliert wird. Es riecht nach Wüste, doch so steht es in den Büchern, und daher ist es selbstverständlich gut. Nun ja, als Ersatz für das Wild, dem das Feuchte gefiel, siedeln sich im Schutz der neu gepflanzten Bäume andere Arten in Jütland an; hier fühlen sich nun der Hase und der Fuchs wohl, und nicht wenige Vögel finden ihren Platz zum Leben in den ausgedehnten Aufforstungen. Die Entwicklung hat meine Kindheitserinnerungen begraben, doch ich tröste mich damit, dass die künftigen Kinder unter dem Sausen eines Nadelwaldes aufwachsen, den ich nicht gekannt habe.

Es ist gut, dass man die Heide kultiviert, und die Aufforstung ist ein großes Werk im Stillen, das sich nicht nur ökonomisch lohnen wird. Die Entwässerung wird sich ebenfalls bezahlt machen, obgleich sie zu Einförmigkeit und bloßer Fläche führt, wo es früher Tierleben und Natur gab. Man bekommt all das Wasser nicht zurück, das industriell aus dem Boden ins Meer geleitet wird. Aber mit der Zeit wird es schon gelingen.

Das kann der *Fluss* erzählen. Es gibt nicht mehr viel, wovon er sprechen kann, schon lange ist er ein ruhig verlaufendes Gewässer, doch seine Geschichte hat deutliche Spuren in dem Tal hinterlassen, das er durchschleicht.

Ursprünglich war er so breit wie das gesamte Tal, und die Abhänge zu beiden Seiten waren seine Ufer. Er wurde von Zuläufen als allen Seitentälern gespeist, die nun seit Jahrhunderten trocken und ohne jede Spur von Wasser sind. Das Wasser kam damals von den großen Eisabschmelzungen, die das Land geformt und die Hügel aufgeschwemmt haben. Damals war er mächtig und verlief breit und tief, mit Findlingen am Grund und dem Wahlspruch der großen Ströme: hinunter, hinaus zum Meer! Wie er doch brauste, wie sehr er Schaum und Lehm in seinen Wellen aufwirbelte! Mächtig wälzte er sich erneut auf seinem Weg nach vorn, nachdem er sich ausgebreitet und in den Ausbuchtungen ausgeruht hatte, wo Lehm und Kies sich ablagerten und der Fluss selbst klarer und blauer weitereilte: zum Meer!

Nun flüstert er wie ein dünner Bach, der sich blind durch die Wiesen tastet und durch schlammige Umwege sickert, um genügend Gefälle zu sammeln, um weiterzukommen: zum Meer!

Gewiss hat man ihn klären und begradigen müssen, und nun geht es auch tatsächlich besser, es gibt keine Seerosen und Rohrkolben im Kolk, keinen Gründling am Grund, keinen Krebs in den Schlammlöchern unter den Abhängen. Der Fluss hat beinahe seine Sprache zurückerhalten, er murmelt: Nun komme ich doch weiter, zum Meer.

Der Otter ist verschwunden, es gibt hier keinen Otter mehr. Er muss sehen, wo er bleibt.

Ja, wir machen Fortschritte, wenn wir ausgetrocknet sind.

JENS JENSEN WEBER

Meine frühesten Erinnerungen verbinden sich mit dem Haus meines Großvaters, in dem ich als ganz kleiner Junge aufwuchs. Ich erinnere mich an eine Art Höhle, an einen hellen Raum, der aber nicht sehr viel größer war als ich und an allen Seiten in einem verschwommenen Nichts endete. Mit solch einer Grenze des Unverständlichen, des noch nicht Vorhandenen, kommt der Mensch zur Welt.

Das Dasein beginnt für mich mit dem Krabbeln auf dem Backsteinboden unter Großvaters Webstuhl und dem Schaukeln der durchlöcherten Steine, die er als Webgewichte verwendete – eine meiner Ansicht nach beeindruckende Leistung und ein ausreichendes Vergnügen für alle Zeit und Ewigkeit. Die ersten Mysterien des Lebens waren die Schäfte und Litzen, die sich abwechselnd straff hoben und senkten, als wären sie ein für alle Mal Feinde, wenn Großvater die Pedale des Webstuhls trat und in diesem sonderbaren Raum, der sich zwischen den Fäden öffnete und schloss, todernst mit dem Schiffchen Versteck spielte.

Ich war damals wohl zwei Jahre alt, und mein Großvater mit dem ellenlangen schneeweißen Bart schon über siebzig, so jung und so alt war die Welt, in der wir uns begegneten; er hatte den Blick für die Gegenwart bereits verloren, und ich konnte noch nicht sehen. Und doch ist es nicht länger her als 1875 oder 1876, eine Zeit, an die sich viele Zeitgenossen vermutlich noch recht gut erinnern, obwohl sie aus ihrer Sicht keinen sonderlichen Reiz hatte.

Auf der Walze, die den fertigen Stoff aus Großvaters Webstuhl aufrollte, saß ein Zahnrad mit einem Stopper, der eine Reihe von klackenden Geräuschen von sich gab, wenn ein kleines Stück des neugewebten Stoffs aufgerollt wurde; er hatte sein eigenes langes Tempo und klackte erst, wenn es ihm passte, doch dann sehr entschieden und so, dass man es hörte. Die Walze ließ sich nur in eine Richtung drehen, vorwärts, nie zurück. Es war der Takt im Leben meines Großvaters. Ich habe das Gefühl, als hätte ich das Geräusch gehört, als es zum allerletzten Mal klackte und die Walze nicht zurückgedreht werden konnte – als der Stoff zu Ende gewebt war und der Webstuhl stillstand.

Mein Großvater starb 1882. Er war der Erste in der Familie, der den Bauernstand verließ, Handwerker wurde und in die Stadt zog. Und doch kehrte er später in seine Heimat zurück und wurde Besitzer eines kleinen Hofs in Guldager Mark, der nun von einem meiner Onkel betrieben wird. Er hatte drei Söhne: Jens Jensen, ehemaliger Hofbesitzer und nun Müller in Aalestrup, meinen Vater Hans Jensen, Bezirkstierarzt in Farsø, und noch mal Jens Jensen, der den väterlichen Hof übernahm. Den Grund für die geringe Originalität meines Großvaters bei der Namensgebung seiner Söhne habe ich nie herausfinden können; wie es scheint, hat er mit einer besonderen Treue an den gewöhnlichsten Namen in Dänemark gehangen. Um seine Söhne zu unterscheiden, werden sie noch immer der Große Jens und der Gleine Jens genannt.

Mein Onkel, der Müller, hat mir einige Aufzeichnungen über die Familie überlassen, die ich so wiedergebe, wie ich sie von ihm erhalten habe:

»Mein Vater (also Jens Jensen Weber) wurde in einem Haus auf der Østerbølle Heide geboren. Nachdem er einige Jahre als Hirtenjunge gedient hatte, begann er bei Bruunshaab (der Kleiderfabrik bei Viborg) eine Tuchmacherlehre. Der deutsche Fabrikant, der Bruunshaab gegründet hatte, hatte das Recht, einige Bauernburschen vom Militärdienst freistellen zu lassen, wenn sie einen festen Arbeitsplatz in seiner Fabrik hatten. Nach fünf Jahren Lehrzeit reiste mein Vater zwei Jahre in Dänemark und ein bisschen in Deutschland umher, ohne eine feste Anstellung zu haben. Der Wochenlohn betrug damals drei Kronen. Er begriff, dass dies ein Sklavenleben war, und erlernte die Drillichweberei. Er eröffnete sein eigenes Geschäft in Aarhus, das aber keinen Erfolg hatte, ging dann nach Randers, lebte dort viele Jahre und hatte zwei Gesellen, es ging ihm sehr gut. Doch dann kamen die Fabriken mit ihren billigen Waren, und das Weberhandwerk war ruiniert. Er ging nach Guldager, weil meine Mutter einige Leute aus Hvam gut kannte. Hier draußen auf dem Land hatte die Weberei noch ihren Wert. Meine Mutter kümmerte sich um ihre kleine Landwirtschaft und pflügte mit der Stute. Mein Großvater war in Støttrup geboren, einem Städtchen in der Heide, wo der Wolf damals schlimm unter ihren Schafen wütete; sein Vater war Einlieger und hatte viele Kinder, im Winter mussten sie um Essen betteln. Großvater bekam von seinem Gutsherrn ein kleines Haus zur Pacht auf der Østerbølle Heide. Der Gutsherr hatte einen Pachtbauern, der den Hof in Hvam verkommen ließ. Der Gutsherr rief den Pachtbauern und meinen Großvater zu sich und erklärte: Ihr tauscht jetzt die Häuser. Großvater bekam den heruntergewirtschafteten Hof in Hvam; eigentlich wollte er ihn gar nicht, aber der Gutsherr versprach, ein eingestürztes Haus wieder aufzubauen und ihm zwei Arbeitspferde und etwas Saatgut zu geben. Nach einigen Jahren stand der Pachthof zum Verkauf. Großvater kaufte den Hof und vier Tonnen Hartkorn für dreihundertfünfundzwanzig Reichstaler. Dies ist gut hundert Jahre her. Könnte unsere derzeitige Regierung Schulden in einer Höhe erlassen, die zu ähnlichen Zuständen führen?«

Dieser Ausbruch meines Onkels, des Müllers und Rentiers in Aalestrup, am Ende seines Briefes erinnert mich an einige andere Aufzeichnungen, die ich aus seiner Hand habe. Er berichtet darin, wie seine Großmutter den Adel hatte ausfahren sehen. Zuerst kam ein leichtbekleideter Vorbote, der einen langen Stab in der Hand hielt. Eine halbe Stunde später kam dann ein Reiter, der feste Sporen, eine Feder am Hut und einen Degen an der Seite trug. An der rechten Seite des Hutes war eine große Silberplakette mit dem adligen Wappen befestigt. Es folgte der Wagen, eine große Kutsche mit vier Pferden, und auf dem vordersten Pferd saß der Vorreiter. – Hier fügt der Große Jens von sich aus folgende Strophen hinzu:

Vergangenheit.
Wenn Großgrundbesitzer dem Bauern Übles taten,
ließen sie ihn das Holzpferd reiten,
oder sie schickten ihn zu den Soldaten,
damit er lernt, fürs Land zu streiten.

Gegenwart.
Jetzt sitzt ein Bauer im Parlament
und führt ein Ministerium an.
Er spricht von Gesetzen als Instrument,
an die sich der Adel gar nicht erinnern kann.

Das ist Krieg. Denselben Aufzeichnungen entnehme ich auch noch etwas über die bäuerlichen Bräuche in alten Zeiten: Vor den Fenstern des Hofs gab es eine kleine Einfriedung mit Feldsteinen, den sogenannten Kreishof, in dem die Bienenstöcke ihren Platz hatten, außerdem wuchsen dort Ambra, Balsam und ein wilder Rosenbusch. Wenn die Familie im Sommer zur Kirche ging, war es üblich, einige dieser wohlriechenden Blätter ins Gesangbuch zu legen. – Die Alten hatten auch ihre Sitten und Gebräuche! Diese Zeit ist verschwunden, aber sie hatte durchaus ihren Frieden. Ich kann mich gut an den Kreishof und das kleine sonnige Paradies erinnern, in dem die Bienen zwischen Stockrosen, Wermut und Ambra summten.

Wie man sieht, fiel das Handwerkerleben meines Großvaters in eine Zeit, als die Gesellen nach einem mittelalterlichen Brauch noch wanderten, bevor sie anfingen, an der Maschine zur Ruhe zu kommen und sämtliche Berufe in der modernen Industrie aufgingen; das heißt, Individuen wurden nicht mehr gebraucht. Weber im damaligen Sinn gibt es ja auch nicht mehr.

Der Gesellenbrief meines Großvaters stammt aus dem Jahr 1825, und wenn er sich in jenem Jahr mit dem Stock in der Hand auf seine Wanderung nach Deutschland begeben hat, hätte er durchaus J. L. Heiberg begegnen können, der mit neuen Mustern eines berühmten Meisters namens Hegel nach Dänemark zurückkehrte. Von den Reisen meines Großvaters gibt es im Übrigen keine Aufzeichnungen, sie sind der Philosophie verloren gegangen.

Auch über sein Leben in Randers in den dreißiger und vierziger Jahren sind mir keine anschaulichen Schilderungen bekannt. Von einer so sicheren Position wie unserem eigenen Zeitalter aus gesehen, hätte das damalige Randers

eigentlich Aufmerksamkeit verdient. In Guldager bewahrte der Alte aus dieser Zeit ein Gemälde, das die Stadt
Randers zeigte, im Hintergrund waren eine Windmühle
und ein Richtrad zu sehen, im Vordergrund eine Menge
Fachwerkhöfe sowie zwei Figuren in Revolutionskostümen – das Bild ist inzwischen im Museum von Randers
gelandet. Vermutlich stammt aus seiner Zeit in Randers
auch die eigentümliche Sprache meines Großvaters, eine
Art Provinzdänisch mit vielen drolligen, aber durchaus
vernünftigen Wörtern, die aus dem Mund des Alten sehr
würdig klangen. Bis zu seinem Tod sagte er *mich*, wenn
er von sich sprach, und las die *Randers Tidende* mit einer
Gründlichkeit, die sie sicher verdient hatte.

Sein Horizont war durchaus nicht begrenzt, er hatte,
wie er selbst sagte, unter fünf Königen gelebt, Christian VII., Frederik VI., Christian VIII., Frederik VII. und
Christian IX., und sich über jeden von ihnen seine mit-
fühlenden Gedanken gemacht. Er war Zeuge von Kriegen
und großen Veränderungen gewesen und endete in der
zutiefst kopfschüttelnden Erkenntnis der eigenen Unzu-
länglichkeit, die gern bereit war, alles auf den höheren
Willen Gottes zu schieben, denn für ein menschliches
Auge nahm sich das alles doch einfach *zu* buntscheckig
aus.

Sein Wesen zeichnete sich durch Behutsamkeit aus. Er
hatte eine leise Stimme mit einem einsamen und liebevollen Klang, es war reine Musik, ihn sprechen zu hören. Ich
glaube, in seiner Stimme schwang etwas Ursprüngliches
mit, ich habe später bei norwegischen Bergbauern und
isolierten *frontiersmen* im Westen Amerikas die gleiche
merkwürdig weiche und singende Art und Weise des
Sprechens erlebt. Es liegt an der Einsamkeit und einem

stillen Leben. Insbesondere, wenn man den Alten besucht hatte und wieder gehen wollte, sang seine Stimme mit einer unendlichen Liebe, unter der sich ein kleiner Schatten des Kummers verbarg; nun hatte man ihm eine Freude bereitet, nun sollte er wieder allein sein. Gern wollte er mit nach draußen gehen und zusehen, wie man aufbrach; mit durchgedrücktem Rücken und erhobenem Kopf stützte er sich dann mit beiden Händen auf seinen Stock, wenn auch mit krummen, kaputten Knien. So sah ich Großvater zum letzten Mal, nachdem ich zum letzten Mal seine milde, sanfte Stimme gehört hatte, seinen kleinen Gesang, der so unendlich liebevoll war, ein wenig enttäuscht, aber liebevoll: *Du gehst jetzt?* Er stand bei den drei jungen Pappeln, die gepflanzt worden waren, als ich ein Kind war; damals hatten sie noch gerade Stämme, nun sind es alte, vom Westwind gebeugte, korpulente Bäume mit einem fernen Sausen hoch oben in ihren dünnen, sich neigenden Kronen.

Mein Großvater liegt auf dem Friedhof von Simested begraben, nicht weit entfernt von dem Ort auf der Østerbølle Heide, wo er geboren wurde und der vom Friedhof aus zu sehen ist. Steht man am Eisenkreuz auf dem Grab des Alten, kann man bis Hvam sehen, wo der Hof liegt, den sein Vater, also mein Urgroßvater, erworben hat. Noch immer ist er im Besitz der Familie. Der Kleinbauernhof in Østerbølle, mit dem er begann, ist inzwischen in andere Hände übergegangen und hat sich seither verändert, doch die Aussicht ist noch immer beeindruckend. Der Hof liegt hoch oben auf den Hügeln am Fuße der großen Hünengräber, die den Höhenzug krönen. Jetzt gibt es hier ein paar kleine, armselige Felder, doch zur Zeit meines Urgroßvaters muss hier überall unkultivierte

Heide gewesen sein. Hier hat er also gesessen und den größten Teil des Himmerlands überblickt, als er anfing, in luftiger Einsamkeit die Heide umzupflügen. Ich denke, er hat zugepackt wie ein Hüne, bestimmt stammen die übermäßig großen, fast viereckigen Hände von ihm, die unsere Familie kennzeichnen und deren Maulwurfsprägung sich bei meinen Onkeln unvermindert erhalten hat. Selbst mein Großvater, der sich sein ganzes Leben mit dem Webstuhl beschäftigte, hatte diese schweren, behaarten Pranken mit kolossal dicken Fingern, in denen Kleinigkeiten wie Spulen und Garn völlig verschwanden. Dennoch gibt es eine gewisse Geschicklichkeit in der Familie, mein Vater und seine Brüder wurden sozusagen mit jeder Art von Werkzeugen in der Hand geboren – tatsächlich sieht es so aus, als stammen sie von einem Mann ab, der alles selbst hervorbringen musste, persönlich und von Grund auf. Dies trifft exakt auf meinen Urgroßvater Jens Pedersen zu, der ohne die geringste Ausstattung ins Leben trat, vollkommen blank und unbelastet. Bevor er pflügen konnte, musste er erst einmal einen Pflug schmieden. Aber da er pflügen wollte, wandte er der Aussicht auf das grüne Himmerland dort unten den Rücken zu und fing an, das Heidekraut aufzubrechen.

Bestimmt gab es einen klugen Gutsherrn, der sich dachte: Na, mal sehen, was der aus der Heide macht! Und als Jens sich von der Aussicht auf die grünen Höfe unten am Fluss nicht davon abhalten lässt, was er mit seinen Händen vorhat, denkt der kluge Gutsherr: Der soll nun doch einen Hof bekommen. Und so kommt es, dass er mit dem unfähigen Bauern tauschen kann, der den Pachthof hat verfallen lassen und sich nun als Ergebnis einer höheren Weisheit mit der Heide von Østerbølle herumschlagen muss. So eine kleine alte romantische Geschichte aus dem 18. Jahrhundert stelle ich mir vor. Jedenfalls starb Jens Pedersen als eigenständiger Besitzer des Hofes in Hvam, nachdem er für freie und geschützte Lebensverhältnisse seiner Familie gesorgt hatte.

Er selbst stammte aus einer Schar von Kindern aus Støttrup Heide, die für gewöhnlich die Schafe gegen die Wölfe zu verteidigen hatten und im Winter um Essen betteln mussten. Harte Verhältnisse, bei denen man gleichsam einen letzten Atemzug des bösen Mittelalters spürt, das nach Jahrhunderten mit Religionskriegen, Raub und Mordbrand große Teile des Landes verwüstet und das einfache Volk mittellos hinterlassen hatte. Jens Pedersen bewies, dass es in der Familie nicht an mangelnder Initiative fehlte; es muss an äußeren Ursachen gelegen haben, dass er in so armseligen Verhältnissen geboren wurde, der Niedergang kann nicht im Blut gelegen haben. Über Jens Pedersens Vater ist nur bekannt, dass er Einlieger auf Støttrup Heide war, einem großen, öden Gebiet eine Meile südlich von Simested, wo ihm nicht einmal der Grund und Boden gehörte. Über seine Vorfahren weiß man nichts, da die Kirchenbücher bis 1813 verbrannt sind.

Allerdings habe ich eine Vermutung über den Grund des Niedergangs der Familie, der aller Wahrscheinlichkeit nach mit der üblichen Geschichte der Bevölkerung in dieser Gegend zusammenhängt. Der Wendepunkt, der zur Verschlechterung der Gesamtsituation führte, ist der Bauernaufstand und seine Folgen während der Grafenfehde. Gerade für den Amtsbezirk Rinds, in dem meine Familie seit undenklichen Zeiten gelebt hat, existieren Beweise für durchgreifende Veränderungen der Lebensbedingungen der Bauern nach der Grafenfehde. Chr. Sørensen Testrup, der selbst aus der Gegend stammt, berichtet in seiner Chronik des Amtsbezirks Rinds Folgendes über deren Ursachen:

»Waffenknechte des Amtsbezirks Rinds wurden die Menschen dieser Gegend in früherer Zeit genannt, eine Bezeichnung, die mit Blick auf ihre Streitlust und Männlichkeit gut passte. Die meisten waren reiche, selbstständige Bauern, die allerdings einen großen Teil ihres Besitzes durch Skipper Klemens' Aufstand anno 1534 verloren. Denn nachdem Skipper Klemens in Leraa Sig gesiegt hatte, führte ihn sein Siegeszug so weit wie möglich nach Süden, er ließ sich von den Bauern bejubeln, wohin er auch kam. Und wie mir von alten Menschen erzählt wurde, versammelte er die Bauern aus dieser Gegend, um sie einen Treueeid schwören zu lassen, worauf die Bauern beim König in Ungnade fielen und ihre Höfe verloren. Diejenigen, die vermögend waren, kauften sie vom König zurück, den Übrigen aber war es unmöglich; die meisten wurden Leibeigene der Gutsherren, und so verarmte der größte Teil der Einwohner hier im Amtsbezirk allmählich. Und da die Armut die Menschen verzagt werden lässt, ist der Name ›Waffenknechte des Amtsbezirks Rinds‹ abgelegt und vergessen und wird heutzutage nicht mehr gelitten oder benutzt.«

Über die Waffenknechte berichtet Testrup weiter, dass es streitbare Männer waren, die noch immer von großen Schlachten erzählten, sich aber nicht zu dem Thing einfanden, als es in Skindsbro stattfand – ein Schachzug, der lebhaft an die alten Sagas erinnert. Ich muss aber auch daran denken, was der alte Jens Hvam aus Overlund bei Viborg über eine Gruppe langer Kerle aus der Sippe erzählte, die bei den Tanzfesten auftauchten und alle verjagten. Über die Bezeichnung »Waffenknecht« informiert Testrup in einer Anmerkung: Abgesehen von der Bedeutung Waffenknecht oder Ritterknappe bezeichnete der Begriff laut Resens Ausgabe von *Hirdskraa*, Seite 8, »die da wohl waren von guter adliger Herkunft sowohl väterlicher- als auch mütterlicherseits, aber mittels Heirat mit niedrigeren Standespersonen nicht mehr zum Adel gezählt oder Herrn genannt werden, von welchen es in Norwegen viele gab, die sich aber nicht nur in Norwegen, sondern auch in Dänemark finden, insbesondere in Südjütland, Nordjütland und Vendsyssel«. Solche halben Adligen waren die Gutsherren von Rinds also gewesen, wenn sie ihren Beinamen nicht doch wegen ihrer großen Selbstständigkeit bekommen haben. –

So weit Testrups Chronik, die sich im Übrigen durch ihren unvergleichlichen jütländischen Lokalton auszeichnet und eine vortreffliche Quelle zum Verständnis des Wesens der Alten ist. Ich habe keinerlei Beweise, ob meine Vorväter zu diesen »Waffenknechten« gehörten. Es wäre eine hübsche Himmerlandsgeschichte, wenn sich beweisen ließe, dass der besitzlose Einlieger auf der Heide von Støttrup von einem freien Bauern abstammte, der wegen der Teilnahme am Aufstand 1534 seines Besitzes beraubt wurde. Ich selbst würde damit unerwartet in eine Kaste aufrücken, über die ich mich bei verschiedenen Gelegenheiten naseweis geäußert habe – es wäre ein berechtigtes Zurückschlagen der Nemesis und würde mich die Suppe auslöffeln lassen, die ich mir selbst eingebrockt habe.

Wie es aussieht, gefällt es mir nicht, mir meine Vorfahren bei der Grafenfehde untätig vorzustellen, als die Bauern in Nordjütland sich zugunsten ihres gewählten Königs Christian II. gegen den Priester- und Adelsstand erhoben. Wenn der Drang nach Unabhängigkeit ein wesentlicher Zug in der Charakteristik der Waffenknechte des Amtsbezirks Rinds war, habe ich aufgrund von Beobachtungen meiner heutigen Familie meines Erachtens das Recht, Rückschlüsse auf dieselben Eigenschaften in der Vergangenheit zu ziehen. Ich denke, sie haben teilgenommen und wurden ebenso hart geschlagen, wie sie selbst zuschlugen.

Zur Zeit des Einliegers war es ungefähr zweihundert Jahre her, also nicht mehr als sechs Generationen, in denen es der Familie immer schlechter erging. Lediglich die Hände scheinen sich in einem steten Wachstum befunden zu haben, bis Jens Pedersen Støttrup sie in einem so ausgezeichneten Entwicklungszustand erbt, dass er sich aus der Armut befreien und wieder ein Haus bauen kann. Er wurde 1767 geboren und starb im Alter von achtundsiebzig Jahren an »Alter und Steinschmerzen«. Seine Gicht sorgt dafür, dass die Familie ihn in lebendiger Erinnerung behält.

Das Leben meines Ururgroßvaters hat sich also von zirka 1730 bis zirka 1800 abgespielt, in der Zeit der Aufklärung und der großen Bauernreformen, Entwicklungen, von denen ihn sicherlich nicht einmal Gerüchte erreicht haben. Zu den Lebensbedingungen der Bauern gehörte damals der Gang in die hoffnungslose Abhängigkeit einer Dorfgemeinschaft – eine Form, die allerdings in Jütland seltener war als auf den dänischen Inseln –, oder in ein Pacht- und Fronverhältnis bei einem Gutsherrn, wenn man nicht als vollkommen Besitzloser außerhalb jeder Erwerbsmöglichkeiten stand – eine Art von Freiheit, die mein Ururgroßvater vermutlich genutzt hat. Sicherlich ist er nicht ohne Grund in die Heide gezogen, hier war er, wenn auch unter erbärmlichen Bedingungen, sein eigener Herr. Die Heide war damals vermutlich offen und frei, sodass er einige Schafe halten konnte. Für seine Behausung musste er Miete bezahlen, doch das war die einzige Verpflichtung, die er zweifellos mit Arbeiten wie Dreschen, Gräben ziehen oder anderen Arbeiten, die damals auf dem Land anfielen, bezahlt hat. Da es in der Heide noch Wölfe gab, die die Schafe bedrohten, liegt die Vermutung nahe, dass der Einlieger von Støtterup in den langen, dunklen Nächten auch gejagt und geangelt hat, ohne Hilfsmittel und in aller Stille. Hin und wieder mit einer Stahldrahtschnur für den Hasen und einer verborgenen Aalreuse unten im Fluss, an Stellen, die nur er kannte. Jedenfalls taucht bei seinen Nachkommen bisweilen ein durchaus heftiger Jagdinstinkt auf. Wenn es keine Tagelöhnerarbeit oder andere Beschäftigungen gab, hat er versucht, sich durch einfache Handarbeiten Einnahmen zu verschaffen. Er hat Handfeger aus Heidekraut gefertigt, Reisigkörbe geflochten und Holzgegenstände geschnitzt, das Geschick und der Drang zur Selbsthilfe finden sich bis heute in seiner Familie. Sein tägliches Leben war von einer Schlichtheit, die sich heute niemand mehr vorstellen kann. Die Kost bestand aus Roggenmehlgrütze, noch nicht aus Kartoffeln, die meisten Kleider, Hosen und Ärmel waren aus Leder und sollten möglichst ein Leben lang halten. Luxus: jedes Jahr ein gewaltiger Rausch von schlechtem Branntwein und eine ordentliche Prügelei auf dem Markt.

Bei allem, womit er sich behalf, konnte der Einlieger dennoch im Winter nicht den Hunger von seinen Kindern fernhalten. Er hatte eine Frau, ein barfüßiges Ding, die er in seiner Jugend in einem Heuschober aufgesammelt hatte und bei der er seither geblieben war. Er musste mit ansehen, was eine Mutter durchmacht, die kleine, hungrige Kinder in den Schlaf singen muss, ohne dass sie etwas zu essen bekommen haben. In der Familie hat sich bis heute ein lebhafter Sinn für die Härte des Daseins bewahrt, eine beinahe organische Angst vor dem Verlust der notwendigsten Dinge des Lebens. Es erscheint einigermaßen unverständlich, da man doch etwas *hat*, aber tatsächlich scheint es an einer bestimmten Art von Wirklichkeit und Erfahrung zu liegen. Andererseits entwickelten die Kinder des Einliegers in der Heide durch ihre totale Isolation eine gewisse Reserve, einen Fundus von Naturanlagen, von dem die Familie noch lange zehren wird. Ihre Nachkommen finden sich überall in der Gegend, es sind Kleinbauern des gewöhnlichen jütländischen rotblonden Typs; hin und wieder begegne ich jemandem, bei dem ich davon ausgehe, dass wir vermutlich verwandt sind.

Wer der Besitzer des Herrenhofs war, der meinem Urgroßvater gegenüber als gutherzige Vorsehung auftrat, habe ich nicht herausfinden können. Ich habe immer geglaubt, Urgroßvater sei Pächter des Herrenhofs Lille Restrup gewesen. In diesem Fall müsste der Gutsherr ein Nachkomme des oben erwähnten Chr. Sørensen Testrup gewesen sein, entweder der Kriegskommissar Testrup oder sein Sohn Søren Testrup. Den Büchern ist darüber allerdings nichts zu entnehmen. Vielleicht kam er auch vom Lynderupgaard, dann wäre der Gutsherr ein Mogens Løtterup gewesen, der 1799 sein an die Bauern verpachtetes Land verkaufte. Es wäre sicherlich interessant, sich die Verhältnisse dieser Zeit näher anzusehen, als der Bauernstand sich aus der Abhängigkeit der großen Gutsherren befreite.

Im Grunde geht es ja nicht um herausragende oder für die Öffentlichkeit wichtige Personen, wenn ich das Gefühl habe, etwas über meine Familie erzählen zu müssen. Vielleicht ist es ja ein Beitrag zur Kulturgeschichte, vielleicht ist es auch nur der rein persönliche, künstlerische Drang zu Ordnung und Form, auch wenn es um meine Herkunft geht. Irgendeine Person von öffentlicher Bedeutung hat es in meiner Familie nicht gegeben, ihre einzelnen Mitglieder haben es immer vorgezogen, ein stilles, unbeachtetes Leben zu führen. Ihre Unabhängigkeit hat sich eher in der Neigung gezeigt, sich ganz und gar um sich selbst zu kümmern. Ich könnte durchaus von Beispielen erzählen, was passiert ist und was passiert wäre, hätte jemand ein Attentat auf ihren Frieden verübt, aber auch ich will dem Privatleben meiner Familie nicht zu nahe treten.

Jens Jensen Weber ist Geschichte. Er war ein rechtschaffenes Beispiel für den Wunsch eines freien Mannes nach einem zurückgezogenen, ruhigen Dasein. Er brüskierte niemanden. Konnte er jedem zahlen, was ihm zustand, wollte er nichts anderes, als auf seinem Stück Land sitzen. Er strebte nichts an, denn er war ja draußen in der Welt gewesen und wieder heimgekehrt; er war nicht ehrgeizig, und tatendurstig kann man es ja auch nicht gerade nennen, all seine Tage am Webstuhl zu verbringen. Dass sein Leben aus Gesundheit und Harmonie bestand, zeigt sein ansprechendes Äußeres, das in einer Altersspracht erblühte, wie ich sie nur selten gesehen habe. Noch als alter Mann besaß er all seine Haare, eine schöne schlohweiße Mähne, die wie eine Flamme über seiner schmalen Stirn stand und in dichten, glatten Wellen über die Ohren fiel. Der mächtige weiße Bart floss ihm auf die Brust, und bisweilen kokettierte er damit, dass er ihn unter die Weste knöpfte, so lang war er. Jens Jensen war kurzsichtig und trug eine Brille auf der beachtlichen, krummen Nase.

Er strahlte eine große natürliche Würde aus, die einem Weber vom Lande wohl kaum anstand, hätte nicht seine stattliche Person diese vornehme Haltung gerechtfertigt. Von seinem Wesen her war er die Sanftheit in Person, und seine Rechtschaffenheit war so ehrlich, dass sie es verdiente, vererbt zu werden. Hoffentlich geht sie bei seinen Nachkommen niemals verloren. Wollte man sein Auftreten als Mann und, ja, als Mann seiner Zeit charakterisieren, ist Schlichtheit wohl das Wort, das es am besten trifft. Er war schlicht in dem alten, einfachen Sinn des Wortes, genügsam, selbst in seinen Fantasien noch ganz und gar praktisch gestimmt. Er beurteilte die Grundbedürfnisse des Lebens noch als jemand, der selbst dafür hatte sorgen müssen, und das vor gar nicht allzu langer Zeit. Er sprach bei Korn, »Toffeln« und anderen guten Nahrungsmitteln nicht über den Preis, sondern darüber, was sie ihm bedeuteten. In seinem Garten ließ er Blumen wachsen, von denen einige sogar gelb waren, sie waren weithin berühmt. Das war seine Prachtentfaltung. Nur der Alte durfte den Baum schütteln, und wenn die gelben Pflaumen auf den Boden fielen, hatte es den Anschein, als hätte Gottes eigene Hand ihre Kraft gezeigt. Ich erinnere mich daran, dass er mich von ganzem Herzen verwöhnte, wenn ich als kleines Kind bei ihm war. Dann rührte er mit einem kleinen Holzlöffel, den er selbst geschnitzt hatte, Zucker in ein Glas Bier, stand am Eckschrank und freute sich darauf, wie es seinem Enkel schmecken würde. Und ich dachte, das Bier wäre so süß, nur weil er es umrührte und mich dabei so unendlich freundlich anlächelte. Es stimmt schon, er war so unverfälscht dankbar für die schlichten Gaben der Natur, dass er sich deren Süße lieh. Ich erinnere mich, wie wir einmal spazieren gingen und zu einem

Weizenfeld kamen, einem damals sehr seltenen Anblick in Nordjütland, und der Alte blieb in tiefer, stiller Freude überrascht stehen. »Das ist Weizen! Nein, hast du das gesehen, das ist Weizen!« Er sang vor Inbrunst, ich habe nie wieder jemanden so *Weizen* sagen hören, so klangvoll, dass die Fruchtbarkeit durch seine Betonung geradezu hervorquoll. Obwohl dieses Feld, gemessen an den reichen, großen Felder an anderen Orten der Welt, nur ein Abglanz war, spürte man die Segnungen des Weizenbrots und das Glück, etwas wachsen zu sehen. Er trat näher heran, stand auf dem Feld und sang ein kleines Lied nur für sich, während er kopfschüttelnd vor lauter Freude die schweren Ähren in seiner Hand ruhen ließ. Keine Sekunde kam es dem Alten in den Sinn, sich weniger zu freuen, weil das Feld nicht ihm gehörte. Die Sensibilität für das Nährende, für die Geschenke der Erde, hatte er über sein Ego erhoben. Sprach der alte, naive Weber von »schönen Feldern«, meinte er die Qualität des Bodens; Wachstum im buchstäblichen Sinn war seine Poesie. Damit und mit seinem lebendigen Gespür für die Haushaltsführung auf dem Land, für den Preis der Waren, dem tatsächlichen und nicht dem imaginären Wert der Dinge, gehörte seine ganze Person zu dem Stand, aus dem er gekommen war.

Ich glaube, das Erlebnis mit dem Weizenfeld hatte ich auf unserer großen Reise, als wir von Guldager nach Nørager wanderten und wir beide von immer neuem Erstaunen und immer neuen Strapazen überrascht wurden. Wir wollten nach Nørager, eigentlich nur ein Fußmarsch von einer halben Viertelmeile, aber gerade so an der Grenze dessen, was wir beide bewältigten konnten, er alt und hinfällig, und ich das erste Mal auf der anderen Seite der Brücke, die über den Bach nahe des Hofes führte. Wir hatten uns für die lange Reise mit Essen versorgt, und Großvater trug seinen kaffeebraunen Mantel mit den schrägen Schultern und einem sehr hohen Kragen, der ihm weit in den Nacken ragte – offenbar war es irgendwann in den dreißiger Jahren Mode gewesen. So brachen wir auf, und wir hielten Schritt, ohne dass einer auf den anderen warten musste.

Es war ein schöner Sommertag. Der Kuckuck saß auf seinem Stock oben auf dem Hünengrab vor dem Hof, ein Stock, den der Alte extra für den Kuckuck in die Erde gesteckt hatte. Er rief uns auf Wiedersehen zu und lachte hinterher unverschämt, dann gingen wir über die Brücke und verloren uns in der weiten Welt.

Ach, dieser Tag wird mir ewig vor Augen stehen, es ist der Tag, der nicht vergeht, der ewige Sommer, der immer schon da war, ohne sich zu verändern. Und ewig waren auch die Dinge, die wir sahen und über die wir uns unterwegs unterhielten, die Blumen, die Steine, die Mistkäfer, die in den Radspuren krabbelten, alles, was sich rührte und untersucht werden musste. Ich glaube, kleine Kinder sehen nicht sehr weit, denn ich habe keine Erinnerung mehr an das Ziel, Nørager, das doch, von Guldager aus gesehen, ganz deutlich am Horizont liegt. Ähnlich ist es mit den Entfernungen, ich erinnere mich an jedes kleine Detail, ohne eine Vorstellung davon zu haben, ob es hier war oder weiter entfernt oder ganz weit weg an irgendeiner anderen Stelle. Dagegen habe ich noch eine außerordentliche scharfe Erinnerung an einen Fall von Suggestion, der mir auf dem Weg widerfuhr; der einzige Fall dieser Art, den ich je erlebt habe. Als wir an einem Hünengrab vorbeigingen, das neben dem Weg lag, erzählte mein Großvater mir vom Bergmann, und er muss offenbar sehr anschaulich erzählt haben, denn als wir das Hünengrab hinter uns gelassen hatten, drehte ich mich an seiner Hand heimlich um und sah wirklich einen kleinen Mann auf dem Hünengrab stehen, der seinen Fuß auf einen Spaten stützte. Eine ganz kleine Figur mit einem langen Bart und einem roten Hut auf dem Kopf. Ich sehe die Gestalt noch immer leibhaftig vor mir; es gibt keinen Zweifel, dass ich sie *gesehen* habe.

Großvater erzählte mir sehr viele Dinge, die ich seither vergessen habe, aber ich bewahre die Erinnerung an seine leise singende, über die meisten Dinge verwunderte Stimme. Mit einer gewissen elementaren Neigung zu *Sensationen* war er ein Kind und ist es wohl immer geblieben. Er liebte es, Dinge zu erzählen und zu erfinden, die ihm selbst die Haare zu Berge stehen ließen. Er glich dann der Märchenfigur, die auszog, das Fürchten zu lernen. *Katastrophen* waren seine Schwäche, und wer kennt solche Elementarmenschen nicht, diese stillen Personen, die eins mit der Natur sind und alt werden, ohne dass ihre Fantasie verdirbt, aber auch ohne selbst etwas erlebt zu haben. Mein Großvater konnte beim Nacherzählen von entsetzlichen Dingen ein stilles, knisterndes Pathos entfalten und beben, als geriete sein Kopf bei so großen Schicksalen regelrecht in Schwingungen. Wilde Nerven, der Alte trug noch die ganze panisch-stimulierende Frische des Urmenschen in sich. Vermutlich gefiel es ihm deshalb, sich auf dem Weg von Guldager nach Nørager zusammen mit einem Kind in heftige Abenteuerlichkeiten zu verlieren. Ein Mergelgraben, an dem wir vorbeigingen, war *ungeheuer* tief, der Alte blieb stehen und schwoll bei dem Gedanken regelrecht an, seine Augen weiteten sich. Blauer Ton lag am Rand des finsteren Lochs, o, man war offenbar so tief vorgedrungen, dass die

Innereien der Erde nach außen drangen, bis dahin, wo die Erde anfängt, *Kalk* zu werden, in einer ungeheuren Tiefe. Wir kamen an einem vermutlich sehr friedlichen Stier mit einem Ring in der Nase vorbei, und Großvater bat mich eindringlich, nicht zu schreien und ihn nicht zu reizen, sondern still vorbeizugehen; der Stier war vielleicht böse, er *war* böse, ungeheuerlich war seine Wildheit, er wurde, als wir weitergingen und ihn hinter uns ließen, ein regelrechter Minotaurus. Großvater hob einen rostigen Nagel vom Weg auf, es war Eisen und zu gut, als dass man es hätte liegenlassen können. Die Einbildungskraft des Alten war vollkommen ursprünglich und lebendig, sie stammte direkt von den Uralten.

Überhaupt war die Kultur, die im abseits gelegenen Himmerland überliefert wurde und erst vor einem Menschenalter verloren ging, ein direktes Erbe des Altnordischen, sodass jemand, der die alten Bauern gekannt hat, in die Vergangenheit blicken kann und in den Sagas den Schlüssel zu dieser Vergangenheit hat.

Das Christentum meines Großvaters, sein Verhältnis zu seinem Gott, war sehr ursprünglich und vermutlich von beinahe heidnischer Natur. Von Gott sprach er sehr persönlich, wie von einem guten Freund, über seine ungeheure Macht war er glücklich und berührt; Gott war für ihn eine große Person, so etwas wie »der König«, der in der Nähe zu sein schien, sich aber doch nie sehen ließ. Religiös war er nicht im theologischen, sondern in einem tieferen Sinn. Soweit ich weiß, ging er nicht in die Kirche.

Nun liegt der Sommertag in weiter Ferne, an dem wir nach Nørager spazierten und die Welt an der Hand meines Großvaters ihre ersten großen Tore für mich aufstieß. Müde wurden wir und mussten uns mehrmals an den

Rand des Straßengrabens zwischen die Blumen setzen, um uns auszuruhen. Der Alte ahmte das Krähen eines Hähnchens nach, indem er einen Grashalm zwischen den Fingern spannte. Das Essen wurde auf einem karierten Taschentuch ausgepackt und unter freiem Himmel verzehrt, natürlich nicht ohne weise und zufriedene Bemerkungen des Alten. Und dann wanderten wir weiter in den Sommertag, der für mich ohne Anfang und Ende war, für ihn aber bestimmt von der hoffnungslosen Kürze, die Tage im Alter bekommen.

In seinen letzten Jahren entging Jens Weber nicht der Verdrossenheit, die Altersschwäche und Gebrechlichkeit auch im Geist mit sich bringen, er starb nicht klaglos. Aber vermutlich ist es auch nicht sonderlich amüsant, wenn ein Mann, der 1830 als erwachsener, freier Geselle die ganze Welt in seiner Hand hielt, bereits 1880 die Knie beugen muss für etwas so Leeres und Unumgängliches wie das Grab. Aber länger ist selbst ein langes Menschenleben nun einmal nicht.

Eine Schilderung der Familie ist sehr unvollständig ohne die Biografie meines Vaters. Aber er ist noch kein alter Mann und hat seine schönsten Septemberjahre noch vor sich. Außerdem ist er selbst Schriftsteller und, wenn er es möchte, in der Lage, sein Leben auf eine würdevollere Weise darzulegen als ich, für den es sich nicht gehört, sich daran zu versuchen.

Meinem Vater, der nun seit neununddreißig Jahren Tierarzt in Farsø ist, ein paar Meilen von seinem Geburtsort entfernt, widme ich mit dem Dank des Sohnes diese Erinnerung an Jens Jensen, den alten Weber in Guldager.

DIE WASSERMÜHLE

Die Mühle stand abseits in einem Tal, in dem es keine weiteren Anwesen gab; sie war in alter Zeit an einer Stelle errichtet worden, an der ein Kessel inmitten der Hügel sich zum Stauen des Flusses und zum Bau einer Mühle eignete. Von weitem sah man nichts als Heidekraut, das sich auf beiden Seiten der schmalen Schlucht auf gleicher Höhe ausbreitete. Erst wenn man näherkam, führte die Straße den Hügel hinab und wieder hinauf, und in der Senke sah man die Brücke und die Mühle mit dem Teich dahinter, eingebettet in Schilf und das Gebüsch an den Hängen. Eine von der Natur verborgene Fülle und Vielfalt, ein feuchtes, grünes Tal mitten in der Heide, mit dem Fluss am Grund, jedoch alles sehr einsam. Es war eine alte Mühle, und die Menschen, die sie betrieben, hatten stets einsam und abgeschieden gelebt, obwohl die Bewohner der Gegend sie ja aufsuchten.

Manch einer kann sich noch an die Mühle erinnern, nachdem der letzte Besitzer sie verlassen hatte und sie eine Zeit lang leer stand, bis sie schließlich abgerissen wurde. Nach und nach hatten die jungen Leute, die vorbeikamen und das verlassene Wohnhaus mit Steinen bewarfen, sämtliche Fensterscheiben zersplittert.

Abends wagte sich allerdings niemand in die Nähe der Mühle; allein ihr Anblick von weitem in der Dämmerung, wenn die verlassenen, halb eingestürzten Gebäude mit ihren leeren Fensterhöhlen aus der Schlucht hinaufstarrten, konnte jeden vor Entsetzen erstarren lassen. Der Giebel, in dessen Mauerwerk ein großes Loch klaffte, gähnte wie ein zerschmettertes Gesicht in einem ganz und gar finsteren Schädel; die ganze Mühle ging eine unheimliche Verbindung mit der Dunkelheit ein, die sich früher über die düstere Schlucht senkte als oberhalb des Tals: ein fürchterlicher Ort, das Tal des Wahnsinns.

Ein düsterer und unheimlicher Vorfall hatte sich hier ereignet.

Der Müller, dem die Mühle vor nun einem halben Jahrhundert gehört hatte, war über die Maßen einsam gewesen, mehrere Jahre hatte er völlig allein in der Mühle verbracht; er war Witwer und erledigte die gesamte Arbeit selbst, ohne Gesinde. Allerdings war die Bedienung der alten Wassermühle nicht sonderlich schwer, ein einziger Mann kam damit zurecht. Kamen die Bauern mit ihren Säcken auf dem Wagen, begegneten sie nie jemand anderem als dem alten einsamen und verschlossenen Müller, der das Korn lustlos entgegennahm und es ebenso wortkarg gemahlen zurückgab, nachdem er den ihm gebührenden Teil einbehalten hatte. Es war ihm egal, wer zu ihm kam, er behandelte alle gleich und war ausschließlich an seiner Arbeit interessiert; er arbeitete hart und war zuverlässig. Niemand war je vergeblich zu der Zeit gekommen, die *er* festgelegt hatte.

Eine Charaktereigenschaft amüsierte die Leute allerdings: Der Müller wurde schnell wütend und hatte die Angewohnheit, seine Wut an leblosen Dingen auszulassen; dann ging er auf irgendetwas los und verfluchte es, und in seinen Tiraden kam der Böse weit häufiger vor als der Gott der Gnade! In seinem Zorn zerbrach er sogar seine eigenen Gerätschaften und Werkzeuge. Sein ganzes Leben lag er mit den halbwüchsigen Burschen aus der Gegend im Streit und trug doch keinen Sieg davon – das Los eines mürrischen Einsiedlers, das andere ebenfalls ein wenig erheiterte.

Im Grunde war der Müller aber weder boshaft noch sonderbar, er war ein ordentlicher Mann und hatte sich nicht von anderen Leuten unterschieden, bis seine Frau starb. Denn er lebte nicht allein, weil es ihm so gefiel; dass man alt wird, ergibt sich, ohne dass man darum bitten muss. Die Mühle war keine Goldgrube, die baufälligen Gebäude waren feucht, außerdem wurde behauptet, in der alten, klammen Mühle spuke es – keine sonderlich ermunternde Gesellschaft. Und der Fluss war eher ein Bach und trocknete mit jedem Jahr, das verging, weiter aus; es war also verständlich, dass der alte verlassene Müller mürrisch war.

Er hatte eine Tochter, Constance, genannt Müllers Stance, die allerdings nicht mehr in der Mühle wohnte. Allgemein war man der Ansicht, es wäre für sie und ihren Vater doch nur von Vorteil gewesen, wenn sie daheim geblieben wäre und dem Alten den Haushalt geführt hätte – aber ob nun er oder sie es nicht gewollt hatte, jedenfalls war sie fort und hatte in der Stadt ein paar Meilen oben am Fjord eine Stelle angetreten. Menschen, die in der Stadt etwas zu erledigen hatten und in den Bäckerladen kamen, konnten ihr dort guten Tag sagen, sie war Bäckerfräulein und sah den feinen Weizenbroten und Torten, die sie verkaufte, durchaus ähnlich. Der Müller hatte Verwandte in der Stadt am Fjord, es war also nicht verwunderlich, dass Müllers Stance lieber unter Städtern als in der einsamen Mühle lebte.

Doch während sie sich vor lauter Kuchen kaum retten konnte, hieß es, in dem alten leeren Haus des Müllers stünde Woche für Woche nur ein Topf Buchweizengrütze auf dem Feuer; aber was auch immer er aß, zumindest kümmerte der Müller sich selbst um seine Küche und ließ niemanden in seine Töpfe schauen. Jedermann nach seinem eigenen Geschmack!

Irgendwann im Herbst fiel den Leuten der Gegend auf, dass der alte Müller ungewöhnlich griesgrämig war. Nicht dass er geflucht hätte oder sonderlich gesprächig gewesen wäre. Sein Mund war verschlossen und hätte nicht einmal mit einer Brechstange geöffnet werden können; zudem war er von einem mit Mehl gepuderten Bart überwuchert. Der Müller schwieg, war aber rasend wütend, er rannte umher, ließ Säcke auf den Boden fallen, dass sie aufplatzten, oder schmiss sie auf die Ladefläche, dass der Wagenkasten knirschte. Barhäuptig fuchtelte er mit den Händen herum, wenn er nichts zu tragen hatte, und grüßte die Bauern weder bei ihrer Ankunft noch bei der Abfahrt – irgendeine Laus schien dem Müller über die Leber gelaufen zu sein, aber den Grund erfuhr man natürlich nicht von *ihm*. Man feixte ein wenig über den Müller, der in seiner Einsamkeit offenbar wunderlich wurde.

Vielleicht überstieg das Mahlen am Ende doch seine Kraft. Nach der Ernte im Herbst musste sehr viel gemahlen werden, immerhin gab es wieder Wasser im Fluss. Das Rad drehte sich Tag und Nacht, der Alte war bis an die Augen mit Mehl bestäubt, er kümmerte sich um die Mühlsteine, siebte das feine Mehl und schälte die Gerste, alles mehr oder weniger gleichzeitig, genau bemessen, hin und her, ohne einen Schritt zu viel, ohne irgendetwas zu vergessen. Er war ein Mann, der allein zurechtkam, aber große Konzentration über viele Tage und Teile der Nächte hinweg können einen Mann schon grimmig werden lassen, meinten diejenigen, die der Ansicht waren, der Müller dürfe sich gern im Stillen an allem Möglichen abreagieren, Hauptsache, man bekam seine Säcke einigermaßen unversehrt von ihm zurück.

Der Zorn des Müllers hatte jedoch einen anderen Grund als zu viel Arbeit, er hatte schlechte Nachrichten bekommen. Constance hatte sich in der Stadt zu einem Fehltritt verleiten lassen.

Glücklicherweise war es dem Müller nicht durch das Gerede der Leute zu Ohren gekommen, sie selbst hatte es in einem Brief gebeichtet, dem einzigen Brief, den der Müller je von seiner Tochter erhalten hatte – und dies war ein Brief zu viel.

Ja, Constance hatte zur Feder gegriffen und sich ihrem Vater anvertraut, mit »Lieber« als Anrede. Sie habe ja keinen anderen Freund, schrieb sie mit blauer Tinte, und sei nun so unglücklich. Ob sie heimkommen und ihren Zustand verbergen dürfe, bis es überstanden sei? Sie war unglücklich, weil der Bäcker, in dessen Diensten sie stand, sie nicht länger haben wollte, und die Verwandten hätten überhaupt kein Verständnis und duldeten sie nicht länger in der Stadt. Und der Geselle, der versprochen hatte, sie zu heiraten, behauptete, es habe noch andere Männer gegeben; er war so hartherzig ihr gegenüber, ein schlechter Mensch, doch der Allmächtige wisse, dass es nicht wahr sei. Und alle sagten, es sei ihre eigene Schuld und so weiter und so fort. Der Alte kannte derartige Bekenntnisse.

Es überraschte den Müller nicht, er hatte es erwartet. Er schnaubte vor Wut über den Brief und ging wieder seiner Arbeit nach, ja, genau das hatte er erwartet.

Doch je mehr er darüber nachdachte, dass es nun genauso gekommen war, wie es hatte kommen müssen, umso wütender wurde er. Sie war dazu bestimmt. Lebenslustig war sie seit ihrer Geburt gewesen, und seit sie ein junges Mädchen war, vergnügungssüchtig und immer mit Jungen zusammen, wie sehr man sie auch bestrafte und versuchte, sie im Haus zu behalten. Die Mutter hatte sie nicht bändigen können, und in der Schule hatte sie nur Dummheiten im Kopf. Beim Konfirmandenunterricht alberte sie nur herum, mit welchen Leuten auch immer sie zusammen war, stets gab es Radau und Rabatz. Und kaum war sie erwachsen, rannte sie mit den großen Burschen über die Hügel, in diesen Jahren hatten die jungen Burschen die Mühle meilenweit riechen können, pfui Teufel!

Und dieses Gesicht, das sie hatte! Rothaarig war das Flittchen obendrein, natürlich, wie der Müller, bevor er grau geworden war. Eine andere hätte mit diesem Aussehen den Kopf eingezogen, doch von ihr hörte er, dass sie wie eine nicht zu löschende Feuersbrunst ohne Kopftuch auf der Tanzfläche herumwirbelte, die Nächte hindurch auf dem Tanzboden, und das, obwohl ihre Mutter noch nicht lange unter der Erde lag und *er* sie noch in der Mühle wähnte! Alltags trug sie Schnürstiefel und ein Samtband um den Hals – und Ohrringe, ja, goldene Ohrringe hatte er an ihren Ohren gesehen, als sie ihm das letzte Mal einen flüchtigen Besuch abstattete, *da* hatte er Bescheid gewusst.

Und nun war die Schere zugeschnappt. Nun jammerte sie, jetzt war die Mühle wieder gut genug, als hätte er ihr damals, als sie ihn verlassen hatte, nicht gesagt, dass sie besser für immer in der Stadt bleiben sollte, wenn es ihr dort besser gefiele.

Eine innere Unbeherrschtheit wuchs in dem Müller, als er an seine Tochter dachte, es knirschte in seinem geschlossenen Mund, als gäbe es einen zusätzlichen Mühlstein in der Mühle; nur gut, dass ihm niemand einen Finger in den Mund steckte. Er beherrschte sich, allerdings nur mit großer Mühe. Wenn er sich räusperte, klang es, als würde ein Pferd in der Mühle wiehern, und hin und wieder war ein dumpfer Schlag zu hören, als würde jemand gegen die Trennwände der Pferdeboxen treten, dann hatte er etwas Schweres in die Hände bekommen, womit er dröhnend gegen irgendeinen Balken schlug.

Am späten Abend ließ der Müller das Wehr hinunter, verriegelte die Tür und bereitete sein einsames, spärliches Nachtmahl vor, auch dies ein Stück Männerarbeit. Kein gedeckter Tisch, das Essen kam direkt von der offenen Feuerstelle, kalte, zähe Grützklumpen in einer Schale brühend heißer Milch, ein Hornlöffel, einige Knorpelspäne, die er von einer bereits abgenagten Haxe abgeschabt hatte, nicht einmal eine Katze, mit der er seine Mahlzeit hätte teilen können, keine Pfeife Tabak hinterher, der Müller war kein Mann, der rauchte.

Still wurde es in der Stube, nachdem der Müller gegessen und diese Notwendigkeit auch hinter sich gebracht hatte, ebenso still wie draußen an der Mühle; vor den Fenstern stand die dunkle Nacht, und dem Müller gingen düstere, schwere Gedanken im Kopf herum.

Ein Schnaufen entfährt seinen behaarten Nasenlöchern, er denkt an die Mutter, es kommt ihm vor, als könnte er sie in dem leisen Knarren des Stuhls hören, wenn er sich bewegt. In diesem Stuhl hat sie gesessen, sie ist in der Kerzenflamme, sie ist die kleine Küche, sie schweigt zu allem, was da ist, doch das entspricht ihrem Wesen, und der Müller seufzt.

Constance war nicht wie ihre Mutter, nein, bestimmt nicht, ganz sicher nicht, eher das genaue Gegenteil.

Und kopfschüttelnd stellte er sich die Verstorbene als die Summe der Jahre vor, die sie mit ihm in der Mühle verbracht hat, viel zu wenige Jahre, gerade mal ein Besuch, bei dem sie alt und immer schwächer wurde, bis sie beinahe nicht mehr vorhanden war und wie ein Kind mit einem kaum hörbaren Geräusch wieder von ihm ging. Ganz allein trug er den Sarg zum Wagen, so wie er sie einst vom Wagen in sein Haus getragen hatte, sie war nicht schwer. Ängstlich war sie immer gewesen, obwohl er sie nie absichtlich erschreckt hatte, das wagte er doch zu behaupten; aber sicher war man ein Rohling, allein schon sein Aussehen, ganz verschont hatte er sie sicher nicht. Es war und blieb nun einmal ein Bauer, den sie geheiratet hatte – sie, die doch all die Jahre nicht aufhörte, zu der Stadt zu gehören, aus der sie gekommen war. Ja, für den Müller war es damals eine Zeit der Prüfung gewesen, als er ein Auge auf sie geworfen hatte, obwohl sie doch von höherem Stand war, und doch hatte er sie trotz aller Widerstände bekommen. Ja, ja, ja, und nun war das alles auch schon wieder so lange her.

In gewisser Weise hatte es sich allerdings gerächt. Nicht dass *sie* irgendeine Schuld daran hatte, es lag ganz einfach in der Natur der Sache, Constance war missraten. Allein schon der Name, so hieß doch kein Mädchen vom Land, es war eher ein Name für ein Schiff oder ein Wirtshaus, aber ihre Mutter hatte auf diesem Namen bestanden, wahrscheinlich hatte sie ihn aus einem ihrer Bücher. Niemand in der Familie hieß so, das wusste er. Obwohl die Mutter nicht übermäßig religiös war, hatte sie ja gelesen, was auch immer es gewesen sein mochte. Die Bücher standen noch in der Mühle, er hatte sie nie aufgeschlagen, der Name kam aber vermutlich daher.

An dem Tag, an dem sie getauft wurde, hatte der Müller sich gewunden, als er hörte, wie der Pastor den Namen wiederholte; er selbst hatte sie nicht ein einziges Mal so genannt, der Name war ihm nicht über die Lippen gekommen. Wenn er sie rief, schrie er irgendetwas, worauf sie ebenso gut hörte wie auf einen Namen, und im Übrigen sprach er von ihr nie anders als von der Göre.

Hochmut und Rastlosigkeit zeigten sich sehr bald schon bei ihr, die Stadt schlug durch, doch was er bei der Mutter bewundert und ihm Ehrfurcht eingeflößt hatte, das hasste er bei der Tochter dermaßen, dass er ihren Anblick kaum ertrug.

Die Mutter hatte eine gekräuselte Haube getragen und wurde mit Madam angesprochen; es stand ihr zu, obwohl er nur ein Müller war. Die kleinen französischen Holzschuhe, die sie getragen hatte, standen noch immer vor der Küchentür, Gott segne seine verstorbene Frau; aber die Göre … sobald sie ihre Konfirmationsstiefel bekommen hatte, zog sie sie nicht wieder aus und tanzte, bis sie zerschlissen waren. Und kaum war die Mutter unter der Erde, zog sie in aller Eile in die Stadt, putzte sich als Bäckerfräulein heraus und zog die Aufmerksamkeit auf sich – und nun!

Der Müller stand auf, er konnte nicht länger ruhig sitzen bleiben. Er hätte längst im Bett liegen müssen, doch warum sollte er schlafen? Hustend und vor sich hin murmelnd ging er hinüber zur Mühle, schaltete das Licht ein und begann zu mahlen. Mitternacht und in vollem Gang, so war es zu ertragen!

In der langen Herbstnacht ging er so in der Mühle umher und mahlte im Licht der Laterne, ganz allein zwischen den riesengroßen Rädern, die sich regelmäßig mit ihren blanken Holzzähnen im Halbdunkel drehten, während die Mühlräder scharrten und sangen, das Korn aus dem Rüttelwerk unablässig rieselte, und das Mühlrad draußen in der kalten Nacht brauste – dies alles waren Teile seines Wesens, diese ganze Maschinerie, in die nun all seine Jahre und seine gesamte Zeit aufgehoben waren.

Er schüttelte seinen bloßen, mehlgrauen Kopf, während er auf und ab ging und sich durch die Arbeit beruhigte; hin und wieder linderte er seinen Schmerz, indem er mit etwas Schwerem kämpfte. In den Schmerz und die Wut über die Tochter mischten sich die sanften Erinnerungen an die Mutter, mal räusperte er sich hohl und grässlich, mal schlich er mit gesenktem Kopf vorsichtig und still umher, dann war die Mutter nah.

Über ihm erhob sich der hohe, unergründliche, von Dunkelheit erfüllte Raum, aus dem ein kalter Luftzug hinunterwehte; in den Ecken und hinter mehligen, staubigen Balken brüteten Schatten. In tiefes Nachdenken versunken, hat der Müller den Eindruck, ganz hinten in der Mühle die abgewandte Mutter zu sehen. Er hebt den Kopf, doch es ist nur ein Schatten, dem sein Gedanke Gestalt verliehen hat, so sehr hat er sich den Kopf zerbrochen. Er fasst sich an die Stirn und seufzt und seufzt. Erst als die späte Morgendämmerung sich auf den mit Mehl überzogenen Scheiben der Mühle zeigt, lässt er das Wehr hinunter und sucht für ein paar Stunden Ruhe.

Mit den unnachsichtigen Augen des Vaters gesehen, nahm sich Constances Porträt wie beschrieben aus, andere hatten indes ein vollkommen anderes Bild von ihr. Die Feinde des Müllers zum Beispiel, die Jungen, mit denen er einen unablässigen Kampf austrug. Nur wenige Ansichten teilten sie miteinander! Der Müller wollte sie nicht sehen, und die Jungen wollten sich den Zutritt zum Mühlengelände nicht verbieten lassen, das eine unwiderstehliche Anziehungskraft auf sie hatte.

Sie *konnten* sich nicht von ihr fernhalten, das Gebüsch rund um die Mühle war ihr Abenteuerland, hier gab es Blaubeeren und Nüsse, hier schnitten sie ihre Haselstöcke, und tatsächlich waren sie der Ansicht, wenn jemandem der Wald gehören würde, dann doch wohl ihnen. Heimliches Angeln im Mühlteich, verborgen hinter einer Erle, sodass man von der Mühle aus nicht gesehen wurde, unmöglich, davon abzulassen. Die gute Stelle unterhalb des Abhangs, wo man im Sommer baden konnte; die Mühle selbst mit all ihren Wundern, Schleusen und dem Wasser, das wie ein mächtiger lebendiger Spiegel ellendick unter dem Wehr hervorschoss und auf die schäumenden, klatschenden Schaufeln des Mühlrads traf, die Aalschleuse, das Mahlwerk in der Mühle natürlich, das man sich allerdings nicht ansehen konnte, denn dort regierte Moses, der mit einer Peitsche erschien, wenn man sich auch nur in der Ferne blicken ließ.

Moses, ja, das war natürlich der Müller, so nannten sie ihn wegen des Bartes und seines ganzen unversöhnlichen, auf Rache sinnenden Wesens; er kam ihnen wie eine Gewitterwolke vor, aus der jederzeit ein Donnerschlag kommen konnte. Wie ein Prophet stand er mit den Mächten in Verbindung, auf sein Gebot standen die Flüsse still und flossen erst wieder, wenn es ihm gefiel. Wie ein ganzes Sonnensystem dirigierte er in der Mühle seine Achsen und Räder, die ineinander griffen und mahlten oder stillstanden, alles auf sein Geheiß. Man fürchtete Moses und machte einen weiten Bogen um ihn, Respekt hatte man jedoch nicht vor ihm, die Jungen ließen sich ihre Privilegien nicht verbieten, so sehr er sich auch aufregte. Auf den Birnbaum des Müllers, einen großen alten Baum hinten im Garten, ließ sich leicht klettern, er trug eine seltsame Sorte Birnen, deren Verdickung in eine lange, schmale Verlängerung auslief, ungefähr so wie die Turmspitze der Domkirche von Roskilde. Es waren bereits ungewöhnlich leckere Birnen, noch bevor sie reif waren. Müllers Stance brachte in der Erntezeit immer einige mit in die Schule, allerdings war sie nicht die Einzige, jeder zweite Junge hatte die Taschen voller Birnen. Und Moses passte jetzt mit der Peitsche im Garten auf – einen halben Tag später, nachdem sie sich längst versorgt *hatten*!

Aber natürlich wurden die Jungen vor allem von Müllers Stance angezogen. Den halben Tag hatte man sie in der Schule, allerdings nur jeden zweiten Tag, und sollte man den Rest der Zeit auf sie verzichten? An den Sonntagen steckte das Gebüsch rund um die Mühle voller Jungen, und kein Ausfall von Seiten des Müllers konnte daran etwas ändern. Stance wurde eingesperrt, konnte jedoch stets entwischen, vielleicht hatten die Kinder in der Mutter eine stille Verbündete. Bisweilen sahen die Jungen ihr Gesicht am Fenster, immer ernst, aber nicht feindlich; ihre Grundstimmung konnten sie möglicherweise zu ihrem Vorteil nutzen. Wenn Stance kam, wurde sie von der Gruppe umringt, und es wurde gespielt und getobt, sie kullerten die Abhänge hinunter und liefen im Winter Schlittschuh auf dem Eis oder fuhren Schlitten. Das unschuldige, hitzige, lange andauernde, aber ach, später so verlorene Paradies der Kindheit.

Müllers Stance umgab eine besondere Stimmung, die

ihre Gesellschaft so begehrt werden ließ; jedes Spiel, an dem sie sich beteiligte, war so vielfältig, alle anderen Spiele ohne sie so farblos. In der Schule war sie die Auserwählte und wurde auf diese verborgene, brüske Art und Weise von den Jungen umschwärmt, deren einzig bekannte Übersetzung ihrer Gefühle für das andere Geschlecht Verachtung war – und doch wollten sie der Verachteten stets so nah wie möglich sein und im Übrigen unter ihren Augen Heldentaten vollbringen. In einem Mühlteich, einem Fluss, einem Moor und auf hohen Bäumen konnte man sich allen denkbaren Lebensgefahren aussetzen; für die Jungen ging es darum, sich überhaupt zu zeigen, und für die Müllertochter, ihnen durch dick und dünn zu folgen. Einige andere Mädchen bildeten die Nachhut, doch dienten sie, ohne es zu wissen, eher dazu, den Unterschied zwischen Stance und allem anderen Weiblichen nur noch offensichtlicher werden zu lassen.

Allein ihr Haar war etwas Besonderes und Einmaliges, es war hellrot wie Blutwasser, als sie klein war, und später glühte es wie Kupfer; fürchterliche Haare, zerzaust, aber doch nicht lang genug, um geflochten zu werden. Sie warf es sich aus dem Gesicht und blies es rasch und sorglos fort, wenn es ihr in den Mund geriet, daran konnte man sie bereits aus weiter Entfernung erkennen; auch inmitten einer Schar von Jungen, die einen Schlachtplan vorbereiteten, wurde die rote Mähne hin und wieder zur Seite geschleudert. Von klein auf hatte sie recht korpulente, volle Gliedmaßen und fühlte sich weich wie eine Larve an, wenn man mit ihr rang. Nicht wie die anderen Schulmädchen, die nur aus Ellenbogen, Knien und Dornfortsätzen an der Wirbelsäule bestanden und eine Rauferei nicht sonderlich mädchenhaft ernst nahmen und wie Holzscheite zurückschlugen, sodass es wehtat. Sie waren kantig, man stieß sich an ihnen, Stance jedoch hatte etwas auf den Rippen und verstand besser, worum es bei den Rangeleien ging, ihr gefiel es. Und wenn sie zuschlug, handelte es sich um heiße, süße Ohrfeigen, die begehrt waren und nach denen man sich drängelte.

Schön im eigentlichen Sinne konnte man sie nicht nennen; sie hatte Sommersprossen wie ein Sieb, und ihr Gesicht sah aus wie der Ampfer, den die Kinder aus irgendeinem Grund Biersuppe nennen, sie hatte Augen wie ungeröstete Kaffeebohnen und große Nasenlöcher, doch ihr energisches Auftreten, gepaart mit ihrer frühen Weiblichkeit ließ sie so begehrenswert erscheinen. Wagemutig war sie und nicht immer ganz einfach, sie musste alles ausprobieren und hatte keine Angst davor, wie die Jungen im Mühlteich zu tauchen. Sie watete, die Kleider bis zum Kinn hochgezogen, durch den Teich und erschauderte, wenn sie das düstere Wasser spürte, das sie tragen sollte.

Und alles, was sie tat, war im nächsten Augenblick bereits wieder vergessen, sie schüttelte die Haare aus dem Gesicht und sah sich nach etwas Neuem um. Am liebsten nach etwas Verrücktem, bei dem alles auf den Kopf gestellt wurde. Die Heidehügel hinunterzurollen und dabei von einer unwiderstehlichen Macht wieder und wieder um sich selbst gedreht zu werden, bis es einem schwarz vor Augen wurde und man schließlich benommen am Fuß des Hügels endete, war sicherlich das Spiel, in dem sich ihr Wesen am besten ausdrückte. Hin und wieder rollte man auch zu zweit, Arm in Arm wie Zwillingssterne, doppelt schwindlig, doppelt krank hinterher; am allerliebsten übte man sich darin, die Besinnung zu verlieren.

Die meisten Spiele, die die Jungen erfanden, waren hinterlistige und gut getarnte Vorwände, um in Stances Nähe zu sein, so nahe wie nur irgend möglich. An mondlosen Frostabenden schleppten sie im Winter den alten Pferdeschlitten des Müllers – wenn er das gewusst hätte! – mit vierzehn, fünfzehn Burschen die Heidehügel hinauf und setzten sich mit Stance in der Mitte hinein, ein paar Jungen standen noch zusätzlich auf den Kufen. Dann wagten sie sich den steilen Abhang ins Tal hinab, in einem gewaltigen Tempo glitten sie unten eine Viertelmeile über die gefrorenen Wiesen und bekamen von den Anstrengungen selige Hitzewallungen, gegen die der beißende Wind half. Während des Springtanzes des Pferdeschlittens die Hügel hinunter sahen sie den Mond am Himmel galoppieren, und vielleicht war man der geheimnisvoll begnadete Mensch, den Stance umklammerte und dem sie ins Gesicht atmete, wenn sich die Fuhre zur Seite neigte. Kostbar und begehrt war ihre Wärme.

Doch alle Spiele haben irgendwann ein Ende, die Konfirmation zog ihre Grenze, vertrieb eine Welt und öffnete eine neue. Kälte breitete sich aus. Die Jungen wurden Knechte oder Bauern, einige gingen andere Wege, und Müllers Stance entwickelte sich erstaunlich rasch zu einer herausgeputzten jungen Frau mit Bekanntschaften, die außerhalb des Horizonts der Gegend lagen. An Markttagen kam es vor, dass alte Bekannte sie in ihrer neuen Welt sahen – wie hinter einer Barriere. Die Welt der Kindheit hatte sie verlassen und gleichsam mit sich genommen; die Mühle hatte ihre Seele verloren.

Als Erwachsene war Constance eine großgewachsene, üppige junge Frau, etwas plump, mit recht groben Zügen und einem großen, losen Mundwerk, das wie ein leichtes Maschinengewehr mit Gelächter geladen war und bei der geringsten Gelegenheit eine Salve abfeuerte. Auf dem

Tanzboden war sie unermüdlich, zärtlich und lebenslustig bis zur Torheit – und lief mit aller Macht ihrem Schicksal entgegen. Und so, wie es für sie vorhergesehen war, hatte sie sich nun in dieses Schicksal gestürzt – in dieser kleinen unzivilisierten Provinzstadt, in der die Rohheit und Unbarmherzigkeit der unteren Klassen sich in Werkstätten und hinter Topfpflanzen versteckten.

Den ganzen Samstag und in der Nacht zum Sonntag mahlte der Müller. Doch spät nachts, als er müde war und die Einsamkeit bis zum Grund seiner Seele drang, begann er zu flüstern, erhitzt und so beschäftigt, dass er es nicht bemerkte, bis er schließlich halblaut Selbstgespräche führte. Wesentliche Dinge gingen dem Müller im Kopf herum.

Allerdings vernachlässigte er dabei nicht einen Moment seine Arbeit; er war hier und dort, kümmerte sich um die Mühlsteine, stellte einen vollen Sack beiseite und schob einen neuen unter den Mehlstrahl, hob zentnerschwere Säcke und schüttete hinter verschlossener Tür jeweils ein Viertel in den Kasten – seinen Anteil, sorgfältig abgemessen mit dem alten geeichten Kupfermaß, absolut gerecht gegenüber dem Besitzer wie gegen sich selbst. Die Hand des Alten zittert ein wenig, doch weder gehäuft noch *zu* glatt gestrichen kommt das Maß des Königs aus dem fremden Sack in seinen eigenen. Mit düsterem Blick sieht er zu, ein Unglück kann ihm zustoßen, aber unehrlich wird *er* nie werden.

Unheilverkündend sträubt sich der alte Vollbart, der einmal rot war, nun aber weiß und mehlig ist, aufgebracht führt der Alte Selbstgespräche mit hitzigen, ruckartigen Kopfbewegungen; ab und an ein Zusammenstoß, ein Sack, an dem er sich vergreift, Dinge, die im Weg sind und nach denen er schlägt, Ausbrüche, die sich nicht unterdrücken *lassen*. Ansonsten ist er gefasst. Langsam, doch immer entschiedener, reift ein Entschluss im Kopf des Müllers.

Am Sonntagvormittag hält der Müller das Rad an, das alte, von Schimmel und Nässe angegriffene, glitschige Mühlrad steht mit all seinen tropfenden, nassen Schaufeln ganz still. Das Wasser im Teich steigt bis zum Rand des Wehrs, und im Abflussteich liegen die Steine auf dem bloßen Grund. Der Zufluss ist unterbrochen, auf der einen Seite gestaut, auf der anderen herrscht Niedrigwasser. In der Mühle stehen die Mühlsteine still. Die Zahnräder zeigen all ihre mit zolldicken Schichten aus Mehl und Staub bedeckten Balken, das ganze Mühlenhaus, das sonst bis zum Dach in jeder einzelnen Faser zittert und bebt, ist von oben bis unten still, alles starrt abwartend vor sich hin und ist ruhig, alles scheint zu horchen – was soll jetzt geschehen?

In der Wohnstube sitzt der Müller in Strümpfen an dem Tisch mit der Wachstuchdecke und schreibt. Ein Federhalter in einer solchen Hand? Ja, draußen wie drinnen ist es totenstill, nur eine kratzende Feder ist wie ein stechendes Insekt in der sonntäglichen Stille zu hören. Es ist Jahre her, seit der Müller das letzte Mal die Feder geführt hat, er muss diese Kunst immer wieder aufs Neue lernen, und das Zusammensetzen der Worte ist ebenfalls nicht sein Metier, aber er hat vorher darüber nachgedacht, und so kommt der Brief zustande, nicht ohne dass der Müller hier und da stöhnt und Mehl aus seinen Haaren schüttelt, die Feder neben das Tintenfass taucht oder auf der Suche nach Worten vor sich hin starrt. Die Tinte ist alt und hat ihre Farbe verloren, sie ist nicht himmelblau wie die Tinte, mit der Constance geschrieben hat; es wird eine wässrige, zittrige Schrift voller Schreibfehler, deren Sätze ohne eine verbindende Brücke zusammengefügt sind, doch der Sinn ist keinesfalls misszuverstehen.

Es ist eine Nachricht an Constance, eine Antwort auf ihren Brief, der nicht unbeantwortet bleiben darf. Die Anrede lautet *Guter Freund*, es ist die einzige Anrede, die der Müller kennt, und am Ende ein *Sehr verbunden*, das seiner Ansicht nach auch dazu gehört. Dann unterschreibt er mit seinem Namen in Schönschrift und bestreut das Papier mit Sand, ein Akt, der nicht unterlassen werden darf, schüttelt den Sand in einen Spucknapf, faltet den Brief zusammen und steckt ihn schließlich mit Mühe in einen Umschlag, nachdem das verdammte Papier immer wieder verrutscht ist. Der Umschlag wird angeleckt, mit dem Handballen zugedrückt und die Anschrift in Schönschrift aufgebracht, dann lehnt der Müller sich nach vollbrachter Kontorarbeit auf der alten, harten Bank zurück.

Der Bart verschließt den verbitterten Mund, die Augen blinzeln ingrimmig, denn er hat dem Brief etwas hinzugefügt, was ihr seiner Ansicht zu denken geben wird, *einen Gruß von der Mutter* – ha, er räuspert sich lautstark und zieht die Brauen zusammen. Dann steckt er Füße und Strümpfe wieder in die Holzschuhe, geht hinaus und öffnet das Wehr.

Schon bald war zu sehen, wie die Mühle wieder bis in die morschen, klaffenden Bretter im Giebel bebte.

Den ganzen Sonntag und auch die kommenden Tage und Nächte mahlte der Müller. Niemand brauchte ihn zu etwas anderem, und lieber arbeitete er, als in Gesellschaft eines dreibeinigen Kessels mit trübseligen Gedanken untätig am Herd zu sitzen.

Aber auch wenn man sich zu beschäftigen weiß, ist es mit den Gedanken nicht so einfach, immerhin hält man sie dann jedoch einigermaßen aus. Nachts funktioniert es nach Meinung des Müllers am besten, da ist er ungestört und kann die gesamte Mühle laufen lassen, er mahlt, siebt und schrotet. Durch die mehlbestäubte, matte Laterne unter dem Balken erscheint die Mühle wie in einem Nebel, die Riesenzähne der Zahnräder drehen sich rollend und gluckernd und grinsen mit ihrem bloßen Gebiss, sie stehen halb im Dunklen und werfen sonderbare Schatten bis hoch unters Dach; die Mühlsteine mahlen und stauben, mahlen und stauben, unablässig stößt die aufrechtstehende Achse mit ihren vier Kanten gegen die Lade und rüttelt das Korn ins Mittelloch. Die lange graue Mühlenwelle dreht sich mit mottenartigen Bewegungen in ihrem Kasten um sich selbst, ein kalter Wind zieht durch die Mühle, und in seinem Radschauer braust und platscht das Mühlrad, schöpft mit seinen Schaufeln Wasser und gibt es wieder frei. Ellendick zieht sich der Wellbaum aus Pockenholz durch die Mauer und dreht sich auf seinem mit Talg gefetteten Zapfen – alles ist so, wie es sich für einen Müller gehört. Und der Alte erwidert das Grinsen der Zahnräder und spürt mit Wohlbehagen die Länge der Nacht – Mitternacht und Ruhe inmitten des Lärms, sämtliche beweglichen Teile laufen mit höchster Kraft; er ist allein mit den Mächten, die er bezwingt. Das ist des Müllers Lust, sie hat ihre eigene elementare und düstere Art, er ist in ein Unwetter geraten, doch das Unwetter ist er selbst, es ist ein Gestöber aus Schnee oder Mehl, weiß ist er in jedem Fall, und er wird umso weißer, je länger er in der langen Nacht weiterarbeitet und je seltsamere Schatten sich in den Ecken erheben. Gedanken schießen ihm durch den Kopf, die ihn stören und aufwühlen wollen, doch er zerschlägt nichts, bestraft nicht, was er in den Händen hält; die Strafe *ist* vollzogen, er weiß, dass Constance den Brief jetzt in den Händen hält. Und der Alte schließt ein Auge und öffnet es wieder wie jemand, der gut gezielt und gut getroffen hat; ein hässliches Schaudern fährt ihm durch den Bart.

Und er nimmt einen zentnerschweren Sack Roggen in den Arm, als würde er eine Frau hochheben, aufschnüren und kopfüber in den Mahlgang schütten; er lässt den Inhalt aus ihr herauslaufen, und nachdem er ein Viertel hineingeschüttet hat, presst er den Sack mit den Armen zusammen und stampft den Rest so fest auf den Boden, dass die Bohlen beben – so wird das gemacht!

Doch plötzlich bleibt die Mühle ohne ersichtlichen Grund stehen, die Hebestange, die durch die Mauer zum Wehr führt, hat er doch gar nicht angerührt?

Das Mahlen der Mühlsteine wird rasch leiser, stockt und bricht schließlich ganz ab, ein rumpelndes Geräusch ist aus der Tiefe des Radschauers zu hören, ein Schleppen und Knacken, und der Müller sieht *den Zapfen, der sich aus dem Lager hebt,* der schwere Wellbaum, der das Rad mit der Mühle verbindet, bricht aus seinem gemauerten Loch, reißt die Mauer mit sich und stürzt donnernd aus der Mühle heraus!

Dröhnen und Splittern von Balken, ein gewaltiges Krachen draußen auf dem Boden, das die Erde beben und das ganze Haus erzittern lässt!

Die Mühle sackt ab, neigt sich, bleibt aber stehen. Krachend fällt im Radschauer eine weitere gemauerte Mauer zusammen. Der Radschauer ist leer, eine ganze Seitenwand der Mühle ist herausgebrochen, dort gähnt jetzt die Dunkelheit, der Abgrund, und aus dem kalten Nebel tritt die *Mutter* heraus, lang, schmal und blau, wie aus dem Grab, und doch mit offenen, anklagenden Augen – in Nacht und Grauen stürzt der Müller rücklings zu Boden.

Die Mächte hatten sich zu Wort gemeldet.

Nach dem gewaltigen Schlag, der so laut war, als sollte die Erde beim Jüngsten Gericht vergehen, war alles wieder still und ruhig, nur das Wasser der Schleuse floss durch die Ruinen des Radschauers, als wollte es verbluten. Das schwere Mühlrad hatte sich gehoben, war über den schrägen Boden des Radschauers quer durch eine Giebelwand gerollt und lag nun im Abflussteich, auf die Seite gekippt, aber unversehrt.

Müllers Constance war nach Hause gekommen. Ja, sie mit den schamlosen Haaren, die so gern lachte. Nachdem sie den Brief mit dem Urteil des Vaters erhalten hatte, dass er sie und ihre Leibesfrucht weder jetzt noch irgendwann sonst in der Mühle sehen wolle, und dies solle er ihr auch mit einem Gruß von der Mutter ausrichten, ihrer toten Mutter, war sie noch in der Nacht aufgebrochen, hatte die dreieinhalb Meilen zu Fuß zurückgelegt und war in den Mühlteich gegangen. Von dort war der tote Körper durch die Schleuse getrieben und an das unterschlächtige Wasserrad gestoßen, unter dem er nicht durchkam. Ihr Leib wurde eingeklemmt und hob so das gewaltig schwere Rad aus den Lagern. Den Rest besorgte die Schwerkraft.

Die Bauern, die am folgenden Tag zur Mühle kamen, sahen bereits von der Anhöhe das aus der Mühle herausgebrochene Rad; ein seltsamer Anblick, bei dem man an ein übernatürliches Wesen denken musste, das in den

Graben gefahren und verunglückt war. In den Trümmern der Mühle lag der ohnmächtige Müller. Und draußen im Abflussteich, wo das Mühlrad lag, wurde Müllers Stance gefunden.

Von der Mühle ist heute nichts mehr zu sehen. Nach der Katastrophe wurde sie aufgegeben, sie hatte ohnehin schon lange zu wenig Wasser; der Fluss, der nichts anderes mehr war als ein Bach, ist jetzt ein Graben, und nur die Reste einiger Eichenpfähle im Boden und die Form des Mühlteichs verraten den Ort, wenn man weiß, dass dort einmal ein Mühlteich gewesen ist. Die Brücke gibt es noch, doch das Wasser, über das sie führte – ja, das ist verschwunden.

DER HUND DES BAKHOFBAUERN

Über den Bakhofbauer wird erzählt, er habe zu den Siebenschläfern oben auf dem Bakhof im alten Graabølle gehört, einem abgelegenen Hof, dessen Bewohner von einer geradezu schildbürgerhaften Unschuld waren; Einfaltspinsel, mit denen das Dorf bisweilen seine Scherze trieb. Noch immer erinnerte man sich gern an die Silvesternacht, als die Burschen aus Graabølle die Fensterscheiben des Hofes zuklebten, sodass die Leute vom Bakhof mehr als einen Tag lang schliefen. Oder an Krestens Pech, als er versuchte, als Pferdehändler zu reüssieren – mit dem Ergebnis, dass er bei den Leuten nur noch der »Pferdehändler« hieß, wenn er es nicht hören konnte.

Lange wurde Kresten der junge Bakhofbauer genannt, nachdem er den Hof von seinem Vater übernommen hatte. Mittlerweile ist aber auch er alt geworden und dahingegangen, und der Bakhof ist längst wieder in neuen Händen. Zu Krestens Geschichte sollen aber noch ein paar Bemerkungen hinzugefügt werden, die weiterzuerzählen der Anstand bisher verboten hat. Aber da nun alle Beteiligten verstorben sind, kann sich niemand mehr gekränkt fühlen. Es gab einige Dinge, über die nicht geredet wurde, von denen aber alle wussten: Dabei ging es um Krestens späteres Verhältnis zu Anders Mikkelsen, der ihm den kleinen Streich mit dem Pferd gespielt und Kresten den Spitznamen »Pferdehändler« gegeben hatte, der eigentlich Anders Mikkelsen selbst zugekommen wäre.

Wie die eben erwähnte Geschichte bewies, bestand das wesentliche Merkmal von Krestens Charakter aus einem tief empfundenen, heimlichen Mangel an Selbstvertrauen. Leider äußerte sich seine Schwäche vor allem darin, dass er es übertrieb, wenn er versuchte, besonders männlich aufzutreten, um als rücksichtslose Person zu gelten, worüber sich die meisten Leute köstlich amüsierten. Doch es war nun einmal die fixe Idee des Bakhofbauern, er wollte in allen Dingen erfolgreich sein, mit der Zeit gehen, als Hofbesitzer geachtet werden und in dem Ruf stehen, skrupellos zu sein.

Von den Ländereien her war der alte Erbhof einer der größten Höfe der Gegend, allerdings war er hoffnungslos veraltet. Kresten wollte den Hof auf Vordermann bringen, er wollte in einem schneidigen Gespann auf den Straßen fahren und beachtet werden, er wollte eine bekannte Persönlichkeit auf den Märkten und Festen sein, über die mit Vergnügen und Respekt gesprochen wurde, er wollte saufen, redegewandt sein und sich prügeln, ja, gefürchtet und geliebt werden – kurzum, er wollte in jeder Hinsicht wie Anders Mikkelsen sein, von diesem Gedanken war der Bakhofbauer besessen.

Deshalb hatte es Kresten auch verletzt, dass ausgerechnet er Gegenstand eines der gelungensten Schelmenstreiche von Anders Mikkelsens geworden war, aber er trug es ihm nicht nach, dazu war seine Bewunderung für den erfolgreichen Hofbesitzer und Pferdehändler viel zu ehrlich und aufrichtig, schließlich war Anders sein großes Vorbild. Anders Mikkelsen hatte ja auch tatsächlich nichts Böses mit Kresten im Sinn gehabt, und als Kresten ihm das nächste Mal begegnete, hegte er deshalb auch keinen Groll. Anders Mikkelsen hatte die Angelegenheit ohnehin bereits vollkommen vergessen, er war ja von umtriebiger Natur und suchte bereits einen Tag nach seiner letzten Tat eine neue Herausforderung. Krestens sehnlichster Wunsch einer Freundschaft zwischen ihm und Anders Mikkelsen erfüllte sich jedoch nicht sofort. Vorerst lebten sie in allzu verschiedenen Welten.

Kresten mühte sich auf dem Hof ab und hatte häusliche Sorgen. Die ersten Jahre waren schwierig gewesen, als Ältester hatte er den Hof geerbt, doch er musste seinen zahlreichen Geschwistern ihren Erbteil auszahlen. Zudem hatte er keine sonderlich glückliche Hand, denn Ehrgeiz ist nicht dasselbe wie Talent. Der Ertrag des Hofs war enttäuschend, die Bewirtschaftung überstieg Krestens Fähigkeiten. Außerdem konnte er die Gewohnheit der Bakhofbauern nicht ablegen: Nichts durfte etwas kosten, für Gesinde wollte er kein Geld ausgeben, sondern versuchen, die gesamte Arbeit allein zu verrichten. Faul war er nicht, doch bei der Größe der Ländereien des Bakhofs schätzte er die Situation vollkommen falsch ein. Er vergeudete seine Zeit, trat auf der Stelle und war, noch bevor er begonnen hatte, bereits am Ende. Er fing an zu grübeln, auf seiner Stirn zeigten sich Falten, er schuftete und scheiterte und wusste nicht, warum.

Man hatte Kresten verheiratet, es war keine besonders romantische Angelegenheit gewesen, andere hatten es für ihn geregelt; aber selbst für eine Vernunftehe war sie unvernünftig. Und auch hier nährte Kresten insgeheim eine fixe Idee, einen Traum, der sich der Wirklichkeit in den Weg stellte. Vermutlich kannte niemand den tatsächlichen

Zusammenhang, am wenigsten er selbst, aber wollte man in Anbetracht seines Charakters nach einer Erklärung suchen, so war bei Krestens Heirat wohl alles ganz anders gekommen, als er es sich vorgestellt hatte. Was hatte er sich denn vorgestellt? Vermutlich hatte es mit Eroberung und einer großen betörenden Verwandlung zu tun. In Wahrheit hatte man ihm jedoch eine passende Frau besorgt, die sich nun um die Küche kümmerte. Scheinbar war alles so, wie es sich gehörte. Aber es war durchaus nicht so, wie es hätte sein sollen. Denn hätte jemand mit einem feine Ohr Kresten und seine junge Frau miteinander sprechen hören, wäre es ihm wohl so vorgekommen, als kämen die beiden nicht aus demselben Ort. Höflich und unterkühlt unterhielten sie sich wie zwei Fremde, obwohl sie doch seit Jahr und Tag verheiratet waren. Kresten war ein zurückhaltender Mann, dessen Wesen noch von den alten Moralvorstellungen geprägt war – aber gab es denn auf dem Hof niemanden, der den beiden hätte helfen können, miteinander vertrauter zu werden? Oder wie hatte man es sich vorzustellen? Hatte Kresten vorläufig keine Zeit, an etwas anderes als den Hof zu denken? Sicher ist, dass ihm die Arbeit über den Kopf wuchs und seine gesamte Aufmerksamkeit in Anspruch nahm.

Um Kosten zu vermeiden, hatte Kresten sich vom gesamten Gesinde getrennt und arbeitete nun, als hätte er zwanzig Hände. Er trieb die Rinder selbst auf die verschiedenen Weiden – eine Arbeit, die normalerweise Kinder übernahmen, nur gab es keine Kinder auf dem Hof. Natürlich konnte Kresten nicht alles allein bewältigen, und so wurde er ungehalten und hatte das Gefühl, benachteiligt zu sein; er kämpfte mit brennenden Augen, und manchmal weinte er aus reiner Verzweiflung wie damals, als ihm als

Hütejunge die Kühe nicht gehorchen wollten. Kresten geriet mehr und mehr ins Hintertreffen. »Ich kann nich mehr tun, als ich kann«, erklärte er verbissen, kurzatmig und völlig erschöpft. Grundsätzlich hatte er recht, dennoch war es vollkommen verrückt. Seine Frau sah verwundert zu.

Schließlich kam es zur Krise. Das Finanzielle war Krestens schwache Seite; es gelang ihm zwar, den Hof einigermaßen über Wasser zu halten, aber bares Geld war damit nicht zu erwirtschaften, selbst kleine Summen konnte Kresten nicht mehr bezahlen. Bei einem Zahlungstermin hatte er vierhundert Kronen Schulden. Das war in diesen Zeiten viel Geld. Kresten hatte es nicht, und er hatte auch keine Chance, es irgendwie aufzutreiben. Den Hof konnte er nicht weiter beleihen, er sah keinen Ausweg, Kresten resignierte. Er ging nach Hause, setzte sich hin und blieb verzweifelt sitzen. »Ich kann nich mehr tun, als ich kann«, sagte er. Seine Frau stand daneben und sah ihn an. Da saß Kresten nun.

In dieser Situation besuchte Anders Mikkelsen den Bakhof.

Es war reiner Zufall, dass er an diesem Tag auf den Hof bog. Anders war unterwegs, um Färsen zu kaufen, und vielleicht hatte Kresten ja in diesem Jahr mehr Vieh, als er behalten wollte.

Anders fuhr in seiner kleinen gelben, gefederten Kutsche, einem Juwel von einem Wagen, den er in der Stadt gekauft hatte. Das Gefährt eines Junkers, lackiert, federleicht und mit der neuesten Technik einer sich drehenden Vorderachse ausgestattet. Und davor hatte er den Hengst »Volstrup II« gespannt, ein in der ganzen Gegend bekannter, prämierter und hochversicherter Rassehengst, der sich natürlich in Anders Mikkelsens Besitz befand – der Stolz seines Hofs, der Glanz seines Namens und eine Quelle des Reichtums, wie man sich vorstellen kann.

»Volstrup II« war von dieser großen jütländischen Rasse, hell, gelblichrot, mit weißem Schwanz und weißer Mähne, einem fleischfarbenen Maul und Nüstern, durch die das Blut schimmerte, eine geflochtene Strähne seiner Mähne fiel ihm zwischen die Augen. Der Hengst hatte eine enorm breite Brust und stämmige Beine, deren Haarbüschel am Fesselgelenk bis auf die Erde reichten. Die kräftigen, gelblichweißen Hufe waren möglicherweise ein wenig platt, aber »Volstrup II« hatte ja auch viel zu tragen. Das schwere, beinahe elefantengroße Pferd zwischen den dünnen Deichselstangen der kleinen fragilen Kutsche war ein Anblick, der vielen gefährlich erschien. Aber es fuhr ja Anders Mikkelsen! Die Art des Transports entsprach seinem Geschmack und seinem Wagemut. Es war durchaus kein schnelles Gespann, »Volstrup II« ließ eher die Erde erdröhnen, als dass er flog, doch der Hengst musste schließlich bewegt werden. Außerdem gab es noch andere Gründe, mit ihm die Höfe abzufahren, daher wurde Anders Mikkelsen häufig mit dem Hengst vor dem Einspänner auf den Landstraßen gesehen. War er in Eile, nahm er die Knapstrupper und verbarg sich in einer Staubwolke.

Nun also stand Anders Mikkelsen mit dem enormen Hengst und diesem Edelstein von einer Kutsche auf dem Hof – ob Kresten zufällig das eine oder andere Jungtier zu verkaufen hätte?

Kresten trat vor die Tür, und seine von der Arbeit zerfurchte Stirn glich einem Brachfeld. Er legte eine schwielige Hand auf Anders Mikkelsens kleinen lackierten, gefederten Wagen; nein, er hatte keine Färse zu verkaufen, sie *waren* bereits alle verkauft.

Etwas an Krestens Tonfall und seiner versteinerten Haltung brachte Anders Mikkelsen dazu, sich Kresten genauer anzusehen. Und von seinem Platz auf dem Kutschbock schaute er sich auch auf dem Hof um. Er sah die alten verfallenen Gebäude, an deren Ecken Löcher klafften und von denen drei geradezu altertümlich noch mit Lehm verputzt waren; in einer Ecke stand der alte harte Holsteinerwagen des Bakhofbauern, mit Schnitzereien am Wagenkasten, aber ohne Federn und mit lächerlich schräg stehenden Rädern in der Nabe, wie aus dem vorigen Jahrhundert. Verfall, wohin man auch sah!

»Wie viele Kühe hast du eigentlich?«, erkundigte Anders Mikkelsen sich vorsichtig.

Der Bakhofbauer besaß acht Kühe.

Anders Mikkelsen schnaubte zwei Mal durch die Nase und stellte im Kopf eine rasche Rechnung an. Er wusste, dass zum Hof ungefähr fünfhundert Morgen Land gehörten, überwiegend Unkraut, und der größte Teil nie umgepflügt, ach herrje!

An der Haustür des neuerbauten, aber ungepflegten und bereits heruntergekommenen Wohnhauses zeigte sich eine junge, vollbusige Frau, die mit großen Augen die Farbenpracht vor der Tür bestaunte und sich sofort wieder züchtig zurückzog. Anders Mikkelsen steckte die Peitsche ins Futteral am Spritzbrett. Welche Gedanken ihm auch durch den Kopf gingen, er stieg vom Wagen und ging mit dem Bakhofbauern ins Haus. Es war gegen Abend. Kurz darauf kamen beide wieder heraus und brachten den Hengst in den Stall. Anders Mikkelsen blieb, hier musste gehandelt werden.

Krestens Frau, die in Anwesenheit der Männer stets die Augen niederschlug, brachte dem ungewöhnlichen Gast etwas zu essen, und Anders Mikkelsen, der so gefürchtete und geliebte Anders Mikkelsen, aß und ließ es sich gutgehen. Er war bester Laune und erfüllte die Stube mit seinem subtilen Witz. Er lachte viel und erzählte Schwänke, er brachte die Welt in Krestens Haus, die Landstraßen und Wirtshäuser, die Märkte bis hinunter nach Ribe. Von den Städten erzählten sein eitler Anzug und eine Pfeife, wie sie Gutsherren und Jagdjunker rauchten; durch den Verkehr mit ihnen hatte er sich die Manieren eines Gecken angeeignet.

Anders Mikkelsen war ein ausgesprochen attraktiver Mann, groß und glattrasiert, mit tiefen, vielleicht etwas anzüglich heruntergezogenen Mundwinkeln und Augen, die dem leichtsinnig daherredenden Mund ständig zu widersprechen schienen; sie waren groß, klar und geheimnisvoll, und er blickte den Menschen ganz offen und unschuldig ins Gesicht, während sein Mund lachte und die unglaublichsten Dinge sagte. Niemand konnte Anders Mikkelsen widerstehen. Der Name klingt ja nicht sonderlich aufregend für jemanden, der Graabølle und den Liebling der ganzen Gegend nicht gekannt hat, doch damals konnte allein sein Name die Menschen zum Lächeln bringen, dieser Anders Mikkelsen, dieser Anders Mikkelsen!

Es hatte den Anschein, als würden Gold und Sonnenschein in die Stube des eigensinnigen Bakhofbauern einziehen. Zunächst hatte er verdrießlich reagiert, aber nicht, weil er Anders Mikkelsen böse war, sondern weil ihm seine Situation, wenn er sie mit Anders Mikkelsen verglich, umso unlösbarer erschien. Und Anders Mikkelsen musste auch gar nicht lange reden und Kresten und seine Frau mit seinen großen offenen Augen ausforschen, bis ihm klar war, was sie bedrückte. Kresten hatte also finanzielle Schwierigkeiten, es ging um rund vierhundert Kronen, die er nicht beschaffen konnte.

»Vierhundert Kronen«, sagte Anders Mikkelsen und wurde sehr ernst, »das ist ne Menge Geld. Aber wie kommt es, dass du mit deinem Hof nicht vierhundert Kronen auftreiben kannst?«

Auf Krestens Stirn zeigte sich eine weitere Furche, er blinzelte mehrmals und konnte sich nur mit Mühe überwinden, es zu gestehen. Na ja, es war so, dass er einen Kredit nach dem anderen aufgenommen hatte. Aber so etwas hat ja irgendwann auch einmal ein Ende. Und dieses Ende war nun gekommen.

Anders verhörte ihn, er gab sich große Mühe und vergaß sogar zu lachen, es war nicht leicht, Kresten die Zusammenhänge aus der Nase zu ziehen, die Einzelheiten mussten wie mit einem Korkenzieher aus ihm herausgeholt werden. Kresten wollte seine Niederlage nicht zugeben, mit der er sich ja auch wahrlich nicht schmücken konnte, doch Anders Mikkelsen zwang ihn zu reden. Es erboste ihn, dass man den guten Hof so hatte verkommen lassen, es widersprach seinem Ordnungssinn, aber Kresten war doch ein Mitmensch, dem man die Hand reichen musste, warum hatte denn bloß niemand schon vorher daran gedacht? »Tja, tja«, äußerte sich Anders. Um Himmels willen, was er sich hier anhören musste, war eine regelrechte Beichte. Und nachdem Anders endlich das Wehr aufgezogen und ihn zum Reden gebracht hatte, öffnete sich Kresten schließlich wie eine Schleuse.

Es wurde ein langer Abend. Anders arbeitete sich gründlich in die Probleme ein, alles wurde ausführlich besprochen. Krestens Frau brachte Tee und die Flasche, die Männer bedienten sich selbst. In gebührendem Abstand setzte sie sich weiter hinten in die Stube und hielt den Strickstrumpf wie einen Schild vor sich. Der zufällige Besuch entwickelte sich zu einer kleinen Abendgesellschaft, der Teepunsch wärmte, und der Alltag verwandelte sich in ein Fest. Der umgängliche Anders Mikkelsen war nie lange an einem Ort, ohne dass nicht schon bald die Sonne aufging.

Selbst »Sjank« fühlte sich wohl. »Sjank« war der Hund des Hauses, und über den Namen muss man sich nicht wundern, er war damals in diesem Teil des Landes ziemlich verbreitet; vermutlich handelte es sich um eine lokale Form des französischen *chien* und war ebenso wie der Hundename »Ami« ins Bauernland eingesickert. Jedenfalls lag »Sjank« zu Beginn des Abends noch unbeachtet auf dem Lehmboden, und am Ende lag er in Anders Mikkelsens Schoß!

Es war eine so weiche, kuschelige Hündin, in deren Herkunft sich die Vorzüge zweier ganz unterschiedlicher Hunderassen vereinten, vermutlich Spitz und Gordon Setter. Sie hatte kurze Beine, einen länglichen Körperbau und einen herabhängenden, buschigen Schwanz, Ohren wie Samt und hellbraune, hingebungsvolle Augen. Anders Mikkelsen klopfte die Hündin, die an seine Knie kam, schnüffelte und gestreichelt werden wollte. Sie hatte so weiches Fell, als gäbe es darunter nicht einen einzigen Knochen, und als Anders Mikkelsen sie klopfte, legte sie sich sofort zutraulich auf den Rücken.

»Sie mag mich«, lächelte Anders Mikkelsen und ließ den Hund spüren, welch glänzende Laune er hatte. Und obwohl die recht große »Sjank« von Natur eigentlich kein Schoßhund war, nahm er sie auf seine Knie, wo sich »Sjank«, die sich eigentlich hätte schämen sollen, sofort zusammenrollte und es sich bequem machte. Mit dem

Hund auf dem Schoß redete Anders weiter und nippte an seiner Teetasse.

Ein Funke blitzte in seinen Augenwinkeln auf, vielleicht lag es am Teepunsch, den Kerzen auf dem Tisch oder einem heimlichen inneren Feuer; jedenfalls streifte sein Blick die Frau mit den niedergeschlagenen Augen und den Stricknadeln vor der Brust, und plötzlich sagte er:

»Willst du den Hund verkaufen, Kresten?«

Es dauerte eine Weile, bis der Bakhofbauer begriff. Den Hund? »Sjank«?

»Ich gefalle ihr«, sagte Anders Mikkelsen und ein tiefes, herzliches Lächeln spielte um seine Mundwinkel, doch seine Augen blieben unergründlich. »Es ist ein schöner Hund. Ich kann dir für ihn die vierhundert geben, die du brauchst.«

An dieser Stelle muss noch einmal betont werden, dass vierhundert Kronen damals eine sehr große Summe war, ein kleines Vermögen, und Kresten traute daher auch seinen Ohren nicht. Er wusste durchaus, dass Anders Mikkelsen alles unter der Sonne kaufte oder verkaufte – aber »Sjank«! Vierhundert Kronen! Kresten gähnte. Anders machte Witze!

Anders Mikkelsen blickte das Ehepaar mit seinen großen Augen an, zuerst ihn, dann sie; aus seinem Blick ließ sich nichts ablesen, die Mundwinkel zuckten jedoch wie immer sehr freundlich.

»Du siehst doch, dass sie lieber bei mir ist als bei dir«, sagte er. »Jetzt bekommst du dein Geld.«

Er setzte den Hund auf den Boden, zog seine Brieftasche aus der Innentasche und zählte vierzig Zehnkronenscheine auf den Tisch.

Krestens Hof war gerettet! Bei diesem Gedanken verspürte er einen Stoß in der Brust, ihm kamen die Tränen. Aber konnte er sicher sein, dass es sich nicht um einen von Anders Mikkelsens Scherzen handelte? Mit versteinertem Gesicht schob er wortlos und verletzt die Scheine über den Tisch zurück.

»Es ist dein Geld«, sagte Anders Mikkelsen freundlich und schob sie ihm wieder hin. »Die Hündin behalte ich.«

Nach einer Weile mühseliger geistiger Arbeit begriff Kresten allmählich, dass *dies* Anders Mikkelsens Art war, jemandem die Hand zu reichen! Es sah ihm absolut ähnlich. Schon früher hatte man von Anders Mikkelsens unbegreiflicher Großzügigkeit in finanziellen Angelegenheiten gehört, einer wahrlich königlichen Freigiebigkeit, die jedoch stets die richtige Maßnahme im rechten Moment gewesen war.

In Krestens Kopf breitete sich ein Schwindelgefühl aus, so glücklich und erleichtert war er. Er schlug auf den Tisch, dass die Knöchel dort Kerben hinterließen, brach in dröhnendes Gelächter aus, blinzelte sich die Tränen aus den Augen und schwor, verflucht noch mal, noch nie hätte er solch einen Mann erlebt! Verschwitzt und lärmend erhob er sich, Anders Mikkelsen jedoch blieb sitzen und sah ihn mit großen, aufrichtigen Augen an; wie ein wahrer Freund reichte er ihm lächelnd die Tasse über den Tisch: »Skål, Kresten!«

Ja, der Handel musste mit einem Schluck besiegelt werden, Kresten bestand auf den Handschlag und den üblichen Floskeln, es sollte ein richtiger Handel sein, ein Hundehandel, und seine Frau erklärte er zur Zeugin! Neuer Tee kam auf den Tisch, der Schnaps floss, es wurde ein Gelage, und Anders Mikkelsen blieb so lange, dass er schließlich auf dem Hof übernachten musste. Er konnte Krestens Bitte, zu bleiben, nicht ausschlagen.

Und Kresten betrank sich. Die große Erleichterung, dass das Geld nun beschafft war, beflügelte ihn dermaßen, dass sich schon bald sein Urteilsvermögen trübte. Nun hatte er den Handel abgeschlossen und sich dabei als ziemlich gewieft erwiesen, schließlich hatte er doch eindeutig davon profitiert. Oder etwa nicht? Und als der gute Bakhofbauer noch ein paar Tassen Tee getrunken hatte, war er der festen Überzeugung, dass *er* mit allen Wassern gewaschen war und den großen Pferdehändler Anders Mikkelsen beim Hundehandel höchstpersönlich übervorteilt hatte!

Kresten fühlte sich wie auf dem Markt, wenn ein Abschluss mit einem Schnaps besiegelt wurde; er breitete die Ellenbogen auf dem Tisch aus, als brauche er Platz für sieben Männer, prahlte immer wieder mit dem Handel und stieß mit Anders Mikkelsen jedes Mal so fest an, dass beinahe die Tasse zersprang. Er besudelte sich mit Tee und Schnaps wie ein wahrer Rüpel, knallte die Linke auf den Tisch, wurde brutal, verzog den Mund zu einer hässlichen Fratze und riss die Augen auf, die wahren Augen eines Schufts. Nun kam es ans Licht, was für ein Mann der Bakhofbauer war!

Doch er hatte Glück, Anders Mikkelsen amüsierte sich über das Verhalten des Bakhofbauern, selten hatte er sich so wohl gefühlt, er strahlte, nickte Kresten zu und feuerte ihn an. Und Kresten lag der Länge nach auf dem Tisch und lallte auf ihn ein. Je später es wurde, desto betrunkener wurde Kresten und desto nüchterner Anders, obwohl sie, wie es sich bei einem Wettstreit unter Männern gehört, beide die gleiche Anzahl Tassen Teepunsch tranken.

An dieser Stelle ist als Erklärung anzuführen, dass Anders Mikkelsen, wenn man genau hinsah, die Angewohnheit hatte, viel zu spucken, unauffällig, aber reichlich. Auf den Märkten, wo man in Bierzelten trank, deren Tische auf einer Grasfläche standen, war es schier unglaublich, wie viel Anders Mikkelsen vertrug. Er konnte zwei, drei Pferdehändler, die aussahen, als wären sie innerlich galvanisiert, um den Verstand saufen und dabei nüchtern bleiben, denn sein Spucken sah man dem Boden nicht an. Nicht überraschend, wenn der Handel dann zu seinem Vorteil ausging. In Wirtshäusern mit Dielenboden war es hingegen nicht so einfach zu vertuschen, dort bildete sich dann eine Pfütze unter dem Tisch. Hier bei Kresten hatte Anders mit den Füßen unbemerkt einen Spucknapf aus der Ecke gezogen und unter den Tisch geschoben. Es war ein großer Spucknapf, nahezu ein Trog, wie man es auf dem Bakhof erwarten durfte; am nächsten Morgen war er randvoll. Außerdem hatte die Wohnstube nur einen Lehmboden, sodass Anders Mikkelsen gar nicht in Verlegenheit kam, wenn er ausspucken musste. Am liebsten saß er tief auf den Stuhl gesunken da, den Mund direkt an der Tischkante; und jedes Mal, wenn er getrunken hatte, ließ er den Kopf unmerklich nach vorn sinken und spuckte den größten Teil aus, während er gleichzeitig Kresten auf der anderen Seite des Tisches mit seinen großen magischen, amüsierten Augen fixierte. Kresten bemerkte nichts, auch nicht, dass Anders die Tassen immer wieder füllte, schon bald fühlte er sich wie im siebten Himmel, er jubilierte und fuchtelte mit den Armen unter den Deckenbalken.

Eine Weile war Kresten in der gefährlichen und grausamen Phase, in der er sich keine Mühe gab, vor Anders Mikkelsen zu verbergen, dass dessen Leben und Tod in seiner Hand lag. Der Tod durch Erwürgen oder ein gebrochenes

Rückgrat wäre ihm sicher, wenn er auch nur einen Mucks von sich geben würde. Dann schlug Krestens Zustand ins Sentimentale um, er war Anders gnädig und wollte ihn umarmen, obwohl der Tisch zwischen ihnen stand.

Die fatalste Wirkung hatte der Rausch auf Krestens Sprache, er hatte die unglückselige Idee, sich einer vornehmen Ausdrucksweise bedienen zu wollen, wie er es in der Schule gelernt oder bei den Gutsherren gehört hatte, von sich selbst sprach er zeitweise als »er«, warf mit biblischen Zitaten um sich und gab sich sprachkundig, wobei er jede Silbe peinlich genau betonte:

»*Er wird dich ermorden, du Malachit*«, sagte er zu Anders Mikkelsen und riss dabei fürchterlich die Augen auf. »*Nun wirst du sterben, du Skorbut. Er wird dich keinesfalls leben lassen! Du sollst durch das Schwert umkommen, ich werde bei dir nicht einen Stein auf dem anderen bleiben lassen, du Sintflut! Ich werde dich konstatieren!*«

Die Wirkung von Krestens Suada geht verloren, wenn man den Dialekt nicht kennt, den er normalerweise sprach, Anders Mikkelsen jedoch kannte ihn. Er wusste Krestens geschliffene Sprache zu würdigen und grinste, wenn auch nicht übermäßig. Anders hielt sich zurück, er gab keinen Laut von sich, aber er strahlte, seine bläuliche Gesichtsfarbe wechselte vor Vergnügen ins Purpurne, den Genuss auf Krestens Kosten konnte man ihm geradezu an der Nasenspitze ansehen.

Als Kresten auf keinen Widerstand stieß, wurde er unangenehm und verhöhnte die Schwäche seines Gegenübers. Er bedrängte Anders und wollte dessen Gesicht streicheln, er hauchte und rülpste ihn an. Anders musste ihn einmal sogar von sich wegschieben. Aber Kresten war stark, die ganze Stube bebte. Anders Mikkelsens Blick wurde hart, Krestens Frau jammerte, doch der Streit wurde beigelegt, Kresten stand auf wackligen Beinen und vergaß den Vorfall von einem Moment auf den anderen. Wieder geriet er in selige Stimmung und gestand Anders seine Liebe, niemals, das wage er zu behaupten, habe er einen bescheideneren Mann gekannt! Und doch ließ es sich nicht verheimlichen, dass Anders vom Hundehandel keine Ahnung hatte! Nein, da hatte er seinen Meister gefunden. Mein Gott, der Bakhofbauer musste laut lachen.

Erneut spürte Kresten, wie etwas Rücksichtsloses in ihm aufstieg, hier saßen schließlich Kerle beieinander, er wollte Karten spielen, eine Krone pro Stich, wenn der kleinmütige Anders Mikkelsen sich traue. Dann knallte er die Karten auf den Tisch, wo sie in den Teepunschlachen schwammen, und starrte sein Opfer hasserfüllt an. Zwischendurch blamierte er sich auch noch als Sänger mit einer hochmütigen Fistelstimme, und krähte ihnen beinahe die Decke auf den Kopf, er war total besoffen, lallte und ließ die Pfeife auf den Boden fallen. Anders Mikkelsens Augenlider wurden schwer, er begann, sich ein bisschen zu langweilen, die Nacht war lang.

Schließlich erinnerte sich der Bakhofbauer, dass Anders Mikkelsens Kutsche noch auf dem Hof stand, und in einem klaren Moment erklärte er sich selbst, dass die Kutsche untergestellt werden müsse. Kresten führte Selbstgespräche, als er lärmend auf den Hof torkelte, wo sie im Mondschein sahen, wie er die Kutsche hin und her schob und navigierte, um sie rückwärts durch das Scheunentor zu bekommen. Keine leichte Angelegenheit, da man die Kutsche an den Deichseln schieben und in die entgegengesetzte Richtung steuern musste. Sie hörten, wie er gegen das Tor polterte und es noch einmal versuchte; er beschimpfte den Wagen und schrie ihn an, dann schob er ihn noch einmal zurück, geriet mit den Beinen zwischen die Deichselstangen und stolperte, doch diesmal hatte er das Ruder richtig herumgelegt und konnte den Wagen in die Scheune bugsieren. Er schloss das Tor und kreuzte glücklich nickend und singend hinüber zum Stall, um dem Hengst eine Portion Futter zu geben.

Von dort kehrte Kresten nicht zurück. Denn als er sich mit dem Kopf nach unten über den Häckselkasten beugte, wurde ihm schwindlig, und nach einigen Momenten des Unwohlseins lag er schließlich im Häcksel. Es war dunkel, und das Lager und die längliche Form des Kastens kamen Kresten wie ein Bett vor, daher legte er sich summend zur Ruhe, schob den Häcksel am Kopfende zusammen und deckte sich mit Spreu zu. Er lachte noch ein paar Mal über die Ungeheuerlichkeiten, die er zu Anders Mikkelsen gesagt hatte, diesem unglückseligen Handelsmann, dann schlief er, während die Pferde im Dunkeln fraßen und das Gesicht des Mondes mit lasziv heruntergezogenen Mundwinkeln auf den Hof schien.

Nach einer Weile zeigte sich auf dem vom Mond beschienenen Hofplatz ein seltsames Gespenst, ein storchenartiges Wesen mit unheimlich langen, dünnen Beinen. Doch es war kein Geist, sondern Onkel Thøger, ein alter Verwandter, der auf dem Hof verköstigt, aber sonst von allen übersehen wurde und sich selbst mucksmäuschenstill verhielt. Meist lag er in einem Alkovenbett in der Stube, in dem er mit der Quaste des Bettbandes vor der Nase auf den Tod wartete. Während des Gelages hatte er dort den ganzen Abend mit offener Schiebetür gesessen, ohne dass ihn jemand bemerkt hätte. Onkel Thøger sah alles, wusste aber nichts – lebt man von der

Gnade anderer, verrät man niemanden. Thøger war die verschwiegenste Person auf Erden. Natürlich hatte der Alte bemerkt, dass Kresten nicht wiedergekommen war, und daher stelzte Onkel Thøger nun in Unterhose und mit Binsenschuhen an den Füßen auf dem Hof herum und sah im Mondschein wie ein seltsam unsicherer Vogel aus. Eine Art Instinkt verriet Onkel Thøger, wo Kresten abgeblieben war; in den Stallungen fand er seinen Weg sogar im Dunklen, und nach einigem Suchen stakste er auch zum Häckselkasten, fasste hinein, horchte, stand eine Weile still und dachte nach. Dann ging er wieder. Aber vorher holte er noch ein Bündel Stroh, es hatte doch keinen Sinn, den Mann in dem Kasten frieren zu lassen. Als die Garbe auf ihn herabfiel, griff Kresten im Schlaf danach, umschlang sie in der Mitte und zog sie fest an sich, dann stöhnte er und schlief weiter.

Der Alte stelzte ins Haus zurück, weiß und dünn wie ein Wesen, durch das der Mond direkt hindurchschien; lautlos ging er zu Bett und blieb wach liegen. Und er hörte, wie die Nacht verging.

Aus den Stallungen kamen die gewohnten, gedämpften Geräusche; die Kühe, die mit dem Strick an den Raufenstangen ihrer Boxen scheuerten, ein unterirdisches Geräusch, die Dachtraufe, der Marder auf dem Dach. Onkel Thøger kannte jedes Geräusch und wusste genau, woher es kam.

»Volstrup II« wieherte mehrmals im Laufe der Nacht, ein ungeheurer Lärm in der Stille, aber eigentlich nicht ungewöhnlich. Der Hengst stand allein in der Fohlenbox und füllte den engen Raum von den Wänden bis hinauf zu den Spinnweben unter dem Heuboden aus wie ein Fuß im Strumpf, er konnte sich nicht rühren. Jedes Mal, wenn er die Mähren des Bakhofbauern witterte, wieherte er lauthals, ein Wiehern, als würde der Vorhang der Anständigkeit von oben bis unten zerrissen.

Kresten erwachte am nächsten Morgen ein wenig später als sonst, überrascht, sich im Häckselkasten wiederzufinden, aber durchaus nicht unglücklich. Es ist doch klar, dass man sich an den merkwürdigsten Orten wiederfindet, wenn man sich betrinkt, die meisten unverbesserlichen Taugenichtse kennen das. In Krestens Kopf drehte sich eine Windmühle, aber keine Sorgen, im Gegenteil: Als Erstes erinnerte er sich daran, dass seine Geldnot ein Ende hatte. Und Anders Mikkelsen hatte er als Freund gewonnen! In dessen Gesellschaft hatte er sich als ganzer Kerl bewiesen. Alles war ganz vortrefflich.

Anders Mikkelsen war bereits aufgestanden und angezogen, als Kresten mit Häcksel und Spreu in den Haaren erschien. Der Gast blieb zum Frühstück, aß Biersuppe und Hering und gab Kresten ein, zwei gute Ratschläge. Sie gingen mit sehr viel Liebe auseinander, wie es in der Saga heißt.

Nach diesem Handel wurde das Dorf Zeuge einer eigenartigen und dauerhaften Freundschaft zwischen diesen beiden grundverschiedenen Männern, Kresten vom Bakhof und Anders Mikkelsen.

Man sah sie zusammen auf den Märkten, und Kresten erneuerte nach und nach seinen Viehbestand. Beim Handeln hat es sich bewährt, wenn eine dritte Person die Rolle des Vermittlers übernimmt, damit die Handelspartner sich einig werden, und stets war es Anders Mikkelsen, der Kresten beistand und dafür sorgte, dass er gute Käufe und Verkäufe tätigte. Kresten war ja durchaus nicht unwissend, er brauchte nur jemanden, der ihn bei seinen Entscheidungen unterstützte, und das war Anders Mikkelsens Aufgabe.

Er kümmerte sich auch um die Bewirtschaftung des Hofes, kam häufig vorbei und vergewisserte sich, dass alles in Ordnung war. Er ermutigte Kresten, sich Maschinen anzuschaffen, die für ihn nützlich waren; Kresten musste sich von seiner von den Vätern vererbten Vorstellung verabschieden, das Land allein mit seinen Händen bestellen zu können. Anders Mikkelsen verhalf ihm zu Gesinde und achtete darauf, dass sie genügend zu tun bekamen. Innerhalb von wenigen Jahren hatte sich der Hof vollkommen verändert, neue Gebäude waren gebaut worden, und der Boden zog seine Kraft aus Düngemitteln. Der Ruf des Bakhofs als Hort der Rückständigkeit schwand und geriet allmählich in Vergessenheit. Kaum jemand könnte noch davon erzählen, würde man in Graabølle danach fragen, denn alle, die die Zustände auf dem alten, vernachlässigten Hof noch kannten, sind inzwischen tot.

Kresten selbst wurde ein völlig anderer Mann. Wie es aussah, hatte Anders Mikkelsen sich nicht nur um den Betrieb des Hofes gekümmert, sondern auf seine kluge und gewitzte Art und Weise auch das Ehepaar in ihrem privaten Verhältnis unterwiesen, denn auch hier stellten sich Veränderungen ein. Leben kam auf den Hof, jedes Jahr ein Kind, so wie es sein sollte. Ohne Kinder kann kein Hof betrieben werden, es hat keinen Sinn. Auch rein äußerlich übersprang Kresten sozusagen ein ganzes Menschenalter: Hatte er wie andere ältere Bauern früher einen Vollbart getragen, rasierte er sich nun, legte den Mantel ab und trug eine Jacke. Darüber hinaus wurde er Anders Mikkelsen immer ähnlicher. Besonders redselig wurde der

Bakhofbauer zwar nie, doch mit den Jahren hinterließ ein unauslöschlicher Humor Spuren in seinem Gesicht; sein maliziös verzogener, aber geschlossener Mund verriet, wie unverfroren er sich äußern könnte, *wenn* er etwas sagen würde. Bewiesen hatte es Kresten bereits einige Male, wenn er die eine oder andere gute Geschichte erzählte. Normalerweise war es allerdings immer dieselbe: Wie er Anders Mikkelsen beim Hundehandel übers Ohr gehauen hatte. Und die Leute amüsierten sich köstlich! In den Wirtshäusern ertönte dröhnendes Gelächter, selbst alte, ehrwürdige Frauen bekamen leuchtende Augen.

Und mit zunehmendem Selbstbewusstsein nahm auch Krestens Geltungsdrang immer mehr ab, er übernahm sich nicht mehr, und schon bald war er von den anderen gewöhnlichen und tüchtigen Hofbesitzern nicht zu unterscheiden – nur dass er wie ein Orakel den Unterkiefer vorschob und so gut wie kein Wort sagte. Ein Nein war letztlich fast das einzige Wort, das man aus Krestens Mund zu hören bekam, ein bissig ausgesprochenes *Nä*, als würde eine Kneifzange einen Nagel abkneifen. Sprach man über den Nordwind, wie man normalerweise über das Wetter spricht, um irgendetwas zu sagen, sah Kresten sich langsam um und kniff zu, *Nä*. Dieser Ansicht war er nicht, das konnte nicht stimmen, *er* wusste es! Mit den Jahren verstummte Kresten immer mehr und wurde allwissend. Und die Leute redeten immer weniger darüber, dass er einmal ein rückständiger Bauer gewesen war, denn seit der große Hof mit Verstand geführt wurde, war der Bakhofbauer sehr wohlhabend geworden.

In den Jahren, in denen Kresten sich allein geschunden hatte, ohne von der Stelle zu kommen, hatte er immer wieder einen Satz gesagt, eine verbissene und ein wenig leidvolle Erkenntnis der eigenen Begrenztheit: Ich kann nich mehr tun, als ich kann. Nachdem Anders Mikkelsen ihm unter die Arme gegriffen hatte, verschwand diese Redensart von allein. Dafür benutzte Kresten nun gern die Bezeichnung *wir*, wenn es um seine Angelegenheiten ging, so wie königliche Persönlichkeiten. Dies war aber weder ein Ausdruck von Größenwahn noch von Majestätsbeleidigung, denn wenn er es sagte, dachte er immer auch an Anders Mikkelsen.

Die Kinder des Bakhofs wurden groß und tüchtig, ihnen war nichts mehr von der Rückständigkeit anzumerken, über die man einst so viel geredet hatte. Die Söhne hatten rotes, krauses Haar, das ihnen in die Stirn fiel; sie waren von gedrungener Statur, hatten stämmige Beine und ziemlich große Füße. Die Töchter waren untersetzt, hatten aber einen recht langen Oberkörper, weiche Formen, Fransenhaare und hingebungsvolle Augen. Einige waren etwas anders geartet, sie sahen aus wie Walzen oder Garben und leisteten besonders bei der harten Feldarbeit gute Dienste.

Einige Kinder dieser neuen Generation des Bakhofs zogen in die Städte, wie dies zu jener Zeit üblich war. Sie wurden geschäftstüchtige und gewitzte Städter, so wie Anders, der Schlachter lernte und ein Exportgeschäft aufbaute, oder Mikkel, der Kaufmann und später Anwalt und Mitglied des Kreistags wurde. Er machte Karriere in der Politik und hatte Aussicht auf ein Reichstagsmandat und Einfluss in der Hauptstadt. Die Söhne, die sich nun Bach nannten, waren alle ungewöhnlich eloquent und außerordentlich sparsam.

So führte der rasche kleine Hundehandel in jener unruhigen Nacht auf dem Bakhof zu großem Segen.

JØRGINE

Der Hochzeitsmarsch

Auch nach vierzig, fünfzig Jahren und weit von Jütland entfernt muss ich beim wiedergeborenen Licht des Frühjahrs und der kalten, klaren Luft früher Apriltage noch immer an einen alten jütländischen Hochzeitsmarsch denken, offenbar gibt es da die eine oder andere geheime innere Verbindung. Klarinettentöne auf der Heide und das stetig rollende Geräusch vieler Kutschen und Wagen – ein Hochzeitszug war damals in einer seit uralten Zeiten ruhigen Gegend ein Ereignis – sind in meiner Erinnerung auf ewig mit dem Frühjahr verbunden.

Es gab zwei Hochzeitsmärsche; der eine wurde gespielt, wenn man zur Kirche fuhr, der andere, wenn der Brautzug eine kürzere Strecke zu Fuß ging. Sie wurden in verschiedenen Tempi gespielt: So gemessen und gewichtig der sogenannte Gehmarsch klang, wenn man zur Kirche *ging*, so eilig, rollend und geschwind kam der Fahrtenmarsch daher, er hatte ein vollkommen anderes Temperament. Wie alt sie waren, ist schwer zu sagen, aber heute werden sie kaum noch gespielt; wie so vieles andere aus der bäuerlichen Welt sind sie zu Tönen der Vergangenheit geworden. Doch in der Zeit, von der hier die Rede ist, vor einem halben Jahrhundert, waren sie eine von den Vorvätern überlieferte Institution. Eine Hochzeit ohne einen der beiden Märsche war undenkbar.

Das gesamte Orchester bestand aus einer einzelnen Klarinette, später kam noch ein Horn dazu, aber damit begann bereits ein anderes Zeitalter. Die Klarinette ist so alt wie das Leben auf dem Land, sie geht zurück auf die uralte Schalmei, das Instrument der Hirten. Wenn er wie ein Pan in das Mundstück blies, stand die Klarinette einem Spielmann sehr viel besser zu Gesicht als ein Horn, das zu aufgeblasenen Backen und einer gepressten, angestrengten Körperhaltung führt. Außerdem ist das Instrument weit hübscher, die lange gelbe Klarinette aus Buchsbaum mit ihren Löchern, die in einen dicken, tiefen, rüsselartigen Hals ausläuft, ist wie geschaffen für die in ihr steckenden nasalen Naturtöne, da das Instrument selbst Natur ist. Dagegen ist das Horn billiger Blechkram, ein Dünndarm aus Messing, mit drei Ventilen, mit denen versucht wird, Kunststücke zu vollführen, und einem breiten Blechtrichter, der flache, ohrenzerreißende Töne verbreitet.

Man musste den Spielmann sehen, wie er sich neben dem Kutscher gewichtig auf dem Kutschbock zurücklehnte, natürlich auf dem vordersten Wagen, und seine dicken Finger unnachahmlich die schwierigen Löcher der Klarinette auf- und abwandern ließ – aber nein, man musste den Hochzeitszug schon *hören*, bevor man ihn sah, diese Farbe und das unerklärliche Sonnenfeuer der Klarinette, das wie ein Wunder auf der Heide entfacht wurde.

Es fällt schwer, eine realistische Vorstellung davon zu vermitteln, wie aufsehenerregend es war, welch ein Erlebnis, Musik in dieser abgelegenen Gegend zu hören, die damals von der Eisenbahn und sämtlichem Fortschritt noch weit entfernt war. Bis zur nächsten Kleinstadt musste man meilenweit fahren, es war eine einsame, unschuldige

Welt, die viele Menschen, alte Leute wie Kinder, in ihrem Leben niemals verlassen haben. An drei Seiten von Heide und ausgedehnten Mooren umgeben, an der vierten erstreckte sich unendliches, offenes Ackerland; in allen vier Himmelsrichtungen ein öder Horizont und quer durch das Land eine Straße von Süden nach Norden, die aus der Heide kam und auf der anderen Seite über die Anhöhe mit der Windmühle verschwand. So lag das Land offen und einsam unter dem Himmel, ohne Bäume und ohne Töne.

Der Winter war lang und brannte sich tief in die Seelen ein, bevor er zu Ende ging. In der Kirche gab es keine Orgel, sie empfing die Menschen mit gekalkten, eisigen Wänden, und wenn die Gemeinde den Versuch wagte zu singen, klang es wie das Weinen des Maulwurfs unter der Erde. Eine musikalisch ärmere Gegend gab es nicht.

Doch wenn im Frühjahr die Straßen wieder befahrbar waren und umherziehende Musikanten sich einfanden – so selten wie Sternschnuppen, die eine oder andere Familie des fahrenden Volks mit Violine, Gitarre und Triangel –, dann war es etwas Großartiges, ein Wunder, das man mit allen Poren aufsog. Den Musikanten, den »Scherenschleifern«, wie man alle Vagabunden kurz und knapp bezeichnete, begegnete man mit dem größten Misstrauen und einer geradezu ochsenähnlichen Zurückhaltung, ja, es wurde nicht ein einziges Wort mit ihnen gewechselt. Aber den Tönen unter dem freien Himmel vor der Tür konnte niemand widerstehen. Saitenspiel und ein südländisches Wesen mit großen pflaumenfarbenen Augen, das die Triangel spielte – zwei Welten konnten nicht unterschiedlicher und verschiedener sein: Die Musikanten der Landstraße und die stumpfen, sprachlosen Bauern, die wie angewurzelt an ihren Türen lehnten, um das Gesindel zu betrachten und sich von ihrer Kunst blenden zu lassen.

Der Klarinettist hingegen gehörte zu uns, mit einer Hand, die vom Spaten geprägt war; er war ein Bauer, wenn er nicht bei Festen aufspielte, mit ihm war man vertraut. Und auch er ließ sich gemeinsam mit dem Frühjahr hören.

Das Frühjahr kam spät und ohne aufsehenerregende Zeichen, man spürte es am Licht und der Luft, allerdings hatten die Heide, das Moor und die unfruchtbaren Äcker nicht viel, um sich zu schmücken, nur der grüne Teppich des Winterroggens fing bereits an, in der Märzsonne zu leuchten. Es gab Kiebitze im Moor, und es gab die Lerche, die in ihrem strahlenden Aufstieg zur Sonne alle Quellen des Frühlings in sich trug. Doch sonst blieben, trotz der kräftiger werdenden Aprilsonne und einer mächtigen inneren Hoffnung, nur die klaren, kalten Tage; die Spatzen lärmten in den alten welken Strohgarben, und das kahle, weite Land wurde von Schauern benetzt und bereitete sich auf ein Wachstum vor, das zauderte und niemals zu kommen schien.

An solch einem kalten, aber sonnigen Tag ertönt plötzlich Musik auf der Heide, feurige, anhaltende Signale, ein gleißender Ausbruch wie von einem vielfarbigen, lodernden Feuer in der Ferne, alles stürmt aus den Türen, und tatsächlich, es ist eine Hochzeit, sie kommen von Süden her, ein langer Wagenzug biegt in scharfem Trab von dem staubigen Heideweg auf die Chaussee und kommt näher. Sie fahren, sie fahren, die Klarinette führt an und wird lauter, Rufe und Schreie sind aus dem Zug zu hören, die Räder rollen, und nun ist der erste Wagen bereits auf dem Hügel, der nächste dicht dahinter, dann ein dritter, alle voll beladen mit Menschen in ihren schwärzesten Festtagskleidern, an einem Werktag. Im vordersten Wagen sitzt die Braut auf dem Rücksitz, mit wehendem Schleier und einem Myrtenkranz auf dem bloßen Kopf – der Zug rollt, schwillt an und fährt vorbei, es sind gut ein Dutzend Wagen. Nun erhebt sich der Staub weiter nördlich auf dem Weg zur Kirche, und der letzte Wagen zeigt seine Heckklappe und schwankt bedrohlich, schwer beladen mit Hochzeitsgästen.

Und man hatte gesehen, woher dieses Wunder kam, das Frühlingswunder, das Aprilwunder, das so plötzlich aus der Heide brach und diesen kalten, klaren Tag beseelte – natürlich war es der Klarinettist oben auf dem Kutschbock, der Allmächtige, der mit der Klarinette im Mund zurückgelehnt dasitzt und auf den Löchern zaubert. Mal gibt er mit dem kleinen Finger ein Loch frei, während er gleichzeitig alle anderen bedeckt, mal laufen sämtliche Finger über die ganze Länge der Klarinette, wundervoller, wunderbarer Mann!

Den Hochzeitszug habe ich später auf einem Bild gesehen, einem großen Gemälde von Hans Smidth, auf einer Ausstellung nach seinem Tod, ich weiß nicht, wo es geblieben ist. Er malte im Himmerland, als die Menschen noch ein einfaches Leben führten, und sein Hochzeitszug entspricht vollkommen meiner Erinnerung, eine Reihe von Wagen auf einem Heideweg, mit dem Spielmann und seiner Klarinette an der Spitze. Was einmal Leben in einer einzigartigen Weise war, ist nun Kulturgeschichte.

Dies gilt auch für die Hochzeitsmärsche. Vor einigen Jahren ließ ich sie aus dem Gedächtnis in Noten fassen und veröffentlichte sie mit einigen versprengten Erinnerungen aus Anlass von anderen Melodien »himmerländischer Musik«. Sie beeindruckten vermutlich ebenso wenig wie andere erhaltene Stücke kurioser Spielmannsmusik aus dem Bauernland. Das Merkwürdige ist jedoch nicht die Musik, sondern die Erinnerungswelt, die sich für einzelne Zeitgenossen noch immer damit verbindet. Musik hat ja, unabhängig von ihrem Wert, die mystische Fähigkeit, Vergangenheit wieder lebendig werden zu lassen, nicht nur in Bildern, sondern die Vergangenheit selbst, das verschwundene Jetzt.

Was mich betrifft, rundet sich ein Kreis von Erinnerungen um dieses Motiv, um eine Welt, die mir jetzt mehr und mehr verschlossen und beendet erscheint. Diese fernen Erinnerungen sollen in einer einzelnen Gestalt, die sich in meinem Gedächtnis erhalten hat und deren Schicksal ich verfolgt habe, gebündelt werden.

Jørgines Myrte

Ein Mädchen namens Jørgine war häufig die Erste, die die Musik hörte. Dann alarmierte sie die Küche mit dem Aufschrei *Hochzeit* und stürzte zur Tür, wobei sie einen Stuhl und ein paar Eimer umwarf.

Sie stand von der Sonne geblendet auf der Straße, legte eine Hand als Schirm über die Augenbrauen und lächelte wie eine Sonne in der Sonne, ohne darüber nachzudenken, dass ihr Kartoffelschalen an den Armen klebten und sie eine Schürze aus Sackleinen und große Holzschuhe trug. War der Zug vorbeigefahren, wrang sie die Hände und verdrehte die Augen in seliger Anteilnahme; sie freute sich für andere, blickte den zur Kirche Fahrenden lange nach und schüttelte den Kopf.

Sobald sie aber hinterher beim Kartoffelschälen in der Küche saß, fand sie ihre Sprache wieder. Mit einem

Falkenblick hatte sie sich gemerkt, wer auf den Wagen gesessen hatte, natürlich vor allem die Braut und der Bräutigam, aufsehenerregend, ein Paar, von dem man ja schon lange gewusst hatte, dass sie heiraten wollten, und nun fand das große Ereignis also statt! Die Braut war die Tochter eines Hofbesitzers, und der Bräutigam der und der, ein bewunderter Bursche, zu dem manch eine insgeheim in heißer Demut aufgeblickt hatte. Nun bekamen sich also zwei, die sich haben sollten, Glück im Himmel wie auf Erden, und in Jørgines Freude mischte sich nicht ein Tröpfchen Neid. Sie zeigte nur lautstarkes Entzücken und wurde immer redseliger, weil den beiden nun die große Freude zuteilwurde.

Jørgine war geschwätzig und würzte ihre Arbeit den lieben langen Tag mit schwärmerischem Gerede, das ihre geheimsten Gedanken nicht verbarg. Ach, könnte sie doch auch zur Kirche fahren, und zwar schon bald!

Heiraten und Liebschaften gingen Jørgine ständig im Kopf herum, stets war sie bereit zu jubeln; sie war eine einzige Erwartung, vorerst jedoch nur im Namen aller anderen, im Namen der ganzen Welt. Über sämtliche amourösen Beziehungen der Gegend wusste sie Bescheid, sie war eine neugierige und glückliche Kennerin, im Umkreis von vielen Meilen gab es kein Mädchen und keinen Burschen, deren heimlichste Gedanken und Gebärden sie nicht kannte. In ihrer unerschöpflichen Freude und Anteilnahme wusste sie zu verkünden, wann der- oder diejenige sich hatte verführen lassen und von wem; und wenn dieses oder jenes Paar sich offiziell verlobt hatte, ja, dann konnte Jørgine garantieren, dass sie in Løgstør gewesen waren, um Ringe zu kaufen. Das war neumodisch und aufregend und verbunden mit einer Reise in die Stadt, in der mit einem Faden maßgenommen wurde, um die Größe des Rings zu bestimmen – im Gegensatz zu der früheren schlichten Gewohnheit, bei der die Liebenden ihre Absichten offenbarten, indem sie sich bloß Hand in Hand auf der Straße zeigten. Über die Welt und deren Größe wollte Jørgine Bescheid wissen, aber nicht aus Neid oder Missgunst, im Gegenteil, sie gönnte es allen von Herzen. Sie selbst gehörte zu den einfachen Leuten – und doch lebte sie, damit ihr so etwas in nicht allzu ferner Zukunft auch widerfahren sollte!

Jørgine war vorbereitet, sie hatte ihre Myrte bereits. Wo auch immer sie in Diensten stand, nahm sie den Blumentopf mit und stellte ihn auf irgendeine Fensterbank; es war nichts Besonderes, die meisten Mädchen taten es. Der Ableger lebte, aber Jørgine war besorgt, weil er so kümmerlich und trocken aussah, ein kränkelndes Pflanzenleben, das sich als Vorzeichen deuten ließ, und doch hing ihre ganze Hoffnung an dieser Myrte. Hatte man erst einmal den Brautkranz, so zog er doch bestimmt alle anderen Herrlichkeiten nach sich. Der kleine immergrüne Stängel erinnerte am ehesten an eine magere, verkümmerte Maulbeere, er lenkte die Gedanken auf die Heide, aber gewiss sollte er doch so etwas wie ewiger Sommer und Süden bedeuten, wo die Myrte herkam. Die Bedeutung dieses Symbols war Jørgine nicht wirklich klar, Sehnsucht und ein übervolles Herz hatte sie jedoch zu bieten. Der Name und der volle Klang nach Heirat, der darin zu hören war, genügten Jørgine. Diesen Keim hegte sie jedes Mal, wenn sie der Myrte Wasser gab. An Myrte sollte es nicht fehlen, wenn ihre Zeit gekommen war.

Um Jørgine selbst musste man sich keine Sorgen machen, sie war kerngesund, munter und grobknochig wie eine jütländische Stute. Ihre Lebensfreude zeigte sich bei jeder Gelegenheit in ausgelassenen Späßen, und war sie allein, sang sie aus vollem Hals, am liebsten Liebeslieder mit blutigem und traurigem Inhalt. So wie das Lied von Hjalmar und Hulda, deren zahlreiche Strophen sie in einem entrückten Zustand vortrug, wenn sie Speck in der Pfanne briet und mit großen glühenden Augen zur Küchendecke blickte – zur Verwunderung und bisweilen auch zur Erheiterung ihrer Umgebung.

In dieser Hinsicht unterschied Jørgine sich von den anderen Bauernmädchen, sie war offenherzig und laut, sie versuchte nicht, um jeden Preis unbemerkt zu bleiben. Unter den Bauern war dies ein nicht ungefährlicher Wesenszug, doch man sah es ihr nach und lächelte, denn im Grunde war sie nicht wirklich anders. Sie sei ein so fröhliches Mädchen, hieß es dann, allerdings bedeutete das nicht, dass man ihre Freude unbedingt teilte, denn eigentlich hatte sie doch gar keinen Grund, so fröhlich zu sein?

Jørgine konnte indes nichts mäßigen, sie war achtzehn oder neunzehn Jahre alt und strotzte geradezu vor Gesundheit. Sie verrichtete die Arbeiten eines Knechts, hob mit einer Hand einen schweren Wagen an und zog das Rad mit der anderen ab, wenn der Wagen abgeschmiert werden musste. An den strengsten Wintertagen holte sie Torf und Wasser, das im Eimer zu Eis gefror, und wappnete sich gegen den Schneesturm mit dem Zipfel ihres Kopftuchs im Mund und ein paar Pulswärmern, die wie Armbänder auf ihren blaugefrorenen Armen saßen. Mit den Knechten lieferte sie sich unter lautem fröhlichem Gelächter Ringkämpfe, eine unbewusste Form der Zärtlichkeit, die braune und blaue Flecken und Spuren des Hofpflasters auf den Rücken der kräftig gebauten Bur-

schen hinterließen. Die bisweilen recht derben Schmeicheleien der Knechte störten sie nicht, sie hatte andere
Vorstellungen; sie träumte und fantasierte von einer Welt,
Gott weiß von welcher, die sie aus Mangel an anderen
sichtbaren Zeichen in ihrer Myrte hegte.

Diese Welt war so unerreichbar, dass Jørgine mit ihrem
Fleisch und Blut dafür überhaupt nicht in Betracht kam.
Es klingt lächerlich, ist aber im Grunde recht tragisch,
dass dieses große, gesunde Mädchen sich persönlich überhaupt nicht mitbedachte, wenn sie von der Liebe träumte.
Ging es um sie selbst, hatte Jørgine keinerlei Illusionen,
schließlich kam sie aus dem Moor. Es kommt durchaus
vor, dass lebhafte Naturen sich sozusagen selbst über-
springen, wenn sie von einem Leben träumen, das ihnen
vornehmer erscheint; möglicherweise ist es die Rache des
Fleisches, doch ist ein Traum schließlich von anderer Natur und kann vieles bewahren und ertragen.

Jørgine trug Holzschuhe, ihr Arbeitstag auf dem Hof
und im Haus währte von vier Uhr morgens bis elf Uhr
abends, doch sie ertrug den Alltag mit Gesang, und ihre
Seele schwebte in den lichten Höhen, in denen Hjalmar
und Hulda lebten – obgleich sie selbst dort natürlich
nicht hingehörte.

Es war eine wunderbare Welt. Von Beginn an, als es
heißt: *Auf blumigem Hügel stand Hjalmar so stumm.* Sie
sah ihn, der Hügel erfüllte die ganze Welt, und Hjalmar
war hoch oben wie auf einer Wolke, schimmernd wie ein
Kerzenleuchter, und als dann Hulda kam, wurden sie ein
Paar und leuchteten über die ganze Welt. Zog Hjalmar
in fremde Länder, sah sie ihn noch hunderte Meilen
entfernt, und noch immer so groß und schimmernd wie
Silber, wenn er gegen ein Heer von Feinden kämpfte.

Doch an der Stelle, an der Hulda Hjalmar betrügt, wenn auch gegen ihren Willen, und Hjalmar nach Hause kommt und zu Tode betrübt ist, schnürte es Jørgine vor Ergriffenheit die Kehle zu, und nur unter großen Anstrengungen konnte sie die Strophen zu Ende singen; sie zersprang beinahe vor Gefühlswallungen. Dann taten ihr die letzten blutigen Ereignisse gut, sie bekamen ihr Recht, Rache und Mord. Schließlich waren alle tot und die ganze Welt ein weißes Leintuch, alle Menschen waren aus Liebe gestorben, nachdem sie hübsch und unglücklich gewesen waren. Das Drama in der Küche war vorbei, es gab eine Pause, bis Jørgine sich getröstet hatte und mit frischer Energie eine neue Weise anstimmte, begleitet vom langen, raschen Schrubben des Scheuerschwamms über die Tischplatte.

Einige fanden Jørgines Gesang schön, andere amüsierten sich; Jørgine kümmerte es nicht, sie sang.

Der rote und der weiße Apfel

Jørgine kam aus dem Moor.

Weit draußen auf dem freien Feld, an einem alten Gemeindeweg an der Grenze zwischen Heide und Moor, fern von den Dörfern und ihren Bewohnern, standen einige Hütten, in denen einfache Leute aus der untersten, besitzlosen Klasse lebten. Tagelöhner, Einlieger und kleine Handwerker mit Tartarenblut in den Adern, die von niemandem geachtet wurden, obwohl sie keinem etwas zuleide taten. Der Streifen Land zwischen Straße und Moor war Allgemeingut, da niemand es für wert befunden hatte, darauf Anspruch zu erheben. Dort lebte der Bodensatz der Gemeinde. Arme hatten dort schon immer Schutz gefunden, einige Hütten waren sogar noch älter, als es sonst in der Gegend üblich war. Sie stammten aus der Zeit Jeppes vom Berge, aus der Zeit der bäuerlichen Armut und Unwissenheit, und es hatte den Anschein, als hätte sich hier ein Rest des Elends erhalten, nachdem Gutsherren wie Kleinbauern Fortschritt und Veränderung erlebt hatten. Im Moor wurde ein bisschen getrunken, man hatte gewisse Schlupfwinkel, und man prügelte sich auch ein wenig; anständige Leute hatten dort nichts zu suchen, sie musterten die Moorhütten aus der Entfernung, als wären sie etwas Unreines und Sündiges. Das Moor war armselig und düster, ein Morast aus Grasbüscheln, Reisig und Seggen, in denen am helllichten Tag der Fuchs gesehen wurde. Nachts zeigten Irrlichter und Eulenschreie an, wo die Moorhäuser standen. Es war also keine Empfehlung, aus dem Moor zu kommen.

Jørgines Mutter wohnte in einem kleinen uralten Haus, das nur eine Stube hatte. Der Argwohn, mit dem man in früheren Zeiten Nachtmännern und unehrlichen Menschen begegnete, haftete auch ihr an, aber nur weil sie arm war und im Moor wohnte. Abgesehen davon, dass sie zu Hause saß und spann, konnte sie nicht mehr arbeiten, und niemand wusste so recht, wovon sie eigentlich lebte. Ihr Mann war seit Menschengedenken tot, nicht einmal ein Name war geblieben. Die Witwe wurde nur die Garnfrau genannt, weil sie spann; einen anderen Namen hatte sie nie gehabt. Nun waren ihre Kinder erwachsen und in Diensten, sodass sie keine Not litt, doch in all den Jahren davor, so hieß es, hatten die Kinder der Garnfrau im Moorhaus hungern müssen.

Sie hatte zwei Kinder, Jørgine und Tinus. Tinus war nicht ganz richtig im Kopf, er ging gebückt, mit krummen Knien und einem schlurfenden, trottenden Gang, die Unterlippe hing ihm aus dem viel zu großen Gesicht. Er hatte in keine Lehre gehen können, aber Verstand genug, um Vieh zu hüten, außerdem war er bärenstark, sodass er als Erwachsener Arbeit als Knecht fand, obwohl er so sonderbar war. Und egal, wie weit entfernt die Höfe auch lagen, auf denen die beiden Geschwister dienten, an den Sonntagen waren sie stets daheim bei der Mutter.

Jørgine und Tinus waren in dem kleinen Haus am Moor und der Heide aufgewachsen, vollkommen abgeschieden in einer kindlichen Welt, in der man nicht über die Lebensbedingungen nachdachte; erst als sie in die Schule kamen, lernten sie, dass sie arm waren.

Als sie klein waren, hatten sie einmal etwas Unvergessliches erlebt. Auf der Straße ritt eine Erscheinung vorbei, eine Dame zu Pferd! Bei dem Pferd handelte es sich um einen Schimmel, der so groß war, dass er sich im Himmel und den Wolken verlor; er trabte rasch vorbei, die Dame trug einen schimmernden Hut und schaukelte hoch oben in der Luft, und von ihren Füßen schwebte eine lange Schleppe dem Pferd hinterher. Die Dame sah sich um, und in diesem Augenblick geschah ein Wunder, denn aus der Schleppe fielen zwei Äpfel und rollten über den Boden. Die Erscheinung verschwand in einer Wolke, und Jørgine und Tinus liefen den Äpfeln hinterher und nahmen sich jeder einen. Auf Knien krochen sie aufeinander zu und verglichen, was sie bekommen hatten. Keiner der beiden konnte die Äpfel beurteilen, denn es waren die ersten Äpfel, die sie in ihrem Leben gesehen oder gar gekostet hatten. Sie hielten sie nebeneinander und sahen, dass ein Apfel rot und der andere weiß war. Jørgine hatte den roten, denn er war in ihre Richtung gerollt, und ganz eindeutig war es der weit bessere Apfel – sie merkte es

Tinus an, der betrübt guckte, weil sein Apfel bloß weiß war. Rasch tauschte Jørgine ihren Apfel mit ihm und sah, wie er strahlte, als er den roten bekam, allerdings war es kein ganz kleines Opfer für Jørgine, auf den roten Apfel zu verzichten. Nun änderte Tinus seine Meinung, er wollte den roten Apfel doch nicht, wenn Jørgine nur den weißen bekam. Er bot ihr an, noch einmal zu tauschen, da reagierte Jørgine jedoch ein wenig gemein und freute sich, als hätte sie einen guten Handel abgeschlossen. Weiße Äpfel waren doch in Wahrheit weit besser als rote, eben weil sie so weiß waren; und so behielt Tinus den roten Apfel!

Ihre ganze Kindheit hindurch hatten sie so gut miteinander gespielt, obwohl Tinus ein wenig dumm war; sie hatten kleine Höhlen in einen Hügel gegraben und den ganzen langen Sommer mit Steinchen gespielt, die Tiere für sie waren. Wenn sie richtige Abenteuer erleben wollten, setzten sie sich auf die Türschwelle – Tinus mit einer kleinen selbstgebastelten Peitsche in der Hand, Jørgine in Haube und Reisekleidung –, und dann trieb Tinus die Pferde an, hü, hott, und sie fuhren in die Stadt, es war eine lange und schöne Fahrt, als hätten sie die Sonne selbst vor die Kutsche gespannt.

Viel Spielzeug hatten sie nicht, und doch waren die Dinge, die sie besaßen, von unschätzbarem Wert. Tinus gehörte ein Knopf, ein sehr großer Knopf, ein Mantelknopf, und durch eines der Löcher hatte er ein Stöckchen gesteckt, das sich drehen ließ. Es war eine Uhr, er zog sie auf, warf Jørgine einen Blick zu und lachte, dass er die Augen zukneifen musste. Und nachdem er den Knopf eine Weile besessen und sich an ihm erfreut hatte, meinte er, auch Jørgine solle sich daran freuen und schenkte ihr den

Knopf; allerdings bereute er es und nahm ihr den Knopf wieder weg – am Ende schenkte er ihn ihr aber doch.

Jørgine besaß zwei Herzmuschelschalen, die aufeinander passten, es war der anmutigste kleine Schrein, den man öffnen und schließen konnte; darin verwahrte sie ein Stück blassrote Watte. Die beiden Kinder waren steinreich, bis sie in die Schule kamen, dort lernten sie etwas anderes.

Es zeigte sich, dass die Bauernkinder in der kleinen Dorfschule eine Gemeinschaft bildeten, die nicht ohne weiteres bereit war, die Kinder der Garnfrau in ihrer Mitte aufzunehmen, da sie anders waren. In den Pausen zog Jørgine Tinus hinter das Schulhaus, abseits verzehrten sie ihr Pausenbrot, Schwarzbrot mit etwas Weißem darauf, vielleicht war es Schmalz. Sie konnten nicht zusammen mit den Kindern der Bauernhöfe essen, die lange gelbe Weizenbrote mit Butter und Kuhmilchkäse in die Schule mitbrachten. Stets lag in der Luft, dass Jørgine und Tinus weniger wert waren als die anderen. Bereits als Schulmädchen war Jørgine größer und stärker als die meisten ihrer Mitschüler, eine grobschlächtige, unattraktive Person mit rotem Gesicht, die keinen Erfolg bei den Jungen hatte. Sie war ihnen zuwider, außerdem war sie laut und kam aus dem Moor. Die Jungen hatten ein Spiel, bei dem sie ihre kleinen Finger zusammenhakten und fragten: Sagst du Gott sei Dank zu diesem oder jenem? Wenn es jemand war, den man gut kannte und mochte, sagte man Gott sei Dank und bekam seinen Finger frei. Aber hieß es »Sagst du Gott sei Dank zu Jørgine von der Garnfrau?«, dann ließ man sich eher den Finger ausrenken, so sehr wurde Jørgine aus dem Moor verachtet. Beim Schulball, den es auch in der Dorfschule gab, wollte keiner der Jungen mit

Jørgine tanzen. Verachtete und verstoßene Mädchen finden zuweilen eine Freundin als Tanzpartnerin, aber nicht einmal die Mädchen waren bereit, mit Jørgine zu tanzen. Da tanzte sie mit sich allein! Mit ausgebreiteten Armen und verzückten, verträumten Augen walzte sie ganz allein zwischen den Paaren über den Tanzboden, unbeschwert, nicht im Geringsten verbittert, berauscht von einer inneren Idee über die Glückseligkeit des Tanzes, an der sie trotz allem ihren Anteil hatte, auch wenn niemand sie mit ihr teilen wollte.

Für Tinus waren die Schuljahre eine Prüfung. Die Mutter und Jørgine übten zu Hause mit ihm, und schließlich lernte er auch Lesen, allerdings nur als eine Art Gedächtniskunst; die geheime Welt der Bücher, ihr eigentlicher Inhalt, erschloss sich ihm nie. In der Schule hatte man kein Verständnis für ihn. Er konnte einen Abzählreim aufsagen, wenn man ihm das Ende vorsagte, aber sollte er ihn allein vortragen, brachte er es nicht fertig. Wenn er dann getadelt wurde, legte er auf der Schulbank den Kopf auf die Arme und war betrübt. Und Jørgine saß mit glühenden Augen steif an ihrem Platz, es schnürte ihr die Kehle zu, ihre Nasenflügel weiteten sich, aber sie konnte ihm nicht helfen.

Immerhin wurde Tinus konfirmiert, diese *Gnade* wurde ihm dann doch zuteil, und danach waren sie glücklich, dass er eine Stelle fand, sogar mit ein wenig Lohn. Viehhirte auf einem Hof war damals keine sonderlich geachtete Aufgabe, die häufig arme Teufel oder alte hinfällige Personen übernahmen, Tinus fand jedoch Gefallen daran, und mit der Zeit wurde es eine Art Vertrauensstellung, sodass sich für ihn alles sehr viel besser fügte, als man es zu hoffen gewagt hatte.

Jeden Sonntag kam er in hohen Schaftstiefeln nach Hause, ein heimlicher Wunsch, den er schon als Junge genährt hatte und der nun endlich in Erfüllung gegangen war. Tinus hatte die seltsame Eigenart, nie den Straßen zu folgen, dazu war er zu scheu, er ging immer quer über die Felder, überall dort, wo es keine Wege gab. Es wurde gleichsam ein Anblick, der zum Sonntag dazugehörte: Tinus, der Sohn der Garnfrau, stapfte in seinen hohen Stiefeln querfeldein; wie ein Bär, der sich die Füße vertritt.

Er ging in die Kirche, damit die Leute seine Stiefel sahen, und um zu singen – sehr zum Verdruss des Kantors, der die Einsätze geben sollte: Wenn die Gemeinde nach jeder Zeile Luft holte, hörte man ein verspätetes Quaken, das war Tinus, der einen Takt hinterherhinkte. Bei jeder Abendmahlfeier ging er zum Altar und sicherte sich unverfroren einen guten Platz, er kniete nieder und senkte den großen Kopf, und der Pastor wusste, dass er aufpassen musste: Wenn er ihm den Kelch nicht mit Macht vom Mund riss, würde Tinus ihn austrinken! Es war ein guter Trunk, und Tinus war nach dem langen Marsch über die Felder zur Kirche durstig. Er wurde in der Gegend zu einer bekannten Figur, die sich scheinbar überhaupt nicht veränderte. Die Leute kannten ihn und hatten Nachsicht mit ihm. Schließlich war er treu und das friedfertigste Wesen, wenn man ihn nicht reizte. Es kam vor, dass dieses Ungetüm einen Wutanfall bekam, wenn ihm etwas gegen den Strich ging; dann ließ er es an Stock und Stein aus und stellte sich auf den Kopf, bis der Anfall vorbei war – man lachte darüber, Tinus hatte keine Feinde. So fand er von ganz allein seinen Platz im Leben.

Jørgine ihrerseits hatte jedoch Schwierigkeiten zu überwinden und Umwege zu gehen, bevor sie so weit kam.

In ihrer Stellung auf einem Hof an der Landstraße fühlte sie sich sehr wohl und wurde gut behandelt; sie war fleißig und zuverlässig, doch der Hof und seine Bewohner waren und blieben eine Welt, in der sie nur als Dienstmagd willkommen war. Seltsamerweise war sie die Offenherzige und Redselige, während die Menschen, in deren Diensten sie stand, sich wie alle Bauern zurückhaltend und verschlossen verhielten und ihr Wesen unter einer Schicht von Vorbehalten verbargen. Das Freie und Ungehemmte, das nun einmal in Jørgines Natur lag, empfanden sie als einen Mangel an Takt – und möglicherweise war es sogar richtig. Man ertrug Jørgine und lächelte widerwillig, wenn sie lärmte, im Übrigen aber hatte man zu ihr bei weitem nicht das innige Verhältnis wie der eigenen Familie gegenüber. Schäkerte sie mit den Knechten in der Küche, schüttelte Jørgines Herrin nur den Kopf; einiges deutete darauf hin, dass es mit der Tochter der Garnfrau ein böses Ende nehmen würde!

Dumm war Jørgine jedoch nicht. Weder war sie engelsgleich unwissend über die Angelegenheiten des Fleisches – das ist man unter Bauern auf dem Lande ohnehin nicht –, noch war sie, trotz ihres durchaus munteren Wesens, unbändig oder wollüstig; sie hatte ein großes inneres Verlangen, das sie nicht in Worte fassen konnte, das sie aber über die naheliegenden Versuchungen erhob. Außerdem war sie nicht alt genug, sie war noch ein verspieltes Kind, das die Annäherungen der Knechte als Spaß nahm und mit gleicher Münze zurückzahlte: schallende Ohrfeigen, einen Eimer Wasser über den Kopf und ungeheures Gelächter. Wo immer Jørgine sich aufhielt, stets gab es Spektakel und Balgereien.

Die Knechte indes verfolgten eher unschöne Absichten. Sie hatten die Vorstellung, bei einem Mädchen aus dem

Moor könne man sich Hoffnungen machen, schließlich hatte man doch so viel darüber gehört – wohlfeil in jeder Hinsicht. Jørgine hätte doch keinen Grund, sich zu zieren und so weiter und so fort. Der Ton unter den Knechten war durchaus nicht der vornehmste, sie zogen sich mit der Tochter der Garnfrau gegenseitig auf, als gäbe es für mehr als einen von ihnen bereits einen Anlass, sich wegen ihr zu schämen. In ihren Gedanken und Unterhaltungen wurde sie von allen vereinnahmt, tatsächlich aber konnte niemand mit mehr als ein paar Beulen am Kopf prahlen, wenn es mit Jørgine zu einem Stelldichein in der Dämmerung gekommen war. Auf Festen tanzte man mit Jørgine, nun wollte man mit ihr tanzen, und sie war auf dem Tanzboden immer so selig; hinterher aber wurde gefeixt, als hätte man Mut bewiesen. Sehr viel anders als die Kinder waren die jungen Menschen auch nicht.

Den Anlass für die ganze Erregung und Zweideutigkeit ließ dies alles vollkommen unbeeindruckt. Jørgines Zeit war noch nicht gekommen. Sie feierte mit den Knechten, und wo immer sie sich aufhielt, erschienen die Burschen gleich scharenweise, als würde sich auf geradezu mystische Weise durch die Luft verbreiten, wo sie sich gerade befand. Von morgens bis abends konnte sie in ein Bad von Burschen tauchen, und die Luft, die sie atmete, bestand aus Schmeicheleien und Nachstellungen, häufig in der eindeutigsten Art und Weise.

Jørgine war groß und üppig, sie hatte eine Aura von Weiblichkeit, die nur wenige Frauen besitzen und die ihnen, wohin sie auch kommen, Aufmerksamkeit garantiert. *Niemand* kam an Jørgine vorbei, ohne ihr seinen Tribut zu zollen, jeder auf seine Weise. So wie auch der Bauer des Hofs, auf dem sie diente, ein alter, vertrockneter Bauer, der bei Tisch große Würde ausstrahlte, in ihrer Gegenwart zum Leben erwachte, indem er unanständig offen daherredete – zur stillen, unterdrückten Verbitterung seiner Frau, die die ungehörige Leidenschaft ihres Mannes Jørgines übrigen Überschreitungen hinzuaddierte. Die Herrin des Hofes trug ihr vom Morgengrauen bis zum späten Abend harte Arbeiten auf und ließ ihr keine Ruhe, bis Jørgine vor Müdigkeit vom Stuhl rutschte und ihr der Wollkamm aus den Händen glitt. Und auch ihre übrigen Geschlechtsgenossinnen schonten sie nicht, alle Frauen begegneten Jørgine mit einem gläsernen Blick und einer sonderbar angespannten Haltung, aus der sich der Wunsch nach Folter ablesen ließ.

Wie alle anderen warb auch Anders Hansen um sie, der Großknecht des Hofs, der den Vorzug genoss, den ganzen Tag in ihrer Nähe sein zu können. Er langweilte sie mit kleinen, versteckten Aufmerksamkeiten, er trug Wasser für sie, stellte sie vom Mistfahren und anderen groben Arbeiten frei und warf ihr jedes Mal, wenn sie sich begegneten, einen langen, warmherzigen Blick zu. In Jørgines Augen war Anders Hansen aber ein alter Mann, sie hatte ihn immer nur als einen Erwachsenen erlebt, und doch war er nicht älter als Ende zwanzig, obwohl er älter aussah. Er war groß und knochig und bereits ein wenig von der Arbeit gebeugt. Mit seinen langen, steifen Armen, einer Gesichtsfarbe wie rostiges Eisen und roten harten Bartstoppeln war er nicht gerade hübsch. Die Augen waren klein wie die eines Wildschweins, aber sie hatten diesen warmen, herzlichen Blick. Er war bescheiden und trug alte, geflickte Kleider, die vor Schweiß und Erde klebten, obgleich er gut verdiente – es hieß, er sei knauserig. Anders Hansen redete nicht viel, und bevor er etwas sagte, musste man ihn erst einmal regelrecht aufziehen: Er räusperte sich mehrfach, schluckte und versuchte, den Hals freizubekommen, als müsse er sich auf den Gebrauch der Sprache genau vorbereiten. Im Allgemeinen behalf er sich mit einem Nicken oder einem verständnisvollen Blinzeln, doch wenn er endlich einmal etwas zu sagen hatte, hatte sein Wort Gewicht und gab nicht selten den Ausschlag. Die Mühe, die er sich bei Jørgine gab, entlockte aufmerksamen Beobachtern ein Lächeln, denn er hatte kein Glück. Als kluger Mann biedere er sich der Mutter an, meinten einige bemerkt zu haben, ob es nun wahr war oder nicht. Anders Hansen ging in seiner Freizeit auf Jagd, er war ein leidenschaftlicher Jäger, und auf seinen Wegen in Heide und Moor war es nicht ungewöhnlich, dass er hin und wieder auch am Moorhaus vorbeikam und der Garnfrau einen Besuch abstattete. An Sonntagabenden, wenn Jørgine zu Hause gewesen war, kam es recht häufig vor, dass Anders Hansen denselben Heimweg hatte und sie zu dem Hof begleitete, auf dem sie beide arbeiteten. Für Jørgines Sicherheit wäre es nicht nötig gewesen, und sie war auch nicht immer dankbar für seine Begleitung, doch sie musste es sich nun einmal gefallen lassen.

Jørgine war stets höflich zu Anders Hansen, wie es sich einem Älteren gegenüber gehört; in Gesellschaft der jungen Knechte lebte sie jedoch auf und gackerte, obwohl die meisten es alles andere als gut mit ihr meinten. Aber so ist die Jugend nun einmal.

Die Hochzeit

Jørgines Leben änderte sich, als sie die Gegend verließ und eine Anstellung auf einem Hof einige Meilen landeinwärts bekam, weit genug entfernt, dass niemand wusste, wer sie war und woher sie kam.

Es war ein großer Hof mit vielen neuen Menschen, und es war ein anderer, wohlhabenderer Landstrich, in dem die Menschen sich nicht so gehässig ansahen. Jørgine wurde als Mitmensch aufgenommen, sie fand sogar Freundinnen und erlebte glückliche Tage.

Der Hof unterhielt eine kleine Molkerei. Es war noch die Zeit vor den Genossenschaftsmolkereien, diese Molkerei aber war bereits nach den modernsten Prinzipien mit einer Zentrifuge ausgestattet. Jørgine wurde eine ausgezeichnete Meierin, die wie geschaffen für diese Arbeit war und wie bei einer Liebschaft mit Leib und Seele darin aufging. Die Tochter des Hofes hatte auf einem größeren Gut das Molkereihandwerk gelernt und sich dabei auch andere Dinge angeeignet, Freimütigkeit und ein offenes Wesen. Sie sang, und Jørgine krähte und lernte neue hinreißende Lieder; die beiden erfüllten die kühle, hallende Molkerei, die im Keller untergebracht war, den ganzen Vormittag mit einem Jubelchor, während die Zentrifuge sauste. Sie klapperten mit ihren hohen Holzschuhen über die nassen Fliesen und tauchten die bis zu den Schultern nackten Arme in tiefe Milchbottiche, formten Käse und kneteten Butter; alles so kühl, sauber und duftend wie die beiden jungen Frauen selbst. Und immer wurde es von Gesang begleitet, ob sie nun scheuerten, mit Wasser spritzten oder mit den Pferden butterten, die vor der Molkerei im Pferdegöpel im Kreis liefen, ob sie mit Eimern auf dem Steinboden klapperten oder mit dem Thermometer in der Milch rührten. Ja, von allen feuchten Wänden hallte es als Antwort wider, es klang, als würde die ganze Molkerei mitsingen! Die Tochter des Bauern und Jørgine waren wie zwei Singvögel, und Jørgine hatte die Welt niemals so neu und das Dasein niemals so überströmend und voller Hoffnung erlebt wie in den Monaten dieses Lebens als junge Frau in der Molkerei. Sie konnte sich entfalten und war doppelt glücklich, zum einen, weil sie es von Natur aus war, und zum anderen, weil man ihr hier ihr Glück gönnte. Niemand blickte sie scheel an. Für die Tochter des Hofes, Ane Katrine, war sie eine von ihnen, obwohl es natürlich nicht so war, aber Jørgine vergaß es ihr nie.

Ane Katrine und ihre Freundinnen von den übrigen Höfen wussten überhaupt nicht, dass es eine Welt gab, in der es den Menschen nicht so gut ging, sie lebten ausschließlich in ihrer eigenen Welt und waren freundlich und liebenswürdig; wenn sie sich trafen, saßen sie auf dem Sofa und plauderten, und auf dem Tisch stand ein Schälchen mit Marmelade, von der sie immer mal wieder einen Löffel naschten, den sie anschließend wieder in ein Glas Wasser steckten. Sie häkelten, verglichen die neuesten Spitzenmuster und hatten alle »Glaube, Liebe, Hoffnung«, ein Kreuz, ein Herz und einen Anker aus Bernstein oder Gold an ihren Uhrkettchen, ohne war man nicht komplett. Und alle sammelten für den Silberschrank. Ane Katrines Schrank hatte Flügeltüren und einen Knopf, durch den beide Türen von allein aufsprangen – dann stand man wie geblendet da!

Ane Katrine war verlobt und sollte schon bald heiraten; sie würde den Hof verlassen und ziemlich weit entfernt in eine andere Gegend ziehen, aus der ihr Bräutigam kam, der Erbe eines großen Gutshofs. Man war der Ansicht, dass Jørgine genug gelernt hatte, um die Molkerei allein zu bestellen, wenn Ane Katrine fort war; es waren großartige Aussichten, nur musste sie sich dann auch von Ane Katrine trennen.

Jørgine erkannte sich kaum wieder, am Sonntag trug sie nun richtige Schuhe, von Holzschuhen und Pantoffeln war sie wie Aschenputtel geradewegs in ein Märchen gesprungen. Ja, sie hatte sogar ihre eigene Kammer! Bisher hatte sie in der Gesindestube schlafen und das Bett mit anderen Mädchen teilen müssen, nun schlief sie wie eine Person von Stand in einem kleinen Zimmer für sich allein; sie hatte eine Kommode, auf der zwei Schneckenhäuschen lagen, und die Myrte stand auf dem Fensterbrett!

Dann kam Ane Katrines Hochzeitstag. Die Hochzeit sollte im Frühling gefeiert werden und zwei Tage dauern, doch es wurden sogar drei daraus. Ane Katrines Hochzeit – ein ganzes Leben lang redeten die Leute noch davon!

Wochenlang hatte man das Fest mit Schlachten und Brauen, Backen und Einkäufen vorbereitet, schließlich war die gesamte Verwandtschaft eingeladen, sämtliche Familienangehörige von nah und fern sowie weitere Gäste. Der gesamte Hof wurde für das Fest hergerichtet, Scheune und Nebengebäude leergeräumt und als Nachtquartiere für die Geladenen eingerichtet. Lange vorher hatten Schwindel und Festrausch alle Gemüter übermannt, und es gab so manchen, dem es hinterher nicht leichtfiel, in den Alltag zurückzukehren.

Der Festtag brach mit Aprilwetter an, und die Gäste kamen mit einer vollbesetzten, prächtigen Kutsche nach der anderen, der Hof und die umliegenden Koppeln waren ein Ameisenhaufen von festlich gekleideten Bauern und weit entfernten Verwandten, die sich nur alle paar Jahre einmal sahen. Ein großes Treffen, das tatsächlich nur ein paar Tage dauerte, aber später, in der Erinnerung, kein Ende zu nehmen schien.

Der Bräutigam traf am Vormittag an der Spitze eines ganzen Zuges vollbesetzter Wagen ein; er selbst saß aber mit Bedacht allein in einem nagelneuen gefederten Wagen, vor den er zwei Rappen gespannt hatte, die vollkommen identisch aussahen. Und als er im schärfsten Trab auf den Hof bog und laut mit der Peitsche knallte, richtete er es mit einem gut einstudierten Manöver so ein, dass die beiden rabenschwarzen, schäumenden und schnaubenden Pferde sich aufbäumten und auf die Hinterbeine stellten, als er direkt vor der Haustür hielt!

Der Klarinettenspieler begrüßte ihn mit seinen am intensivsten geübten Signalen und Läufen, und in der glücklichsten Gestalt eines Dienstmädchens trat Jørgine wie eine Sonne aus der Tür, bekleidet mit einer weißen Haube und einer weißen Schürze, die von der Brust bis zu den Füßen reichte. In der Hand hielt sie ein Tablett mit Kuchen und Wein, um den Bräutigam willkommen zu heißen. Durch viele Stuben und einen Bienenkorb festlich strahlender Menschen wurde er in das größte Zimmer geführt, wo die Braut zwischen Frauen mit Schleiern und den Opfergaben für den Pastor und den Küster thronte. Unmittelbar danach brach man auf, um zur Kirche zu fahren.

Während der Wartezeit hatten die Frauen an den Tischen Kleingeld in kleine weiße Papiertütchen verpackt, Silber für den Pastor, Kupfer für den Küster, um sie auf dem Altar zu deponieren, sobald die Trauung beendet war und man unter Absingen eines Kirchenlieds mit zahlreichen Strophen – der Pastor wählte stets das längste – an dem knienden Gottesmann im Messgewand vorbeidefilierte, der der Gemeinde den Rücken zukehrte, während das Opfer entrichtet wurde.

Während der Fahrt zur Kirche und der Rückfahrt zum Hof ein paar Stunden später erklang der Fahrtenmarsch, als wäre ein Sonnenstrahl zu Musik geworden, und viele verspürten ein Feuer im Leib, wie Kavalleriepferde, wenn sie die bekannten Hornsignale hören. Jørgine zitterte. Als würde der Hochzeitsmarsch auch ihr Schicksal verkünden, immer war es so gewesen, solange sie sich erinnern konnte, denn Musik, feurige Begeisterung und Lebensfreude waren schließlich die Elemente, in denen sie atmete.

Und sie fiel den Menschen auf, dieses große hübsche Mädchen, das mit den anderen Mädchen aus den besten Familien bediente; man erkundigte sich nach ihr. Das ist Jørgine, hieß es, unsere neue Meierin. Die Sonne schien auf sie herab, und sie, sie strahlte zurück.

An langen, üppig gedeckten Tischen wurde mit dem Festmahl begonnen. Suppen und große Braten, Stockfisch, Sagosuppe mit Rosinen, Pökelfleisch und Torten wurden beinahe unablässig und doch nach genauen Regeln aufgetragen; am Tag darauf gab es die »Mahlzeit des zweiten Tages«, und in den Pausen lockten die Freuden des Wiedersehens und ein leichter Rausch.

In der kleinen Stube, dem Allerheiligsten des *Hausherrn*, mit dem Sekretär, der Flinte hinter der Tür und dem Fell des treuen verstorbenen »Delle« unter dem Tisch, versammelten sich die Älteren und Auserwählten, die Familienoberhäupter und Männer der großen Höfe aus der Familie des Bräutigams. Mikkel vom Mittelhof saß da, schwer wie eine Tonne, mit glühendrotem Gesicht und den ständig zwinkernden Augen, als würde er sich von der Wiege bis zum Grabe amüsieren; Just war da, der nie anders oder mit seinem vollen Namen angesprochen wurde, den aber alle kannten, lang, gebückt und immer ein offenes Ohr, als läge ihm das Wohlergehen aller am Herzen; kurz gesagt, der reichste und weiseste Mann der Gegend. Und diese hoch geachtete Gesellschaft setzte sich zu Karten und Kaffeepunsch an den Tisch und wurde mit der Zeit jünger und lebhafter, als man es ihr zugetraut hätte. Durch viele Zimmer war das kräftige, dröhnende Gelächter des Hausherrn wie das Wiehern eines Hengstes aus dem dichten Tabaknebel zu hören, wenn ein Spiel amüsant ausgefallen war; die Kaffeetassen klirrten, wenn sie rund um den Tisch anstießen und sich zuprosteten. Trumpfansagen, Gepolter und Rauch drangen wie aus einem Krater aus der kleinen Stube, versüßt vom heißen Schnapsatem und einem Hauch des Spucknapfes. Die Männer bekamen ein Funkeln in die Augen und erhöhten die Strafe für falsche Stichansagen; alles sah hier nach bester Festtagsstimmung aus.

In der vornehmen Stube, die werktags nie benutzt wurde, saßen die vornehmen Bauersfrauen beim Makronenkuchen. Hier stand auch der Gabentisch, auf dem sämtliche Brautgeschenke großzügig ausgestellt wurden; nichts mit Geschenken in aller Stille, der Wohlstand musste nicht unter den Scheffel gestellt werden! Die Frauen waren der Mode entsprechend gekleidet, stillvergnügt trugen sie schwarzseidene Kopftücher, und einige hatten sich wegen des angenehmen Dufts ein zusammengerolltes Blumenblatt ins Nasenloch gesteckt oder hielten einen kleinen Strauß »Ambra« in der Hand, den sie im Garten vor dem Wohnhaus gepflückt hatten. Es gab viel zu bereden, manche hatten sich seit ihren Mädchentagen nicht mehr gesehen, nun tauschten sie ein halbes Leben an Schicksalsfügungen und Erfahrungen miteinander aus. Hohle Augen und entstellte Figuren legten Zeugnis davon ab, was die Jahre angerichtet hatten, aber wer wünschte schon, sie nicht gelebt zu haben?

Im Laufe des Tages traf eine Gruppe junger Leute ein, die sich erst jetzt von ihrer Arbeit hatten freimachen können. Die *Zwillinge* kamen, zwei junge Burschen aus der Familie, die zu Fuß gewandert waren. Beide hatten einen roten Spazierstock in der Hand, in deren schräg abgeschnittenen Enden der Handgriffe ihr Namenszug mit Messingdraht eingelegt war. Beide trugen neue, lange Schaftstiefel unter den umgeschlagenen Hosen, damit man die Stiefel sehen konnte, dazu Jacken aus Vlies und ein kariertes Halstuch mit großen braunen und schwarzen Karos. In ihrer Westentasche steckte eine Uhr an einer vierreihigen Silberkette mit Verschluss, und beide kamen mit einer großen hellgrauen Kopfbedeckung, einer Art hohem Filzhut, der vorn mit einem Schirm verlängert war, ganz nach der damaligen Mode der Bauernjugend. Die Haare hatten sie von der gleichen Seite kühn nach schräg oben zu einem mit Bier versteiften Hahnenkamm frisiert. Sie rauchten auch die gleiche Pfeife, eine Kur-länder. Durch den scharfen Wind, der ihnen beim Früh-jahrspflügen entgegengeschlagen war, hatten beide einen vollkommen kirschroten Kopf und Schorf an den Ohren. Mit ihnen war gewissermaßen eine Doppelausgabe an si-cheren Tanzpartnern gekommen, doch es tauchten immer mehr Burschen und Mädchen auf, als ob die Straßen und Hoftore die Menschen gebaren.

Bevor der Tanz begann, versammelte man sich zum Spielen auf den umliegenden Wiesen; Ringen und Kraftproben waren unumgänglich, wenn junge Männer zusammenkamen. Hier ging jedoch eine neue Sonne auf, denn es gab eine besondere Sehenswürdigkeit, beinahe eine ganze Zirkusnummer: Frands, Mikkels Sohn vom Mittelhof, führte die höhere Reitkunst vor!

Frands war bei den Dragonern in Randers stationiert und hatte aus Anlass der Hochzeit Ausgang. Er trug eine Uniform, die blau wie der Himmel und das Meer war, mit einem kleinen dachförmigen Käppi über dem einen Ohr und einem rasselnden Pallasch mit Scheide – dieser Mann kam wie ein ganzes Heer daher. In Randers war er zum Kunstreiter geworden, und die starken, aber ungelenken Bauernburschen sahen verblüfft zu, wie Frands auf dem Pferd voltigierte, vorn, hinten, an der Seite, beinahe ohne das Tier zu berühren. Die Mädchen stießen laute Schreie aus und stöhnten vor Bewunderung. Frands zog den Säbel und unternahm einen Ausfall, die lange, singende Klinge blitzte und sauste durch die Luft. Ausfall und Parade, die Mädchen kniffen die Augen zusammen, es war grausam und schön. Frands war der Mann des Tages und hatte Mühe, sich bescheiden zu zeigen. Er war ein Stadtmensch geworden und sprach auch so, und doch erinnerte er sich an seine Herkunft. Für die zahlreichen Qualen, die er in Randers erlitten hatte, bekam er nun die Bestätigung, die kritiklose Bewunderung und Verehrung daheim auf dem Dorf. Als Sohn des Bauern vom Mittelhof war Frands ohnehin der Liebling der Leute, und in den Kleidern des Königs übertrumpfte der forsche Bursche jeden; selbst die verheirateten Frauen spitzten die Lippen und sahen es gern, wenn er in ihre Nähe kam. Während des gesamten Hochzeitsfestes sonnte er sich in der Gunst sämtlicher Gäste.

Während Karten gespielt wurde und man unablässig ein wenig aß, trank oder Tabak rauchte, setzten sich einige an einen Tisch und sangen andächtig und nach der jeweiligen Befähigung gemeinsam Lieder, man steckte die Köpfe über alten Abschriften der Texte zusammen, die an den Knicken gebrochen waren und nun auf dem Tisch wieder zusammengelegt werden mussten. Es waren tragische Lieder, die von einem Adligen in Straßburg handelten, von einem traurigen Schiffsuntergang und von Axel und der schönen Inger, die in den Wald gingen. Wieder saß man auf der Schulbank, mit gehorsamen, unschuldigen Gesichtern, und versuchte, die in Schönschrift aufgezeichneten Sagen, Katastrophen und fernen Schicksale in Töne zu fassen.

Endlich aber erklingt das Signal aus der großen Stube, der Spielmann hat die Violine aus dem Fuchsbalg gezogen und die Klarinette hineingesteckt. Er stimmt, tiefe, vorsichtige Töne, der Diskant ist klar, er verzaubert die Seelen, und schon bald dröhnen die Dielen unter den Tanzenden, die große Stube ist so voll, dass das ganze Haus bebt.

Und das Fest schritt fort, man jubilierte und tanzte die ganze Nacht und auch noch die nächste, nachdem man irgendwann am zweiten Tag in irgendeinem Bett in einen ohnmachtsähnlichen Schlummer gefallen war; alles, was einmal Zeit hieß, versank, es gab nur einen ewigwährenden Rausch aus Tanz und Freundschaft, Essen und wieder Tanz und Freundschaft. Getanzt wurden die alten herzerwärmenden, wirbelnden Rundtänze, die keine Gehirnarbeit erforderten wie Tänze der späteren Zeit. Polka und Walzer, Mazurka mit einem Ruck, Rheinländer-Hopser, Polka aus Fünen, und dazu die schnellen Kontertänze: Dreieck, Viereck, Der rote Hut, Das Huhn mit dem Kamm ...

Taktfest lief der Viereck mit seiner schnellen, feurigen Musik, abwechselnd wurden zwei unterschiedliche Runden getanzt, in der ersten trennten sich die vier Paare in jeder Gruppe und gingen wie beim Lancier innen und außen einmal herum und wieder zurück, worauf die Paare sich wieder zusammenfanden und die Zweitritt-Melodie tanzten. Und dann begann man wieder von vorn. Es war ein schwungvoller, ungestümer Tanz, der nicht nur Rhythmusgefühl erforderte, sondern auch kräftige Männerarme und ein starkes Rückgrat bei den Frauen. Er war ausgesprochen beliebt und lockte selbst ergraute Männer und Frauen der älteren, steifen Jahrgänge auf den Tanzboden. Für den Spielmann war es besonders anstrengend, denn die Melodie verlangte vom Bogen Galopp und Sorgfalt, um den Takt zu halten. Der Spielmann legte daher das Ohr an die Zarge und saß während des Spiels vor lauter Introvertiertheit wie entschlafen da. Bei den Tanzenden führt der Viereck indes zu seligen Augen, Selbstvergessenheit und dampfenden Rücken unter den Westen.

Dann gab es noch den Schlitten, den hier und da einige Stimmen aus dem aufgewühlten Meer der Tanzenden forderten; ein zur Abwechslung schmachtender und schelmischer Tanz, der Gelegenheit zur Entfaltung einer gewissen Grazie gab, jedoch ohne zu übertreiben und sich aufzuspielen, denn Theater lag den Tanzenden ebenso fern wie jede Art von Koketterie. Beim Schlitten tanzte man nur zu zweit, allerdings musste der Tanz von Gesang begleitet werden. Anfangs trennte man sich und sang zur Musik: Geh von mir, geh von mir, geh von mir, mein Freund! Dabei wurde abweisend mit der Hand gewedelt und im Takt der Musik rückwärtsgegangen. Dann näherte man sich einander wieder an und winkte mit liebevollen Blicken: Komm zu mir, komm zu mir, komm wieder zu mir, mein Freund! Und wenn man sich direkt gegenüberstand, legte man die rechte Hand mit einem Klatschen auf die linke Hand des Partners und sang: La, la, la, la, la. Dann wurde die linke gegen die rechte Hand des Mittänzers gelegt: La, la, la, la, la! Und schließlich legte man als Zeichen der vollkommenen Versöhnung beide Hände auf einmal gegeneinander: La, la, la, la, la, la, la, la, la, la, la! Und wenn die Musik in einen Walzer überging, umfasste man sich und drehte sich einander zugeneigt als ein Herz und eine Seele im Tanz, wie ein Doppelgestirn am Firmament, bis die Musik vorbei war. Dann trennte man sich mit der gleichen Melodie und den gleichen Gesten wie zu Beginn, und dies wiederholte sich, solange der Spielmann spielte. Abweisung und Anziehung, Zwist und Versöhnung, ein Tanz wie geschaffen, das Wesen der Liebe zu zeigen. Die kühneren Tänzer zogen sich über die ganze Länge der Stube zurück, um dann wie zwei Himmelskörper, auf die das Gesetz der Schwerkraft seine Wirkung entfaltet, über die gesamte Tanzfläche aufeinander zuzusausen, als wäre die kurze Trennung unerträglich gewesen. Durch die Unsicherheit der Bauern, sich zur Schau zu stellen, und durch seinen leisen Humor und seine Herzlichkeit vollbrachte der Schlitten einfach sehr viel: Er begann als Spiel, ließ die Nacht unvergesslich werden und legte das Fundament für neue Hochzeiten und neue Feste. Schließlich war so ein erhitztes Mädchengesicht mit zusammengekniffenen Augen und dieser heißen, heißen Hand, die sie auf die Hand eines Burschen legte, unwiderstehlich; ihr Lächeln, mit dem sie sich zurückzog, und ihre linkische Bereitwilligkeit, mit der sie wieder zu ihm kam, diese aufrichtige Herzlichkeit, mit der die Verlegenheit durchbrochen wurde. Es gab junge Leute, die sich bei solchen Festen zum ersten Mal sahen und die bereits am zweiten Tag gesehen wurden, wie sie sich ein wenig linkisch umfassten und hinter einem Holunderbusch im Garten verschwanden, ungeübt in der Nähe, aber bereits fest entschlossen, den Rest ihrer Tage zusammen zu bleiben.

Frands und Jørgine! Im Laufe der Nacht war es offensichtlich für jeden, der Augen hatte, um zu sehen, dass die beiden es sein sollten. Sie versäumten keinen Tanz, tanzten nur miteinander, mit niemandem sonst, und warteten gierig, wenn ein Tanz endete, dass sie sich sofort in den nächsten stürzen könnten. Und ihr Tanz war es wert, gesehen zu werden! Bewegten die andern Paare sich wie Sonnen und rotierende Doppelgestirne, so durchbrachen die beiden das Universum wie ein Komet. Einmal rund um den Saal und kreuz und quer durch ihn hindurch, gegen die Tanzrichtung durch das dickste Gewühl der Tanzenden, links herum und rechts herum! Frands war in Randers gewesen! Er tanzte rückwärts, gefährlich über seinen Schwerpunkt zurückgelehnt, er krängte wie ein hart am Wind segelndes Boot, drehte sich mit einem gewaltigen Knall seiner Stiefelabsätze auf dem Boden herum, schwang weiter und bahnte sich wie ein Steven mit der Schulter den Weg durch den Wellengang der Tanzenden. Den Kopf gedreht, das kleine Käppi auf eines der Raufboldaugen herabgezogen, navigierte er mit dem anderen rückwärts! Jeder verstand, dass es sich um die Frucht des Stadtlebens handelte, es war die Welt, die Frands sich während seiner glänzenden militärischen Karriere angeeignet hatte! Und Jørgine sauste in seinen Armen, groß, stark und geschmeidig, mit wehenden Röcken und Füßen so behände wie junge Katzen; sie konnte ihm folgen und lernte die Kunst, sich gegen die Tanzrichtung zu bewegen, sofort! Ein bewunderndes Maunzen war von den Bäuerinnen auf den Zuschauerbänken zu hören, selten hatte man zwei Tanzende gesehen, die so gut zusammenpassten, ein so flottes und schwungvolles Paar. Was man nicht alles in den Städten lernen konnte!

Frands und Jørgine waren jedoch nicht die Einzigen, die sich gefunden hatten, allgemeine Entdeckerfreude und glückliche Seelenverwandtschaft prägten das Fest. Die Bauern sahen sich damals nur selten, neue Bekanntschaften waren ein Wunder; man blühte auf, obgleich man nur wenige Wege fand, es zu zeigen, und doch war man weitaus hitziger und ungestümer entflammt, als man es hätte erwarten sollen. Es kam zu leidenschaftlichen Freundschaften auf den ersten Blick, auch unter den Mädchen, je fremder sie einander waren, desto unzertrennlicher wurden sie. Die Gäste krempelten die Festtagskleider auf, liehen sich Holzschuhe und begleiteten, den Melkschemel in der Hand, die jungen Mädchen des Hofs auf die Weide oder in den Stall, wenn die Kühe gemolken wurden. Arbeiten, die getan werden *mussten*, wurden zu einem Fest und einem weiteren Vergnügen, man kehrte sein Innerstes nach außen, als ginge es um das Leben.

In der zweiten Nacht des Festes wurde sehr viel getrunken, die Übernächtigung und die Benommenheit nach dem Tanz erhitzten die Köpfe, man wusste kaum noch, was vor sich ging. Die Einsätze beim Spiel in der kleinen Stube schnellten in die Höhe, man handelte sich schwindlig um Land und Vieh, wie es unter Bauern üblich ist, wenn sie zusammenkommen. Die Frauen scharten sich um sie wie die Hühner, wenn der Habicht sich nähert, denn die Männer waren an einem Punkt gelangt, wo sie alles dahinfahren ließen, doch es geschah kein Unglück.

Die Verwandtschaft war zu eng, wenn irgendwo etwas verspielt wurde, so blieb es doch in der Familie.

Der zweite Tag war ein Sonntag. Am Nachmittag erhielt Jørgine die Nachricht, dass jemand sie zu sprechen wünsche, der Bote kicherte vergnügt. Jørgine ging zum Tor und sah dort zu ihrem Entsetzen Tinus. Freundlich sabbernd hing ihm wie bei einem Troll der Kopf auf die Brust herab, sonntäglich vergnügt stand er in seinen langen Stiefeln vor ihr. Nichtsahnend hatte er sich auf den langen Weg gemacht, zweifellos quer durch mehrere Amtsbezirke, über Moore und Allmende, um seine Schwester Jørgine mit einem Besuch zu erfreuen.

Sie scheuchte ihn hinter die Häuser und durch den Garten in ihre Kammer und hatte Glück, dass ihn niemand gesehen hatte. Dort versteckte sie den begriffsstutzigen, aber gehorsamen Tinus, bis es dunkel wurde, beruhigte ihn mit einem Stück Pflaumenkuchen, gab ihm fünfundzwanzig Øre und befahl ihm, nach Hause zu gehen. Tinus begriff die Aufregung seiner Schwester nicht, aber er war glücklich über die Geschenke und verschwand in der Dunkelheit, ohne dass ihn jemand sah.

Jørgines Gesicht verzog sich bei einem erleichterten Seufzen, nachdem sie ihn fortgeschickt hatte. Im Festsaal lockte die Violine, der Tanzboden dröhnte. Ein Leuchten ging über Frands' Gesicht, als er sie wiedersah, wo war sie gewesen? Er war betrunken und hatte einen rohen, verschwommenen Blick, mit einer großen, harten Hand griff er nach ihr und führte sie zum Tanz.

In der zweiten Nacht wurde nur noch vereinzelt getanzt, der Spielmann hing wie im Schlaf über den Saiten und trat den Takt mit dem Fuß. Die jungen Leute waren unruhig, die Mädchen, die auf der Hochzeit bedienen sollten, vernachlässigten ihre Pflichten und waren stattdessen ebenfalls ständig auf der Tanzfläche, sie hatten sich zusammengeschlossen und verhielten sich herausfordernd. Trotz ihres kurzen gemeinsamen Beisammenseins hatte sich unter den jungen Leuten bereits eine Art Geheimsprache herausgebildet, es gab gewisse heimliche, bedeutungsvolle Schlagworte; und ganz von allein hatten sich kleine Cliquen gebildet, die von einer besonders dominanten Person – es waren die rücksichtslosesten Burschen und die schlagfertigsten Mädchen der Höfe – angeführt wurden. Eine gefährliche Freimeuterei griff um sich, mit roten Wangen und verrückt von der wirren Nacht steckten die Mädchen unter verblümtem Gerede die Köpfe zusammen, das die Burschen hören und doch wieder nicht hören sollten: Jemand hätte ein Messer mit einem weißen Schaft verloren, hatte es irgendjemand gefunden? Aus den Ecken ertönte Gelächter und Gewieher, und eine wilde Jagd durchs Haus begann, durch alle vier Flügel der Nebengebäude und unter den Dächern im Stroh, man klopfte an verschlossene Kammertüren, hinter denen man Paare vermutete, die mit einem Falkenblick vermisst wurden, manch gewagte und zweideutige Bemerkung war zu hören.

Es war an der Zeit, all dies zu beenden, solange das Spiel noch Spaß machte. Das Fest hatte seinen Höhepunkt überschritten, das Seelenvolle war verflogen, an seine Stelle trat Lüsternheit, die Kerzen brannten herunter und blakten in den Haltern. Es begann zu dämmern. Neues Gesinde hatte sich zum Bedienen eingefunden, Tagelöhnerinnen mit nüchternen, wachen Zügen, die anfingen aufzuräumen. Sie stellten die Stühle dorthin, wo sie hingehörten, knallten Eimer mitten auf den Boden und gossen Wasser auf die Dielen, von denen an diesem Tag ein übler Gestank ausging.

Viele Gäste waren bereits aufgebrochen, weitere folgten, wie Halbtote hingen sie in ihren Wagen, und doch dauerte die Abfahrt Stunden. Die jungen Leute sprangen ab und liefen ein letztes Mal in den Tanzsaal, mit einem wehrlosen Blick auf den Freund, der mit beiden Händen die Hand der Freundin an seine Brust drückte und um einen allerletzten Tanz bat, als ginge es um sein Leben. Die Pferde scharrten mit den Hufen und kauten auf den Trensen, der Vater auf dem Kutschbock schimpfte, blieb aber doch noch eine halbe Stunde stehen, selbst außerstande, die Unterhaltung mit den Freunden zu beenden, die neben dem Wagen standen.

Nicht am Morgen, sondern im Laufe des Vormittags bogen die Wagen endlich vom Hof, und *sie* beugte sich in Haube und Reisekleidern vom Kutschbock hinunter, wundervoll veredelt durch die Müdigkeit, und wie bei einem Kind, das schlafen geht, schenkte sie ein letztes Lächeln jemandem hinter ihr, als die Pferde in Trab übergingen.

Viele sahen sich nie wieder, für sie war das Fest eine Erinnerung fürs Leben. Auf dem Heimweg wurde in den Wagen geschlafen, die Töne der Violine spukten in den Ohren, und ein Lichtermeer der Sonne lag auf den geschlossenen Augenlidern. Unsanft wurde man aus Träumen wachgerüttelt, die Glieder waren wie Blei und vollkommen erschöpft, die Füße wie mit Knüppeln geprügelt. Es war ein Fest, das man lange nicht vergessen würde.

Am dritten Tag gab es noch eine Nachfeier mit der Familie, den engsten Freunden und Gästen, die einen langen Heimweg oder verschlafen hatten. Wie die alten Nordländer stand man nach dem Tode wieder auf und fand die Tafeln der Erinnerung im Gras, diskutierte über die bereits sagenhaften beiden Tage und erlebte das tolle Treiben noch einmal. Man entwirrte die Ereignisse und brachte sie in die historisch richtige Reihenfolge, spürte noch einmal dem Gelächter nach, wo nicht genug gelacht worden war, und wunderte sich über bestimmte Leute und ihr Benehmen.

Irgendwann hatten die Braut und der Bräutigam sich natürlich zurückgezogen, unbemerkt, aber doch von Einzelnen beobachtet; und am späten Abend des zweiten Tages waren sie in aller Stille zu ihrem neuen Heim aufgebrochen, während der Tanz und der Spaß auf dem Hof noch zunahmen.

Frands der Fürchterliche war Montagmorgen von Freunden auf einen Wagen gelegt worden, die wussten, dass er zu einer bestimmten Zeit in Randers zu sein hatte. Der Säbel lag auf ihm, das Käppi über seinem Gesicht – wie bei einem Fürst auf seinem Lit de Parade.

Sein Vater, der große Mikkel, schlief irgendwo auf dem Hof seinen Rausch aus und durfte nicht gestört werden; gegen Mittag tauchte er jedoch von allein auf, verschwitzt glänzend und mit zusammengekniffenen Augen, vergnügt, hungrig und sehr, sehr durstig; er wurde vom tiefen, schallenden Gelächter des Hausherrn begrüßt, ha, ha, Mikkel war zählebig!

Und wieder wurde gelacht und geredet und das Fest an die Tafel der Erinnerung gemalt, ein Erdenleben, auf das man zurückblicken konnte; gut schmeckte der Speck des kastrierten Ebers, kalt und mit Senf, Pökelfleisch und Bier. Mit Entdeckerfreude kehrte man zum schlichten Essen zurück wie zu einem verschwundenen Dasein, Salzhering und grobes Brot, dazu der Schnaps eines armen Mannes. Es wurde Montagabend, bis die letzten Gäste den Hof verließen.

In dieser Nacht war es totenstill auf dem Hof. Wäre jemand wach gewesen, so hätte er an zwei Orten des Hofs ein Schluchzen hören können, das, so gut es ging, in Kissen erstickt wurde. In der Schlafkammer schniefte die Hausherrin über ihre Tochter Ane Katrine, die für immer gegangen war. *Sie* sah noch immer das kleine Mädchen in ihr, die mit einem Kamm im Haar und einer Schiefertafel unter dem Arm zur Schule ging. Nun war sie in der Gewalt eines fremden Mannes und würde niemals wiederkommen.

Und man hörte es aus der kleinen Mädchenkammer weinen, die am Garten lag und in der Jørgine, die Meierin, schlief.

Ach ja, *Hjalmar*, ihr großer luftblauer und einziger Freund, er war nun weit entfernt!

Die Folgen

Im Laufe des Sommers wurde Jørgine bewusst, dass sie ein Kind erwartete.

Seit Ane Katrines Hochzeit hatte sie von Frands weder etwas gesehen noch gehört; er war ja in Randers und sollte erst im Herbst entlassen werden. Nun schrieb sie ihm sehr ängstlich und hoffte auf ein Lebenszeichen; drei Wochen wartete sie vergeblich auf eine Antwort.

Da fasste Jørgine einen resoluten Entschluss und reiste nach Randers. Obwohl sie bereits Atemprobleme hatte, ging sie den mehrere Meilen langen Weg bis Hobro zu

Fuß, am Bahnhof und dem Fahrkartenschalter überwand sie sämtliche Schwierigkeiten, und das waren nicht wenige, denn sie fuhr zum ersten Mal mit der Eisenbahn, und kam tatsächlich nach Randers. Dort begann sie, in den unbekannten Straßen voller Menschen nach Frands zu suchen.

Als sie die erste Uniform sah, meinte sie, er sei es, und ging mit klopfendem Herzen auf den Soldaten zu, aber er war es nicht. Jørgine sah so viele Dragoner, aber Frands war nicht darunter. Sie fragte Passanten, ob sie wüssten, wo sie Frands finden könne, den Sohn Mikkels vom Mittelhof. Einige amüsierten sich über sie, andere schüttelten den Kopf und schienen Mitleid mit ihr zu haben, aber auch sie kannten keinen Frands. Als man endlich verstand, dass er Dragoner war, schickte ein Herr sie zur Kaserne und war so freundlich, sie ein Stück zu begleiten und ihr den Weg zu zeigen. Als sie die Kaserne betrat und Heerscharen von Dragonern sah, war sie vollkommen verstört über ihre Zahl, nur Frands war nicht zu finden. Sie fragte nach ihm und bekam eine ausführliche Auskunft, sie wurde in ein Viertel am anderen Ende der Stadt geschickt und lief den halben Tag; in dieser beängstigenden Stadt, in der sie ganz allein war, drohten die Tränen sie zu ersticken. Doch auch dort war Frands nicht zu finden. Schließlich lief sie zurück zur Kaserne und blieb davor stehen. Sie hatte nicht mehr den Mut, irgendjemanden zu fragen. Ja, und da stand Jørgine nun vor einer Kaserne, ein trauerndes Mädchen vom Lande, das zu rund geworden war!

Welches Schicksal sich ihr auch immer in den Weg stellte, es war ihr nicht gewogen. Sie fand Frands nicht und kehrte mit dem Abendzug nach Hobro zurück. Spät in der Nacht kam sie heim, humpelnd und gebrochen, ohne tagsüber irgendetwas gegessen zu haben; stumm, nachdem sie auf dem weiten, einsamen Weg zurück ein paar Stunden auf der Landstraße geweint hatte.

Im Herbst fiel es Jørgine schwer, die Feldarbeit zu verrichten, ihr Zustand ließ sich nicht mehr verbergen, doch man redete nicht darüber. Noch nicht, aber sie las ihr Urteil in den Augen aller. Frands sollte im Herbst heimkommen, sie sah keinen anderen Ausweg als zu warten, bis sie ihn aufsuchen konnte; und sobald sie hörte, dass die Soldaten entlassen waren, begab sie sich eines Sonntags zum Mittelhof.

Der Mittelhof lag abseits, für sich allein, umgeben von großen Ländereien, die zum Hof gehörten. Es war ein Vierseithof mit ungewöhnlich langen Stallungen, auf dem hohen Scheunenfirst hatte man ein Windrad angebracht. Der Kuhstall sah mit einer unendlichen Reihe von kleinen halbmondförmigen Gucklöchern aus wie ein vieläugiges Wesen, das die Umgebung betrachtete, und der Giebel des Wohnhauses glich einem Gesicht mit Mund, platter Nase und zwei düsteren kleinen Augen oben unter der Dachtraufe. Ein staunendes, vom Wetter ausgelöschtes Gesicht, über das sich große alte Bäume von West nach Ost neigten, auch sie vom Wind zerzaust. Das Wohnhaus war ein Fachwerkgebäude mit gekalkten Fächern, es hatte drei Schornsteine. Ein Torweg mit einem gemauerten Bogen führte durch die Scheune auf den Hof, der vom Bellen des Kettenhundes und dem Rasseln seiner Kette hohl widerklang. Eine kupferne Pumpe mit einem gusseisernen Trog stand im Hof, und auf jeder Seite der Haustür wuchs eine rundgeschnittene Ulme, die die Fenster dahinter pechschwarz aussehen ließ. Das sehr lange Haupthaus erzählte mit all seinen Fenstern von altem Wohlstand, der andere nichts anging.

Gleich hinter der Tür roch es im Flur fett und gut, wie nach warmem Brot; es war ein alter Geruch, als sei nicht gelüftet worden, nach Betten, Schornsteinruß und Essen, der Geruch des Mittelhofs.

Außer Atem und mit einem sich langsam setzenden Gefühl, dass es besser sei zu sterben, trat Jørgine ein.

Frands war tatsächlich nach Hause gekommen, sie überraschte ihn in der Stube, er versuchte, durch eine andere Tür zu entkommen, doch diesmal war die Begegnung unvermeidlich. Er fing an zu zwinkern, als würde er plötzlich Zahnschmerzen bekommen, und brachte während des ganzen Wiedersehens kein einziges Wort heraus. Als Jørgine etwas sagte, ließ er den Kopf hängen wie ein begossener Pudel, mit vorgestülpten Lippen, vollkommen außerstande, mit der Situation umzugehen. Er trug ja weder Uniform noch einen Säbel, er stand dem Angriff völlig wehrlos gegenüber! Schließlich stieg ihm das Blut zu Kopf, als würde ihn der Schlag treffen, wenn diese Zusammenkunft noch länger dauerte …

Jørgine ging an ihm vorbei ins nächste Zimmer, dort stieß sie auf seine Eltern. Sie bewies nicht gerade geringen Freimut, so ohne weiteres in den Mittelhof einzudringen. Mikkel war es überhaupt nicht recht, er gähnte, hörte sich aber das Anliegen des Mädchens geduldig an. Als ihm der Zusammenhang klar wurde, grunzte er und sah Jørgine mit hochgezogenen Brauen ein einziges Mal verärgert an, ohne den bei ihm sonst üblichen Humor. Ts, ts, äußerte er, nicht ohne Bedauern, dann erhob er sich mühsam – er war ein alter Mann, der sich mit den Händen an der Tischplatte hochzog – und warf seiner Frau einen mürrischen Blick zu: Weiberkram, darum hatte sie sich zu kümmern, dann verließ er das Zimmer.

Und Kjesten warf sich ins Feuer. Sie ließ sich Zeit, Zeit kostete ja nichts, sie bat Jørgine, sich zu setzen, und ging in die Küche, stellte etwas zu essen auf den Tisch und befahl, Kaffee zu kochen. Jørgine verlor die Fassung und bekam einen Weinkrampf, ihr ganzer Körper zitterte, doch sie riss sich zusammen und unterdrückte jedes Geräusch. Kjesten redete auf sie ein, und als Jørgine sich beruhigt hatte, setzten sie sich und besprachen die Angelegenheit. Kjesten verhörte sie, und Jørgine beichtete von dem Elend, in das sie geraten war. Es zeigte sich, dass Kjesten ganz genau wusste, wer sie war, sie kannte sogar die Garnfrau gut …

Aber Frands – tja, es gab *zwölf* Söhne auf dem Hof, zwölf Söhne hatte Kjesten zur Welt gebracht, und Gottseidank nur eine Tochter –, Jungen kommen allein zurecht, aber Mädchen kann man nicht beschützen. Und von den Zwöl-fen war Frands einer der jüngsten. Daher hatte er keinerlei Aussicht auf den Hof und die Ländereien, wie Jørgine sich es vielleicht eingebildet hatte, jedenfalls vorläufig nicht. Deshalb konnte er auch nicht guten Gewissens heiraten, denn wovon sollten sie leben? Er arbeitete doch bloß als Knecht auf dem Hof und hatte noch nichts zurückgelegt, um sich selbst etwas aufzubauen. Die anderen Söhne wa-ren Pferdehändler, Kaufleute, einer betrieb ein Wirtshaus, einer war Spielmann, ein paar hatten in Höfe eingeheiratet, aber von Frands konnte man ja nicht gerade sagen, dass er darauf versessen war (hier verschärfte Kjesten den Ton ein wenig). Natürlich konnte nur Mikkel, der älteste Sohn, den Hof übernehmen, für die anderen blieb vom Erbe nicht so viel übrig, wie man vielleicht glauben könnte …

So zerpflückte Kjesten Stück für Stück, was Jørgine sich an unmöglichen Träumen vom Einzug ins Himmelreich der Gutsbesitzer aufgebaut hatte.

»Aber Frands …«, wandte Jørgine ein und dachte an die heißen, goldenen Worte, die in den beiden verrückten Nächten auf Ane Katrines Hochzeitsfest aus seinem Mund gekommen waren; das Gerede eines Betrunkenen, das sah sie jetzt ein – »aber Frands …«

»Er will dich nicht«, erklärte Kjesten bewusst grausam, als hätte sie ein Huhn zwischen den Knien, dessen Kopf abgeschlagen werden musste, und sah Jørgine direkt in die Augen. Sie hatte dunkle Augen, deren Grund nicht zu sehen war, aber sie ließen Jørgine keine Wahl.

»Er will dich nicht, das weiß ich von ihm selbst und kann es dir sagen. Er ist zu jung, du darfst es ihm nicht übelnehmen.«

Und schließlich, mit einem flammenden Blick:

»Bist du eigentlich *sicher*, dass Frands der Einzige war? Denn sonst wäre ja noch Zeit, einen anderen anzugeben …«

Jørgine senkte den Kopf und fing die ausbrechenden Tränen mit beiden Händen auf, feuchten, bebenden Händen. Kjesten holte tief Luft, sie hatte zugeschlagen, nun ließ sie Jørgine Zeit, um sich zu fassen. Sie biss ein Stück Zucker ab, goss Kaffee in die Untertasse, pustete und lutschte den Zucker. Jørgine erhob sich langsam:

»Ja … dann …«

»Warte einen Moment«, sagte Kjesten, ging durch die Stube zu einem großen Schrank, schloss ihn auf und zog eine Schublade heraus. Sie kam mit einem altertümlichen Kästchen zurück, das aus einem Stück Holz im volkstümlichen Stil geschnitzt und blau lackiert war, mit einem Schiebedeckel an einem Ende. Sie legte es in Jørgines Hand, die hinuntersank, das Kästchen war schwer wie ein Bügeleisen.

»Ich habe es von meiner Mutter bekommen, als ich fünfzehn Jahre alt war«, sagte Kjesten, »damit ich nicht mittellos wäre, falls mir etwas zustoßen sollte. Es war voller Markstücke, die sie gesammelt hatte. Als das alte Geld abgeschafft wurde, ließ ich es in neue Fünfundzwanzig-øre-Münzen umtauschen. Es sind vierhundert. Nun sollst du es haben. Und komm wieder und zeig mir das Kind, wenn es ein Jahr alt ist.«

Jørgine ging nach Hause, man hatte sie »abgefunden«, wie es mit unschöner Anteilnahme heißt, wenn so etwas passiert.

Frands hatte seine Haut gerettet. Er war wieder der Gesellschaftslöwe in den Tanzsälen und ließ sich die Anspielungen der anderen Burschen gefallen, die ihm keinerlei Vorwürfe machten, sondern im Gegenteil stolz auf ihn waren. Und Frands baute sich breitbeinig auf, er war der Mann der Tat, der Mann der heimlichen Abenteuer, der Stier aus der Stadt, der sein wahres Wesen verraten hatte, aber die Taten eines solchen Teufelskerls lassen sich ja auch nicht verheimlichen!

Allerdings sang Frands schon bald ein anderes Lied, nachdem Tinus ihm zu Leibe gerückt war.

Ja, Tinus hatte das eine oder andere gehört, die Geschichte auf seine Weise interpretiert und in seiner Einfalt ein Urteil gefällt, dessen Exekution er selbst übernahm. Eines Abends lauerte er Frands an der Landstraße auf und überfiel ihn auf geradezu mörderische Art und Weise. Wie ein Bär kroch er in der Dunkelheit aus dem Straßengraben und riss Frands von den Beinen. Frands war stark und verteidigte sich, aber Tinus legte ihm seine langen Arme wie einen Schraubstock um den Leib und züchtigte ihn mit Fäusten und Knien lange und gründlich, er schlug ihm auf den Kopf, bis Frands sich nicht mehr rührte. Der Dragoner wurde am nächsten Morgen gefunden, die nächtliche Kälte hatte ihm zugesetzt, und er war so übel zugerichtet, dass er viele Tage im Bett verbringen musste und Blut spuckte; eine Weile fürchtete man um sein Leben.

Der Überfall rief in der Gegend ausnahmslos Empörung hervor; mit Tressen versehene Mützen erschienen, Tinus wurde nach Løgstør gebracht. Vor Gericht weinte er, vergrub auf der Anklagebank den Kopf in den Armen und war betrübt, beim Verhör brachte man auch nichts aus ihm heraus.

Nun ja, dann wurde der Dummkopf wegen Gewalttätigkeit zu einer Geldstrafe verurteilt und heimgeschickt. Die Aufregung legte sich, aber die Leute waren weiterhin empört, und der Familie in der Moorhütte nützte es gar nichts, dass Tinus die Gerechtigkeit in die eigenen Hände genommen hatte.

Für Jørgine war es ein Unglück. Als sie von Frands Bestrafung hörte, schrie sie, als hätte sie die Prügel bekommen, sie zitterte, »Frands, Frands« und wurde schier wahnsinnig vor Schmerz; Tinus sollte ihr nicht unter die Augen treten, obwohl er es doch nur gut mit ihr gemeint hatte.

Aber es ließ sich nicht vermeiden, ihn zu sehen, denn nach dem Wechseltag im November saßen beide bei der Mutter im Moorhaus. Tinus war natürlich entlassen worden, man hatte ihn ja ohnehin nur mehr oder weniger aus Gnade beschäftigt, nun wollte man ihn nicht länger haben. Und Jørgine hatte ihre Stellung selbst gekündigt, sie hatte es tun müssen, schließlich konnte sie ihre Arbeit ja nicht mehr ordentlich verrichten.

Ja, da saßen die drei nun und sahen sich an, die Garnfrau in stiller Verzweiflung, Tinus und Jørgine ohne Anstellung, wovon sollten sie leben, wohin sollten sie sich wenden?

Jørgine hatte das Gefühl gehabt, den Mittelhof trotz allem nicht ganz ohne Hoffnung verlassen zu haben. Doch nach den jüngsten Ereignissen war jegliche Hoffnung verloren, und sie hörte auch nie wieder etwas von den Mittelhof-Bauern.

Sie erbrach sich und hatte Schwindelgefühle. Neues Leben regte sich in ihrem Inneren, sie spürte die Hacken unter ihrem Herzen, und was auch immer sie erwartete, das zumindest war sicher!

Anders Hansen

Eines Abends, nachdem Jørgine zu ihrer Mutter nach Hause gekommen war, bekamen sie Besuch von Anders Hansen, mit dem Jørgine früher zusammen in Diensten gewesen war.

Er trug seinen Sonntagsanzug und Stiefel, nahm Platz und zog sich sozusagen sofort auf, das heißt, er setzte zum Sprechen an; er holte lange und stoßweise Atem, wie eine Uhr, kurz bevor sie zu schlagen beginnt, doch dann brachte er schließlich heraus, was er sagen wollte.

Er wandte sich an Jørgine und ihre Mutter, am ehesten an die Mutter, und während er sprach, knöpfte er erst den Mantel auf, dann die Jacke und schließlich die Weste, als würde er in der Angelegenheit durch sämtliche Schichten seiner Bekleidung bis in sein Innerstes vordringen wollen. Ganz innen am Körper griff er nach einer dicken Brieftasche, zog das Gummiband ab und belegte seine Worte mit Papier, hier und hier, der Lohn von zehn

Jahren, nicht angerührt, und einiges mehr; ja, er war zehn Jahre älter als Jørgine, doch ohne diese zehn Jahre Vorsprung hätte er ihr auch nichts bieten können. Und Heide und Moor seien auch kein schlechter Boden, wenn man ihn richtig bestellen würde, auch Tinus könnte man gebrauchen – bei diesen Worten erwachte ein kugelförmiges Häufchen Elend in einer Ecke zum Leben, Tinus hörte zu – so und so. Und schließlich endete Anders Hansen wie eine Uhr, die zwölf Mal geschlagen hat, wie die Schläge am Tag des Jüngsten Gerichts mit einem lang anhaltenden Nachhall und Stille in der Stube. Jørgine weinte, ein letztes herzzerreißendes Weinen, als wollte sie sich das Leben aus dem Leib heulen, die Garnfrau dachte nach, und Anders Hansen zündete sich eine Pfeife an. Es war späte Nacht, als sie sich trennten, doch da waren sie sich einig.

Bereits drei Wochen später wurden sie getraut. Es wäre das Beste gewesen, die Hochzeit hätte in aller Stille stattgefunden, doch davon wollte Anders Hansen nichts wissen, die Hochzeit sollte vor aller Augen stattfinden, diese öffentliche Bestätigung wollte er haben. So wurde Jørgine verheiratet.

Sie fuhr nicht mit einer krähenden Klarinette vorn auf dem Kutschbock zur Kirche, und die Hochzeit fand auch nicht im Frühjahr, sondern an einem trüben Dezembertag statt. Aber der Gehmarsch wurde für sie gespielt, denn sie gingen zu Fuß von den Hütten im Moor über die Landstraße zur Kirche; Musik gehörte dazu, und der Spielmann, den man bestellt hatte, ging an der Spitze des kleinen Zuges von vier, fünf Paaren, der bescheidenen Familie der Brautleute. Wie ein hinkender Teufel bildete Tinus den Schluss des Zuges.

Das Tempo der Musik war langsam und vorsichtig, denn die Braut hatte den Torfkorb mitgenommen, wie witzige Köpfe hinterher sagten. Anders Hansen hat es richtig gemacht, fügten sie hinzu, er hat seine Frau fix und fertig bekommen!

Und Jørgines Myrte? Ja, die war kaputtgegangen. Sie hatte in Jørgines Kammer auf der Fensterbank gestanden und war heruntergestoßen worden, als jemand ans Fenster wollte; der Blumentopf war draußen auf dem Pflaster zerbrochen, die Myrte hatte jemand zertreten.

Im Winter baute Anders Hansen eine windschiefe Hütte neben dem Haus der Garnfrau, in die er und Jørgine zogen.

Dann wurden sie dreißig Jahre nicht mehr gesehen, sie hatten sich ins Moor zurückgezogen und konnten auf andere Menschen verzichten, so wie man auch auf sie verzichten konnte.

Es hieß, Anders Hansen hätte siebzig Morgen Land gekauft, Heide und Moor, unbestelltes Land, als wollte er nur möglichst viel Grund und Boden sein eigen nennen. Die Heide war damals in der Gegend für sechzehn Kronen pro Morgen zu haben. Was er mit *so* viel Heidekraut wollte, blieb seine Sache.

Nun steht dort ein Vierseithof mit langen, auf Findlingen ruhenden Stallungen, eine Scheune, ein Pferdestall und ein rot gekalktes Wohnhaus mit einem Windmotor auf dem Dach. Alles so, wie es sich für einen geschlossenen Hof gehört, der sich selbst genug und für ein ungeübtes Auge von anderen alten Stammhöfen in der Gegend nicht zu unterscheiden ist.

Und alle Moorhäuser sind verschwunden. Anders Hansen hatte den Grund und Boden unter ihnen gekauft, als die Zeiten sich änderten. In der Gegend wurden die Eisenbahn und ein Dorf mit Bahnstation gebaut, in das alles Gelichter zog, das kein eigenes Land besaß. Nach ihnen wurden die verlassenen »Schlösser« abgerissen, und Anders Hansen bearbeitete das Land mit dem Pflug. Dass er auch die Allmende bestellte, ärgerte den einen oder anderen, da der Boden jedoch demjenigen zufiel, der ihn bestellte, ließ sich nichts dagegen unternehmen. Immerhin waren es einige Morgen Land.

Nun erstrecken sich dort fruchtbare Äcker, wo früher die Ausgestoßenen und Verachteten wie ein Rest aus den Tagen des Frondienstes, aus den harten, verschwundenen Zeiten lebten. Und wo ehedem die Grenze zwischen Heide und Moor verlief, liegen nun die Ländereien eines großen, gepflegten Gehöfts. Anders Hansen kultivierte Ackerland bis weit ins Moor hinein, das er durch ein System von Gräben entwässerte. Und auf der anderen Seite ist die Heide ganz verschwunden, bis zum Horizont sieht man nun Ackerland, wo es früher nur mit Heidekraut überwucherte Hügel gab.

Es ist keine fette Erde, aber sie breitet sich weithin aus und ernährt die Menschen des Hofs. Einige glauben, die Heide des Himmerlands sei in Wahrheit niemals unfruchtbar gewesen, sie sei schon früher bestellt worden, irgendwann in der Vergangenheit, und es habe an Kriegen oder der Pest gelegen, dass das Heidekraut alles wieder überwuchert hat. Jedenfalls ist der größte Teil jetzt kultiviert, beziehungsweise wird es noch. Begonnen haben damit Menschen wie Anders Hansen, und andere haben es ihm nachgemacht.

Aber was hat es nicht an Mühe, Arbeit und Heldenmut gekostet, an einem Ort zu bleiben, der viele Jahre lang einer Verbannung gleichkam, fern von der menschlichen

Gemeinschaft, bis man selbst zu einer Gemeinschaft wurde. Für diejenigen, die sich daran erinnern können, ist es die Mühe wert, noch einmal darauf zurückzublicken.

Der Pflug

Anders Hansen, Tinus und die *Ochsen* taten es; vier Ochsen, so heißt es, haben die Heide gerodet.

Inzwischen sieht man auf dem Land keine Ochsen mehr, damals aber waren sie unter den schwierigen Bedingungen der jütländischen Landwirtschaft unentbehrlich. Es waren große Tiere, häufig hell und weißgefleckt, mit gelblichen Hufen und langen, geschwungenen Hörnern, eine alte eingeborene Rasse, in denen wahrscheinlich noch etwas vom Auerochsen steckte. Sie bewegten sich langsam wie Himmelskörper, Schritt für Schritt, kaum, dass man es sah; aber ließ man ihnen die Zeit, legten sie im Laufe des Tages ihre Bahnen zurück. Sie anzutreiben, nützte nichts, aber wo immer man sie vorspannte, sie zogen alles in ein und demselben unerschütterlichen Takt.

Ein paar Ochsen und ein Brechpflug gehörten zu Anders Hansens ersten Anschaffungen; es war ein sehr großer und besonders schwer geschmiedeter Pflug, mit dem er die Heide umpflügen wollte.

Zunächst brannte er das Heidekraut ab, wodurch auch die Kreuzottern vertrieben wurden, dann bearbeiteten er und die beiden Ochsen die schwarze Erdschicht, in der das Heidekraut wurzelte. Unter ihren Füßen dröhnte es wie auf der Tenne. Der Brechpflug schnitt unter die Erde, kehrte sie in breiten, schweren Schollen um und wälzte beim ersten Mal alles von unten nach oben, von innen nach außen, Furche um Furche, bis ein zerklüftetes Brachfeld zu sehen war. Und wurde der Mann, der hinter dem Pflug ging, aus der Furche geschleudert, wenn der Pflug in Schieflage geriet, ließ er den Griff nicht los, sondern lief dem Pflug nach und behielt die Furche vorn und hinten im Auge und versetzte dem Pflug einen Tritt, wenn er auf der Kante stehen blieb und nicht in die Erde eindringen wollte. Es war ein Tanz hinter dem Pflug, schweißtreibende, harte Arbeit.

Steine tauchten in der Furche auf, große Feldsteine, die tief im Boden steckten, sie gehörten zu Tinus' Aufgaben. Er grub sie aus und warf sie auf einen Haufen; es war Tinus' und Anders Hansens Sonntagsvergnügen, sie zu spalten und zu zertrümmern, eine Arbeit für Hünen, die ihnen das Spiel ersetzte.

Die Steine sind längst in die Granitmauern von Anders Hansens Hof eingefügt.

War die Heide umgepflügt, lagen die blauen eisenhaltigen, sandigen Äcker ein Jahr brach, dann wollte Anders Hansen darauf etwas anbauen. Dünger gab es kaum, in der Hütte hielten sie in den ersten Jahren nur eine einzige Kuh, die mit Jørgine die Stube teilte; aber eins kam zum anderen, erst das Land, um darauf Vieh zu halten, dann etwas, um das Land zu düngen. Anders Hansen säte Lupinen, wunderschöne grüne und goldgelbe Felder, die wie ein Paradies dufteten, doch dann pflügte er den Boden unbarmherzig noch einmal um, als hätte er einen Traum von den kommenden Ernten – dadurch lebte der Boden wieder auf. Im nächsten Jahr pflanzte er Ackerspark als Futter für die Ochsen, dann Buchweizen, der auch für menschliche Gaumen geeignet war. Kartoffeln sicherten das Lebensnotwendige, und als schließlich der Roggen wuchs, war Anders Hansen der Ansicht, der Boden hätte nun seine wahre Bestimmung gefunden. Obwohl der

Roggen noch ein wenig durchsichtig war, fing es nun an, nach Landwirtschaft auszusehen.

Das erste Brotkorn auf Anders Hansens Acker ging durch seine Hand, von der Aussaat bis zu dem Moment, als er die Ernte einfuhr und das Korn gedroschen hatte; er konnte den Sack an einem ausgestreckten Arm halten, mehr hatte die Ernte nicht erbracht. Zehn Jahre später verkaufte er Korn in der Stadt und transportierte es mit seinem ersten Paar Pferde selbst dorthin.

Hartnäckig legte er jedes Jahr ein neues Brachfeld frisch gepflügter Heide an, während er gleichzeitig mit dem kultivierten Boden um den Ertrag kämpfte. Beinahe jedes Jahr konnte er eine Kuh mehr füttern, und nach gut zwanzig Jahren baute er den Hof, zuerst die Nebengebäude, dann das Wohnhaus.

Anders Hansen stand vor Sonnenaufgang auf. Nach dem Frühstück, das aus heißer Milch mit Brotwürfeln bestand, schob er sich ein Stück Kautabak in den Mund, dabei handelte sich um die Reste vom Ausgekratzten aus seiner Pfeife, Tabak, Tabaksaft und Tabakasche, das alles sammelte er in einer Schublade. Er steckte sich eine ordentliche Handvoll in den Mund, sodass es aussah, als hätte die Wange eine Beule, und aus seinen Mundwinkeln sickerte eine Spur davon in den Bart, damit hatte er bis zum Abendessen genug. Er arbeitete mit langen Ärmelschonern aus Leder, die eine glänzende Stelle hatten, dort wischte er sich die Nase ab. Er war nie untätig und stets auf dem Feld, die Bewirtschaftung des Hofs war seine Leidenschaft. Irgendwelche Vergnügungen, Gespräche mit anderen Bauern, Gebetsversammlungen, Politik, Fahrten in die Stadt, Handel auf Märkten, Gelage, stattliche Kleidung und schöne Pferde kannte er nicht.

Aber es kannte auch niemand Anders Hansen. Ungefähr alle zwei Jahre kam er in scharfem Tempo mit einem Wagen die Landstraße entlanggefahren, den Kutschbock im Wagenkasten hinter sich. Der große, verschlossene Mann saß ganz vorn auf einem Brett. Dann wusste man, dass der Bauer vom Moorhof die Hebamme holte. Eilig fuhr er mit ihr zurück, dass die Landstraße sang und der Schotter schwarz und stumm zur Seite stob. Es war offensichtlich, dass es um Jørgine ging.

Anfangs verrichteten Anders Hansen und Tinus sämtliche Arbeiten auf dem Feld allein; Jørgine ging ihnen zur Hand, wenn es im Haus nichts zu tun gab, doch nach und nach bekamen sie Hilfe von ihren Kindern. Sobald sie groß genug waren, um einen Pflock aus der Erde zu ziehen, konnten sie sich nützlich machen, das Vieh auf der Weide umpflöcken oder andere Arbeiten auf dem Feld verrichten. Und nach vierzehn, fünfzehn Jahren hatten sie die Hilfe von Erwachsenen auf dem Hof, doch insgesamt waren es doch zu viele Kinder.

Jørgine bekam vierzehn Kinder mit Anders Hansen. Einige von ihnen wanderten nach Amerika aus, andere wurden Kaufleute und gingen in die Stadt, die Töchter heirateten und waren gut versorgt.

Als der älteste Sohn volljährig war, überließ Anders Hansen ihm den Hof, wohnte dort aber weiterhin als Altenteiler und arbeitete bis zu seinem Tod als Knecht für den Sohn.

Eines Tages im Frühjahr erkältete er sich beim Torfstechen und bekam eine Krankheit, bei der er unmenschlich schwitzte, das ganze Bett war nass, er schrie und redete wirres Zeug; soweit es zu verstehen war, fantasierte er von Ochsen und der Pflugleistung zwischen zwei Mahlzeiten.

So ging Anders Hansen in den Tod wie zu einer mühevollen Arbeit, doch auch mit dieser Aufgabe wurde er fertig.

Er wurde auf dem Friedhof von Graabølle begraben, und die Familie setzte ein ansehnliches Monument aus gegossenem Zement auf sein Grab – die Mauern auf Anders Hansens Hof werden sicher länger halten als dieser Stein.

Tinus war bereits tot, er wurde nur etwas über vierzig Jahre alt. In seinen letzten Jahren hatte Anders ihn vom Kuhstall in den Pferdestall befördert und ihm damit den größten Wunsch seines Lebens erfüllt, er durfte sich um die Pferde kümmern. Jørgine hatte lange darauf hingearbeitet und hier und da ihrem Mann gegenüber ein Wort fallengelassen, bis Anders Hansen sich fügte und Tinus in den Pferdestall aufrückte.

Merkwürdigerweise war Tinus der Einzige auf dem Hof, der gern unter Leute ging. Nachdem er eine Uhr mit Kette bekommen hatte, lief er zur Kirche, um sie zu zeigen. Und an Tagen, an denen es schneite, knöpfte er sich im Kirchenvorraum zwischen den anderen Kirchgängern den Mantel auf und präsentierte, die Hände in den Hosentaschen, seine Weste. Ständig schaute er auf die Uhr, als hätte er Sorge, der Pastor käme nicht. Seit er Pferdeknecht geworden war und auch zur Mühle fuhr, putzte er sich auch an ganz gewöhnlichen Tagen heraus und fuhr aufrecht sitzend durchs Dorf. Er war überzeugt, dass die Welt ihn beachtete, und bedachte die übrigen Kutscher mit einem funkelnden Blick: Hier kommt Tinus angefahren!

Jørgines Mutter, die Garnfrau, starb auf dem Hof, alt und ohne jemals wieder Sorgen gehabt zu haben, seit Anders Hansen zu ihnen ins Moor gezogen war. Sie verfolgte die großen Veränderungen, die sich von Jahr zu Jahr voll-zogen, mit der stummen Ehrfurcht, mit der man Fähig-keiten und vollbrachte Taten aus dem Tal der Ohnmacht betrachtet.

Vor Anders Hansen hatte sie einen geradezu religiösen Respekt, sie machte ihm unnötigerweise immer *Platz*, sobald er in ihre Nähe kam, sie stand auf und trat laut-los einen Schritt beiseite – so viel kann man doch von einer Frau wohl verlangen, dass sie demjenigen, der für ihren Wohlstand verantwortlich ist, nicht im Weg steht. Noch als sie an einen Stuhl gefesselt war, zuckte sie zu-sammen, sobald Anders Hansen eintrat. Ehrfurcht und Dankbarkeit hatten sich bis zuletzt in ihre ernsten, seit dem Tod ihres Mannes ein für alle Mal vergrämten Züge eingeprägt.

Doch als die Alten nicht mehr lebten und sämtliche Kinder aus dem Haus waren, zog Jørgine in das Dorf am Bahnhof und ließ sich in einem kleinen Haus nieder, das man für sie gebaut hatte. Hier verlief die Landstraße, auf der sie als Mädchen die Hochzeitszüge zur Kirche hatte fahren sehen, nun wurde sie allmählich zur Straße einer ganzen Stadt.

Dort sitzt sie nun mit der Aussicht auf das neue, sich regende Leben und die neuen Zeiten, mit Erinnerungen an alte, harte, beweinte und verschwundene Tage.

Die Frucht der Jahre

Jørgines alter Traum, Frau eines Hofbesitzers zu werden, war in Erfüllung gegangen; und doch war alles ganz an-ders gekommen, als sie es sich vorgestellt hatte, so ist es in Wahrheit ja häufig. Die Wirklichkeit verändert sich unterwegs.

Jørgine hatte ganz unten angefangen, und nach vielen harten Jahren stand sie auf dem Gipfel dessen, was sie unter Leben verstand. Anders Hansen hatte sie und die ganze Welt auf seinem Rücken den Berg hinaufgetragen.

Doch auch die Zeiten hatten sich unterdessen verändert, und sie wusste nicht, wie es kam, doch je länger der Weg war, den sie zurückgelegt hatte, desto mehr verschwanden die Abstände. Die Unterschiede zwischen den Menschen waren nicht mehr so groß wie früher; als sie jung war, hatte es große Klassenunterschiede gegeben, und sie hatte zur untersten gehört und es als normal empfunden. Nun gab es kein unten und kein oben mehr, und das war wohl auch gut so.

Die Welt war nicht wiederzuerkennen. Ihre Gedanken hatten nie über den Bauernstand hinausgereicht, die *vornehme* Welt hatte sie seinerzeit nur aus der Ferne gesehen. Die wenigen Beamtenfamilien, die es in der Gegend gab, waren in ihrer Erinnerung zu Luftgestalten geworden, denen sie nie nahegekommen war. Bilder von Damen, die auf der Straße spazieren gingen: mit Federhüten, schlanken Taillen und großen, fülligen Hinterteilen wie eine Vogelart – es war die Zeit der Tournüren gewesen –, mit seltsam beweglichen, weißen Gesichtern, die sich vor Heiterkeit verzogen, und Stimmen wie silberne Glocken. Jetzt benahmen sich die Personen von Stand anders. Jetzt wurde *sie* von ihnen Frau Moorhof genannt, so weit war es gekommen!

Dies alles hatte die Welt mit sich gebracht, ihre Kinder waren hinaus in die Welt gezogen und kehrten jetzt mit der Welt wieder zurück. Beinahe jeden Sommer kamen ihre Kinder aus Amerika zu Besuch; einer ihrer Söhne brachte sogar ein eigenes Automobil mit, mit dem sie in wenigen Viertelstunden über die alten Straßen zwischen den Städtchen flog, auf denen sie als Mädchen in Schnürstiefeln ewig gewandert war und die Meilen kein Ende nehmen wollten. Sie selbst war zwei Mal in Amerika gewesen und hatte ihre Söhne besucht, die große Geschäfte betrieben. Ihre Enkelkinder waren das junge Amerika, neugeborene, quecksilbrige Wesen ohne jeden Begriff von Standesunterschieden in ihren großen, offenen Augen, die ein neues Leben ausstrahlten, eine neue Welt.

Doch diese Seite von Jørgines Dasein fand gleichsam außerhalb ihres eigentlichen Lebens statt, denn bis zu den Enkelkindern reichte das Einfühlungsvermögen ihres Gemüts nicht, so sehr sie sich auch bemühte.

Auch Anders Hansen hatte seine Enkel noch erlebt, doch ihm blieben sie *vollkommen* fremd. Die kleinen amerikanischen Kinder standen erstaunt, ja, schlichtweg verständnislos da, wenn der Großvater ihnen mit herzensgutem Lächeln abgebrannte Streichhölzer schenkte, die er gesammelt hatte, um ihnen eine Freude zu bereiten. In Verbindung mit dem Begriff Kindheit waren es in seinen Augen noch Schätze.

Er war in einer Weise genügsam geblieben, die für die Nachwelt unbegreiflich bleibt. Nie gelang es Jørgine, ihn anständig anzuziehen, er weigerte sich, Stadtkleidung zu tragen, und floh, um Torfgräben trockenzulegen oder abseits in einer Scheune Weidenkörbe zu flechten. Jørgine hingegen versuchte, sich für die Fremden ein wenig hübsch zu machen, die doch ihr eigen Fleisch und Blut waren. Wie es sich gehörte, hatten sie auf dem Hof einige vornehme Stuben, in denen sich an Werktagen niemand aufhielt und die man nur in Strümpfen betrat. Anders Hansen hatte sie vermutlich nie betreten, er blieb in der Gesindekammer und hielt sich ohnehin nur selten im

Haus auf. Er war der letzte freie Bauer, der bis zu seinem Tode niemals eine Mütze mit Ohrenklappen trug, es war nicht notwendig, schließlich hatte er sein ganzes Leben im Freien verbracht.

Im Übrigen hatten sich Jørgine und er niemals gestritten. Es wäre Anders Hansen wohl auch schwergefallen, mit jemandem in Streit zu geraten, dazu war er zu wortkarg. Persönliche Gefühle oder ein sogenanntes inneres Leben schob er beiseite, und ob seine Frau so etwas wie eine Seele besaß, war ihm egal, solange sie in gegenseitigem Nutzen zusammenlebten. Jørgines Fehltritt hatte er nie angesprochen oder ihm irgendeine Beachtung geschenkt, er war ein großzügiger Mann und verwischte die Spuren, die andere hinterlassen hatten. Die Erstgeborene, ein Mädchen, war und blieb jedoch Jørgines Tochter.

(Frands – viele Jahre hatte Jørgine eine heimliche Quelle, die sie über ihn auf dem Laufenden hielt – sah sie nie wieder; es ging ihm gut.)

Die ersten Jahre im Moor waren hart und schwierig gewesen, aber nie hatte bei ihnen Not geherrscht. Als verheiratete Frau bewahrte Jørgine ihre elsternhafte Lebendigkeit und Munterkeit, stets war sie fröhlich und sang bei der Arbeit aus vollem Hals, immer mit einem Kind auf dem Arm, einem Schwarm von Kindern am Rockzipfel und einem Kind unter dem Herzen. Anders Hansen hörte zu, als wäre es Vogelgezwitscher, wenn Jørgine im Haus sang, er äußerte sich nicht über ihre Kunst, er war kein Kenner, aber sie war seine Freude. Er hatte unter seiner Obhut, was er haben wollte.

Ja, so war die kurze Zeit vergangen, die das Leben umfasst, wenn man darauf zurückblickt. Jørgine war wieder allein.

Blickte sie in ihren Erinnerungen zurück, so waren die wichtigsten Jahre ihres Lebens natürlich die Zeit, als die Kinder noch klein waren. Merkwürdig oder durchaus verständlich vermischte sie immer Tinus, als er noch ein Junge war, mit den Erinnerungen an die Kindheit ihrer eigenen Kinder. Mit einem Kummer, der nie vergehen wollte, erinnerte sie sich an ihren Bruder und seine Schwierigkeiten, als sie zur Schule gingen; eine Güte wohnte in dem kleinen Herzen, die nur sie kannte. Sein Lächeln, wenn er etwas geschenkt bekam, leuchtete für sie über all die Jahre hinweg. Sie hatte neu errichtete Häuser gesehen, die alt und baufällig wurden und einzustürzen drohten, Tinus' Lächeln aber wurde niemals alt, wenn sie ihm Erbsenschoten mitbrachte oder nach Hause kam und ihm eine Tüte mit dem Brustzucker des Königs von Dänemark schenkte.

Als sie klein waren, hatte sie ihn schützen können, solange die äußeren Umstände nicht zu heftig waren. Einmal hatte sich eine Gelegenheit ergeben, mit einem Wagen zu fahren; der Kutscher hatte es ihnen erlaubt, und Jørgine war über die hintere Klappe des fahrenden Wagens geklettert, Tinus jedoch schaffte es nicht, und als er dem holpernden Wagen nachlief und ihm zu nahe kam, stieß er mit dem Mund dagegen. Sie sah, wie er zurückblieb und mit blutigen Zähnen lächelte, er freute sich für sie, dass sie mit dem Wagen fahren durfte. Niemals vergaß sie es, niemals hätte sie es vergessen können.

Eine Trauer hatte sie in ihrem Leben erlebt, ein wirklich großes Unglück, das einen Punkt ihres Lebens verdunkelte, noch ein Menschenalter danach konnte sie kaum daran denken. Eines ihrer ersten Kinder, ein kleines dreijähriges Mädchen, war in einem Wasserloch im Moor ertrunken.

Noch als alte Frau krümmte sie sich zusammen und wurde zu Eis, wenn sie sich daran erinnerte, wie sie den kleinen nassen Leichnam ins Haus trug. Dann sehnte sie sich nach ihrem Tod, vorher würde dieses Leid nicht aufhören.

Eine große, hässliche Scheune war über die Stelle gebaut worden, und sie schauderte an der Scheune, wie sie an dem Wasserloch geschaudert hatte, niemals würde dieser Anblick ausgelöscht werden, ebenso wenig wie das Moor, das alte schwarze Moor mit seinen Grasbüscheln und seinem Reisig, das einen Tribut von ihrem Herzblut gefordert hatte.

Ja, ja, ja, das Leben war hart mit ihr umgesprungen, und dennoch war sie so glücklich gewesen.

Nun wohnte sie an der Landstraße, an der sie seinerzeit den Hochzeitsmarsch gehört hatte. Tage, die es nicht mehr gab – jetzt hörte sie Autohupen, und die Leute hetzten und hatten es eilig: Oh, sie würden schon noch rechtzeitig genug ankommen!

Sie wohnte in der Nähe des Friedhofs, auf dem das kleine Mädchen lag, auf dem Anders Hansen lag. Was konnte sie mehr erwarten?

Aber hatte sie nicht Leben hervorgebracht, war sie nicht die Mutter eines ganzen Geschlechts?

Wenn die Kartoffeln reif sind, gräbt man sie aus, und an der Wurzel hängen all die neuen frischen Kartoffeln, große und kleine, wie eine ganze Familie; die alte Lagerkartoffel vom Vorjahr jedoch ist schwarz, verschrumpelt und voller Wasser. Kann es anders sein?

Und so sitzt Jørgine nun da, alt und allein, aber mit einem Duft in der Seele wie von einem blühenden Kartoffelacker im Sommer, einem schönen, langen, süßen Sommer. Sie hatte Leben empfangen und Leben gegeben.

In ihrer Stube stehen die Fotografien aller Kinder, sie sehen sie an wie verschwundene Jahre; und draußen verläuft »die Straße«, einst die Landstraße, die auch weiterhin dort verlaufen wird. Sie hat viel gesehen und wird noch mehr sehen.

Doch das ist nicht mehr Jørgines Geschichte.

DER SPILLMANN

Mir gehört eine Streitaxt aus der Steinzeit. Sie ist aus einer harten, dunklen Gesteinsart, einem sogenannten »Eisenstein«, der wie ein Boot geformt ist und über ein Schaftloch verfügt. Gefunden hat man die Axt auf dem Feld eines Bauern in Farsø, und eigentlich hat sie mit den folgenden Aufzeichnungen gar nichts zu tun, nur dass der Fundort eine Reihe von Erinnerungen in mir weckt, die gut ein halbes Jahrhundert unter anderen Schichten verborgen waren.

Das Feld, auf dem die Axt gefunden wurde, liegt westlich des Dorfes, dort gab es zwei Aussiedlerhöfe. Der Hof des Spillmanns war am weitesten vom Dorf entfernt. Er und die Erinnerungen, die sich mit diesem Ort verbinden, stehen mir noch immer lebhaft vor Augen.

Ich schreibe der *Spillmann*, wie es Jütländisch heißt, denn der *Spielmann* wäre für mich ganz und gar nicht dieselbe Person. Er wurde in Farsø nie anders genannt, denn er hatte seinerzeit bei den Festen aufgespielt und den Namen später behalten. Außerhalb unserer Gegend war er als *der weise Mann aus Farsø* bekannt, und wie viele Propheten wurde er, je weiter er sich von seinem Heimatort entfernte, umso mehr verehrt. Man darf es allerdings nicht so verstehen, dass er in Farsø nicht geachtet war, hier aber war er nun einmal der Spillmann aus einer alten wohlhabenden und hoch angesehenen Bauernfamilie draußen vor dem Ort, zu der man aufblickte. Unter den Bauern gehörte sie zum Adel, und ihre geachtete und für alle Zeiten gefestigte Stellung wurde als vollkommen selbstverständlich erachtet. Es ist daher durchaus keine abwegige Annahme, dass eine so alte und eingesessene Familie direkt von einem Bauern aus der Steinzeit abstammen könnte, dessen Axt auf dem Feld gefunden wurde.

Als Kind kam ich mit einem etwas älteren Bruder häufig auf den Hof des Spillmanns. Wir holten dort Milch, und ich erinnere mich an einen Winter, in dem die offenen Felder und die Straße zum Hof mit Eis überzogen waren und wir auf allen vieren kriechen mussten, um voranzukommen. Einmal ging es schief mit der Milch, die mein Bruder in zwei Tonkrügen trug, er rutschte auf dem Eis aus, und beide Krüge gingen kaputt. Er kam nur mit den Henkeln nach Hause, die noch an der Schnur hingen, mit der er sie getragen hatte, und machte sich selbst enorme Vorwürfe. Wenn wir im Sommer Milch holten, erwarteten uns ganz andere Gefahren. Wir liefen auf drei Ellen hohen Stelzen, die wir am Knie festbanden, und das erboste unseren Nachbarn Poul, den Schreiner, der uns wütend erklärte, der liebe Gott hätte uns nicht Beine gegeben, damit wir sie länger machen sollten, als sie von Natur aus waren. Kamen wir wie die Störche vom Spillmann, schwebte die Milch hoch oben in der Luft. In einem Frühjahr spazierte mein Bruder in einen überschwemmten Tümpel und blieb mit beiden Stelzen in dem weichen Morast stecken, mittendrin, dort, wo das Wasser anderthalb Ellen hoch stand – und was hat er gemacht? Er schnallte ruhig die Riemen ab, kletterte die Stelzen hinunter und sprang in den Tümpel. Es gab keine andere Möglichkeit, aber sein Gesicht wurde nicht nass!

Auf dem Hof des Spillmanns lebte dessen große, schöne und sanfte Tochter Karen, unsere Freundin. In der Wohnstube ging die Frau des Spillmanns auf und ab, mager, hohlwangig und mit einem müden Gesichtsausdruck, aber immer gefasst und still. Stets hatte sie irgendetwas im Mund, und jeder wusste, dass sie einen zu kleinen Schlund hatte und gewöhnliches Essen nicht schlucken konnte, daher knabberte sie den ganzen Tag etwas aus ihrer Schürzentasche. Pfeffernüsse oder Ähnliches. Hatten ihre Zähne es genügend zermahlen, konnte sie es hinunterschlucken. Auf diese Weise hatte sie sich viele Jahre am Leben erhalten.

Seine nächste Angehörige konnte der Spillmann also nicht kurieren! Aber es hieß, er hätte die Frau des Doktors geheilt, allerdings wird das wohl von jedem weisen Mann behauptet. Im Übrigen hat der Arzt des Städtchens dem Spillmann nie irgendwelchen Schaden zugefügt. Noch viele Jahre nach seinem Tod konnte man in der Apotheke von Farsø »Spillmanns Tropfen« bekommen, ein Medikament unbekannter Zusammensetzung, das aber ständig verlangt wurde.

Über seine Kuren, für die er so berühmt war, weiß ich nicht viel. Es hieß, er hätte ein *Buch* gehabt, das er in seiner Tischschublade verwahrte; ich habe es nie gesehen, aber ich habe die Schublade gesehen. Sie war sein Allerheiligstes. Kam jemand, der seinen Rat gesucht hatte, aus Kren Spillmanns Stube, sah man ihn in der Kammer vor dem kleinen Tisch mit der Schublade sitzen, die er mit seinem gewaltigen Bauch versperrte. In der Schublade wurden die Kronen- und Zweikronen-Münzen verwahrt, die von den Ratsuchenden gleichsam unabsichtlich an einer Ecke des Tischs hinterlassen wurden – ein Opfer, das der Spillmann nicht verlangte, aber auch nicht ausschlug. Ansonsten nahm er, ähnlich wie die Geistlichen, sein Honorar auch gern in Form von Getreide entgegen. Ein Mann aus Salling kam einmal mit einem Patienten und vier Tonnensäcken Roggen auf dem Wagen zu ihm – das muss ein besonders schwieriger Fall gewesen sein. Manchmal schickte der Spillmann ganze Wagenkolonnen – außer dem eigenen Wagen auch die Fuhrwerke von Freunden – mit Korn nach Hobro, so gefragt war er. In Farsø wurde man häufig von Fremden angesprochen, die sich nach dem Weg zum Spillmann erkundigten, und man sah Kutschen, die dorthin fuhren, mit Bettdecken auf der offenen Ladefläche, in denen eine kranke Frau zwischen den Kissen lag. Es hieß, selbst aus Schleswig kämen Patienten zu Kren, dem Spillmann.

Woraus auch immer seine Kuren bestanden, den Zulauf, den er hatte, verdankte er zweifellos seiner Persönlichkeit, seiner Autorität und seinem Namen – und dem unbedingten Vertrauen, dem sich niemand entziehen konnte, der ihn auch nur ansah. Schon rein äußerlich war er ein außerordentlicher Mann, und wenn dazu noch Erfahrung und ein gesunder, geschliffener bäuerlicher Verstand kommen, braucht es eigentlich nicht viel mehr, um bei Krankheiten Erfolg zu haben, bei denen es darauf ankommt, die Lebensgeister zu stimulieren. Zur gleichen Zeit wie der Spillmann praktizierte die weise Frau in Vindblæs, die ebenfalls einen guten Ruf genoss. Allerdings beruhte dieser auf dem üblichen Aberglauben, der Mystifikation und dem groben Schwindel, der sich mit »Naturärzten« auf dem Land verbindet. Der Spillmann hatte mit solchen Typen nichts gemein, weder »besprach« er die Kranken, noch arbeitete er mit Sinnestäuschungen, er frömmelte nicht einmal. Vermutlich bestand seine Kraft in dem bei Laien hin und wieder vorkommenden natürlichen Instinkt für Diagnosen in Verbindung mit einem guten Gedächtnis und einem resoluten Rückschluss von einem Fall auf den anderen. An ihm war ein wirklich vernünftiger Arzt verloren gegangen. Auch die ärztliche Kunst ist eine Veranlagung, die bei weitem nicht bei allen examinierten Ärzten vorhanden ist.

Wenn der Spillmann aus seiner Kammer kam, füllte er den Türrahmen komplett aus, wie der Elefant im Zoologischen Garten. Er war ungeheuer groß und schwer und trug eine schier unvergleichliche Klapphose, er glich einem Turm beim Schachspiel, groß, rund und kompakt. Der hoch erhobene Kopf ging direkt in die Schultern über, ich denke, von der Statur her erinnerte er an Thorvaldsen oder Grundtvig, es war auch der gleiche Jahrgang. Auch J. C. Christensen war ihm durchaus ähnlich. Und Ohm Krüger sah aus wie der Spillmann. Das große Gesicht war eigentümlich schwarz, schwarz wie Torf; und wenn er sprach, hing ihm ein kleiner Hautlappen von der Oberlippe über einen der Eckzähne. Ich habe in China mehr als einmal Mandarine gesehen, die mich an Kren, den Spillmann, erinnerten. Holte er Luft, flatterte es in seinem Hals wie bei einem blasenden Wal, als müsste die Luft durch eine Menge innerer Barten. Er hatte eine mächtige und gleichzeitig gedämpfte Stimme, als käme sie hoch oben von einem Berg, und er sprach das alte deutliche, prägnante Jütländisch, das inzwischen niemand mehr spricht.

Ihn spielen zu sehen, war schon sehr eigenartig, allerdings geschah es nur noch sehr selten. Irgendwo oben am Turm stimmte er die Violine, die er nicht mehr unters

Kinn zu legen vermochte, dann spielte er auf den Saiten alte, unglaublich schnelle Bauernhopser und Volkstänze mit kunstvollen Schleifen und viel Radau, bei denen man das Feuer verschwundener Bauernfeste spürte. Es sah aus, als hielte er die Violine im Schoß, die enorm dicken Finger bewegten sich kaum, er schien die Musik mit der Hand aus dem Hals der Violine zu quetschen. Wenn der Alte spielte, wurde seine Tochter Karen nur noch hübscher; in sich gekehrt stand sie dann an der Wand und sah dem Vater warmherzig zu.

Es war eine sehr ordentliche Familie, alles war sauber und roch gut bei Spillmanns, an den Wänden hing glänzendes Kupfergeschirr; selbstverständlich war alles so, wie es sich für Bauern gehörte und schon immer gewesen war. Meines Erachtens war dieser alte, ererbte Wohlstand anfangs der Grund dafür gewesen, dass man den Spillmann um Rat fragte – und dann war er allmählich für jedermann der Vertraute in Fragen des Lebens und Todes geworden. Das absolute Vertrauen in ihn beruhte vor allem auf seiner Wahrheitsliebe und der Furchtlosigkeit, wenn er ohne Umschweife direkt zur Sache kam. Außerdem behandelte er alle gleich. Der Spillmann duzte jeden, genau wie der König. Ich selbst war bei einer Gelegenheit Zeuge eines drastischen Beispiels seiner souveränen Vorgehensweise, ich erinnere mich daran, als wäre es gestern gewesen. Der Spillmann kam mit einer Frau, die ihn um Rat gebeten hatte, aus seiner Kammer, und während er sie durch die Stube führte, sagte er zu ihr: »Geh nur heim, Mütterchen, leben kann sie nich, sie hat den Krebs im Bauch.« Ohne sich umzudrehen, verließ die bis zum Mund in schwarze Kleider verhüllte Frau das Haus, der Tod persönlich schlich da zur Tür heraus. Er war die letzte Instanz.

Die Unfehlbarkeit des Spillmanns war aber auch Anlass zu heiteren Geschichten. Einmal kamen Leute aus Salling mit ihrer jungen, siebzehnjährigen Tochter zu ihm, deren Gesundheit aufgrund einiger bedenklicher Symptome Grund zur Besorgnis gab. »Sie kriegt was Kleines«, erklärte der Spillmann. »Und wenn sie's bekommen hat, wird sie schon wieder gesund werden.« Mit dieser Diagnose und heißen roten Ohren setzten sie wieder nach Salling über.

Soweit ich mich entsinne, habe ich Kren Spillmann das letzte Mal oben an der Kirche gesehen, an einem Sonntag im Winter. Er stand im Kirchenvorraum mit einer Gruppe anderer Granden, den angesehensten Männern der Gegend, den Oberhäuptern der alten, unabhängigen Familien. Seither glaube ich, dass sich die Großbauern in dieser Weise an der Kirche versammelten, weil sie es, abgesehen vom Gottesdienst, schon immer getan hatten. Auf dem Hügel, auf dem die Kirche steht, lag früher die alte Kultstätte, und dort war man schon immer zusammengekommen. In der Gruppe, die wie eine Mauer dastand, unterhielt man sich, doch kein Außenstehender hörte und verstand etwas; man sah die Männer sprechen, und am meisten redete der Spillmann, der wie ein Turm aus der Mitte der Gruppe aufragte.

Er trug einen blauen, selbst gefärbten Düffelmantel, ein gewaltiges Kleidungsstück, dessen Mantelschöße wie zu Beginn des vergangenen Jahrhunderts geschnitten waren, dazu ein kariertes Halstuch und auf dem mächtigen Kopf eine Stoffkappe mit Ohrenklappen und Schirm. In der Hand hielt er einen Stock aus Eichenholz, der damals noch sehr verbreitet war, den ich aber seither nicht mehr gesehen habe. Unten war er dick wie ein Knüppel und oben am Handgriff mit Schnitzereien und einem Messingnagel mit Schlaufe verziert. Einen gebogenen Knauf gab es nicht, außerdem war der Stock länger, als es heutzutage üblich ist – ein Überbleibsel der langen Stöcke aus der Zeit Holbergs, deren Vorgänger wiederum die mittelalterlichen Spieße waren.

Dabei geht mir durch den Kopf, dass man in der Hand eines dieser angesehensten Männer möglicherweise die Streitaxt hätte sehen können, die später auf dem Feld gefunden wurde, wenn es möglich gewesen wäre, sich zu der alten Kultstätte zurückzuversetzen, wo die Männer in der späten Steinzeit zusammenkamen, um zu ihren Göttern zu beten. Ich habe eine private Hypothese, dass diese sorgfältig ausgeführten Schaftlochbeile aus Stein, die nach dem Vorbild von Thors Hammer geformt waren, mit einer Art Axtstiel benutzt wurden. Sie liegen gut in der Hand, und man konnte sich auf sie stützen, so wie auf die Art Eisenaxt aus der Wikingerzeit, die bis vor kurzem noch in Norwegen Verwendung fand. Die Axt mit dem Stiel, auf den er sich stützen konnte, hatte der Steinzeitmann bei sich, wenn er zu den Zusammenkünften an der Kultstätte ging; dort musste er sie ablegen, bevor er die Kultstätte betrat, so wie man später die Waffen im Waffenhaus ablegte.

An jenem Tag oben an der Kirche habe ich mit dem Spillmann gesprochen; ja, ich habe wirklich mit ihm geredet, so wie ein Junge mit einem General geredet hat, wenn der ihm befahl: »Hau ab, Bengel!« Der Spillmann war so groß und so sanft, als er den kleinen Jungen zu seinen Füßen sah und zu ihm sagte: »Du hast 'n büschen Haut an der Nas', mein lieber Jung, wisch's ab.«

An dieser Stelle ist eine Erklärung notwendig. Es war ein uralter Scherz, der nie seine Wirkung verfehlte. Sagte man zu einem Kind, es hätte etwas Haut oder Pelle an der Nase, dann wollte es sie sofort abwischen und wurde ausgelacht, denn gemeint war ja die richtige Haut an der Nase, die sich nicht abwischen lässt. Ich wischte mir über die Nase, und die Männer lachten – der Spillmann mit einem leichten Zucken am Bauch, als wollte ein Ballon aufsteigen.

Unendliches Wohlwollen leuchtete aus seinem großen, blauen Gesicht. Der Hautlappen wurde von der Lippe geblasen, es rumpelte in ihm wie in einem Wal. Er war die Güte in Person, und ich entfernte mich und werde Kren Spillmann niemals vergessen können.

DAS MÄDCHEN AUS HVORHVARP

In der Küche saß ein Mädchen ganz nah an der Tür. Sie stammte aus Hvorhvarp und war wegen einer kranken Kuh zum Tierarzt gekommen. Es war ein Wunder, dass sie überhaupt da war.

Denn es wütete ein Schneesturm, einer dieser jütländischen Stürme, die mehrere Tage toben und sämtliche Verbindungen kappen. In der Küche herrschte Dämmerlicht, als wäre das Haus im Erdboden versunken; von den vollkommen verschneiten Fenstern zog Kälte in die Räume, Pulverschnee drang durch die Ritzen der Fensterrahmen. Draußen stürmte ein einziger Wirbel aus Schnee, Schneewehen erhoben sich bis zum Dach und verbarrikadierten die Türen. Wagte man sich aus dem Haus, stand die Welt in einem qualmenden Brand aus Schnee, der aus einer Himmelsrichtung kam und in der anderen verschwand, sich quer übers Land zog und die Grenzen verwischte. Keine Straße, kein Graben, nicht ein einziger Mensch war zu sehen; es hatte den Anschein, als wäre es zu einem Weltendunkel gekommen, als würde die Zeit stillstehen und sich zurückdrehen in eine Urzeit, bevor jedwede Geschichte begann.

In diesem wüsten Wetter war das Mädchen aus Hvorhvarp erschienen und hatte, ähnlich wie die Taube von Noahs Arche, für Erstaunen gesorgt, ein sichtbares, lebendiges Zeichen, dass es jenseits des Schneesturms noch

Menschen gab. Durch einzelne Löcher im Schneegestöber und dank des einen oder anderen Sonnenstrahls war sie schon lange vor ihrer Ankunft auf den Feldern gesehen worden, wie sie sich gebückt vorkämpfte, ohne einer Straße oder einem Weg zu folgen, die ohnehin nicht zu erkennen waren, und doch visierte sie ein bestimmtes Ziel an, das sie nun erreicht hatte, sie war in der Küche gelandet. Es musste um Leben und Tod gehen, und tatsächlich war es auch so, auf dem Hof des Mädchens war eine Kuh gefährlich erkrankt; der Rest lag nun in der Hand des Tierarztes.

Was mit der Kuh denn sei? Ja, sie habe eine Entzündung und sei in einem sehr schlechten Zustand. Nähere Einzelheiten wären hilfreich gewesen, doch das Mädchen aus Hvorhvarp hatte sich offenbar nur eingeprägt, was sie mitteilen sollte, mehr nicht. Als man sie dazu aufforderte, wusste sie nicht mehr zu sagen, sondern wiederholte nur: Die Kuh habe eine Entzündung, es gehe ihr sehr schlecht. Alle weiteren Fragen beantwortete sie mit einem lauten, langgezogenen *Wa-aas*? Es klang, als wäre ein gewaltig großer Rabe in die Küche geflogen.

Wenn man sich an sie wandte, schrie sie aus Leibeskräften; sie war nicht stumm, aber beschränkt, sie begriff nichts und wusste nichts. Sie kam aus Hvorhvarp, von einem bestimmten abgelegenen Gehöft; und wenn man den Hof kannte, erwartete man auch nicht mehr.

Das Mädchen aus Hvorhvarp stammte aus einem bäuerlichen Heim, das es heute gar nicht mehr gibt; viele würden es für unmöglich halten, dass so etwas überhaupt einmal existierte. Aber vor einem halben Jahrhundert gab es in Jütland noch Orte, an denen die Zeit stillstand und die Menschen, die ohnehin nicht sonderlich aufgeweckt waren, im Großen und Ganzen hundert Jahre hinterherhinkten. Sie lebten wie zu Zeiten von Jeppe vom Berge oder wie der primitive russische Muschik, vielleicht sogar noch rückständiger. Zwar waren die einsamen und allein lebenden jütländischen Bauern vom 19. Jahrhundert eingeholt worden und hatten die frühesten und rohesten Entwicklungsstufen des Volkes hinter sich gelassen, aber in anderer Hinsicht hatten sie sich zurückentwickelt.

Das Urvolk sind Jäger und Fischer, die über einen gewissen Horizont verfügen, sie ziehen umher, reisen, sehen und erleben etwas, doch der ansässige Bauer auf dem Land, der seinen Acker bestellt, schlägt dort, wo er ist, Wurzeln; eine Generation nach der anderen erledigt dieselbe begrenzte, knebelnde Arbeit auf demselben Feld. Dadurch wird eine Art von Menschen hervorgebracht, über die man sich wundern muss, wenn man sie kennengelernt hat; hinterher denkt man, dass das Dasein ihnen eigentlich zu großer Schuld verpflichtet ist.

Isolation, Unaufgeklärtheit sowie unveränderbare Gewohnheiten und eine in sich selbst ruhende Existenz ohne jeglichen äußerlichen Impuls schufen den eingefleischten Bauern, der eher aus einer Abfolge von Funktionen besteht, als dass er eine dazugehörende Lebensvorstellung hätte, denn das immer Wiederkehrende hört irgendwann auf, bewusst zu sein. Die Natur konnte sich hier in einer Besonderheit entfalten, die man als mehr als einseitig charakterisieren könnte. Und doch nützt es überhaupt nichts, für diese Menschen Worte wie stupide oder unwissend zu verwenden. Sie waren grenzenlos befangen, unschuldig in einem tieferen Sinn, aber keineswegs töricht oder dumm. Die Geschichten, die über Schildbürger erzählt werden, und der Blick der Städter auf die Bauern, die in einem entlegenen Winkel des Landes lebten, haben daher etwas Gefühlloses; vermutlich entstanden diese Geschichten in den Krämerläden von Aarhus. Die einsam lebenden Bauern hatten bisweilen etwas Esoterisches an sich, das sie von dem bekannten Dasein in ein anderes versetzte. Die volkskundliche Literatur kennt zum Beispiel ein paar alte, abgelegen wohnende Menschen, die *so* einsam waren, dass sie miteinander »Kommen Fremde zu Besuch« spielten! Der vollständige Mangel an Erlebnissen, manchmal über Generationen hinweg, legte die Grundlage für einen stillen Hunger im Geiste, eine Form des Seelenvollen, die sich nirgendwo sonst finden lässt.

Nun haben der Verkehr und das Genossenschaftswesen den Bauern verwandelt und aus ihm einen gewöhnlichen Staatsbürger gemacht; damals aber ließen sich an entlegenen Orten Menschen finden, die naiv und neugierig waren wie die Kühe, wenn man sich ihnen auf der Weide nähert. Ihr Blick hatte die gleiche vage Bodenlosigkeit und aufmerksame Zurückhaltung, sie selbst aber waren mit sieben Siegeln verschlossen – und doch gab es einen Abgrund von Neugierde in ihnen, das Verlangen unverbrauchter Seelen. Auf den Heidewegen oder im Moor begegnete man großen, gebückt gehenden Menschen, die ihre Arbeit verließen, um zu sehen, wer da zu ihnen kam, selbst wenn es sich nur um ein paar Jungen handelte. Waren sie fremd und merkwürdig, war es ein Erlebnis, dem sie keinesfalls widerstehen konnten. Sie kamen, blieben stehen und legten den Kopf schief, sie traten näher und waren wie verzaubert, bis sie herausgefunden hatten, wen sie vor sich hatten. Und sie quittierten dieses Erlebnis mit einem gleichsam verliebten Lied, wenn ihrer Brust ein verwunderter Ton nach dem anderen entfuhr: »Sieh an, sieh an, sieh an! Na, so was! Ho, ho! Schaut nur, schaut nur!« Und mit einem tief empfundenen, uneigennützigen Kopfschütteln zogen sie sich wieder in ihre Torfgräben zurück.

Die Menschen, zu denen das Mädchen aus Hvorhvarp gehörte, lebten abseits und waren noch *weitaus rückständiger*; sie waren bekannt dafür, sogar unter den Bauern der umliegenden Höfe, zu denen sie keinen Kontakt hatten. Sie verkehrten mit niemandem, sie waren nicht unbeliebt, blieben aber nun einmal ausnahmslos unter sich.

Der Hof war das Schäbigste, was man sich vorstellen konnte, die Gebäude waren uralt und hoffnungslos verfallen, drei schiefe Flügel, ohne Unterschiede zwischen Wohnhaus und Stallungen, mit Lehm verputzte Wände. Die Türen sahen aus wie Löcher im Boden, der nicht gepflasterte Hofplatz setzte sich direkt in die Stuben fort, die aussahen, als wären Boden und Decke mit Mulch ausgefüttert. Es fehlte an allem, was das Dasein erleichtert. Niemand wusste, wie sie lebten, denn niemand hatte sie je besucht. Sie waren nicht arm oder unschicklich, im Gegenteil, es war eine ordentliche Familie, aber sie hinkten ihrer Zeit nun einmal vollkommen hinterher. Über diesen Hof, dessen gesamtes Inventar sich auf die Zeit Gorm des Alten datieren ließ, wurde manches erzählt.

Der Grund, so meine spätere Vermutung, war bei der Frau des Hofes zu suchen. Sie ließ sich nicht sehen, sie zeigte sich bei keiner Gelegenheit. Doch auf dem Land gibt es keine Geheimnisse. Sie hatte einen Klumpfuß. Den Söhnen des Tierarztes gelang es sogar, ihn zu sehen. Es gehört einiges dazu, Jungen daran zu hindern, das zu sehen, was sie gern sehen möchten; vielleicht liegt es auch daran, dass man *sie* übersieht und nicht mit ihnen als Zeugen rechnet. Tatsächlich kundschafteten wir die Frau einmal aus, als wir auf dem Hof waren, und sahen sie zu einem der Nebengebäude gehen. Einer ihrer Füße war so groß wie der Fuß eines Elefanten. An diesem Fuß trug sie keinen Schuh, stattdessen war er in ein Tuch gewickelt, es sah aus, als würde sie ein großes Bündel mit sich schleppen. Sie glich einem Troll mit einem großen, talgigen Gesicht und roten, entzündeten Augen. Das also war das Geheimnis des Hofes. Man wusste, so wie man auf dem Land alles auch ohne sichere Quelle weiß, dass die Frau diese Missbildung ihr ganzes Leben als Ungnade empfunden hatte, in die sie von Geburt an gefallen war, als einen Fluch Gottes. Vielleicht sahen es aber auch nur andere so, in jedem Fall hielt sie sich immer in einer freiwilligen Gefangenschaft versteckt, und niemand kam je auf den Hof. Vielleicht hing ja der gesamte übrige Stillstand auf dem Hof mit diesem akzeptierten Gottesurteil zusammen. Ihr Mann war treu und mühte sich mit der Bewirtschaftung des Hofes ab, natürlich ohne dem Boden etwas abzugewinnen. Dennoch hatten sie gesunde, muntere Kinder, von denen die meisten bereits in Diensten waren.

Eine der Töchter dieses Einsiedlerhofs war also im Schneesturm gekommen, um den Tierarzt zu holen.

Sie blieb in dem angenehmen Luftzug an der Tür sitzen, die Hitze des Herdes setzte ihr zu, Nase und Mund liefen ihr, jetzt, da sie im Haus war; die Augen konnte sie vor Wind und Frost kaum öffnen.

Sie war eine kräftige Zwanzigjährige mit einer bläulichen, natürlichen Gesichtsfarbe, die von der Arbeit auf dem Feld herrührte, ein Graublau, wie man es von Gewitterwolken kennt. Die Haare wuchsen ihr bis hinunter zu den Brauen, und auch das übrige Gesicht war von einem feinen Haarflaum überzogen; ein auffälliger Anblick, da der Flaum weiß war und die Haut darunter diese bläuliche Färbung hatte. Gegen die winterliche Kälte trug sie nichts anderes als einen Schal um den Kopf und den Hals – eine damals auf dem Land übliche Vogel-Strauß-artige Zuversicht, dass der restliche Körper nicht so wichtig sei, wenn man sich nur um den Mund herum vor der Kälte schützte.

Man ist *erschlagen*, wenn man aus einem Unwetter unter ein Dach kommt, dazu stellen neue, ungewohnte Umgebungen das Auffassungsvermögen auf die Probe; und wenn das Mädchen aus Hvorhvarp nicht bereits ein weiblicher Kaspar Hauser war, so wurde sie es spätestens jetzt. Sie reckte den Hals, starrte wie ein Truthahn, wenn man sie ansprach, und krähte lauthals, als wollte sie unbedingt deutlich zu verstehen sein: *Wa-aas?* Weiter kam man mit ihr nicht.

Nur bei einer Gelegenheit begriff sie, was man zu ihr sagte, und antwortete etwas Vernünftiges. Man wunderte sich darüber, wie sie es nur ausgehalten hatte, den langen Weg zu laufen und bei der rasenden Kälte durch die Schneewehen zu stapfen, ob sie sich nichts erfroren hätte? Da schüttelte das Mädchen aus Hvorhvarp lebhaft den Kopf, blies von der Unterlippe bis hoch zur Nase, püh, und ihre Flanken dampften wie bei einem Pferd. Nein, schrie sie, sie fand es nicht kalt, ihrer Meinung nach *puste es warm herunter*!

Draußen auf den Feldern wirbelte der sich aufbäumende Wind den Schnee in turmhohen, wabernden Fontänen von den Schneewehen auf, das Wetter raste im Eilzugtempo, und von oben kamen Federbetten aus Schnee, die den Tag verdunkelten. Schnee vom Himmel und von der Erde, ts, ts, ts!

Und als das Mädchen aus Hvorhvarp sich versichert hatte, dass der Tierarzt aufbrechen würde, sobald es mit einem Pferd möglich war, zog sie lautstark die Nase hoch und begab sich unverzüglich auf den anderthalb Meilen langen Heimweg durch die Schneewirbel, quer über das Moor und die unwegsamen Straßen.

RAVNA

In einer Bucht des Limfjords am Fuße der Halbinsel, die sich wie ein Fühlhorn vom Himmerland hinüber nach Salling schiebt, liegt ein von Gras überwucherter Wall auf der Kuppe eines Abhangs, und hinter dem Wall finden sich direkt in der Nähe Spuren einer gegrabenen Rinne oder eines Hafens, sodass man dort ein Schiff hätte verbergen können. Es sind die typischen Reste eines Häuptlingssitzes aus der Zeit, als Dänemark unter einer Vielzahl kleiner Häuptlinge aufgeteilt war; Könige, die über nur wenig Land verfügten und untereinander Krieg führten oder Wikingerzüge in andere Länder unternahmen. Die Halbinsel war damals bewaldet, grenzte aber an ihrem Fuß an eine Heide. Sie war ein kleines Reich für sich.

Dort lebte ein junger Freigeborener namens Helge Drot, der erst siebzehn Jahre alt war. Er hatte das Reich von seinem Vater geerbt, der mit dem Schiff hinausgesegelt und so lange fortgeblieben war, dass er nicht mehr zurückkehren konnte. Helge hatte das Land und die Burg geerbt, die im Übrigen nur aus einem massiven Turm aus Balken bestand. Er zog Steuern von den gut zwanzig einfachen Familien ein, die am Ufer der Halbinsel lebten und abgesehen von den Fischen, die sie fingen, und den Tieren, die sie im Wald überlisten konnten, Austern und anderes Gewürm aßen. Zwanzig Männer aus diesen Familien lebten als Helges Leibeigene am Fuße des Turms, um für ihn zu arbeiten und den Turm zu verteidigen; Helge verfügte über keine freien Krieger, sie waren alle mit dem Vater ausgezogen. Der Älteste und Beste dieser Leibeigenen hieß Kruvst, er hatte bereits unter Helges Vater viele Jahre im Turm verbracht; man vertraute ihm, er war stark und intelligent. Helge lebte zusammen mit Ravna oben im Turm.

Sie war die einzige Frau auf der Burg. Helge konnte sich nicht erinnern, wann oder wie sie zu ihm gekommen war, sie war schon immer da gewesen. Sie waren gleichaltrig. Sein Vater hatte sie als ganz kleines Mädchen irgendwann von einem seiner Kriegszüge als Spielkameradin für seinen Sohn mitgebracht.

Eigentlich hieß sie gar nicht Ravna, anfangs hatte sie sich selbst mit einem anderen, fremdartigen Namen bezeichnet, der jedoch in Vergessenheit geraten war. Als sie klein waren, hatte Helge sie wegen ihrer schwarzen Haare oft »Ravna, Ravna!« genannt, wenn er sie ärgern wollte. Zunächst war es nur ein Spitzname gewesen, doch nun hörte sie ihn gern und hatte keinen anderen Namen mehr. Helge war blond und hatte weiße Haut, Ravna hingegen war braun wie Met, und ihr Haar knisterte als das schwärzeste auf der Welt. Sie hatte auch keine blauen Augen, ihre Augen waren dunkel und sanft. Helge war sehr viel größer als sie.

Im Wald, an einem Baum vergraben, den man nur finden konnte, wenn man in die Markierungen eingeweiht war, lag Helges Erbe an Kostbarkeiten: viele gute Waffen, goldene Ringe und seltene Schmuckstücke, die der Vater von seinen Raubzügen mitgebracht hatte. Über diese Dinge sprach Helge nie.

Helge hatte darüber hinaus einen alten, bitteren Streit geerbt, der seit Generationen zwischen den Häuptlingen in der Bucht und denen auf der nördlichen Seite der Halbinsel schwelte. Die Könige, die über das Land im Norden herrschten, hatten schon immer Anspruch auf die ganze Halbinsel erhoben. Der damalige König hieß Andvor und war ein alter Mann. Helges Vater hatte ihn oft besiegt, und vor Rachedurst war Andvor vorzeitig gealtert.

Nachdem er zum Herrscher der Burg geworden war, trat Helge als eine seiner ersten Taten eine Reise quer über die Halbinsel auf die andere Seite an, um Andvor herauszufordern. Er ritt durch das Tor von Andvors Burg und rief ihm zu, nun sei er der Herr der Halbinsel und Andvor solle sich nicht wundern, wenn ihm in der Zukunft hin und wieder ein Unglück widerfahren würde.

Andvor streckte den mageren Kopf über den Balkenkranz seines Turms heraus und nickte mehrmals, sprachlos vor Zorn. Dass Helge ihn, der drei Mal so alt war, herausforderte, war eine Schmach, die ihm Schwindel bereitete.

Helge ritt sofort wieder fort, während Andvors Männer ihn vergeblich mit Pfeilen beschossen und Speere nach ihm warfen; sie trafen ihn nicht. Acht Tage später erschienen indes fünfzehn Männer in Kuhhäuten an dem Abhang direkt gegenüber von Helges Burg. Sie bliesen in ein Auerochsenhorn, als sie aus dem Wald kamen, und an ihrer Spitze ritt Andvor in voller Bewaffnung; es war eine offene Fehde. Zuerst versuchten sie, den Turm zu stürmen, doch es gelang ihnen nicht, der Turm ließ sich nicht erobern. Also belagerten sie die Burg, ließen ein Heer von Leibeigenen Gräben ausheben und richteten sich darauf ein, vor der Burg Stellung zu beziehen und die Turmbewohner auszuhungern. Es gelang ihnen ebenso wenig, sie erlitten schwere Verluste.

Helge und seine Schar von Leibeigenen hatten alle Vorteile, da sie sich hoch oben auf dem Turm befanden. Der Krieg war für sie ein tägliches Vergnügen, es zerstreute sie, vom Turm Steine auf die Belagerer zu werfen, wenn sie zu nahe kamen. Zum Zeitvertreib kochten sie Wasser und gossen es hinunter, und sie dachten sich Scherze aus, die so unbeschwert und überflüssig waren, dass Andvor vor Gram mit den Zähnen knirschte. Kruvst erwies sich als ausgesprochen ideenreich beim Erfinden aller möglichen Kriegsspäße. Helge selbst knüpfte eine Schlinge, mit der sie zur unvergesslichen Schande für seine Kameraden einen von Andvors Männern fingen und den Turm hochzogen.

An diesem Tag beendete Andvor die Belagerung und zog heim, am Herzen krank von der Schmach, die er erlitten hatte. Bis zu der Zeit, von der nun mehr erzählt werden soll, erholte er sich nicht davon. Seine Verbitterung war so groß, dass er gleichsam schwor, nichts mehr mit Helge zu tun haben zu wollen, er wollte nicht einmal mehr Krieg gegen ihn führen. Doch der junge Helge forderte ihn nach der Belagerung mehr als einmal heraus. Hin und wieder ritt er hinüber zu Andvors Burg, schoss einen Pfeil auf das Tor oder rief Worte hinauf, die Andvor durch Mark und Bein gingen; außerdem wilderte er unverfroren in Andvors Jagdrevieren. Andvor jedoch brütete auf seiner Schande und wollte sich weder zeigen noch in irgendeiner Form mit Helge messen.

Schließlich wurde es Helge zu langweilig, seinen Feind herauszufordern. Er begnügte sich damit, einen Nidstang auf der Heide zu errichten, der seinen grinsenden Pferdeschädel jeden Tag Andvors Burg zuwandte. Und in einer ruhigen Stunde verfasste Helge eine Weise, die seither auf

der ganzen Halbinsel jeder sang, wenn er in seinem ausgehöhlten Eichenstamm auf den Fjord stakte und Muscheln
ausgrub; eine Strophe, die über die Lippen aller Leibeigenen kam und Andvors Schande unsterblich werden ließ.
Sie lautete:

> *Andvor hat sich nie bei mir bedankt,*
> *denn als ich mit der Angel*
> *zwischen seinen schlotternden Männern fischte,*
> *verlor er einen seiner dümmsten.*

Für Helge brach nun eine lange, ruhige Zeit an. Und
ebenso für Ravna, über die Helge sich im Übrigen nie
Gedanken machte, weil sie schon immer da gewesen war.

Ravna war immer in einer der Ecken der viereckigen
Balkenstube oben im Turm zu finden. Im Schneidersitz
saß sie auf einem Kissen aus Schilf, umfasste ihre Knöchel
und blickte mit ihren sanften, umflorten Augen, die tief
in den Höhlen lagen, vor sich hin. Kam Helge von der
Jagd oder einem Ausritt zurück, war Ravna vielleicht in
eine andere Ecke umgezogen, dann saß sie dort mit ihrem
stillen Mund und dem dichten, nachtschwarzen Haar.
Ravna war äußerst schweigsam, sie sagte so gut wie nie
ein Wort; sie war jedoch immer hübsch und schimmerte
wie ein Wunder, stets mit seidenfeiner Haut und freundlich, wenn man sich ihr näherte. Helge küsste ihre kleinen
Lippen und lachte über ihre braunen Füße, es waren zwei
anmutige Exemplare.

Allerdings tauchte sie nur selten aus ihren sanften Träu-
mereien auf und gab tagelang kein besonderes Lebenszeichen von sich. Es kam vor, dass sie gern eine der roten
Federn haben wollte, wenn Helge mit einem erlegten Vo-

gel nach Hause kam, dann streckte sie rasch die Hand aus und schnappte sie sich. Ravna griff nur mit vier Fingern danach, ihre Daumen benutzte sie nie. Helge lachte darüber und nannte die beiden ungeübten Daumen Küken, die das Gehen nicht gelernt hätten.

Bei Einbruch der Dämmerung wurde Ravna manchmal lebhafter, bisweilen sang sie sogar. Das heißt, sie atmete nur über ihre Stimme, so wie der Wind im Moor durch das Schilfrohr streicht. Helge sagte nie etwas dazu, aber er liebte ihren Gesang. Er selbst konnte nicht singen, diese Fähigkeit war ihm nicht gegeben. Helge verehrte keine Götter, und doch gab es zwei Dinge auf der Welt, die ihm über die Maßen gefielen: Zum einen der Regenbogen, der sich über den Regenschauer spannte, wenn er sich langsam auf dem Fjord entfernte, zum anderen Ravnas Gesang in der Dämmerung; über beides sprach er jedoch nicht.

Tagsüber ging der junge Helge seinen Beschäftigungen nach und dachte an nichts anderes. Er jagte in seinen Wäldern oder ritt ohne ein Ziel über die Heide, bei Sonnenschein wie bei Regen. Der große, schlanke Bursche verschliss seine Kleider, das Haar wuchs ihm bis auf die Schultern. Manchmal blieb er den ganzen Tag fort und kam mit einem Blick voller Einsamkeit und dem Widerschein der weiten, stillen Aussichten heim; dann war er in der Heide gewesen und über die blühenden Moore weit nach Osten in das unbewohnte Land geritten. Auf solchen Ausritten ließ Helge das Pferd allein laufen, es führte ihn zu den Orten, wo es im Heidekraut die Hufe am besten zwischen die vereinzelten Feldsteine setzen konnte. Hin und wieder sah sich der junge Reiter auf der von der Sonne beschienenen, dunkel gefärbten Heide um, wo der Besenginster goldene Muster an die langen Hänge der Hügel zeichnete. Oder er legte den Kopf in den Nacken und sah zwei Störchen nach, die schwindelerregend hoch unter den sich kräuselnden, sonnenerfüllten Wolken hingen und in majestätischen Bögen umeinanderkreisten. Und kam er nach Hause, erzählten die Augen, er habe zwei Vögel gesehen, weiß wie Feuer, die an der blauen Tiefe des Himmels hingen und sich königlich umkreisten.

Nur wenn Helge auf dem Fjord gewesen war und heimkam, war er nicht still. Auch dann sprach er nicht, doch sein Blick war grimmig und abwesend. Kalt wie die See kam er zu Ravna zurück, nass, das Haar weiß vom Salz. Und Ravna holte ein Tuch, um ihn abzutrocknen, sie fuhr ihm mit ihren Fingern durchs Haar, wärmte ihn und suchte nach den altbekannten Malen, die er hatte, einen kleinen Knoten an der Kopfhaut, eine Ader, die unter der Haut seines Halses pochte, die knorpligen Winkel seiner Ohren. Oft schlief er dabei ein und wachte gutgelaunt wieder auf. Bisweilen blieb Helge auch zu Hause, um dort etwas zu erledigen. Seine Pfeile schäftete er selbst mit größter Sorgfalt. Dann saß er auf einem Schemel, schnitzte und passte sie an, dabei runzelte er die Stirn vor Konzentration. Ravna verstand sich nicht darauf, sie saß Helge zu Füßen und sah ehrfürchtig zu ihm auf, ohne ihn zu stören, solange er mit seiner wichtigen Arbeit beschäftigt war.

Irgendwann im Frühjahr begann Ravna, sich unwohl zu fühlen. Den ganzen Sommer über war sie nicht gesund und blieb, soweit es möglich war, im Verborgenen. Im August gebar sie ein Kind, einen Sohn.

An dem Tag, an dem er zur Welt kam, ritt Helge weit hinaus in die Heide. Und als er vollkommen allein war, an einem Ort in einem tiefen Tal zwischen Heidekrautbänken, erhob er seine Stimme und sang etwas von seiner

Freude heraus. Es war nicht unbedingt ein Lied, doch die Hänge warfen das Echo von glücklichem Gebrüll und einigen höchst seltsamen Kehllauten zurück. Sein Pferd spitzte die Ohren und wunderte sich.

Einen Tag später ging Helge wieder seinen gewohnten Tätigkeiten nach. Doch schon bald begann er, einen Eroberungszug zu planen. In seinem kleinen Boot segelte er mit Kruvst hinaus auf den Fjord und sperrte die Nasenlöcher in Richtung Meer auf. Helge trug sich mit dem Gedanken, das Land zu finden, aus dem Ravna gekommen war. Zum ersten Mal suchte er den Baum im Wald auf, grub seinen Schatz aus, sah ihn sich an, zählte und schätzte ihn. Ja, er wollte in die Reiche, die Ravnas Heimat gewesen waren.

Im Herbst legte Helge ein großes Wikingerschiff auf Kiel und baute es im Laufe des Winters zu Ende. Zu dieser Zeit war er verrückt vor Glück und Eroberungsdrang. Er lief von der Arbeit nach Hause und betrachtete seinen Sohn, der vortrefflich gedieh. Es war ein hübsches und wohlgeratenes Kind. Es hatte das schwarze Haar seiner Mutter, doch die Augen waren die blauen, blitzenden Knöpfe seines Vaters. Der kleine Mann versuchte bereits, vom Schoß seiner Mutter auszureißen, voller großer Erwartungen und Forderungen an das Leben.

Als das Eis auf dem Fjord schmolz, segelte Helge los. Zuvor hatte er Kruvst den Befehl über die Burg und die Leibeigenen übertragen. Auf das Schiff nahm er selbst auch nur Leibeigene mit, doch es waren die besten Burschen aus dem Fischerdorf auf der Halbinsel.

Fünf Vierteljahre später kam Helge zurück, ohne Begleitung und zu Fuß. Er hatte sein Schiff an den Küsten Frankreichs verloren und war allein durch die fremden Reiche nach Hause gelaufen.

Als er zu seiner Burg am Fjord kam, fand er das Tor verschlossen. Er schlug dagegen und verstand nicht, warum, aber es kam niemand, um zu öffnen. Helge trat zurück, bis er den Kopf in den Nacken legen und den Rand des Turms sehen konnte. Dort sah er Kruvst, der sich vorbeugte und hinunterblickte.

»Was hat das zu bedeuten?«, rief Helge. Er hatte seit Monaten nicht gesprochen und war heiser. »Was ist in dich gefahren?«

Statt zu antworten, bückte Kruvst sich hinter dem Balkenkranz und verschwand. Kurz darauf kam er mit etwas in seinen knorrigen Armen zurück, das er über den Kopf hob und hinunterschleuderte. Mit einem dumpfen Geräusch fiel das Bündel auf die harte Erde. Helge erkannte seinen kleinen Sohn. Es war der kleine Wolf … aber er hatte keine Zeit, ihn sich näher anzusehen, denn nun hob Kruvst ein größeres Bündel über den Balkenkranz mit den Drachenköpfen und ihren aufgerissenen Mäulern und wirbelte es hinunter. Es war Ravna. Tot fiel sie vor Helges Füße. In diesem Moment wusste Helge, dass Andvor Kruvst dafür bezahlt hatte.

Helge konnte die beiden toten Körper weder berühren noch um sie trauern. Denn nun winkte Kruvst ein paar andere Männer auf dem Turm heran, die sich schweigend mit Bogen und Speeren zeigten. Helge musste sein Leben retten und sich zurückziehen, bis er außer Schussweite war.

Er ging ein Stück fort, und als er sich umdrehte, sah er, wie Kruvst auf dem Turm eine Flagge mit Andvors Wappen hisste, einen fliegenden Habicht. Da blickte er nicht mehr zurück, sondern machte sich langsam auf den Weg.

Helge ging hinaus in die Heide und lief den ganzen Tag und den größten Teil der Nacht. Im Morgengrauen legte er sich auf einem Holm im Moor in einen kleinen Espenhain, dessen Blätter flatterten und raschelten, bis er einschlief. Als er erwachte, ging er weiter, und er wanderte ostwärts ins Landesinnere, bis die Heide endete und er an einen Fjord kam, wo er den Rauch von Hütten im Wald sah. Da kehrte er um und ging denselben Weg zurück bis zu dem Holm im Moor, auf dem er geschlafen hatte, dort ließ er sich nieder. Er blieb ein paar Wochen und lebte von diesem und jenem, die meiste Zeit schlief er, und wenn er wach war, saß er da und starrte aufs Moor, die Heide und den blauen Sommerhimmel. Und der Wind spielte im Schilfrohr. Ravna!

Eines Morgens jedoch erwachte Helge, nachdem ihn ein Traum an Andvor erinnert hatte. Andvor war der Einzige auf der Welt, der noch an ihn dachte, ohne etwas gegen ihn unternehmen zu können. Andvor lag nachts wach und versuchte sich vorzustellen, wo Helge nun war und was in seinem Kopf vor sich ging. Andvor war der einzige lebende Mann, den Helge in seinem Herzen hatte, der einzige Mann, der ihn interessierte, denn er hatte ihm Frau und Kind genommen.

Er stand auf, watete fort von dem Holm und ging rasch auf Andvors Burg zu.

Auf dem ganzen Weg dachte er nur an seinen Traum. Er hatte Andvor vor sich gesehen und geträumt, ein Pfeil würde in seinem Gesicht stecken, an der Nasenwurzel, direkt unter dem linken Auge. Ohne es zu bemerken, ging Helge schneller und schneller, bis er aus Verlangen nach Andvor schließlich in Laufschritt verfiel.

Und Andvor erwartete seinen Feind mit offenen Armen. Sehr lange schon, Tage und Nächte, hatte er auf diese Begegnung gewartet; er hatte sich von Hoffnungslosigkeit treiben lassen und neuen Trost gefunden, er hatte um Helges willen schlaflos dagelegen und war grau geworden, doch nun kam er. Nun kam Helge. Andvor hatte sein Haus für ihn vorbereitet, bot nun seine ganze Gastfreundschaft auf und empfing ihn in fliegender Hast mit vier breitschultrigen Männern vor dem Tor. Helges Traum zerstob, wie sich zeigte, hatte der Traum keinerlei Bedeutung. Andvor bebte vor Wiedersehensfreude, er wusch seine Hände in Groll und Wonne und lächelte, wie nur derjenige lächeln kann, der lange, aber nicht vergebens gehasst hat. Sein mageres Gesicht leuchtete vor Demut, als wäre dies eine zu große, zu reiche Genugtuung, die ihm am Abend seines Lebens widerfuhr.

Willkommen, Helge, willkommen!

Und Andvor ließ seinen Gast, der ein wenig erschöpft war, in eine Kammer führen, die man tief unter der Erde für ihn bereitet hatte, ein Loch in der schwarzen Erde. Er gab ihm seine Leibeigenen als Diener, und die ließen ihn auf einem Polster aus Speerschäften ausruhen, unter denen mit Kohle ein Feuer entzündet wurde. Sie streckten seinen langen, edlen Körper mit einer Winde und klemmten seinen Brustkasten zwischen zwei Holzstücke. Sie legten glühend heiße Ziegelsteine an seine Fußsohlen und wuschen ihn mit siedendem Talg. Dann begannen sie, seine Glieder mit einem Holzhammer zu brechen.

Als sie seine Daumen zerschmetterten, dachte er einen kurzen Moment an Ravnas kleine ungeübte Daumen. Und als der schwarze Rauch der Kohlen um ihn wogte und über seinem Kopf zusammenschlug wie Ravnas schwarzes Haar, da mochte er sich nicht länger vor seinen

Folterknechten schämen, sondern weinte seine jungen Jahre heraus. Er weinte und schrie … mit zurückgelegtem Kopf und weit aufgerissenem Mund. Unter dem schwarzen Erdboden hörten sich Helges Jammerschreie an wie dumpfe Schritte in einem Grab.

»Ravna!«, rief und schrie er. »Ravna!«

Und noch einmal: »Ravna!«

Da kam sie zu ihm. Er sah ihre schwarzen Flügel auf seine Augen zuflattern.

ALS DER SCHUHMACHER INS FEGEFEUER KAM

Auf dem Friedhof eines Weilers, der hier nicht genannt werden soll, lag einige Jahre ein an beiden Enden abgesägtes Balkenstück von der Länge einer Elle. Es war ein Teil eines Deckenbalkens, in dessen Mitte ein gewöhnlicher Lampenhaken steckte, an den ein Strick geknotet war. Der Balken lag häufig auf einer bestimmten Grabstelle in der einsamsten Ecke des Friedhofes. Es kam vor, dass die kleinen Kinder des Dorfes in ihrer Unschuld Pferd und Wagen mit dem Balkenstück und dem Strick spielten, der so verlockend an den Balken gebunden war; dann lag der Balken am Ende zwischen anderen Gräbern, doch irgendeine Hand brachte ihn immer zurück zu dem Grab, das allein in der Ecke des Friedhofs lag. Die Kinder kannten das Grab im Übrigen gut, da es noch relativ frisch war. Es war mit einem gegossenen Zementoval versehen, dessen östliche Seite in Schönschrift verkündete, dass hier der Staub von Lars Pedersen (Quakente) ruhe. Lars Quakente hatten die meisten Kindern im Dorf und der Umgebung besonders gut gekannt ... quak, quak, nun lag er also dort unten bei den anderen Putt-Puttenten ... Aber warum sich immer wieder dieses Stück Deckenbalken mit dem Zaumzeugstrick auf seinem Grab fand, darüber zerbrach sich die muntere Bauernjugend nicht den Kopf. Doch für die Erwachsenen, die es wussten, bedeuteten der Balken und der Strick, dass es sich hier um das Grab eines

Gehängten handelte. Noch in den achtziger Jahren war diese Vorsichtsmaßnahme gegen Wiedergänger auf einem Friedhof in Jütland zu sehen. Und dafür hatte es durchaus einen triftigen Anlass gegeben.

Lars Quakente hatte ein Holzbein und war aus diesem Grund Schuhmacher geworden. Er war ungewöhnlich jähzornig und hatte einen lächerlichen Spitznamen – dies sind sozusagen die beiden Voraussetzungen für seine Geschichte.

Niemand wusste, wie Lars Quakente sein Bein verloren hatte, daher gab es auch keinen Grund, nachsichtig zu sein. Er kam als Fremder ins Dorf, als ein natürlicher Feind, von dem man nichts anderes erwartete, als dass er gekommen war, um Unfrieden zu stiften. Eines schönen Tages hatte er sich in einem kleinen Haus in der Nähe der Dorfschule niedergelassen, um von dort aus stillschweigend den Kampf gegen den Schuhmacher Anton im Oberdorf zu eröffnen. Ein Blechschild mit einem langen gelben Stiefel und einem Halbschuh, der ins Bläuliche spielte, hing als Kriegserklärung über dem Türrahmen: *Lars Quakente* stand mit weißen, prächtigen Buchstaben darunter. Hinter den niedrigen Fenstern sah man einen großen, buschigen Kopf, der sich im Schein einer kleinen Lampe über einen Leisten beugte; auch tagsüber blakte die Lampe unter dem Blechbehälter mit den Holznägeln.

Das Haus hatte lange leergestanden und bei den Leuten für ein leises Schaudern gesorgt, wenn sie abends daran vorbeigehen sollten. Ein leeres Haus ist auf dem Land mehr als nur ein trauriger Fall. Es braucht Menschen, die von weither kommen und bereit sind, dort einzuziehen und das Unheimliche zu vertreiben. Doch einem neuen Bewohner wird immer etwas Klammes und Abstoßendes anhängen.

Lars Quakente hatte das Haus also gemietet, als Fremder, der eine Vergangenheit irgendwo bei Aalborg hinter sich hatte. An dem Tag, an dem er einzog, entdeckten ihn die Kinder, als sie von der Schule nach Hause gingen. Sie hegten einen gewissen Respekt vor dem Haus und gruselten sich, und doch hatten sie, wenn sich die Gelegenheit bot, im Laufe der Zeit die Fensterscheiben mit Steinen eingeworfen – allerdings hatten sie sich dabei jedes Mal halb abgewandt. In den letzten Tagen hatten Maurer das Haus instandgesetzt, und nun sahen die Kinder den großen, buschigen Kopf und das neue Schild.

Quakente! Lars Quakente … hallo! Nachdem sie eine Weile staunend davorgestanden und begriffen hatten, wie viele Scherze sich mit einem so seltsamen Namen treiben ließen, brachen sie in zwitscherndes Gelächter aus, das sich zu einem siegreichen Johlen steigerte und in einem kolossalen Radau endete, genau wie bei einem Schwarm Spatzen. Und als sich der schwarze, buschige Kopf hinter dem Fenster hob, bekamen die Kinder auch das Gesicht der Quakente zu sehen. Auf der Stelle verstummten sie. Noch nie hatten sie einem so bösartigen Gesicht gegenübergestanden. Die schwarzen und bleichen Züge des Mannes kamen ihnen wie eine Offenbarung des Hasses vor, seine aufgerissenen Augen trafen sie mit einer tiefen Düsternis, die sie nicht verstanden, die ihnen aber Angst einflößte. Dennoch blieben sie verlegen stehen, blickten verstohlen auf das Schild und fingen wieder an zu lachen. Quakente! Um Himmels willen! Sie keckerten, und einer konnte nicht an sich halten, er musste es sagen … *quak*, und sofort hört man von einem anderen … quak, quak … und nun brach der ganze Trupp in brüllendes Gelächter aus … quak, quak, quak!

Der Kopf in der Stube verschwand, und während die Kinderschar sich noch über ihren Einfallsreichtum freute und im Chor übte, zeigte sich der neue Schuhmacher an der Haustür, die er beinahe ausfüllte, so trollartig breit war er ... und er war fürchterlich anzusehen, die hervorquellenden Augen waren beinahe blind vor Wut. Die Kinder ahnten die Gefahr und liefen in dem Moment in Panik davon, als der Schuhmacher ganz aus der Tür trat ...

Da sahen sie, dass er ein Holzbein hatte.

Sie blieben auf der anderen Seite des Straßengrabens stehen und beobachteten stumm, wie der Schuhmacher ein paar Schritte ging und das Holzbein bei jedem Schritt in einem steifen Bogen nachzog. Sie sahen, wie er mitten auf der Straße stehenblieb und tief seufzte, wobei er seine wilden, hasserfüllten Augen unverwandt auf sie gerichtet hielt. Dann lachten sie. Erst ein wenig, als würden sie ihn bemitleiden, dann verächtlich ... er war bestimmt keine Gefahr, er konnte weder Trab noch Galopp laufen ... quak, quak!

Mit einem Mal hielten sie jedoch alle inne, der Mann wollte etwas sagen. Sein Gesicht sah jetzt ganz freundlich und heiter aus, liebevoll kniff er die Augen zusammen und lockte sie mit etwas, das er in der Hand hielt. Man konnte sich ja mal anhören, was er zu sagen hatte.

»Kommt her«, lockte sie der Schuhmacher versöhnlich, »kommt her, Kinderchen, ich hab Zucker, kommt, ihr braven, kleinen Kinder.«

Sie schwiegen misstrauisch. Aber einer sprang über den Graben und näherte sich zögernd dem Schuhmacher, ein wagemutiger Bursche, einer von denen, die vorher gesungen hatten. Er schaute auf die geschlossene Hand, er konnte nicht widerstehen, er kam näher ...

»Kommt schon«, lockte Quakente. Mehrere Kinder sprangen über den Graben und waren bereit, ihrem Anführer zu folgen, der nun nur noch drei Schritte vom Schuhmacher entfernt war. Etwas im Blick des Mannes schien an den Instinkt des Jungen appelliert zu haben, eine Vorahnung, er blieb stehen. All die anderen hinter ihm hielten ebenfalls sofort inne, es herrschte Totenstille. Im selben Moment veränderte sich die herzliche Miene des Schuhmachers in einen Ausdruck rasender Bosheit, und er trat mit einem Knüppel, den er hinter seinem Rücken versteckt hatte, einen Schritt vor. Das Spiel war verloren. Der Junge sprang zurück, alle traten wieder den Rückzug über den Graben an, während der Schuhmacher hasserfüllt auf seinem Holzbein stand und sie mit Schimpfworten überhäufte, Schimpfworte, die sich die Kinder recht kaltblütig anhörten.

»Quak! Quak!«, unterbrach einer der Jungen vorwitzig seine Tirade. Die anderen kicherten, die kleinen Mädchen drückten ihre Schiefertafeln und Katechismen an den Bauch und lachten so leise und fein wie ein Glockenspiel über den Auftritt. *Quak!*, rief einer der Jungen mit rauer Stimme ziemlich unbarmherzig; jetzt befanden sie sich im Krieg.

In unbändiger Raserei unternahm der Schuhmacher einen Versuch, auf die Gruppe zuzulaufen, ein paar törichte Sprünge mit dem gesunden Bein, wobei ihn das Holzbein behinderte, natürlich war es vergebens. Die Kinder liefen bloß ein Stück weiter zurück und blieben wieder stehen, um Quakente mit höhnischen Blicken zu betrachten. Die Kleinen hatten, ohne es zu wissen, einen Blick, der genau wusste, wie sie die Gefährlichkeit des Mannes einzuschätzen hatten; es trieb ihn geradezu in den Wahnsinn. Er blieb am Straßengraben stehen, schnaufte und schnappte nach Luft, als hätte er einen Berg bestiegen. Die wilden Augen brannten … aus Schmerz darüber, dass es niemanden zu fassen bekam, würde das Gespenst vermutlich gleich anfangen zu heulen … quak, quak! Man sah, wie der schwere Körper des Mannes sich unter dem Lederschurz abwechselnd aufpumpte und zusammensank, so krank war er. Er hatte aufgehört zu reden, und die Kinder verstummten ebenfalls; beide Seiten standen sich gegenüber und fixierten sich grimmig. Niemand wollte weichen.

In dieser Pause hatte es den Anschein, als wollten sich die zahmen Enten unten am See plötzlich mit einem langgezogenen *Quak* zu Wort melden – quakquak, quakquak, es klang so freundlich und bekannt an diesem Sommertag, und beinahe gleichzeitig brachen ein paar Jungen in begeistertes Geheul aus.

»Quak, quak«, brüllte einer, »Quak-Lars … willst du nicht runter zum See zu den anderen Putt-Puttenten?«

Der Schuhmacher fluchte, man sah, wie ihm der Schädel brummte, seine Augen waren blutunterlaufen, als er am ganzen Körper zitternd den Knüppel nach den Jungen schleuderte. Der flog weit über ihre Köpfe hinweg, und sie lachten und sangen ihr Lied, das so neu war und den Schuster so vortrefflich ärgerte. Es war ein schöner und glücklicher Tag. Noch nie hatten sie es mit etwas Wildem zu tun gehabt, das so beständig war. Und Quakente trank all das Gift, das sie ihm einschenkten, er war eine gute Quakente; die Kinder hatten überhaupt keine Eile, nach Hause zu kommen, diese Vorstellung sollte möglichst lange dauern, das war besser als Brustzucker … quak, quak!

Die Schlacht endete mit der Niederlage des Schuhmachers. Schließlich stöhnte er wie ein kranker Ochse in Erkenntnis seiner Ohnmacht, drehte sich um und humpelte zu seinen Leisten, der schwarze, lockige Kopf hing ihm tief auf der Brust. Die Jungen sahen ihm mit kriegerischer Ruhe nach, sehr zufrieden mit der Erbärmlichkeit, unter der der Schuster offenbar litt. Er war ein Quak-Mann, der aus dem Weg zu kriechen hatte, er war ihnen egal.

Als der Schuhmacher seine Tür erreicht hatte und ins Haus gehen wollte, trat ein kleines Mädchen, das allerkleinste, aus der Gruppe heraus und forderte den Schuhmacher heraus. Sie stellte sich auf ihren kleinen Beinen in einer Strumpfhose mit Fußsteg allein vor die anderen Kinder und beugte sich tapfer vornüber, die Ellenbogen eng an den Körper gelegt. Ein Bild einer gewaltigen blauäugigen und pausbäckigen Bedrohung. Sie schüttelte ihre bestimmt drei Zoll langen blonden Zöpfe und schrie so laut, wie es ihre kleine Brust zuließ:

»Quak! Willst du nicht runter zum See zu den anderen Putt-Puttenten?«

Die Kleine konnte kaum deutlich sprechen. Nach ihr trat ein anderes kleines Mädchen vor, schwang ihr Federmäppchen und trotzte mit feiner Stimme dem geschlagenen Feind.

So ging es an diesem Tag zu. Und von solchen Tagen gab es noch viele. Lars Quakente hatte die kleinen Götter in dem fremden Land, in das er gekommen war, nicht versöhnt, und das rächte sich. Er bekam keine Ruhe.

Es waren jedoch nicht die alltäglichen Plagen, die Unbarmherzigkeit der Kinder oder beides zusammen, das ihn schließlich zu Fall brachte, obwohl es sicher mit dazu beitrug, dass er mürbe wurde. Lars Quakente wurde vom großen Schicksal gefällt. Es begegnete ihm in Gestalt einer Frau.

Es war Lars Quakente, der *Juditte* in die Gegend brachte, und sie wurde zum Schicksal vieler Männer, der Schuhmacher war indes das erste Opfer ihrer Unkeuschheit.

Lars Quakente unternahm bisweilen Reisen nach Aalborg, um Leder und andere Dinge zu kaufen, die er benötigte, und es kam vor, dass er lange fortblieb. Schließlich war er Junggeselle und konnte tun und lassen, was er wollte. Lose Gerüchte brachten diese Reisen in Verbindung mit einem mystischen Begriff, etwas Geheimnisvollem, das man in Aalborg die »Ruldbrücke« nannte, ohne dass man sich davon etwas anderes als eine undeutliche, schamhafte Vorstellung zu machen vermochte. Viele schlugen sich auf eine Seite und meinten, es sei ganz einfach ein schändlicher Ort; andere vertraten die gänzlich entgegengesetzte Meinung und vermuteten, Lars Quakente würde auf seinen Reisen mit vornehmen Leuten verkehren. Denn Geld schien dieser Mann ja zu haben, schließlich verdiente er ausgesprochen wenig und konnte es sich doch leisten, tagelang in der Stadt zu logieren, und zwar mehrmals im Jahr. Wie auch immer es kam, jedenfalls reiste Quakente so lange hin und her, bis er schließlich mit Juditte zurück ins Dorf kam.

Eine Beschreibung der unsittlichen Schönheit dieser Teufelin soll hier gar nicht erst versucht werden, da so etwas zur frivolen Kunst gehört, und der Stift sich darüber hinaus dagegen wehren würde, abgesehen davon, dass unser Stift zu schwach ist. Es soll auch nicht einmal angedeutet werden, was für ein Leben drei fürchterliche Wochen lang in dem übel beleumundeten Schuhmacherhaus geführt wurde, denn das würde uns in verwegene Bereiche führen. Belassen wir es dabei, vorsichtig zu verraten, dass Juditte ein wildes, hübsches Weib im Alter von zwanzig Jahren war, das die Seelen aller jungen Burschen des Dorfes verdarb. Sie trat als das größte Wunder auf Erden auf, und offenbarte sich doch gleichzeitig als das am leichtesten erreichbare Wunder – so schön und moralisch verdorben war sie. Doch wie gesagt, eine nähere Beschreibung von Juditte soll an dieser Stelle gar nicht erst versucht werden, an der es nur notwendig ist, den Leser in gewisser Weise zu erschüttern, damit ihm die Ursache für Lars Quakentes Abstieg hinab zu den Unseligen verständlich wird.

Gequält, schwermütig und verrückt war er ohnehin, doch sie brachte ihn gänzlich um den Verstand. Und nach einer grässlichen Szene erhängte er sich. Juditte döste, doch sie erwachte, vermutlich weil der Schuster kein Quaken mehr von sich gab, und schnitt ihn ab. Und nun kommt das Entsetzliche. Denn als Lars Quakente wieder zu sich kam – er hatte nicht allzu lange gehangen –, glaubte er tot und im ewigen Feuer gelandet zu sein!

Es geschah zur Mittagszeit. Die Kinder kamen aus der Schule und gingen wie gewöhnlich an Quakentes Haus vorbei, aus dem sie in letzter Zeit immer wieder gewaltigen Spektakel gehört hatten, Flüche und rasende Verwünschungen von Quakente und geradezu bezaubernde Lachanfälle von Juditte. Diese schreckliche Frau kannte so gut wie keine andere Sprache, sie war einfach zu übermütig und ausgelassen. Und genau dieses verführerische Gelächter, das sich nicht zügeln ließ, hatte Lars nach und nach in den Tod getrieben. Und nachdem er sich das Leben genommen hatte, weckte sie ihn nun wieder auf!

Als die Kinder am Haus des Schusters vorbeikamen, stellten sie sich wie gewöhnlich auf, um ihn zu ärgern … quak, quak …

Und wie gewöhnlich tauchte er auch an diesem Tag auf, doch diesmal sah er wirklich zum Fürchten aus. Er trat nicht als ein menschliches Wesen aus der Tür, sondern als ein wirbelndes, einbeiniges Ungeheuer. Das Holzbein hatte er abgeschnallt und hüpfte auf einem Bein wie ein riesiger Ball *mit Augen*, er war so schwarz, so schwarz wie ein Mohr und hatte diesen blutroten Streifen am Hals. Und er brüllte und brach in ein tierisches Geheul aus, während die Hosenträger hinter ihm her flatterten und er die Eisenstange, mit der die Tür abgesperrt wurde, über dem Kopf schwang. Auf einem Bein kam er in grässlichen Sprüngen auf die Kinder zu und stürzte sich in die Meute, schließlich handelte es sich um lauter kleine Teufel – und hätte der Schrecken sie gelähmt, wie es bei einigen beinahe der Fall war, hätte der Erhängte sie sicher zermalmt und zerfetzt. Sie konnten jedoch rechtzeitig entkommen und stoben schreiend mit der Nachricht über den Zustand des Schuhmachers auseinander.

Den Rest des Tages jagten der Landvogt und Männer aus dem Dorf den Verrückten wie ein entlaufenes Stück Vieh, allerdings ohne ihn zu fangen. Vier Personen, die das Pech hatten, ihm zu nahe zu kommen, richtete er durch Schläge fürchterlich zu. Wie bei einer Feuersbrunst setzte man Feuerhaken gegen ihn ein, doch er zerbrach alles, womit sie gegen ihn vorgingen, er biss hinein und schrie so schauerlich, dass nur wenige ertrugen, es mit anzuhören. Er glaubte ja, der Böse mit der Gabel käme, als sie versuchten, ihn mit irgendwelchen Werkzeugen zu fangen! Und die ganze Zeit über schwitzte er unmäßig; die Hitze, in der er zu sein glaubte, muss wohl zu seinen Wahnvorstellungen beigetragen haben. Außerdem quollen ihm die blutunterlaufenen Augen hervor, sodass er den Himmel wohl tatsächlich als eine Schicht aus Feuer, die bekannten Äcker als eine Landschaft aus glühendem Metall und die Häuser und Höfe als giftige Lavagebilde wahrgenommen haben muss. Er litt wirklich große Qualen, es war ein Jammer, ihn anzusehen.

Als es sich als sinnlos erwies, Quakente zu jagen, ließ man ihn in Ruhe – in der Hoffnung, dass er von allein wieder zur Besinnung kommen würde. Solange man ihm nicht zu nahe kam, richtete er ja auch keinen Schaden an. Er lag hinter dem kleinen Schuhmacherhaus im Küchengarten und hatte sich zwischen den Stachelbeerbüschen versteckt. So völlig außer sich vor Angst war der Krüppel, dass er wie ein Straußenvogel den Kopf unter die Büsche steckte und glaubte, unsichtbar zu sein, obwohl der größte Teil seines mächtigen Körpers in Hemd und Hose herausragte. Man stellte eine Wache auf und ließ ihn vorerst dort liegen.

Als der Tag zu Ende ging und es dämmerte, erhob sich Quakente und sah sich um. Er hatte sich jetzt beruhigt und sagte kein Wort, als er die Männer sah, die auf ihn aufpassten. Doch er bot einen so grauenvollen Anblick, dass sie nicht wagten, Hand an ihn zu legen. Während es immer dunkler wurde, schlich er zum Haus, ein vorsichtiger Hüpfer nach dem anderen auf dem einen Fuß, er bedachte seine Wächter mit einem Schütteln des buschigen Kopfes und knirschte so seltsam mit den Zähnen, dass es in der Dämmerung zweifelhaft war, auf welcher Seite sich der Böse befand, ob er es war oder sie. Auf jeden Fall blieben die Männer vorsichtig und wagten nicht, Quakente zu nahe zu kommen. Schließlich hatte er hüpfend das Haus erreicht und verschwand darin, nachdem er sich ein letztes Mal an der Tür umgedreht und in der Dämmerung die Zähne gewetzt hatte.

Als sie sich einige Minuten später ins Haus wagten, in dem alles dunkel und still war, fanden sie ihn unter dem Balken; er hatte sich ein zweites Mal erhängt, und diesmal war er tot.

Er würde »wiedergehen« und nicht in der Erde bleiben, hätte man ihm nicht den Balken und den Strick aufs Grab gelegt. So fand er seine Ruhe dort unten zwischen den anderen Putt-Puttenten.

FÜR MEINEN GROSSVATER

Schon einmal habe ich meinem Großvater aus Anlass des Abschlusses einer Arbeit Runen geschnitzt, im letzten Teil der Himmerlandsgeschichten aus dem Jahr 1910.

Aus der Erkenntnis, dass die Erinnerung an ihn nicht ohne Spuren in meinen späteren Arbeiten geblieben ist, soll diese Nachbemerkung nach zwanzig- bis dreißigjähriger Tätigkeit als Schriftsteller mit einigen Zeilen über sein Porträt enden.

Das Foto stammt aus seinem letzten Lebensjahr, der Mund ist müde, die Augen erloschen. Ein anderes, älteres Bild aus den sechziger Jahren, das ich besitze, zeigt ihn in einer sitzenden Position, knochig und mit diesen enorm schweren Händen; darauf sind die Züge und der Blick kräftiger, allerdings hatte er damals noch nicht diesen langen, sehenswerten Bart.

An anderen Hinterlassenschaften besitze ich den Spieß des Alten, der unter dem Deckenbalken seines Hauses hing und von dem er behauptete, er stamme aus den Bauernkriegen, und das Schiffchen seines Webstuhls aus Apfelholz, das er selbst geschnitzt hat, grob und hinreichend, wie eine Arbeit aus dem Altertum. Etwas Schriftliches hat er meiner Kenntnis nach nicht hinterlassen, abgesehen von einem kleinen, in Packpapier eingebundenen Buch, das in meinen Besitz übergegangen ist. Vorn findet sich dort eine kurze Aufstellung über Ernteerträge, die er einige Jahre in den vierziger und fünfziger Jahren festgehalten hat, hinten hat er die Daten von Geburts- oder Todesjahren in der Familie notiert, die früher bei den einfachen Leuten auf das Vorsatzblatt der Bibel geschrieben wurden. Schließlich hat er in dem Buch ein Rezept gegen die Gicht festgehalten, eine Formel, die drei Mal hintereinander gelesen werden muss: Schmerz, bist du da drinnen, so gehe rasch von hinnen ... usw. Es handelt sich um das nicht unbekannte Hausmittel, das die Alten Hauswurz nannten. Auf einem separaten Blatt, das einen Ehrenplatz hat, steht in der großen, leicht unsicheren Handschrift des Alten: *Gaurisankar, der höchste Berg der Welt, 28,110 Fuß hoch.*

Wollte man den Inhalt des Buches statistisch erfassen, ähnlich wie in *Der Armenhof in Ølsebymagle,* dann geht es hier um die Landwirtschaft, allerdings um einen eher bescheidenen Ertrag, zum Beispiel sind für das Jahr 1848 elf Korngarben und siebenundzwanzig Doppelgarben Roggen, vier Garben und fünfundzwanzig Doppelgarben Gerste, acht Garben und siebzehn Doppelgarben Hafer und fünf Fuhren Buchweizen aufgeführt. Die Weberei wird nicht erwähnt. Die Medizin bekommt ihren Platz, nachdem die Genealogie natürlich den größten Raum einnimmt. Dann die Naturgeschichte, sie wird durch ein einziges Wunder repräsentiert, das allerdings auch das höchste der Welt ist, bis zum heutigen Tag noch nicht bestiegen. In gewisser Weise hat der alte Weber sich auf so wenig Papier erschöpfend beschrieben.

Und bei der Erinnerung an ihn musste ich nicht lange nach dem Naturfreund suchen.

Am 4. November 1803 wurde ich, Jens Jensen, in Østerbølle geboren, schreibt er. Er kam somit in dem berühmten

Jahr mit Oehlenschlägers Gedichten auf die Welt und lag in einer Wiege, deren Kufen auf einem mit Sand bestreuten Boden schaukelten, während man sich auf Kopenhagens Wällen umdrehte und dem jungen und plötzlich so berühmt gewordenen Dichter mit den strahlenden Augen nachblickte.

Als Oehlenschläger starb, war der Weber siebenundvierzig Jahre alt und hatte sich wohl seine Gedanken gemacht, wie es im Himmerland üblich war, wenn man die »Randers Tidende« abonniert hatte und las, dass der Konferenzrat tot war, hu, hu, hu, wie man in Jütland sagt, ein Laut, der im wahrsten Sinne des Wortes unbeschreiblich ist, ein Geräusch in der Brust mit geschlossenem Mund, Anteilnahme und großem unschuldigen Respekt vor Dingen, die sich ereignen; der Tod bedeutender Persönlichkeiten, zweifellos ein Verlust für das Land. Es ist nicht sehr wahrscheinlich, dass Jens Jensen sonderlich viel über den großen Dichter wusste – schließlich webte er nicht für Herrschaften, die so weit entfernt lebten. Der Weber selbst starb 1882.

Meine Großmutter, von der ich weiß, dass sie noch mit Ochsen pflügte, während ihr Mann daheim webte – ein sonderbarer Umstand, der den Gedanken auf Gefion lenkt, obwohl meine Großmutter nicht Seeland aus Schweden herauspflügte –, meine Großmutter starb 1857. Der Alte war in seiner Webstube immer allein.

Die Zeit meines Großvaters ist das 19. Jahrhundert. Und ich habe den Eindruck, dass ich bei ihm – mehr als durch irgendeine Lektüre – aus gewissen unbedeutenden Verhaltensweisen, aus seiner Sprache und seiner ganzen Art und Weise, das Dasein anzunehmen, ein intimes, ein ganz kleines, aber intimes und identisches Gefühl für das 19. Jahrhundert bekommen habe, das er gewissermaßen in sich versammelt hatte. Es ist die Luft unserer Großeltern, eine lokale Färbung, die sich vermutlich sogar in der Kunst verflüchtigt hat, denn gemeint ist etwas sehr Vitales, nämlich die lebendige Überlieferung; es ist etwas ganz besonders Kostbares, das man sozusagen bis in die Fingerspitzen aufgesogen hat. Ich habe das Gefühl, als würden meine eigenen persönlichen Erfahrungen dadurch bis in das Jahr 1800 zurückreichen. Ich habe meiner Familie die Hand gereicht und kann mit einem eigenen Schlüssel alles übersetzen, was ich darüber lese. Und ich kann meinen Nachkommen die Hand reichen und ihnen noch immer einen kaum noch vorhandenen Rest davon weitergeben. Die kleinen Wahrnehmungsmomente, die der Zeit innewohnenden eigenen Erinnerungen erstrecken sich auf diese Weise vielleicht über vier, fünf Generationen, und die einzelnen Mitglieder in einer Familie können sich so innerhalb eines Zeitraums von ein paar hundert Jahren oder mehr sehen und berühren. Der Rest sind Bilder und schriftlich festgehaltene Dinge, die der Wirklichkeit sehr nahe kommen, aber es sind keine direkten Erinnerungen, die von lebendigen und mündlichen Eindrücken bestimmt sind und die sich als solche ohnehin nicht wiedergeben lassen.

Meine ersten Eindrücke erhielt ich als Kind im Haus meines Großvaters. Es waren Eindrücke von einem alten Mann, Eindrücke vom Alter. Aber es reichte weit darüber hinaus, denn sein Wesen war älter, es war verbunden mit einer noch ferneren Zeit als dem Beginn des 19. Jahrhunderts. Seine geistige Verfassung und sein Horizont gehörten eher ins 18. Jahrhundert, und sein Geschmack ins 17. oder 16. Jahrhundert; von seinem Gefühl und seiner Art her kehrte er zurück in noch frühere dänische Jahrhunderte.

Als Kind stellt man keine intellektuellen Betrachtungen an, aber auf dieselbe Weise, wie die Geschichte sich mit jedem neuen Zeitalter in ein neues Licht stellt, ist man in der Lage, sich durch seine Kindheitserinnerungen in Gedanken auszudehnen, wenn die Erinnerungen nur deutlich genug sind – und zwar je älter man wird. Mit dem alten Weber als Erinnerung konnte ich in meiner Familie zurückgehen und sie von einem bäuerlichen Standpunkt aus rekonstruieren, vom Empire und der Revolution bis hin zur Zeit der Perücken, und von dort bis ins Europa des Dreißigjährigen Kriegs, zu den Entdeckungsreisen, den Harnischträgern und der Renaissance, der Zeit der Kreuzzüge, der Sagas und ihrer Zeit, der heidnischen Zeit. In all diesen Epochen ändert sich die Kleidung des Bauern nicht, er trägt Fries oder Schaffell, bis hin zu den Männern des Altertums, den primitiven Fischern und Handwerkern, die als Erste das Land bevölkerten. Wann immer ich mir Menschen der Vergangenheit vorgestellt habe, Menschen des Altertums oder der Urzeit, dann waren es Erinnerungen des alten Webers, von denen ich mich unbewusst genährt habe; er war das Altertum in Person, bei ihm habe ich es berührt. Das ist mir inzwischen bewusst geworden.

Als ich den Geist des Nordens in einer einzigen Figur darstellen sollte, entschied ich mich für Norne-Gast aus den Sagas, aber zunächst erfüllte ich ihn mit Leben, ohne mir darüber im Klaren zu sein, was ich tatsächlich durch meinen Großvater wusste. Als Norne-Gast alt und zum weisen und milden Norne-Gast wurde, führte es allmählich zu der Einsicht, dass er niemand anderer war als der alte, weise und milde Weber, den ich in die Vergangenheit übertragen hatte.

Dort war er verwurzelt. Ich hätte keine bessere Quelle finden können. Die Bauerngeschlechter im Land gehen schließlich in ungebrochener Generationenfolge direkt bis in die Urzeit Dänemarks zurück. Die Zeit von der Geburt meines Großvaters bis zurück in die Zeit Olav Trygvesøns, wo die Norne-Gast-Saga endet, spannt sich über nicht mehr als vierundzwanzig Generationen.

Mein Großvater war sanfter als jeder andere Mensch, den ich jemals kennengelernt habe. Nicht überraschend, wird man sagen, denn wenn ein alter Mann seinem Enkelkind gegenüber nicht freundlich ist, wo sollte man dann Freundlichkeit in der Welt finden? Doch es ist wahr, er schüttete eine unendliche Herzlichkeit und Wärme über dieses Geschöpf aus, das unter ihm an seinem Webstuhl herumkrabbelte, mit den Spulen und Fadenenden spielte und die Gewichte hin und her schwang, mit denen der Webstuhl beschwert war. Es waren lauter merkwürdige Steine mit natürlichen Löchern, die der Alte selbst ausgewählt hatte; Steine von einer besonders tierähnlichen Form oder »Donnersteine«, ein alter Feuerstein-Keil war auch darunter. Es ist ein besonders schönes Gefühl, wenn die Kindheit zu einem alten Mann zurückkehrt.

Und doch, nein, es war mehr, der alte Weber war von Natur aus, aus sich selbst heraus, der sanfteste Mann der Welt. Ehrerbietig war er durchs Leben gegangen, und nun, da das Alter über ihn gekommen war, kehrte er mit Wehmut zu dieser respektvollen Haltung zurück, schwächer, aber mit größerem Verstand und Dankbarkeit als in seiner Jugend.

Er war gut, eine stille, etwas naive, gleichsam fragende Güte und Freude wohnte in ihm, die auf seine Stimme abfärbte, sie klang, als würde er singen, stets ergriffen und betrübt; wie ein Klagelied von jemandem, der liebt, was er sieht, und weiß, dass er sich davon trennen muss. Ich erinnere mich an ihn in seinem Garten, den er selbst bepflanzt hatte und in dem die Bäume mit ihm alt geworden waren. Er stützte sich mit beiden Händen auf seinen Stock und sah in einen Baum hinauf. Er lachte einem Vogel zu, über den er leise den Kopf schüttelte, gerührt und mit feuchten Augen. Er stand da wie ein Denkmal und schüttelte den Kopf über einen so kleinen Vogel, mit einer stillen Trauer in seiner Freude, denn er war ein alter Mann.

Alt? Als junger Mensch sieht man in den Alten nur die Alten und meint, sie seien schon immer dagewesen und hätten ungeheuer lange gelebt. Ja, sicher. Wie lange? Nun fange ich an zu erkennen, dass mein Großvater eigentlich nie alt wurde, er war betagt, gebrechlich und hilflos, und wie bei allen alten Menschen war ein gewisser geistiger Stillstand und die natürliche Senilität zu spüren, doch sein Wesen blieb unverändert. Das Alter, das kurze Leben, das ihm blieb, empfand er als etwas, worüber er sich grämte – aber auch als Reichtum. Gefühle, die sich gegenseitig verstärken – so kostbar ist das Leben, wenn man es endlich erkennt, aber nur noch darauf zurückblicken kann. Sollte etwas so Seelenvolles und Gequältes, etwas so Edles *alt* sein im Sinne von Verfall?

Die Empathie behielt er bei, die Empfindsamkeit des Alten für alle Dinge dieser Welt war die Quelle einer Innerlichkeit, die Kummer glich und ihn wieder und wieder den Kopf schütteln und ts, ts sagen ließ; auch dies etwas Unbeschreibliches, ein Laut, der mit der Zunge an den Zähnen hervorgebracht wurde. Ein Topf ging kaputt, jemand starb, große Unglücksfälle, die mit Sprache nicht zu bewältigen waren: ts, ts! Ja, so etwas sagen stille Menschen, die einen ehrlich ansehen und den Kopf schütteln. Die tiefe Ehrfurcht vor allem haben, was geschieht und wovon man hört, es sind die Ängste eines demütigen Herzens, *concern*. Man sitzt am Webstuhl und kann der Welt mit nichts anderem als Schals helfen. Als alter Mann webte er nur noch Schals, das schaffte er noch, der einst ein großer Tuchmacher gewesen war. Ja, ja, doch. Und während das Schiffchen lief, nahm der Alte alles und alle in seiner Fürsorge auf, doch die Welt erfuhr nichts davon.

Mit der Betonung auf der zweitletzten Silbe sagte mein Großvater Sebastópol, und wäre sicher enttäuscht gewesen, wenn ihm jemand gesagt hätte, es hieße Sewástopol – ebenso wie ich seinerzeit nie richtig darüber hinwegkam, dass es Schonér heißt. Schonér hatte ich als Junge in all meinen Seefahrtsromanen gelesen, ein schnelles, rasches und flinkes Boot verschwand in den Wogen und gab den Platz frei für das geräumige und gewöhnliche Schiff, das man kennt.

Man sagte schließlich auch Brigg und nicht Brik, das Schiff wurde dadurch ja auch zu kurz, noch immer schwimmt mein stolzes Schiff als eine Brik auf dem Wasser. *Sebastópol* sagte der alte naive Weber, und das war die Welt und das Schicksal in einem Wort, ebenso wie *Gaurisankar* war es eine ausgewählte, außerordentliche Vokabel, in der sich in seinen Augen Himmel und Erde trafen. Und wenn er von Sewastopol sprach, bekam er große, beinahe törichte Augen und schüttelte über die Maßen mitleidsvoll und verständnislos den Kopf, unfassbare Welt, er nahm sie sich an ihrer Stelle zu Herzen. Die Belagerung war für ihn noch immer eine Neuigkeit, noch immer empfand er dieses Elend, ts, ts, ts …

Habt ein Lächeln für ihn übrig!

Von der unendlichen, echten Herzlichkeit seines Wesens, der Verwunderung und der Freundlichkeit versuchte ich etwas in die Welt zu tragen, irgendetwas, das nicht gehasst werden konnte. Von ihm habe ich gelernt, dass Alter etwas *mehr* bedeutet als ausgefallene Zähne. Was mich betrifft, so habe ich es nicht zu einem Roman über einen alten einfältigen, isolierten Weber auf dem Land verarbeitet, sondern suchte gerade durch ihn etwas Isoliertes, Universelles und Zentrales als Motiv: die Vorgeschichte und das innerste Erleben der Familie und Sippe, das Erleben aller nordischen Seelen, die Seele *Norne-Gasts*.

Während des unbarmherzigen Krieges und danach, als es so aussah, als wäre alles untergegangen und nur Rohheit geblieben, ging ich mit dem Alten zurück durch die Zeiten. Auf eigentümliche Weise konnte ich mir sogar Götter- und Riesendimensionen von seiner Gestalt borgen, denn die Vorstellungen, die Kinder mit Erwachsenen verbinden – dass sie alles können –, reichen weit über die tatsächlichen Fähigkeiten der Erwachsenen hinaus. Projizieren primitive Volksstämme nicht nahezu das Gleiche in ihre Götter? Als Kind lebt man ja im Land der Riesen, einem Brobdingnag; später kehrt sich die Realität um, und man sieht selbst von der eigenen Größe auf den Liliputmann auf dem Fußboden hinunter. Das Kind lebt in einer realen Märchenwelt. Lebendig ist man als Kind, und wenn man selbst Kinder und Enkel hat. Und was ist mit dem Rest der Zeit? Tja, da befindet man sich außerhalb des Daseins.

Dem heiligen Christophorus könnte ich eine übernatürliche Größe und Einfalt geben, mit der Erinnerung an meinen Großvater könnte ich die Seele des Heiligen durchleuchten und sie nordisch werden lassen. Aus einer verlorenen Erinnerung im Süden ersteht der Bauer. Vom Kind und Bauern zu Columbus!

Norne-Gast in Quetzalcoatls Verkleidung, der alte Mann, der den Mexikanern und Menschenfressern Sanftmut beibrachte, das war er.

Ahistorisch? Ja, ist das jetzt ahistorisch? Beweist mir, dass skandinavische Seeleute in einer prähistorischen Zeit, also vor Erik dem Roten, Amerika *nicht* erreicht haben! Die tatsächlichen Überlieferungen über Quetzalcoatl sind anders kaum erklärbar. Wie auch immer, war es falsch, die schlichte Lehre der Liebe in einem Mythos zu verbreiten, wenn die Gegenwart und alles, womit sie sich beschäftigt, nicht zulässt, dass sie verbreitet wird?

Ich weiß nicht, ob die Welt überhaupt noch Bedarf an Freundlichkeit hat; aber ich möchte ihr geben, wovon mir mein Großvater seinerzeit so viel gegeben hat.

ANHANG

EDITORISCHE NOTIZ

Die ersten zehn in diesem Band versammelten Geschichten (von »Der Pferdehändler« bis »Jens Jensen Weber«) erschienen 1910 in Dänemark als *Himmerlandshistorier. Tredie Samling* (*Himmerlandsgeschichten. Dritte Sammlung*), die Reihenfolge der Texte entspricht der Originalausgabe.

Die folgenden fünf Erzählungen wurden den beiden dänischen Ausgaben der *Himmerlandshistorier* von 1933 und 1950 hinzugefügt. Zusätzlich wurden für diese Ausgabe die Erzählungen »Ravna«, »Das Mädchen aus Hvorhvarp«, »Als der Schuhmacher ins Fegefeuer kam« und »Für meinen Großvater« aufgenommen, die Johannes V. Jensen selbst als »Himmerlandsgeschichten« bezeichnete, obwohl sie zu Lebzeiten des Autors in keiner Ausgabe der *Himmerlandshistorier* erschienen.

Übersetzung und Anmerkungen folgen der dänischen Gesamtausgabe: Johannes V. Jensen, *Himmerlandshistorier*, bind 2. Textudgivelse, efterskrift og noter ved Per Dahl og Aage Jørgensen. Danske klassiker. Det Danske Sprog- og Litteraturselskab, Gyldendal. København 2018.

Nicht übernommen wurde die Geschichte »Nifingeren« (Der Neunfinger), da der Text eine so gut wie identische Vorarbeit der Erzählung »Weihnachtsfrieden« ist, die im Band *Himmerlandsgeschichten* (Berlin 2020, Guggolz Verlag) in einer deutschen Übersetzung bereits erschienen ist.

Ich danke dem Herausgeber Per Dahl sehr herzlich für seine Hilfe und Unterstützung und Det Danske Sprog- og Litteraturselskab (Dänische Gesellschaft für Sprache und Literatur), dass ich den ausgezeichneten Anmerkungsapparat ihrer Ausgabe nutzen durfte, der für das grundsätzliche Verständnis von Johannes V. Jensens Himmerlandsgeschichten ungemein hilfreich ist.

Ulrich Sonnenberg

ANMERKUNGEN

Maßeinheiten

Elle: altes Längenmaß, 62,76 Zentimeter.

Fuß: altes Langenmaß, 31,4 Zentimeter.

Lispfund: altes Gewichtsmaß, 8 Kilogramm.

Lot: alte Maßeinheit, 16 Gramm.

Meile: altes Längenmaß. Die dänische Meile betrug 7,5 Kilometer.

Morgen: altes Flächenmaß. Ein Morgen entsprach etwa 0,55 Hektar.

Zoll: altes Längenmaß. 1 Zoll = 2,62 Zentimeter.

DER PFERDEHÄNDLER

Erstdruck unter dem Titel »Krestens Handler« (Krestens Handel) in Hjemmets Noveller *Nr. 3. Dezember 1905*

Seite 5: Silvesterabend: siehe »Die Siebenschläfer« in: Johannes V. Jensen, *Himmerlandsgeschichten.* Aus dem Dänischen von Ulrich Sonnenberg. Berlin 2020. Guggolz Verlag, Seite 97–116.

Seite 5: Graabølle: fiktiver Ortsname, der poetische Name von Johannes V. Jensens Geburtsort Farsø im Himmerland.

Seite 7: Hvalpsund: Ortschaft im westlichen Himmerland.

Seite 10: Knapstrupper: eigentlich Knabstrupper, Pferderasse, die auf dem dänischen Herrenhof Knabstrup in Westseeland gezüchtet wurde. Die Schimmel mit der Tigermusterung der Rückenpartie dienten hauptsächlich als Reit- oder Zirkuspferde.

Seite 10: Tässchen Tee: Tee mit Rum oder Cognac.

Seite 10: Feldspat: farbloses oder helles gesteinsbildendes Mineral. Tatsächlich kann ein Pferd aber an Spat erkranken, einer arthritischen Erkrankung des Sprunggelenks.

KLEIN-SELGEN

Erstdruck unter dem Titel »Bitte-Selgens Tænder« (Klein-Selgens Zähne) in Julealbum, *1905*

Seite 17: *Ugens Nyheder*: (Neuigkeiten der Woche) ein »Volksblatt für Christentum, Aufklärung und Neuigkeiten«, so der Untertitel, das von 1892 bis 1960 wöchentlich erschien.

BO'L

Erstdruck unter dem Titel »Bodils Bryllupstaarer« (Bodils Hochzeitstränen) in Hjemmets Noveller, *Nr. 11, 11. August 1906*

Seite 21: Schilf-Søren: Søren flicht Matten und Schuhe aus Schilf und Binsen.

Seite 21: Kabinettporträt: kleinformatige Fotografie.

Seite 23: Büdnerei: kleines ländliches Anwesen mit wenig oder gar keinem Grund und Boden.

Seite 23: Fenja: Fenja und Menja, zwei Riesinnen der Lieder-Edda, die in der altnordischen Dichtung Gróttasöngr eine magische Mühle bedienen, deren Mühlsteine mahlen, was man sich wünscht.

Seite 25: Moholm: fiktiver Name eines Herrenhofs.

Erstdruck unter dem Titel »Hverrestens-Kræsten« (Schleifstein-Kræsten) in Arbejdernes Almanak *for* 1910, *1909*

Seite 28: Ajes: jütländische Variante des Männernamens Anders.

Seite 28: Schweinedeich: bis Ende des 18. Jahrhunderts eine gebräuchliche Einfriedung für die der Allgemeinheit eines Dorfes gehörenden Schweine.

Seite 28: Armenhilfe: Unterstützung durch die öffentliche Hand, die laut dänischem Grundgesetz von 1849 u. a. den Verlust des Wahlrechts mit sich brachte.

Seite 28: Einliegerbehausung: Landarbeiter ohne Grundbesitz und ohne festen Wohnsitz, der auf einem Hof zur Miete wohnt.

Seite 29: Versorgungsrecht: Recht, von der öffentlichen Hand versorgt zu werden.

Seite 29: Lederärmel: lose Armschoner aus Leder, die u. a. bei der Kornernte über die Arme gestreift wurden, um Verletzungen und Stiche zu vermeiden.

Seite 31: Scheidewasser: Salpetersäure, mit der die meisten Metalle aufgelöst werden können.

Seite 33: *Demanten:* gemeint ist ein Diamant, der aufgrund seiner Härte zum Glasschneiden geeignet ist.

Seite 34: Opposition: die Zuspitzung des Verfassungskampfes Anfang der 1880er Jahre führte dazu, dass die konservative Regierung des dänischen Ministerpräsidenten J. B. Estrup zunehmend mit Ausnahmegesetzen regierte. 1885 wurde befürchtet, dass die Schützenvereine in dieser Situation zu den Waffen greifen würden, daher wurde ein »Büchsengesetz« erlassen, das den Besitz von Waffen verbot. Gleichzeitig wurden Polizeisoldaten (Gendarmen) in die ländlichen Gebiete geschickt, in denen die Bauern gegen den geplanten Ausbau der militärischen Befestigungen in Kopenhagen opponierten. Diese sogenannte »Zeit des Provisoriums« dauerte bis 1894 an.

Seite 34: Gensdarmen: Johannes V. Jensen schreibt Gendarmen nach der alten französischen Form Gens d'Armes.

Seite 35: Wahl ... radikalen Folketing-Abgeordneten bekam: am 28. Januar 1887 fanden Wahlen zum dänischen Parlament Folketing statt. Die Rede ist von einem Kandidaten der Det Forenede Venstre (Die Vereinigte Linke), die verschiedene sozialliberale Strömungen vereinte. Die bis heute existierende sozialliberale Partei Det Radikale Venstre (Die Radikale Linke) wurde erst 1905 gegründet.

Seite 35: Auch er hatte gewählt, doch gleichsam zufällig: Die Wahl erfolgte durch Handzeichen, geheime Abstimmungen wurden erst 1901 eingeführt.

HERR JESPER

Erstdruck unter dem Titel »Hr. Jesper. En Himmerlandshistorie« *(Herr Jesper. Eine Himmerlandsgeschichte) in* Hjemmets Noveller, *6. Jahrgang, Nr. 10, 15. Mai 1910*

Seite 38: Ulbjerg: Dorf in Jütland.

Seite 41: Beiderwand: schweres Mischgewebe, vor allem im 19. Jahrhundert ein weit verbreitetes Material für bäuerliche Kleidung.

Seite 43: Sønderbølle: fiktiver Ortsname.

Seite 43: unvorstellbar für Herrn Jesper: weil am Samstag die sonntägliche Predigt vorbereitet werden musste.

Seite 44: Getreidesteuern, Opfergaben und den Zehnten: bei der Klassifizierung des Ackerbodens kamen vierundzwanzig verschiedene Steuersätze zur Anwendung; Opfergaben waren vor 1920 Zulagen für die Entlohnung von Pastoren und Küstern und fielen bei drei großen Festen (Ostern, Pfingsten und Weihnachten) sowie bei gewissen kirchlichen Handlungen wie Hochzeiten und Kindstaufen an. Die Kirche erhielt ein Zehntel der Ernte, eine Regel, die im 12. Jahrhundert eingeführt worden war und erst zwischen 1908 und 1918 endgültig abgeschafft wurde.

Seite 45: *Bringet dar dem Herrn ... segnen mit Frieden*: Psalm 29, 1–11.

Seite 45: Auguren: römische Beamte, die zu ergründen hatten, ob ein vom Staat oder einem Familienoberhaupt geplantes Unternehmen den Göttern gefiel.

Seite 48: Messingmörser: der Messingmörser wird als Klingel oder Glocke verwendet, um den Bienenschwarm, der eine neue Behausung sucht, in eine bestimmte Richtung zu lenken.

Seite 51: wie es geschrieben steht: »Wenn du aber betest, so geh in dein Kämmerlein und schließ die Tür zu und bete zu deinem Vater, der im Verborgenen ist; und dein Vater, der in das Verborgene sieht, wird dir's vergelten.« Matthäus 6,6.

Seite 52: *Aus der Tiefe ... seinen Sünden*: Psalm 130, 1–8.

DER EMIGRANT

Erstdruck 1909 unter dem Titel »Fra Graabølle til Chicago. En Introduktion« *(Von Graabølle nach Chicago. Eine Einführung) in* Illustreret Tidende

Seite 57: in den Jahren nach 1864: nach dem verloren gegangenen Dänisch-Deutschen Krieg von 1864 kam es in Dänemark auch in der Landwirtschaft zu tiefgreifenden Veränderungen, der beginnenden Industrialisierung folgten gewerkschaftliche und politische Organisierung und Landflucht.

Seite 57: Parteigänger der Venstre: bürgerlich-liberale Bauern-partei, die die Einführung des Parlamentarismus forderte.

Seite 57: Genossenschaftsbewegung: die 1866 vom Arbeiterverein in Thisted gegründete Verbrauchervereinigung gilt als Beginn der dänischen Genossenschaftsbewegung, die vor allem landwirtschaftliche Betriebe wie Molkereien, Schlachtereien usw. umfasste.

Seite 58: *mein* Amerika: Johannes V. Jensen besuchte die Vereinigten Staaten 1896, 1902–1903 und 1905.

Seite 58: *ver sacrum*: lat. »heiliger Frühling«. Bei den antiken Italikern der Brauch, in Notzeiten die Erstlinge des Frühlings den Göttern zu opfern. Tiere und Früchte wurden geopfert, die Kinder wurden, sobald sie erwachsen waren, zur Auswanderung gezwungen.

Seite 59: blökenden Versammlung von »Heiligen«: Mitglieder der Inneren Mission beim Gesang von Kirchenliedern.

Seite 59: Kuba-Krieg: der Spanisch-Amerikanische Krieg 1898 wurde vor allem in kubanischen und philippinischen Gewässern ausgetragen. 1902 eroberten die Vereinigten Staaten Kuba und gaben der Insel die Unabhängigkeit.

Seite 62: Viereck: Rundtanz, bei dem sich vier Paare wie bei einem Kontertanz gegenüberstehen.

Seite 63: *I crossed Mississippi*: nicht identifizierter Song, vermutlich ein Marschlied, das die Mormonen 1846–1847 auf ihrem Marsch von Illinois nach Utah sangen.

GRAABØLLE

Erstdruck 1910 in Himmerlandshistorier. Tredie Samling

Seite 64: Rold Skov: mit einer Fläche von 80 Quadratkilometern ist der Rold Skov nördlich von Hobro das zweitgrößte zusammenhängende Waldgebiet Dänemarks.

Seite 65: Waffenhaus: Kirchenvorhalle, in der die Kirchgänger im Mittelalter ihre Waffen für die Zeit des Gottesdienstes ablegten.

Seite 65: Bakhofbauer: siehe auch Johannes V. Jensen, *Himmerlandsgeschichten*. Berlin 2020, Guggolz Verlag, Seite 97 ff. »Die Siebenschläfer« sowie »Der Pferdehändler« und »Der Hund des Bakhofbauern« in diesem Band.

Seite 66: Loki Hafer ... streute: nach dem germanischen Gott Loki wurden, um seine verderbliche Wirkung zu kennzeichnen, in Dänemark der Schwindelhafer (*avena fatua*), der Hahnenkamm (*unnanthus ensta galli*) und ein für das Vieh schädliches Unkraut (*polytrichum commune*) Lokis Hafer genannt.

Seite 69: Generalstabsmarkierung: die Topografische Abteilung des Generalstabs hatte 1842 eine detaillierte Vermessung Dänemarks vorgenommen (Generalstabskarte), bei der die Messpunkte u. a. erhöht liegende Hünengräber waren.

Seite 72: Grundtvigsche Freundesgemeinde: Nikolai Frederik Severin Grundtvig (1783–1872), dänischer Pfarrer, Dichter und Politiker, begründete eine auf das Diesseits gerichtete Glaubensrichtung innerhalb der evangelischen Kirche (Grundtvigianismus); die Mitglieder seiner Gemeinden bezeichnete er als *Freunde*.

Seite 72: das Missionshaus, die Walstatt der Heiligen: gemeint ist die Kirchenvereinigung für die Innere Mission, eine konservative lutherisch-christliche Organisation in Dänemark.

Seite 74: einer Klasse von Majoritätsbewahrern: gemeint sind die gewählten oder selbsternannten Führer und Sprecher der Kleinbauernbewegung, deren Macht und Einfluss auf den vielen Mitgliedern beruhte, die sie angeblich repräsentierten.

Seite 74: staatlich unterstützten Kleinbauern: durch das Stadshusmandslov, das staatliche Kleinbauern-Gesetz von 1899, wurde es Landarbeitern ermöglicht, Grundstücke und Äcker zu erwerben.

Seite 75: bedürftigen Landarbeiter: eine Spitze gegen die sozialdemokratisch organisierten Landarbeiter, die mit Arbeitsniederlegungen und Streiks für bessere Arbeitsbedingungen kämpften.

Seite 76: wird die Strecke fertiggestellt und in Betrieb sein: die Bahnlinie Aars–Hvalpsund wurde 1910 eröffnet, Farsø wurde zur Bahnstation; der Betrieb wurde 1969 eingestellt.

Seite 77: Windmotoren: Windräder wurden ab 1900 auf dänischen Höfen üblich, ihre Kraft wurde genutzt, um Häckselmaschinen, Wasserpumpen und Mühlen zu betreiben.

Seite 78: die Zentrifugen: 1878 erfundener Molkereiapparat zur Trennung von Milch und Sahne.

Seite 79: an Amerika denken: Johannes V. Jensen veröffentlichte 1905 den Amerika-Roman *Das Rad*, betitelt nach dem Wahrzeichen der Industrialisierung.

Seite 81: einfältigen Bauern von Molbo: die Geschichten sind vergleichbar mit den Erzählungen über die Schildbürger.

Seite 81: Bjørnson: Bjørnstjerne Bjørnson (1832–1910), norwegischer Schriftsteller, der mit Erzählungen aus dem bäuerlichen Milieu bekannt wurde.

Seite 81: Milchdiät: die Ernährung der damaligen bäuerlichen Gesellschaft war sehr von Milchprodukten geprägt.

Seite 83: Jakob Knudsen: (1858–1917), dänischer Schriftsteller, den Johannes V. Jensen in seinem Roman *Die neue Welt* porträtierte.

Seite 83: eine Persönlichkeit: gemeint ist Jens P. K. Vestergaard (1847–1905), Hofbesitzer aus Gøttrup und Mitglied des Folketing, auf dessen Initiative das Krankenhaus von Farsø und die Hvalpsund-Bahn gebaut wurden.

Seite 83: Chresten Berg: Chresten Berg (1829–1891), Mitglied des Folketing, Repräsentant der radikalen Fraktionen der Partei Venstre.

Seite 84: das »Büchsenjahr« 1885: siehe Anmerkung zu Seite 34 zum Stichwort »Opposition«.

DER HEIDEBAUER

Erstdruck 1910 in Himmerlandshistorier. Tredie Samling

Seite 86: Pelerine: über dem Mantel getragener Umhang, der etwa bis zur Taille reicht.

Seite 88: wie Opossums: Beutelratte, die sich totstellt, wenn sie sich bedroht fühlt.

Seite 88: Lupinen, Spark, Buchweizen: Lupinen und Spark (ein Nelkengewächs) wurden als Pflanze zur Verbesserung der Futter- und Bodenqualität eingesetzt; Buchweizen wächst gut auf magerer Erde.

Seite 88: Mergel: kalkhaltiger Lehm, der zur Verbesserung der Bodenqualität bei sandigem Heideboden eingesetzt wurde.

Seite 89: Seggen: Pflanzengattung aus der Familie der Sauergrasgewächse.

Seite 90: Mormone: Anhänger der von Joseph Smith 1830 gegründeten religiösen Sekte Jesu Christi der Heiligen der Letzten Tage. Zwischen 1850 und 1926 wanderten über 26 000 dänische Mormonen in die USA aus, die meisten vor 1880 aufgrund von Verfolgungen.

Seite 90: das fröhliche Christentum: der optimistische Grundtvigianismus (siehe Anmerkung zu Seite 72) war eine der wichtigsten Erweckungsbewegungen des 19. Jahrhunderts. Er galt als »des Landmanns fröhliches Christentum«.

Seite 90: **Innere Mission:** pietistische Erneuerungsbewegung der dänischen Staatskirche, die Ende des 19. Jahrhunderts großen Einfluss auf die Landbevölkerung Jütlands hatte.

Seite 91: **Waagscheit:** Querbalken vor einem Wagen oder einer Kutsche zum Anspannen der Pferde.

Seite 91: **Radfahrer mit Hosenklammern:** Mitglied der sozialistischen oder kommunistischen Bewegung; die sozialistische Agitation setzte auf eine Allianz zwischen Industriearbeitern und Landarbeitern.

Seite 91: **Organisation:** sozialistische oder kommunistische Partei.

HIMMERLANDS BESCHREIBUNG

Erstdruck 1910 in Himmerlandshistorier. Tredie Samling

Seite 93: **Rold Skov:** siehe Anmerkung zu Seite 64.

Seite 93: **großen ostjütländischen Eisenbahn:** die Eisenbahnverbindung Padborg–Frederikshavn entstand 1862–1871.

Seite 95: **Vindblæs:** Dorf im Himmerland. Der Name lässt sich mit »sturmumtost« übersetzen.

Seite 95: **Insel Singapur:** Johannes V. Jensen besuchte Singapur auf seiner Weltreise 1902–1903.

Seite 95: **Tonnensäcke:** Säcke, die eine Tonne Korn fassten (139 Liter).

Seite 96: **Livø und Fur:** Inseln im Limfjord.

Seite 97: **Kökkenmödding:** bei Ertebølle wurde in den 1890er Jahren ein großer Muschelhaufen mit Speiseresten und anderen Abfällen ausgegraben, die wichtige Hinweise auf das Leben in der Steinzeit lieferten.

Seite 98: **von Jerusalem keinen Stein auf dem anderen lassen:** vgl. Lukas 19, 41–44.

Seite 101: **Uffe, der dumme Hans, Jeppe:** Uffe hin Spage,

nordisch-mythologischer Königssohn, der durch einen Zwei-
kampf an der Eider die dänische Unabhängigkeit sicherte.
Der dumme Hans: Märchen von Hans Christian Andersen,
in dem der bauernschlaue Hans die Hand der Königstochter
gewinnt. In Ludvig Holbergs 1722 entstandener Komödie
Jeppe vom Berge oder Der verwandelte Bauer findet sich der
Bauer Jeppe nach einem Trinkgelage in der Rolle eines Ba-
rons wieder.

Seite 106: Dyrehaven: Waldgebiet im Norden Kopenhagens.

Seite 107: Alhede: Name eines Gebiets in der Nähe von Skive,
das aufgrund von harten, rostroten Ausfällungsschichten
vollkommen unfruchtbar ist.

Seite 108: »Thingstätten«: in älteren Vorstellungen galten die
Hünengräber als Orte, an denen Volks- und Gerichtsver-
sammlungen abgehalten wurden.

Seite 108: Furcht vor dem »Bergmann«: der Bergmann war
im Volksglauben ein übernatürliches Wesen, das in Hünengräbern lebt.

Seite 109: den Feuerländern: die ursprüngliche Bevölkerung
der Inselgruppe Tierra del Fuego an der Südspitze Südame-
rikas wurde häufig als »primitiv« beschrieben.

Seite 110: Kessel von Gundestrup: Silberkessel aus der spät-
keltischen/frühromanischen Zeit, der 1891 in einem Torf-
moor in Jütland gefunden wurde.

Seite 110: Feuersteinsiegel: das Siegel aus der jüngeren Steinzeit wurde 1898 in einem Moor in der Nähe von Hobro
gefunden und befindet sich heute im Nationalmuseum in
Kopenhagen.

Seite 110: Kimbernland: die Kimbern waren ein germanischer
Volksstamm, der vermutlich aus dem nördlichen Jütland
stammte und um 120 v. Chr. aus seinem Siedlungsgebiet
nach Süden zog.

Seite 112: Wolfsfuß: Pflanzengattung aus der Familie der Bär-lappgewächse.

Seite 113: Meine ästhetischen Arbeiten: abgesehen von den Gedichten, *Exotische Erzählungen* und *Neue Mythen*, sind von 1907 bis 1915 alle Bücher Johannes V. Jensens auch auf Deutsch erschienen.

Seite 116: Gründling: Karpfenfisch.

JENS JENSEN WEBER

Erstdruck 1910 in Himmerlandshistorier. Tredie Samling

Seite 118: Jens Jensen: Johannes V. Jensens Großvater väterli-cherseits (1803–1882), verheiratet mit Kirsten Marie Jensdat-ter (1816–1857), nach ihrem Tod alleinlebend.

Seite 119: Guldager Mark: ca. sechzehn Kilometer von Farsø entfernt.

Seite 119: Aalestrup: Ortschaft im westlichen Himmerland.

Seite 120: Bruunshaab: die Kleiderfabrik Bruunshaab wurde 1820 von Bertel Bruun in Nørreå östlich von Viborg ge-gründet.

Seite 120: Hvam: Ortschaft in der Nähe von Aalestrup.

Seite 120: Støttrup: Ort in Mitteljütland.

Seite 121: Hartkorn: eigentlich hartes Korn, d. h. Roggen oder Gerste, im übertragenen Sinn aber die Bemessung für den Ertrag des Bodens; von 1662 bis 1903 waren die erwirtschaf-teten Tonnen Hartkorn in Dänemark die offizielle Grund-lage zur Bodenbeurteilung und damit der Besteuerung.

Seite 121: *Holzpferd*: Straf- und Folterwerkzeug, das aus einer scharfkantigen, schmalen Planke bestand, die auf zwei oder vier Beinen lag.

Seite 122: J. L. Heiberg: Johan Ludwig Heiberg (1791–1860), dänischer Dichter und von 1822 bis 1825 Dozent in Kiel, war von dem Philosophen Georg Wilhelm Friedrich Hegel (1770–1831) beeinflusst.

Seite 123: Richtrad: Hinrichtungsform mithilfe eines scharfkantigen Wagenrads.

Seite 123: zwei Figuren in Revolutionskostümen: gemeint sind Arbeiter und Tagelöhner zur Zeit der Revolution 1848, keine vornehm gekleideten Personen.

Seite 123: *Randers Tidende*: eine Zeitung mit diesem Namen gab es nicht.

Seite 123: *frontiersmen*: Männer, die in Nordamerika an der Grenze zur Wildnis lebten.

Seite 124: Simested: Ortschaft in der Nähe von Aalestrup.

Seite 125: Jens Pedersen: Johannes V. Jensens Urgroßvater (1767–1845), geboren in Støtttrup, Pächter der Østerbølle Heide, später in Hvam.

Seite 126: Grafenfehde: zwischen 1534 und 1536 andauernder Bürgerkrieg in Dänemark. Der mit der Grafenfehde verbundene und von Skipper Klemens angeführte Bauernaufstand wurde von den Truppen des dänischen Königs niedergeschlagen.

Seite 126: Amtsbezirk Rinds: umfasste vierzehn Gemeinden im nordöstlichen Teil des alten Kreises Viborg.

Seite 126: Chr. Sørensen Testrup: 1685–1761, Amtsbezirksvogt im Amtsbezirk Rinds, Autor einer Chronik des Amtsbezirks.

Seite 127: Leraa Sig: Feuchtgebiet zwischen Svenstrup und Aalborg, ein so gut wie unmögliches Terrain für schwer ausgerüstete adlige Ritter.

Seite 127: Skindsbro: der Ort kann nicht nachgewiesen werden.

Seite 128: Resens Ausgabe von *Hirdskraa*: Peder Hansen Resen (1625–1688), dänischer Historiker; seine Ausgabe des *Hirdskrá*, des norwegischen Heeresgesetzes, stammt von 1675.

Seite 129: Steinschmerzen: von Gallen- und Nierensteinen verursachte Schmerzen.

Seite 129: Bauernreformen: die Bauernreformen der 1780er Jahre umfassten u. a. die Möglichkeit des Umzugs und die Abschaffung der Erbuntertänigkeit.

Seite 131: Lille Restrup: Herrenhof am Rande von Aalestrup.

Seite 131: Lynderupgaard: Herrenhof in der Nähe von Farsø, von 1780 bis 1803 im Besitz von Mogens Lottrup.

Seite 134: Nørager: Gemeinde in Nordjütland.

Seite 134: einer halben Viertelmeile: ca. 1,9 Kilometer.

DIE WASSERMÜHLE

Erstdruck in Berlingske Tidende, *Weihnachtsausgabe, 23. Dezember 1923*

Seite 147: die kleinen französischen Holzschuhe: eine leichte Holzschuhform, deren Kappe aus Leder bestand. Sie lösten Ende des 19. Jahrhunderts die dänischen Holzschuhe ab, die aus einem Stück Holz gearbeitet waren.

Seite 148: Rüttelwerk: Vorrichtung zur Trennung von Körnern und Spreu.

Seite 150: Den halben Tag hatte man sie in der Schule, allerdings nur jeden zweiten Tag: bis ins 20. Jahrhundert war es in Dänemark auf dem Land üblich, dass Kinder nur jeden zweiten Tag zur Schule gingen; an einem Tag die älteren, am nächsten die jüngeren Kinder.

Seite 154: das Maß des Königs: die Menge an Mehl, die laut königlicher Verordnung dem Müller als Bezahlung zukam.

Seite 157: Radschauer: überdachter Anbau für das Wasserrad.

Seite 157: Wellbaum: kräftige hölzerne Achse des Wasserrads.

Seite 157: Pockenholz: sehr harte karibisch-mittelamerikanische Holzsorte des Guajakbaums.

Seite 159: das unterschlächtige Wasserrad: das Wasser trifft auf die unteren Schaufeln des Wasserrads.

DER HUND DES BAKHOFBAUERN

Erstdruck in Social-Demokraten, *Weihnachtsausgabe, 24. Dezember 1927*

Seite 161: zu den Siebenschläfern: siehe »Die Siebenschläfer« in: Johannes V. Jensen, *Himmerlandsgeschichten.* Aus dem Dänischen von Ulrich Sonnenberg. Berlin 2020. Guggolz Verlag, Seite 97–116.

Seite 161: als Pferdehändler zu reüssieren: siehe »Der Pferdehändler« in diesem Band.

Seite 166: Knapstrupper: siehe Anmerkung zu Seite 10.

Seite 167: Holsteinerwagen: offene Kutsche mit abgeschrägten Seiten.

Seite 175: *Malachit*: grünes Mineral. Kresten meint vermutlich den heiligen Malachias.

Seite 175: *durch das Schwert umkommen*: vgl. Matthäus 26,52; einen Stein auf dem anderen: vgl. Matthäus 24,2; konstatieren: vermutlich meint Kresten »konsternieren« im Sinn von »aus der Fassung bringen«.

Seite 177: des Bettbandes: ein Band, mit dem man sich hochziehen kann, wenn man sich im Bett aufrichten möchte.

Seite 178: Raufenstangen: Trennstangen zwischen Futterraufe und Box.

Seite 179: der Vorhang der Anständigkeit von oben bis unten zerrissen: vgl. Matthäus 27,51.

Seite 179: Sie gingen mit sehr viel Liebe auseinander: der letzte Satz der von Johannes V. Jensen aus dem Isländischen übersetzten *Egil Skallagrimssons Saga.*

JØRGINE

Erstdruck in Johannes V. Jensen, Jørgine, *Hage og Clausens Forlag, 1926*

Seite 184: Pan: in der griechischen Mythologie ein Hirten- und Waldgott, der die Panflöte spielt.

Seite 187: in ihren schwärzesten Festtagskleidern: Ende des 19. Jahrhunderts trug auf dem Land selbst die Braut bei der Hochzeit schwarz.

Seite 187: Hans Smidth: Maler des himmerländischen Volkslebens (1839–1917), gemeint ist sein Bild »Bauern fahren zur Hochzeit« (Museum Salling, Skive).

Seite 189: Løgstør: Ort in Himmerland.

Seite 191: Lied von Hjalmar und Hulda: die bekannteste Moritat des 19. Jahrhunderts in Dänemark mit insgesamt dreiundzwanzig Strophen.

Seite 193: die letzten blutigen Ereignisse: in der Moritat erschlägt Hjalmar nach seiner Rückkehr von einem Kriegszug einen Nebenbuhler und tötet sich dann selbst.

Seite 193: Tartarenblut: als Tartaren bezeichnet Jensen Sinti und Roma.

Seite 194: aus der Zeit Jeppes vom Berge: siehe Anmerkung zu Seite 101, Stichwort »Uffe etc.«

Seite 194: Seggen: Pflanzengattung aus der Familie der Sauergrasgewächse.

Seite 194: Nachtmännern: sozial Ausgestoßene, die nachts die schmutzigen Arbeiten ausführen mussten und als nicht vertrauenswürdig galten.

Seit 204: Zentrifuge … Meierin: nach der Erfindung der Milchzentrifuge, mit der Milch und Rahm getrennt werden, richteten große Gutshöfe eigene Molkereien ein. Die Frauen, die die Zentrifugen bedienten, genossen hohes Ansehen.

Seite 204: Pferdegöpel: Anlage, bei der Pferde angeschirrt im Kreis gehen und ihre Muskelkraft auf eine Achse übertragen wird, um eine mechanische Vorrichtung anzutreiben.

Seite 205: Silberschrank: junge Frauen sammelten Silberbesteck, um zur Hochzeit ein möglichst zwölfteiliges Service in die Ehe einzubringen.

Seite 207: das Opfer entrichtet wurde: bis 1920 war es in Dänemark üblich, das Gehalt von Pastoren und Küstern durch Spenden bei hohen kirchlichen Feiertagen oder familiären Anlässen wie Hochzeiten und Kindstaufen aufzubessern.

Seite 208: »Delle«: eigentlich Fidelle (frz.: fidèle, treu), Hundename.

Seite 210: Kurländer: Meerschaumpfeife.

Seite 211: Pallasch: schwerer Korbsäbel.

Seite 212: Adligen in Straßburg: das »Straßburger Lied« war im 19. Jahrhundert weit verbreitet. In einer dänischen Sammlung von volkstümlichen Erinnerungen und Sagen gibt es eine Version mit dreißig vierzeiligen Strophen.

Seite 212: Axel und der schönen Inger: volkstümliche Moritat mit dem Titel »In Seeland bei einem Bauern«.

Seite 213: Lancier: alter Gesellschaftstanz.

Seite 213: Zweitritt: alter volkstümlicher Rundtanz.

Seite 217: Allmende: Land, das zu einem Dorf gehört und von den Dorfbauern als Gemeinschaftseigentum genutzt wird.

Seite 220: Wie die alten Nordländer … Tafeln der Erinnerung im Gras: Anspielung auf die »Weissagung der Seherin« zu Beginn der Edda, in dem es heißt: »Da werden sich wieder die wundersamen goldenen Tafeln im Grase finden, die in Urzeiten die Asen hatten.«

Seite 220: Lit de Parade: Totenbett.

Seite 223: Vierseithof: Hofform, bei der der Hofplatz von allen vier Seiten von Gebäuden umschlossen ist.

Seite 227: als das alte Geld abgeschafft wurde: 1873 wurde die dänische Währung von Schilling und Mark auf Kronen und Øre umgestellt.

Seite 228: mit Tressen versehene Mützen erschienen: d. h. Polizisten.

Seite 228: Wechseltag: der 1. Mai und der 1. November waren die Tage, an denen sich entschied, ob Teile des Gesindes auf den Bauernhöfen und Gütern weiterbeschäftigt oder entlassen wurden.

Seite 231: den Torfkorb mitgenommen: Jørgines Schwangerschaft war bereits deutlich zu sehen.

Seite 234: obwohl der Roggen noch ein wenig durchsichtig war: die Ähren standen weit auseinander.

Seite 239: Tournüren: ein in der Zeit von 1870 bis 1890 weitverbreitetes Formkissen, das unter dem Kleid über dem Gesäß getragen wurde.

Seite 242: Brustzucker des Königs von Dänemark: Bonbons mit Anis- und Lakritzgeschmack, die ursprünglich vom Leibarzt von König Christian V. hergestellt wurden.

DER SPILLMANN

Erstdruck unter dem Titel Spilmanden. Den kloge mand i Farsø *(*Der Spillmannn. Der kluge Mann aus Farsø*) in* Solhverv, Juleskrift til Ungdommen,*1929*

Seite 248: ähnlich wie die Geistlichen: die Kirche bekam ihren »Zehnten«, d. h. ein Zehntel der Ernte, eine Regel aus dem 12. Jahrhundert, die in Dänemark erst 1918 endgültig beendet wurde.

Seite 248: Hobro: Stadt in Mitteljütland.

Seite 249: Klapphose: Männerhose mit einer viereckigen, aufknöpfbaren Klappe anstelle eines Hosenschlitzes.

Seite 249: Thorvaldsen … Ohm Krüger: Bertel Thorvaldsen (1770–1844), dänischer Bildhauer; N. F. S. Grundtvig, siehe Anmerkung zu Seite 72; J. C. Christensen (1856–1930), dänischer Politiker; Ohm Krüger: Paul Krüger (1825–1904), Präsident der südafrikanischen Provinz Transvaal und Führer des Aufstands gegen die Briten im Burenkrieg 1899–1902.

Seite 251: Salling: Halbinsel im Norden Jütlands, die in den westlichen Teil des Limfjordes ragt.

Seite 251: Düffelmantel: Wintermantel aus Düffel, einem schweren Wollgewebe.

Seite 252: zur Zeit Holbergs: Ludvig Holberg (1684–1754), dänisch-norwegischer Komödiendichter und Historiker.

Seite 252: Haut an der Nas': der Witz entsteht daraus, dass das Kind glaubt, es hätte Haut z. B. von einer Schüssel Milch oder einem Stück Wurst an der Nase und will sie sofort abwischen.

DAS MÄDCHEN AUS HVORHVARP

Erstdruck in der Tageszeitung Politiken *am 30. April 1932*

Seite 254: Hvorhvarp: Dorf im Himmerland.

Seite 254: zum Tierarzt: Hans Jensen (1848–1923), Johannes V. Jensens Vater, war Bezirkstierarzt in Farsø.

Seite 254: Taube von Noahs Arche: vgl. Das Erste Buch Mose 8, 8–12.

Seite 256: Jeppe vom Berge: siehe Anmerkung zu Seite 101.

Seite 256: Muschik: Bauer im zaristischen Russland.

Seite 257: »Kommen Fremde zu Besuch«: Kinderspiel, bei dem geraten werden muss, wer gerade das Zimmer betreten hat.

Seite 258: Gorm der Alte: um 950 König in Teilen von Jütland.

RAVNA

Erstdruck unter dem Titel Ravna. En Himmerlandssagn *(Rav-na. Eine Himmerlandsage) in* Ord och Bild, *Stockholm, Oktober 1905*

Seite 263: weil er sie ärgern wollte: »ravn« ist das dänische Wort für Rabe.

Seite 265: Nidstang: ein auf eine Stange gespießter Pferde-kopf, der demjenigen Unglück bringen sollte, der in das aufgerissene Maul des Pferdes blickte. Dieser Ritus gilt als einer der mächtigsten und schlimmsten Flüche, den die Germanen kannten und einsetzten.

ALS DER SCHUHMACHER INS FEGEFEUER KAM

Erstdruck in Hjemmets Noveller, *Nr. 8 am 8. Mai 1906*

Seite 279: Brustzucker: Bonbons aus Zucker, denen Kräuter gegen Husten zugesetzt wurden.

Seite 281: »Ruldbrücke«: ein Bordell mit diesem Namen ist in Aalborg aus dieser Zeit nicht nachgewiesen.

Seite 282: hinab zu den Unseligen: ins Fegefeuer.

FÜR MEINEN GROSSVATER

Erstdruck in Æstetik og Udvikling. Efterskrift til *Den lange Rejse (*Ästhetik und Entwicklung. Nachbemerkung zu dem Roman *Die lange Reise), Gyldendal 1923*

Seite 286: Runen geschnitzt: einen Text zur Erinnerung ge-schrieben.

Seite 287: Hauswurz: Die Pflanze Hauswurz (Sempervivum), wuchs auf Strohdächern. Zu Salbe verarbeitet kann sie bei Schwellungen, leichten Verbrennungen, Sonnenbrand und Insektenstichen eingesetzt werden.

Seite 287: *Gaurisankar*: Gauri Sankar, Berg an der chinesisch-nepalesischen Grenze im Himalaya, 7134 Meter hoch. Nach Angaben des Webers wäre der Berg 8568 Meter hoch.

Seite 287: *Der Armenhof in Ølsebymagle*: das Buch *Lægdsgaarden i Ølsebymagle* des dänischen Dichters Poul Marten Møller (1779–1850) ist als statistische Schilderung angelegt.

Seite 288: Oehlenschlägers Gedichte: Adam Oehlenschläger (1779–1850), dänischer Dichter. Seine 1803 erschienene Gedichtsammlung leitete die romantische Periode in Dänemark ein.

Seite 288: Gefion: nordisch-mythologische Göttin, die ihre Söhne in Ochsen verwandelte und Seeland aus Schweden herauspflügte, sodass der Vänern-See entstand.

Seite 290: Fries: grober, grauer Stoff.

Seite 290: Norne-Gast: *Norne-Gast* erschien 1919 als dritter Band von Johannes V. Jensens Romanzyklus *Die lange Reise*. Norne-Gast ist eine Figur der altnordischen Poesie, die in dem Roman die Menschheitsgeschichte von der Eiszeit bis zur Steinzeit schildert.

Seite 291: Olav Trygvesøn: oder Olav Tryggvason (968–1000), norwegischer König, gilt als erster wirklich christlicher Herrscher des Nordens.

Seite 291: »Donnersteine«: Steine, von denen man meinte, sie seien durch Blitze auf die Erde gefallen und würden gegen Donner und Trolle beschützen.

Seite 293: concern: engl. Sorge, Betroffenheit.

Seite 293: Sebastopol: Sewastopol, russische Stadt auf der Halbinsel Krim, die während des Krim-Kriegs 1853–1856 nach elfmonatiger Belagerung von britischen und französischen Truppen eingenommen wurde.

Seite 294: Während des unbarmherzigen Krieges: gemeint ist der Erste Weltkrieg.

Seite 294: Brobdignag: das Land der Riesen im zweiten Teil von Jonathan Swifts *Gullivers Reisen.*

Seite 295: Columbus: der spanische Entdeckungsreisende ist die Hauptfigur in *Christofer Columbus,* dem 1921 erschienenen sechsten Band von Jensens Romanzyklus *Die lange Reise.*

Seite 295: Quetzalcoatl: Name einer Maya-Gottheit. Columbus wird in dem Kapitel »Quetzalcoatl« in *Christofer Columbus* als Inkarnation des weißen Aztekengottes alias Norne-Gast empfangen, und verkörpert dort die Idee einer »humanen« gegenüber einer »brutalen« Kolonisierung.

Seite 295: Erik der Rote: norwegisch-isländischer Großbauer (etwa 950–1007), der die isländische Kolonisation entlang der südgrönländischen Küste organisierte. Sein Sohn Leif der Glückliche (etwa 970–1020) erreicht Vinland an der Küste des heutigen Amerika.

NACHWORT

Das eindringlichste Porträt des Schriftstellers Johannes V. Jensen findet sich an gut verborgener Stelle, im letzten Roman seines großen Zeitgenossen und Antipoden Herman Bang. *Die Vaterlandslosen*, in Kopenhagen 1906 erschienen unter dem (mit einem beziehungsvollen Gedankenstrich versehenen) Titel *De uden Fædreland* –, erzählt in durchsichtiger Verhüllung eine autobiografische Geschichte von unüberwindlichem Außenseiterdasein und halb trotziger, halb melancholischer Selbstbehauptung in der Kunst. Der einsame, als Kind einer dänischen Mutter und eines ungarischen Vaters auf dem Balkan aufgewachsene Musiker Joán Ujházy ist zur Welt gekommen auf einer Donauinsel, ein Staatenloser inmitten einer Welt, in der alles sich über Nationalitäten definiert. Da diese Insel als ein Ort ohne Frauen geschildert und als »ein Ujházy« jeder Mann bezeichnet wird, der nur unter Männern lebt, gehen Nationalitäten- und Gender-Ambivalenz eine romanbestimmende Verbindung ein: Ein männerliebender Mann ist im Europa dieses Romans so hoffnungslos stigmatisiert und isoliert wie ein Mensch ohne das, was wenig später mit einem schaurigen modernen Schlagwort »nationale Identität« heißen wird.

Dies jedenfalls ist das Lebensgefühl von Bangs traurigem Antihelden. Ihm aber widerspricht leidenschaftlich ein anderer Künstler, dem er auf seinen Reisen begegnet.

»Jens Lund« heißt er im Roman, mit einem dänischen Allerweltsnamen, und er kann mit Melancholie und Einsamkeit entschieden nichts anfangen. Das alles gehöre dermaßen »dem letzten Jahrhundert« an, schleudert er dem erschrockenen Ujházy entgegen, man lebe doch nun längst schon im Zeitalter des freien, selbstbewussten Subjekts. »Der Vaterlandslose ist der Freie«, ruft er aus, und: »Ich habe ein Vaterland, mein Herr, und das heißt *Ich*!«

Derselbe Johannes Vilhelm Jensen, dessen Bild jeder Leser in Bangs Schilderung wiedererkennen musste, hatte noch kurz vor der Veröffentlichung des Romans den wegen seiner (ja noch juristisch strafbaren) Homosexualität unentwegten Gefährdungen ausgesetzten Bang öffentlich angegriffen. In der meistgelesenen dänischen Tageszeitung hatte er ihn als ebenso talentiert wie »abnorm« verhöhnt, als »armen Wicht« mit einer fatalen Neigung zu gutaussehenden Leutnants. Jensens Artikel hatte Bang zur Flucht aus Dänemark veranlasst, aus sehr begründeter Angst vor neuen Verfolgungen. Dass Jensen sich daraufhin für seine Anwürfe schämte und Bang um Entschuldigung bat: auch das gehört zum schillernden Bild des »Jens Lund«.

Jensens demonstrativ zur Schau getragenes viriles Selbstbewusstsein, der prahlerische Machismo seiner Auftritte ist so brüchig wie derjenige Ernest Hemingways oder Knut Hamsuns. Was er überdeckt, ist hier wie dort eine empfindliche, verletzbare Wahrnehmung der modernen Wirklichkeit, eine Sensibilität, die überhaupt erst die Voraussetzung seiner Kunst bildet. Jensen greift Bang so heftig an, weil er sich ihm näher fühlt, als ihm lieb ist. Das macht seinen Angriff nicht besser, aber es zeigt schlaglichtartig eine Ambivalenz, die sein Lebenswerk bestimmt.

Fünf Jahre vor Bangs *Vaterlandslosen*, im Jahr 1901, war *Kongens Fald* erschienen, *Des Königs Fall*, ein Buch, das heute als Jensens wichtigster Roman gilt. Keine nationalen Größenphantasien erzählt diese Geschichte des dänischen Königs Christian II. aus dem 16. Jahrhundert, sondern ganz im Gegenteil das mit äußerster erzählerischer Geschmeidigkeit entfaltete Porträt eines Mannes, der sich nicht zu entscheiden vermag: eines gebrochenen, übersensiblen und dann wieder, eben deshalb, zu äußerster Brutalität seiner Herrschaftsausübung bereiten Zauderers – einer modernen Existenz, mitten in der gleichwohl mit plastischer Anschaulichkeit und historischer Akkuratesse vergegenwärtigten Reformationszeit. Schon 1898 hatte derselbe Schriftsteller die ersten seiner Himmerlandsgeschichten veröffentlicht, die ihm ein halbes Jahrhundert und zwei Folgebände später den Nobelpreis für Literatur einbrachten. *Himmerlandsvolk*, der erste Band, versammelte zwölf Geschichten aus seiner engsten Heimat im westlichen Teil einer Landschaft in Mitteljütland, derbdrastisch, tolldreist, tragikomisch; die umfangreichere Sammlung *Neue Himmerlandsgeschichten* folgte 1904; der hier vorliegende Band schloss die Trilogie 1910 ab. Wären der große historische Roman und die Sammlung der kurzen Geschichten anonym überliefert, so bedürfte es erheblichen philologischen Scharfsinns, sie überhaupt als Texte desselben Verfassers zu erkennen.

Und das ist nur ein Ausschnitt aus den Ambivalenzen, die den Menschen und sein Werk bestimmen. Derselbe Jensen, der sich über Herman Bang mokiert, hat nicht nur Gedichte von Walt Whitman ins Dänische übersetzt, er hat auch, Whitmans Vorbild folgend, einige der ersten radikal modernistischen Gedichte der dänischen Literatur geschrieben. Von ihnen hat *Auf dem Bahnhof von Memphis* Epoche gemacht, ein noch immer faszinierender Text in freien, prosanahen und doch subtil rhythmisierten Versen, deren Sinnlichkeit und suggestive Verbindung von Vitalität und Nervosität einen exemplarischen Schauplatz der technischen Gegenwart eindringlich vergegenwärtigen. Es erschien 1906, im selben Jahr wie Bangs Roman von den *Vaterlandslosen*, und es war nicht weniger antinationalistisch und weltläufig. Derselbe Schriftsteller, der das Dänemark einer vergangenen historischen Epoche erzählend wiederbelebt und der mit den Geschichten aus seiner jütländischen Dorfheimat einer ländlich-vormodernen Lebenswelt ein Denkmal gesetzt hatte, besang in diesen Versen die vibrierende neue Welt der Vereinigten Staaten. Beides zusammen erst macht die Eigentümlichkeit von Jensens Werk aus. Zwischen den Bauernhöfen des Himmerlandes und Memphis, Tennessee, erstreckt sich seine literarische Welt.

Denn so wenig die Kätner und Stallmägde, die Landpfarrer und Bettler, die Briefträgerinnen, Tagelöhner und Rosstäuscher der Dorfgeschichten auf den ersten Blick verbindet mit den amerikanischen Großstadtbewohnern oder mit dem indianischen »Paumanok«, das der Lyriker Jensen gemeinsam mit Walt Whitman preist, so weit öffnet sich jetzt doch der geografische Horizont und lässt eine unerwartete Nachbarschaft erkennen. Tatsächlich wird ja mit diesem dritten und letzten Band der Himmerlandsgeschichten die jütländische Provinz zum ersten Mal ausdrücklich in Beziehung gesetzt zum fernen Amerika – bis hin zu der übermütigen Bemerkung, dass ein Vergleich zwischen den »kleinen, hastig errichteten Stationsstädten« in der amerikanischen Prärie und den sich rapide ändernden Dörfern im Himmerland »nicht nur möglich, sondern geradezu schlagend« sei. »Das Himmerland hat einen hohen Prozentsatz seiner Bevölkerung über den Atlantik geschickt«, notiert Jensen unter der Überschrift »Der Emigrant«, und (in Ulrich Sonnenbergs rühmenswert genauer Übersetzung): »Ich selbst musste natürlich auch aufbrechen und *mein* Amerika erleben, und ich bildete mir ein, meinem Schicksal zu entkommen, indem ich mich fürstlich von allen anderen unterschied«. Dass er selbst in Wahrheit nur einer der ungezählten Auswanderer gewesen war, die in ihrer Heimat kein Auskommen mehr fanden und es darum in der Neuen Welt suchten, diese Einsicht gehört zu seiner halb ironischen, halb resignierenden Selbstbescheidung. Zu ihr gehört der bemerkenswerte Umstand, dass der Text, in dem diese Sätze stehen, von Anfang an nicht zu der Erzählung wird, die seine Überschrift verspricht. »Ich habe mich nach bestem Wissen bemüht, meine Begriffswelt von Graabølle nach Chicago zu erweitern«, notiert Jensen. Und dennoch hat es zur geplanten »Geschichte vom *Auswanderer* mit seinem oft so armseligen Gepäck« nicht gereicht, einer »Geschichte vom Aufbruch aus einer alten Kultur, die ihn nicht länger ernähren kann, und einer Geschichte des Neusiedlerlebens dort drüben«.

An die Stelle der Erzählung tritt darum, zum ersten Mal in der langen Reihe der Himmerlandsgeschichten, ein Essay über die Gründe, die ihr Zustandekommen so hartnäckig verhindern. Jensen erkennt sie in der ambivalenten, zugleich krisenhaften und befreienden Modernisierungserfahrung seiner Generation: Für diejenigen, die »genau an der Grenze einer Zeit des Aufbruchs geboren wurden, in den Jahren nach 1864, als es bei den Bauern in jeder Hinsicht zu Veränderungen kam«, folgten auf die militärische Niederlage Dänemarks gegen Preußen die stürmischen, noch immer nicht zur Ruhe gekommenen Veränderungen aller ökonomischen, sozialen, politischen Verhältnisse. Die Welle der Auswanderungen nach Amerika ist die äußere, die Neuordnung der Lebensbedingungen auf dem Land die innere Seite dieser Epochenwende – wie Jensen selbst erklärt: »Die jahrhundertealte charakteristische Bauernkultur wich der Genossenschaftsbewegung und vielen anderen neuen Dingen, die zur Auflösung der alten Kultur führten; nur ein Hauch des Verschwundenen hält noch an der Verbindung zur Vergangenheit fest. Dazu gehören meine Schilderungen des bäuerlichen Lebens.«

Weil also die Geschichten aus dem Himmerland von einer sich bereits auflösenden Kultur erzählen und das unausgesprochen schon von Beginn an aus einer mit Amerika, überhaupt mit der technisch-industrialisierten Moderne vertrauten Perspektive getan haben, darum ist ihr Blick auf den letzten »Hauch des Verschwundenen« zugleich unsentimental und melancholisch. Einerseits zeigen sie das genaue Gegenteil einer ländlichen Idylle, in immer neuen Ausschnittvergrößerungen eine Welt voller riskanter Übergangszonen zwischen Sexualität und Gewalt, Aggression und Selbstzerstörung, auch zwischen Stigmatisierung und Selbstbehauptung. So offensichtlich manche dieser Texte sich noch immer an den Traditionen der Kalendergeschichten orientieren und damit an einer halb mündlichen Erzähltradition, die der Kultur der hier dargestellten Welt genau entspricht (bis hinein in Leseranreden wie »ja, liebe Kinder« oder »tretet beiseite, liebe Leute!«), und so leichtfüßig sich Schildbürgerstreiche und Schwankmotive wiedererkennen lassen, so raffiniert ist doch ihre soziologische und psychologische Beobachtungsschärfe, so verschlagen und scheinheilig ihre treuherzige Einfachheit. »In der Literatur über die einfachen Leute wird sehr viel gelogen«, bemerkt Jensen in seinem Essay »Himmerlands Beschreibung«, »wenn weder das Bäuerische geläutert noch der Kultur neuer Stoff zugeführt wird.« Seine Geschichten suchen einen anderen Weg. Keine heile vorindustrielle Gegenwelt wird hier der zeitgenössischen Industriegesellschaft entgegengesetzt, keine ideologische Verklärung einer vermeintlich ganzheitlichen bäuerlichen Welt gegenüber einer arbeitsteilig verzweigten Moderne; keine monolithische Geschlossenheit einer Gemeinschaft tritt der Polyphonie einer offenen Gesellschaft gegenüber. Im Gegenteil hat Jensen von den frühesten bis zu den letzten, verstreut in Zeitungen erschienenen Geschichten mit unerschöpflicher Energie die kleinen Haarrisse und die tiefen Bruchlinien im Zusammenleben seiner Helden und Antihelden nachgezeichnet – und die Gebrochenheit, die sie selbst immer wieder ausmacht.

Andererseits lässt sich Jensens letzte Innenansicht einer verschwindenden Kultur eben nicht bruchlos in die Dimensionen und Erfahrungsräume der neuen, modernen Welt überführen, weder der amerikanischen noch derjenigen des modernen Dänemark mit seinen Wasserwerken und Eisenbahnlinien, seinen landwirtschaftlichen Genossenschaften und seiner elektrischen Beleuchtung. Der Versuch, in dieser Sammlung schon um der thematischen Vollständigkeit willen endlich auch die Geschichte eines »Emigranten« zu erzählen, liegt zum Greifen nahe und ist doch unmöglich. Wo der Bauer zum »Farmer« wird, da beginnt eine andere Welt als diejenige, deren Erkundung sich die Himmerlandsgeschichten seit ihrem Beginn am Ende des 19. Jahrhunderts vorgenommen haben. Dass Jensen diesen Bruch dennoch benennt und vor allem die Weise, in der er das tut, gehört zu den erstaunlichen Leistungen dieses letzten Bandes von 1910. An die Stelle der unmöglichen Erzählung tritt das essayistische Nachdenken über sie. Der demonstrative Genrebruch markiert eine sozialgeschichtliche Zeitenwende.

Und dieser Bruch wird gleich mehrfach inszeniert. In »Graabølle«, dem aufschlussreichsten dieser Texte, geschieht das in einer selbstironischen Wendung. Wieder scheint sich ein Erzählstoff anzubieten, der die Ambivalenzen der Modernisierung exemplarisch vor Augen geführt hätte, in diesem Fall der Tod eines lokalen Eisenbahnpioniers ausgerechnet durch einen Zugunfall: »Nicht wahr, es hätte mir ähnlich gesehen, diesen Zufall zum Motiv einer Himmerlandsgeschichte aus der Übergangszeit zu machen, deren Höhepunkt in einem Nemesis-Symbol bestanden hätte«. Ja, so jedenfalls hätten es wohl die meisten Jensen-Leser erwartet. Er aber nimmt das Zufallsangebot nicht an, sondern denkt stattdessen über die Furien des Verschwindens nach und über ihre Folgen für sein Schreiben. Und jeder Satz dieses Essays führt in sich selber vor, wovon er handelt, schon in der Wortwahl und im stilistischen Duktus: »Eine Kultur, ein ganzer ethnologischer Typus ist in weniger als einem Menschenalter wie ein Traum verschwunden, eine Sprache gehört der Vergangenheit an«. In Sätzen wie diesem verbinden sich nüchtern aufgeklärtes Räsonnement und romantische Sehnsucht zu einem melancholischen Abschied.

Graabølle ist der Name, unter dem Jensen in seinem gesamten Erzählwerk sein himmerländisches Geburtsstädtchen Farsø erscheinen lässt, als einen halb geografisch identifizierbaren, halb mythischen Schauplatz. Erst in diesem Essay aber wird dieser Schwebezustand zwischen Faktum und Fiktion ausdrücklich erörtert. Erst hier erweist er sich explizit als der Übergang von Geschichte und Mythos. »Auf der Landkarte wird man diesen Ort im Himmerland vergeblich suchen«, bemerkt Jensen. »Er ist mythisch, aber die Stadt gibt es tatsächlich«. Immer wieder kehrt in ihrer Wirklichkeit das Uralte unverhofft wieder, bricht in Gestalt einer beim Pflügen gefundenen steinzeitlichen Axt in die Gegenwart ein, tritt in einem mundartlichen Ausdruck unversehens eine ausgestorbene Sprachschicht wieder hervor, lassen sich noch in den Spuren der neuen Straßen und Eisenbahnlinien die vorgeschichtlichen Wege erkennen. In einem einzigen Bild kondensiert Jensen diese Ambivalenz von Geschichtlichkeit und scheinbarer Aufhebung der Epochendifferenzen in mythischer Jederzeitlichkeit. Es zeigt das moderne Wasserwerk, das in einem bronzezeitlichen Grabhügel angelegt worden ist.

Dieses Bewusstsein eines unwiderruflichen Einbruchs der Geschichte in die mythisch verklärte Welt ist die vielleicht entscheidende Differenz, die diese Geschichten von der um dieselbe Zeit in Skandinavien wie in Deutschland aufkommenden, völkisch inspirierten »Heimatkunst« unterscheidet. Nicht dass Jensen nicht sympathisiert hätte mit deren Ideologie. Aber der Dichter Johannes V. Jensen ist unvergleichlich klüger als der Ideologe gleichen Namens – nicht anders als sein vielleicht am engsten verwandter literarischer Zeitgenosse Knut Hamsun. Er ist es sogar noch in seiner oft fatalen, von kolonialen Großmachtphantasien getränkten und von rassistischen Stereotypen nicht freien Romanserie *Die lange Reise*, in der dänische Abenteurer, Helden und Eroberer als Repräsentanten einer Jahrhunderte umfassenden, an einem Idealbild des »Nordischen« ausgerichteten Menschheitsgeschichte erscheinen. Denn es sind noch immer dieselben Gestalten, die Jensen-Leser schon aus den Himmerlandsgeschichten kannten, nur dass ihre Gebrochenheit nun allzu oft heroisch zugedeckt werden soll. Himmerland ist Kimbernland, der Ort, von dem aus die Kimbern und Teutonen sich aufmachen, das antike Rom zu erobern. Aber die heroischen Germanen sehen bei sich zu Hause sehr viel weniger heldenhaft aus als auf der historischen Weltreise.

Dieser dritte Band von Jensens oft komischen, manchmal unheimlichen Heimaterzählungen ist der letzte, im stärksten Sinne des Wortes. Es ist dieses Bewusstsein, aus dem die Melancholie auch der noch so tapfer um Optimismus bemühten Passagen hervorgeht. Der Verlust des Mythos, den er beschwören wollte, erweist sich hier als Einsicht in seine Unmöglichkeit in einer immer schon geschichtlichen Welt. Und doch bleibt von der vergeblichen Sehnsucht der durch nichts zu beruhigende Schrecken »über den Terrorismus, mit dem die Wirklichkeit hier wie andernorts ihr Ziel erreicht« – eine der stärksten und unheimlichsten, weil sich selbst gleich wieder in Frage stellenden Formulierungen des Bandes. Denn was ist das für ein Realismus, der diesen Satz ermöglicht? Und welche Art von Realismus folgt aus ihm? »Ich dachte, es kommt nichts mehr«, sagt der kleine Hanno Buddenbrook in Thomas Manns 1901 erschienenem Roman zu seinem Vater, nachdem er in einem traumverlorenen Augenblick einen Strich unter die Familienchronik gezogen hat. Nach dem dritten Band der Himmerlandsgeschichten kam zwar noch dies und das, eine große Erzählung wie *Jørgine* zum Beispiel oder ein letzter Widmungstext für den Großvater, die letzten fünf Texte der vorliegenden Ausgabe. Aber das waren Nachzügler, wiederholte Epiloge. Die Zeit des alten Himmerlandes und mit ihr die Hoffnung auf einen literarisch erzählbaren Mythos waren zu Ende gegangen. In Jensens kalkulierter Verbindung von Erzählung und Essay wird dieses Ende zugleich argumentativ und performativ reflektiert.

Seither hat Jensens Himmerland seinen Platz im Weltatlas der halb realistischen, halb imaginären literarischen Landschaften gefunden, zwischen Thomas Hardys Wessex und Sherwood Andersons Winesburg in Ohio, Theodor Storms Nordfriesland und Wilhelm Raabes Weserbergland, zwischen Klaus Groths Dithmarschen, Alphonse Daudets Provence und Selma Lagerlöfs Dalarna, ja womöglich auch zwischen James Joyces Dublin und William Faulkners Yoknapatawpha County. Wie sie es je auf ihre Weise tun, so versucht auch Jensen sein Hügelland zwischen Limfjord und Ostsee als exemplarischen Schauplatz von Lebensgeschichten, seelischen und sozialen Konflikten zu gestalten, zu einer Art Modell-Landschaft des Menschlichen. Auch *ihr* literarischer Reiz ergibt sich nicht zuletzt aus den Spannungen zwischen den geschilderten vormodernen Lebensformen und der unwiderruflich modernen Perspektive, aus der die Texte sie betrachten.

Und eben darum ist Jensens erzählte Welt bei näherem Hinsehen nicht weniger zweideutig und brüchig als diejenige seines Antipoden Herman Bang. Was immer hier als Stereotyp vorausgesetzt wird, es gerät im Laufe der Geschichten ins Wanken. Wie toxisch auch immer die heteronormative Männlichkeit erscheinen mag, von der Jensens Dorfwelt bestimmt scheint – am Ende bleibt doch nur eine ganze Skala gebrochener Männer, rebellischer Frauen und eine nicht zu kontrollierende Sexualität. Auch darum zeigen Jens Lund und Joán Ujházy hinter ihren antagonistischen Charaktermasken am Ende doch so etwas wie das Doppelbild einer kulturgeschichtlichen Epoche.

Heinrich Detering

JOHANNES V. JENSEN (1873–1950)

BIOGRAFIEN

Johannes V. Jensen (1873–1950) wurde im Dorf Farsø im jütländischen Himmerland geboren. Er stammte aus einer alteingesessenen himmerländischen Weberfamilie und hatte zehn Geschwister. Schon als Junge verfiel er dem Lesen und den Büchern, weshalb ihn der Vater Latein lernen ließ und ihn aufs Gymnasium nach Viborg schickte. Zum Medizinstudium ging Johannes V. Jensen nach Kopenhagen, er brach es jedoch ab und schrieb Abenteuer- und Unterhaltungsromane für Illustrierte. Die wichtigsten und einflussreichsten Autoren waren für seine Lyrik Walt Whitman sowie für die Prosa Goethe und Rudyard Kipling. 1898 veröffentlichte Jensen unter dem Titel »Himmerlandsvolk« einen Erzählungsband, den er später als sein Erstlingswerk bezeichnete. Mit ihm gelang ihm der Durchbruch als Schriftsteller. Johannes V. Jensen schuf ein umfangreiches und auch sehr abwechslungsreiches Werk, besonders wichtig sind der historische Roman »Des Königs Fall« (1900), der kürzlich in einer Umfrage zum größten dänischen Roman des 20. Jahrhunderts gewählt wurde, und das sechsbändige Werk »Die lange Reise« (1908–1922) über die Frühgeschichte der Menschheit. Insgesamt veröffentlichte er drei Bände mit den Geschichten aus dem Himmerland, 1904 den zweiten und 1910 den dritten Teil. Jensen, der 1944 mit dem Literaturnobelpreis ausgezeichnet wurde, starb 1950.

Ulrich Sonnenberg, geboren 1955, absolvierte nach seinem Abitur eine Buchhändlerlehre in Hannover. Nach einigen Jahren in Kopenhagen gründete er 1986 zusammen mit Klaus Schöffling die FVA-Frankfurter Verlagsanstalt und leitete von 1993 bis 2003 den Vertrieb des Suhrkamp Verlags. Seit 2004 lebt er als Übersetzer und Herausgeber in Frankfurt am Main. Er übersetzt aus dem Dänischen und Norwegischen, u. a. Hans Christian Andersen, Herman Bang, Anna Grue, Carsten Jensen, Karl Ove Knausgård, Tania Blixen sowie 2017 und 2020 die ersten beiden Bände der Himmerlandsgeschichten von Johannes V. Jensen. 2013 erhielt er gemeinsam mit Peter Urban-Halle den Dänischen Übersetzerpreis.

Heinrich Detering, geboren 1959, hat Germanistik, Theologie, Skandinavistik und Philosophie in Göttingen, Heidelberg und Odense studiert. Heute ist er Professor für Neuere Deutsche und Vergleichende Literaturwissenschaft. Detering ist Mitglied mehrerer Akademien sowie Mitherausgeber der neuen Thomas-Mann-Ausgabe und der Hamburger Siegfried-Lenz-Gesamtausgabe. 2009 erhielt er den Leibniz-Preis der DFG, 2012 den Hans-Christian-Andersen-Preis. Sein 2020 veröffentlichter Band *Menschen im Weltgarten. Die Entdeckung der Ökologie in der Literatur von Haller bis Humboldt* wurde mit dem Gleim-Literaturpreis ausgezeichnet.

INHALT

NEUE HIMMERLANDSGESCHICHTEN

ANHANG

Titel der Originalausgabe:
Himmerlandshistorier. Tredie Samling
(Kopenhagen 1910)

Der Verlag bedankt sich für
die großzügige Unterstützung durch die

DANISH ARTS FOUNDATION

Ulrich Sonnenberg dankt dem Deutschen Übersetzerfonds
für die großzügige Unterstützung der vorliegenden
Übersetzung durch ein Arbeitsstipendium.

Der Verlag dankt Jesper Gehlert Nielsen von
Det Danske Sprog- og Litteraturselskab für die Unterstützung.

Erste Auflage Berlin 2022

Guggolz Verlag
Gustav-Müller-Straße 46, 10829 Berlin
verlag@guggolz-verlag.de
Alle Rechte vorbehalten
Druck & Bindung: Friedrich Pustet, Regensburg
Korrektorat: Bettina Hartz
Umschlag: Mirko Merkel
ISBN 978-3-945370-37-7

www.guggolz-verlag.de